Het stille meisje

Van dezelfde auteur verschenen eerder:

Sneeuwval
Het aandenken
Verdwijn
De Mefisto Club
Alarmfase rood
De leerling
De zondares
Zustermoord
Koud bloed
Diagnose besmet
De chirurg
Koud hart

Tess Gerritsen

Het stille meisje

the house of books

Oorspronkelijke titel
The Silent Girl
Uitgave
Ballantine Books, New York

Vertaling
Els Franci-Ekeler
Omslagontwerp
Studio Jan de Boer BNO, Amsterdam
Omslagfoto
Hollandse Hoogte/Arcangel Images Ltd/Rob Castro
Foto auteur
© Jessica Hills
Opmaak binnenwerk
ZetSpiegel, Best

ISBN 978 90 443 3249 0
D/2011/8899/150
NUR 332

www.thehouseofbooks.com
www.tessgerritsen.nl

Voor Bil Haber en Janet Tamaro
die in mijn meisjes geloofden

‘Je moet het monster uit zijn schuilplaats lokken,’ zei Monkey, ‘maar alleen als je zeker weet dat je het gevecht kunt overleven.’

Wu Tsjeng’en
The Monkey King: Journey to the West, c. 1500 – 1582

I

San Francisco

De hele dag heb ik het meisje gadegeslagen.

Nergens is aan te merken of ze zich daarvan bewust is, ook al staat mijn huurauto in het zicht van de straathoek waar ze 's middags met de andere tieners rondhangt en doet wat verveelde tieners doen om de tijd te doden. Ze ziet er jonger uit dan haar vrienden, maar misschien komt dat omdat ze Aziatisch is en erg tenger voor een zeventienjarige. Ze heeft een kort, jongensachtig kapsel en draagt een spijkerbroek vol rafels en scheuren. Niet omdat ze er modieus wil bijlopen, lijkt mij, maar omdat hij versleten is door het leven op straat. Ze neemt een trek van haar sigaret en blaast de rook uit met het achteloze air van een straatmeid. Haar gedrag past niet bij haar bleke gezicht en exquise Chinese trekken. Ze is mooi genoeg om de aandacht te trekken van twee mannen die het groepje passeren. Ze merkt het en kijkt kil terug, onbevreesd, maar je kunt makkelijk dapper zijn als gevaar alleen maar iets abstracts is. Hoe zou dit meisje reageren als ze daadwerkelijk bedreigd werd, vraag ik me af. Zou ze van zich af slaan of instorten? Ik wil weten uit welk hout ze gesneden is, maar ze is in mijn bijzijn nog niet op de proef gesteld.

Als het donker wordt, dunt de groep uit. Een van de tieners slentert weg, en even later nog een. In San Francisco is het zelfs midden in de zomer 's avonds fris en de achterblijvers duiken weg in hun sweatshirts en jacks, geven elkaar vuurtjes en profiteren dan even van de kortstondige warmte van het vlammetje. Maar uiteindelijk worden ook de laatsten door kou en honger verdreven en dan is er alleen nog het meisje, dat nergens naartoe kan. Ze zwaait haar vrienden na en hangt nog een poosje in haar eentje rond, alsof ze op iemand staat te wachten. Dan haalt ze haar schouders op en verlaat de straathoek. Ze komt mijn kant uit, met haar handen diep in haar zakken gestoken. Als ze langs de auto loopt, let ze niet op mij. Ze kijkt recht vooruit, strak en geconcentreerd, alsof ze een probleem probeert op te lossen. Misschien waar ze vanavond een maaltijd kan bietsen. Misschien iets belangrijkers. Haar toekomst. Haar overlevingskansen.

Ze heeft er vermoedelijk geen erg in dat ze door twee mannen wordt gevolgd.

Meteen nadat ze mijn auto is gepasseerd, zie ik de mannen uit een steeg komen. Ik herken ze. Het zijn de kerels die daarstraks naar haar keken. Als ze langs mijn auto komen, achter het meisje aan slenterend, kijkt een van hen door de voorruit naar mij. Een vluchtige blik, om te zien of ik een bedreiging ben. Wat hij ziet, baart hem blijkbaar geen zorgen, want hij en zijn makker lopen gewoon door. Ze bewegen zich met de zelfverzekerdheid van sterke roofdieren die loeren op een zwakke prooi die niets tegen hen zal kunnen beginnen.

Ik stap uit en volg hen. Net zoals zij het meisje volgen.

Ze loopt een wijk in waar te veel gebouwen leeg staan en de stoepen bestraat lijken te zijn met gebroken flessen. Het meisje toont geen angst, geen aarzeling, alsof dit bekend terrein is. Ze kijkt niet één keer om, wat voor mij wil zeggen dat ze ofwel roekeloos is of geen idee heeft hoe de wereld in elkaar zit en wat die met meisjes als zij kan doen. De mannen die haar volgen, kijken ook niet om. En al zouden ze me zien, wat ik niet laat gebeuren, dan zouden ze niets zien om bang voor te zijn. Niemand ziet aan mij ooit iets om bang voor te zijn.

Een halve straat verderop glipt het meisje een gebouw in.

Ik trek me terug in de schaduwen en kijk toe. De mannen blijven voor de deur van het gebouw staan om te overleggen hoe ze het gaan aanpakken. Dan gaan ze naar binnen.

Vanaf de stoep kijk ik op naar de dichtgetimmerde ramen. Het is een leegstaand pakhuis met een bordje VERBODEN TOEGANG. De deur staat op een kier. Ik stap naar binnen. Het is er zo donker dat ik blijf staan om mijn ogen de tijd te geven zich aan te passen: terwijl ik op mijn andere zintuigen vertrouw om waar te nemen wat ik nog niet kan zien. Ik hoor de vloer kraken. Ik ruik warm kaarsvet. Ik zie de zwakke gloed van een deuropening links. Ik stel me op bij die deur en gluur om het hoekje.

Het meisje zit op haar knieën voor een geïmproviseerd tafeltje. Haar gezicht wordt verlicht door de flikkerende kaars. Om haar heen zie ik tekenen van tijdelijke behuizing: een slaapzak, blikjes voedsel, een klein gasstel. Ze zit te prutsen met een weerspannige blikopener en is zich niet bewust van de twee mannen die van achteren op haar afkomen.

Op het moment dat ik inadem om een waarschuwende kreet te laten horen, draait het meisje zich vliegensvlug om naar de indringers. Ze heeft alleen de blikopener in haar hand, een armzalig wapen tegen twee grote kerels.

'Dit is mijn huis,' zegt ze. 'Donder op.'

Ik had op het punt gestaan in te grijpen. Nu wacht ik, om te zien wat er gaat gebeuren. Om te zien uit welk hout het meisje is gesneden.

Een van de mannen lacht. 'We komen alleen maar op bezoek, schatje.'

'Ik heb jullie anders niet uitgenodigd.'

'We vonden dat je wel wat gezelschap kon gebruiken.'

'En ik vind dat jij wel een stel hersens kunt gebruiken.'

Niet slim om zo te reageren, denk ik. Nu is woede toegevoegd aan hun wellust en dat is een gevaarlijke combinatie. Toch blijft het meisje roerloos staan, doodkalm, met alleen die blikopener in haar hand. Als de mannen naar haar grijpen, leun ik naar voren, gereed om op hen af te springen.

Het meisje springt als eerste. Haar voet raakt de eerste man precies op zijn borstbeen. Het is een onelegante maar effectieve aanval. Wankelend grijpt hij naar zijn borst alsof hij geen adem kan krijgen. Voordat de tweede man kan reageren, draait ze in de rondte en geeft hem met de blikopener een rotklap tegen zijn slaap. Hij brult en strompelt achteruit.

Dit begint interessant te worden.

De eerste man is weer op adem en vliegt nu zo wild op haar af dat ze allebei tegen de grond smakken. Ze schopt en slaat en haar vuist raakt hem hard op zijn kaak, maar zijn woede maakt hem immuun voor pijn. Brullend rolt hij boven op haar en zet haar klem met zijn gewicht.

Nu doet de tweede man ook weer mee. Hij grijpt haar polsen en drukt die tegen de vloer. Door haar leeftijd en gebrek aan ervaring is ze in een rampzalige positie terechtgekomen waaruit geen ontsnapping mogelijk is. Hoe fel ze ook mag zijn, het meisje is een groentje, ongetraind, en het onvermijdelijke staat te gebeuren. De eerste man ritst haar gulp open en trekt haar spijkerbroek over haar magere heupen naar beneden. Aan de bobbel in zijn broek is te zien hoe geil hij is. Geil, en dus kwetsbaar.

Hij hoort me niet naderen. Het ene ogenblik maakt hij zijn gulp open, het volgende ogenblik ligt hij op de vloer met een gebroken kaak en een mond vol losse tanden.

De tweede man laat de polsen van het meisje los en springt overeind, maar hij is niet snel genoeg. Ik ben een tijger en hij is niets anders dan een logge buffel, dom en weerloos tegen mijn aanval. Hij gilt als hij neerstort. Te oordelen naar de eigenaardige stand van zijn arm is het bot in tweeën gebroken.

Ik grijp het meisje en trek haar ruw overeind. 'Ben je ongedeerd?'

Ze ritst haar broek dicht en staart me aan. 'Jezus, wie ben jíj?'

'Later. We moeten gaan!' zeg ik fel.

'Hoe heb je dat gedaan? Hoe heb je ze met één klap uitgeschakeld?'

'Wil je dat leren?'

'Ja!'

Ik kijk naar de mannen die kreunend op de grond liggen te kronkelen. 'Eerste les: Je moet weten wanneer je moet verdwijnen.' Ik duw haar naar de deur. 'Nu dus.'

Ik kijk toe als ze eet. Voor zo'n spichtig ding heeft ze een onvoorstelbare eetlust. In een mum van tijd werkt ze drie kiptaco's, een groot bord bonenpuree en een halve liter cola naar binnen. Ze wilde Mexicaans, dus zitten we in een café met mariachimuziek op de achtergrond en opzichtige schilderijen van dansende señorita's aan de muren. Het meisje heeft een Chinees uiterlijk, maar is op en top Amerikaans, van haar korte haar tot haar versleten jeans. Het is een onbehouwen, roofzuchtig wezen dat het laatste restje cola door het rietje slurpt en dan luidruchtig op de ijsblokjes begint te kauwen.

Ik begin eraan te twijfelen of dit wel zo'n goed idee is. Ze is te oud voor lessen en te wild voor discipline. Ik zou haar weer de straat op moeten sturen, als ze daar zo graag wil zijn, en een andere manier zoeken. Maar dan zie ik de schaafwonden op haar knokkels en herinner ik me dat het haar bijna was gelukt die twee kerels in haar eentje uit te schakelen. Ze bezit een rauw talent en kent geen vrees – twee dingen die niet zijn aan te leren.

'Ken je me nog?' vraag ik.

Het meisje zet haar glas neer en fronst. Een ogenblik meen ik iets van herkenning te zien, maar dat is meteen verdwenen. Ze schudt haar hoofd.

'Het is lang geleden,' zeg ik. 'Twaalf jaar.' Een eeuwigheid voor zo'n jong meisje. 'Je was nog klein.'

Ze haalt haar schouders op. 'Dan is het geen wonder dat ik u niet herken.' Ze steekt haar hand in haar zak, haalt er een sigaret uit en houdt er een aansteker bij.

'Je ruïneert je lichaam.'

'Dat moet ik zelf weten,' zegt ze vinnig.

'Niet als je wilt trainen.' Ik steek mijn hand uit en gris de sigaret tussen haar lippen vandaan. 'Als je wilt leren, moet je een andere instelling krijgen. Dan moet je blijk geven van respect.'

Ze snuift minachtend. 'U lijkt mijn moeder wel.'

'Ik heb je moeder gekend. In Boston.'

'O ja? Nou, ze is dood.'

'Dat weet ik. Ze heeft me vorige maand geschreven. Ze zei dat ze ziek was en nog maar kort te leven had. Daarom ben ik hier.'

Tot mijn verbazing zie ik tranen glinsteren in haar ogen. Ze wendt snel haar gezicht af, alsof ze zich ervoor schaamt zwakte te tonen. Op dat kwetsbare moment, voordat ze haar ogen afwendt, doet ze me denken aan mijn eigen dochter, die jonger was dan dit meisje toen ik haar verloor. Tranen branden in mijn ogen en ik doe geen poging ze te verbergen. Verdriet is de reden waarom ik ben wie ik ben. Het is het louterende vuur dat mijn beslissing heeft geslepen en mijn vastberadenheid gescherpt.

Ik heb dit meisje nodig. En zij mij.

'Ik heb weken naar je gezocht,' zeg ik.

'Dat pleeggezin was klote. Ik ben in mijn eentje veel beter af.'

'Als je moeder je nu kon zien, zou ze erg verdrietig zijn.'

'Ze had nooit tijd voor me.'

'Misschien omdat ze twee baantjes had, zodat ze jou te eten kon geven? Omdat ze niemand anders had die dat voor haar deed?'

'Ze liet over zich heen lopen. Ik heb het niet één keer meegemaakt dat ze haar poot stijf hield. Zelfs niet voor mij.'

'Ze was bang.'

'Ze was slap.'

Ik leun naar voren, boos op het ondankbare wicht. 'Jij hebt er geen flauw idee van hoe jouw arme moeder heeft geleden. Ze heeft haar hele leven voor jou opgeofferd.' Met een gevoel van walging gooi ik de sigaret naar haar toe. Dit is niet het meisje dat ik had gehoopt te vinden. Ze mag dan wel sterk en onbevreesd zijn, maar ze bezit geen plichtgevoel ten opzichte van haar dode moeder en vader, geen enkel eergevoel ten opzichte van haar familie. Zonder banden met onze voorvaderen zijn we niets dan eenzame stofdeeltjes die stuurloos rond dwarrelen.

Ik leg het geld voor haar maaltijd op de tafel en sta op. 'Ik hoop dat je ooit zult inzien wat je moeder voor jou heeft opgeofferd.'

'Gaat u weg?'

'Ik kan je niets leren.'

'Waarom zou u dat ook willen? Waarom bent u me gaan zoeken?'

'Ik dacht dat ik een ander type meisje zou vinden. Een meisje dat ik iets zou kunnen leren. Een meisje dat me zou helpen.'

'Waarmee?'

Ik weet niet hoe ik haar vraag moet beantwoorden. In de stilte horen we de blikkerige mariachimuziek die uit de speakers van het restaurant komt.

'Heb je herinneringen aan je vader?' vraag ik. 'Weet je nog wat er met hem is gebeurd?'

Ze staart me aan. 'Daar gaat het dus om. Daarom bent u naar me gaan zoeken. Omdat mijn moeder u over hem heeft geschreven.'

'Je vader was een goed mens. Hij hield van je. Maar jij wilt dat blijkbaar niet zien. Je toont geen respect voor je vader en je moeder.' Ik leg een rol bankbiljetten op de tafel. 'Dit is voor jou, ter ere van hun nagedachtenis. Zorg dat je onderdak krijgt en maak je school af. Dan hoef je tenminste geen wellustige kerels van je af te slaan.' Ik draai me om en loop het restaurant uit.

In een wip vliegt ze naar buiten en holt achter me aan. 'Wacht!' roept ze. 'Waar gaat u heen?'

'Terug naar Boston.'

'Ik weet ineens wie u bent. En ik denk dat ik weet wat u wilt.'

Ik blijf staan en draai me naar haar om. 'Ja, en dat zou jij ook zou moeten willen.'

'Wat moet ik doen?'

Ik bekijk haar van top tot teen. Ik zie magere schouders en heupen zo smal dat ze haar spijkerbroek nauwelijks kunnen ophouden. 'Het gaat niet om wat je moet doen,' antwoord ik. 'Het gaat om wat je moet zijn.' Ik loop langzaam naar haar toe. Tot nu toe heeft ze geen reden gehad bang voor me te zijn en waarom zou ze ook? Ik ben maar een vrouw. Maar nu ziet ze in mijn ogen iets wat haar dwingt een stap achteruit te doen.

'Ben je bang?' vraag ik haar zachtjes.

Ze tilt haar kin op en zegt met roekeloze bravoure: 'Nee.'

'Dat zou je wel moeten zijn.'

2

Zeven jaar later

'Mijn naam is Maura Isles. I-S-L-E-S. Ik ben forensisch patholoog. Ik werk voor de Forensische Dienst van de Commonwealth of Massachusetts.'

'Welke opleiding hebt u genoten en waar hebt u voorheen gewerkt, dokter Isles?' vroeg Carmela Aguila, de assistent-officier van justitie van Suffolk County.

Maura hield haar blik op Aguilar gericht toen ze antwoord gaf. Ze zag liever haar neutrale gezicht dan de woedende blikken van de beklaagde en zijn achterban, van wie er tientallen naar de rechtszaal waren gekomen. Aguilar leek niet in de gaten te hebben, of zich er niets van aan te trekken, dat ze haar zaak bracht ten overstaan van een vijandig publiek, maar Maura was zich daarvan sterk bewust. Dat publiek bestond vrijwel geheel uit leden van het politiekorps en hun vrienden, en wat Maura te zeggen had, zou bij hen niet in goede aarde vallen.

De beklaagde was een agent van het Boston PD, Wayne Brian Graff, die met zijn stoere kin en brede schouders een toonbeeld was van de *all-American hero*. Het publiek stond volledig achter hem en niet achter het slachtoffer, een man die een halfjaar geleden met ernstig lichamelijk letsel op Maura's sectietafel terecht was gekomen; een man die was begraven zonder dat er iemand voor hem was gekomen of om hem had gerouwd; een man die twee uur voor zijn overlijden de fatale zonde had begaan een politieagent dood te schieten.

Maura voelde de blikken van de aanwezigen in de rechtszaal als laserstralen branden op haar gezicht toen ze haar curriculum vitae opdreunde.

'Ik heb aan de Stanford University mijn BA in antropologie gehaald,' zei ze. 'Daarna heb ik medicijnen gestudeerd aan de University of California in San Francisco. Na beëindiging van deze studie heb ik aan diezelfde universiteit een klinische opleidingsperiode van vijf jaar doorlopen met als specialisatie pathologie. Ik ben afgestudeerd in zowel anatomische als klinische pathologie. Na deze opleiding heb ik me verder gespecialiseerd in forensische pathologie aan de University of California in Los Angeles.'

'Bent u bevoegd om als patholoog te werken?'

'Ja. Zowel in algemene als forensische pathologie.'

'Waar hebt u gewerkt voordat u in dienst kwam bij de Forensische Dienst hier in Boston?'

'Ik heb zeven jaar als patholoog-anatoom gewerkt bij de Forensische Dienst van San Francisco. Daarnaast bekleedde ik het ambt van klinisch docent Pathologie aan de University of California. Ik ben zowel in Californië als Massachusetts bevoegd mijn beroep uit te oefenen.' Het was meer informatie dan haar gevraagd was en ze zag Aguilar fronsen. Maura had haar geplande vragenlijst verstoord. Maar ze had deze informatie ook al zo vaak in een rechtszaal gegeven, dat ze precies wist wat haar gevraagd zou worden en haar antwoord automatisch had opgedreund. Waar ze was opgeleid, wat haar beroep behelsde en of ze de kwalificaties bezat om te getuigen in de onderhavige zaak.

Nu de formaliteiten achter de rug waren, kwam Aguilar ter zake. 'Hebt u in oktober van het vorige jaar sectie verricht op een man genaamd Fabian Dixon?'

'Ja,' antwoordde Maura. Een eenvoudig antwoord, en toch voelde ze de spanning in de zaal meteen een graadje stijgen.

'Zou u ons willen vertellen waarom meneer Dixon een zaak was voor de Forensische Dienst?' Aguilar hield haar blik op Maura gericht, alsof ze zei: *Negeer alle andere aanwezigen. Kijk naar mij en hou je bij de feiten.*

Maura rechtte haar rug en begon, luid en duidelijk, zodat de hele zaal haar kon horen. 'De overledene was een man van vierentwintig jaar die bewusteloos was aangetroffen op de achterbank van een patrouillewagen van het Boston Police Department, circa twintig minuten nadat hij was gearresteerd. Hij werd per ambulance naar het Massachusetts General Hospital gebracht, waar bij aankomst op de afdeling spoedeisende hulp werd vastgesteld dat hij dood was.'

'En daardoor was hij een zaak voor de Forensische Dienst?'

'Ja. Hij is naar ons mortuarium gebracht.'

'Beschrijft u alstublieft hoe meneer Dixon eruitzag toen u hem voor het eerst te zien kreeg.'

Het ontging Maura niet dat Aguilar de dode man steeds bij zijn naam noemde. Ze zei niet *het lijk* of *de overledene*. Op die manier herinnerde ze de aanwezigen er voortdurend aan dat het slachtoffer een identiteit had gehad. Een naam, een gezicht, een leven.

Maura deed hetzelfde. 'Meneer Dixon was een goed doorvoede man van gemiddelde lengte en gewicht, die gekleed in alleen een onderbroek en sokken naar ons mortuarium was gebracht. De rest van zijn kleding was verwijderd bij de reanimatiepogingen op de afdeling spoedeisende hulp. Er zaten nog ECG-plakkertjes op zijn borst en hij had een infusiekatheter in zijn linkerarm.' Ze zweeg even. Vanaf dit punt werd het lastig. Hoewel ze niet naar het publiek en de beklaagde keek, wist ze dat hun ogen op haar gericht waren.

Aguilar spoorde haar aan: 'En in welke staat bevond zijn lichaam zich? Zou u dat voor ons willen beschrijven?'

'Er waren bloeduitstortingen zichtbaar op de borst, de linkerkant van de ribbenkast en de maagstreek. De ogen waren sterk opgezwollen en er zaten rijtwonden in de lippen en de schedelhuid. Twee van zijn tanden – de twee voortanden – ontbraken.'

'Bezwaar!' De strafpleiter stond op. 'We weten niet wanneer hij die tanden had verloren. Misschien ontbraken ze al jaren.'

'Eén tand is op de röntgenfoto's te zien. In zijn maag,' zei Maura.

'De getuige wordt verzocht zich van commentaar te onthouden tot ik een beslissing aangaande het bezwaar heb genomen,' zei de rechter streng. Hij keek naar de strafpleiter. 'Bezwaar afgewezen. Gaat u door, mevrouw Aguilar.'

De assistent-officier van justitie knikte en glimlachte traag terwijl ze haar blik weer op Maura richtte. 'Het lichaam van meneer Dixon vertoonde dus bloeduitstortingen en rijtwonden, en het is zeker dat één van zijn tanden recentelijk uit zijn mond was geslagen.'

'Ja,' zei Maura. 'Zoals u op de foto's van de autopsie zult zien.'

'Met uw welnemen, edelachtbare, willen we die foto's graag nu laten zien,' zei Aguilar. 'Ik waarschuw het publiek dat het geen aangename foto's zijn. Wie ze liever niet wil zien, doet er verstandig aan de zaal te verlaten.' Ze zweeg en keek de zaal rond.

Iedereen bleef zitten.

Toen de eerste dia van Fabian Dixons gehavende lichaam op het scherm verscheen, hoorde je hier en daar mensen naar adem happen. Maura had haar beschrijving van Dixons letsel met opzet oppervlakkig gehouden, omdat ze wist dat foto's veel meer zeiden. Je kon foto's niet verwijten partij te kiezen of te liegen, en de waarheid die van het scherm straalde was zo klaar als een klontje: Fabian Dixon was ernstig mishandeld voordat hij in de patrouillewagen was geduwd.

Terwijl de ene na de andere dia werd vertoond, beschreef Maura wat ze tijdens de sectie had aangetroffen. Gebroken ribben. Een ingeslikte tand in de maag. Ingeademd bloed in de longen. En de doodsoorzaak: een gescheurde milt, wat had geleid tot hevige interne bloeding.

'En wat zou u zeggen over de toedracht van meneer Dixons dood, dokter Isles?' vroeg Aguilar.

Dit was de sleutelvraag waar ze het liefst geen antwoord op gaf vanwege de consequenties die eruit zouden voortvloeien.

'Doodslag,' zei ze. Het was niet haar taak de schuldige aan te wijzen. Ze had haar antwoord tot het minimum beperkt, maar wierp onwillekeurig een vluchtige blik op Wayne Graff. De aangeklaagde politieman zat er roerloos bij en van zijn gezicht viel niets af te lezen. Hij had gedurende zijn tien jaar bij de politie een uitmuntende staat van dienst opgebouwd. Er was een groot aantal karaktergetuigen naar voren gekomen om te vertellen hoe agent Graff hun moedig te hulp was gekomen. Hij was een held, hadden ze gezegd, en Maura geloofde dat zonder meer.

Maar op de avond van 31 oktober, de avond waarop Fabian Dixon een politieman had vermoord, waren Wayne Graff en zijn partner veranderd in wraakengelen. Zij hadden Dixon gearresteerd en waren voor hem verantwoordelijk geweest op het moment van zijn dood. *De verdachte was geagiteerd en gewelddadig, alsof hij onder invloed was van PCP of crack*, stond in hun verklaring. Ze hadden Dixons woedende verweer en bovenmenselijke kracht beschreven. Zelfs met z'n tweeën hadden ze moeite gehad de arrestant in de auto te krijgen. *Er was veel kracht voor nodig om hem in bedwang te houden, maar hij leek geen pijn te voelen. Tijdens de worsteling gromde hij en maakte dierlijke geluiden, en hij probeerde zijn kleren uit te trekken, hoewel het die avond maar vijf graden was.* Ze beschreven, bijna te nauwkeurig, de medische kenmerken van geagiteerd delirium, waaraan wel vaker arrestanten overleden die onder invloed van cocaïne verkeerden.

Maanden later had het toxicologische rapport echter uitgewezen dat Dixon alleen alcohol in zijn bloed had gehad. Voor Maura leed het geen twijfel dat er sprake was geweest van doodslag. En een van de moordenaars zat nu achter de beklaagdentafel naar haar te staren.

'Ik heb verder geen vragen,' zei Aguilar. Ze ging zitten, ervan overtuigd dat ze haar zaak goed had gebracht.

Morris Whaley, de strafpleiter, stond op voor het kruisverhoor. Maura voelde hoe haar hele lichaam zich spande. Whaley maakte een hoffelijke indruk toen hij naar de getuigenbank liep, alsof hij alleen maar een vriendelijk babbeltje met haar wilde maken. Als ze elkaar op een cocktailparty hadden ontmoet, zou ze hem wellicht een aangename gesprekspartner hebben gevonden, niet onaantrekkelijk in zijn Brooks Brothers-kostuum.

'Ik denk dat iedereen zo onder de indruk is van uw staat van dienst, dokter Isles,' zei hij, 'dat ik geen tijd hoef te verdoen met nogmaals op uw academische kwalificaties in te gaan.'

Ze zei niets. Ze keek naar zijn glimlachende gezicht en vroeg zich af uit welke hoek de aanval zou worden ingezet.

'Ik denk dat niemand in deze rechtszaal eraan twijfelt dat u hard hebt gewerkt om uw huidige positie te bereiken,' vervolgde Whaley. 'In het bijzonder als je in aanmerking neemt dat u de afgelopen maanden in uw privéleven de nodige problemen het hoofd hebt moeten bieden.'

'Bezwaar.' Aguilar slaakte een geprikkelde zucht en kwam overeind. 'Niet relevant.'

'Toch wel, edelachtbare. Het heeft te maken met het beoordelingsvermogen van de getuige,' zei Whaley.

'In welk opzicht?' informeerde de rechter.

'Belevenissen kunnen invloed hebben op de manier waarop een getuige het bewijsmateriaal interpreteert.'

'Over welke belevenissen hebt u het?'

'Als u me toestaat dit onderwerp uit te diepen, zal dat duidelijk worden.'

De rechter keek Whaley streng aan. 'Ik geef u voorlopig toestemming voor deze vraagstelling. Let wel: voorlopig.'

Aguilar ging met een stuurs gezicht weer zitten.

Whaley keek Maura weer aan. 'Dokter Isles, weet u toevallig nog op welke datum u de autopsie op de overledene hebt verricht?'

Maura gaf niet meteen antwoord, een beetje uit haar evenwicht gebracht nu hij plotsklaps weer over de sectie begon. Het viel haar op dat Whaley het slachtoffer niet bij de naam noemde.

'Bedoelt u de sectie op meneer Dixon?' vroeg ze. Ze zag de geïrriteerde blik in zijn ogen.

'Ja.'

'Ik heb het post mortem onderzoek verricht op 1 november.'

'Hebt u op die datum de doodsoorzaak vastgesteld?'

'Ja. Zoals ik al zei is hij gestorven aan een hevige inwendige bloeding, die het gevolg was van een gescheurde milt.'

'Hebt u op diezelfde datum ook gespecificeerd op welke wijze de dood was veroorzaakt?'

Ze aarzelde. 'Nee. Althans, niet definitief.'

'Waarom niet?'

Ze haalde diep adem en voelde alle ogen weer op zich gericht. 'Ik wilde wachten op de uitslagen van de toxicologische onderzoeken. Om te zien of meneer Dixon inderdaad onder invloed was van cocaïne of andere drugs. Ik wilde voorzichtigheid betrachten.'

'En zo hoort het ook, als uw beslissing de carrière, zelfs het leven, van twee toegewijde handhavers van de openbare orde zou kunnen vernietigen.'

'Ik beperk me altijd tot de feiten, meneer Whaley, waar die ook toe leiden.'

Dat antwoord beviel hem niet. Ze zag het aan het trekken van een spiertje in zijn kaak. Alle schijn van beleefdheid verdween en het was nu oorlog.

'U hebt de sectie verricht op 1 november,' zei hij.

'Ja.'

'Wat is er daarna gebeurd?'

'Ik begrijp niet wat u bedoelt.'

'Had u het weekend vrij? Hebt u in de daaropvolgende week andere secties verricht?'

Ze staarde hem aan en voelde een onbehaaglijk gevoel opkomen. Ze wist niet waar hij precies op aanstuurde, maar de koers beviel haar niet. 'Ik heb een pathologieconferentie bijgewoond,' zei ze.

'In Wyoming, als ik me niet vergis.'

'Ja.'

'Waar u een traumatische ervaring hebt opgedaan. U bent aangevallen door een ontspoorde politieagent.'

Aguilar vloog overeind. 'Bezwaar! Niet relevant!'

'Bezwaar afgewezen,' zei de rechter.

Whaley glimlachte. Dit gaf hem vrij baan om de vragen te stellen waar Maura zo bang voor was. 'Klopt dat, dokter Isles? Bent u aangevallen door een politieagent?'

'Ja,' fluisterde ze.

'Pardon. Ik heb u niet verstaan.'

'Ja,' herhaalde ze op luidere toon.

'Hoe hebt u die aanval overleefd?'

Je kon een speld horen vallen. De hele zaal wachtte op haar verhaal. Een verhaal waar ze helemaal niet aan wilde denken omdat ze er nog steeds nachtmerries van kreeg. Ze zag de eenzame heuveltop in Wyoming weer voor zich. Ze hoorde de klap waarmee het portier van de auto van de hulpsheriff werd dichtgeslagen, waardoor ze opgesloten was komen te zitten op de achterbank, achter het metalen hek dat de bestuurder beschermde tegen zijn arrestanten. Ze herinnerde zich het paniekgevoel toen ze tevergeefs op het raam had gebeukt om te proberen te ontsnappen aan de man die van plan was haar te vermoorden.

'Dokter Isles, hoe hebt u het overleefd? Wie is u te hulp gekomen?'

Ze slikte. 'Een jongen.'

'Julian Perkins, zestien jaar oud, als ik me niet vergis. Een jonge man die de politieagent heeft doodgeschoten.'

'Hij had geen keus!'

Whaley hield zijn hoofd schuin. 'Springt u in de bres voor een jongen die een politieman heeft vermoord?'

'Een *krankzinnige* politieman!'

'En toen bent u teruggekeerd naar Boston, waar u hebt verklaard dat er bij het overlijden van meneer Dixon sprake was van doodslag.'

'Omdat het dat was.'

'Of was het slechts een tragisch ongeluk? Het onvermijdelijke gevolg van het feit dat een gewelddadige arrestant zich verzette en bedwongen moest worden?'

'U hebt de autopsiefoto's gezien. De politie heeft veel meer geweld gebruikt dan noodzakelijk was.'

'Wat ook geldt voor die jongen in Wyoming, Julian Perkins. Hij heeft een hulpsheriff doodgeschoten. Vindt u dat gerechtvaardigd geweld?'

'Bezwaar,' zei Aguilar. 'Dokter Isles is niet de beklaagde in deze zaak.'

Whaley bleef naar Maura kijken en drukte door. 'Wat is er in Wyoming gebeurd, dokter Isles? Is er iets aan u geopenbaard toen u voor uw leven vocht? Besefte u plotseling dat de politie uw vijand is?'

'Bezwaar!'

'Of was de politie altijd al de vijand? Leden van uw eigen familie schijnen dat te denken.'

De hamer kwam neer. 'Meneer Whaley, vervoeg u onmiddellijk bij me!'

Maura bleef volkomen overdonderd zitten toen de twee advocaten en de rechter op gedempte toon met elkaar spraken. Nu was alles duidelijk. Hij had besloten haar familie erbij te slepen. Waarschijnlijk wist iedere politieman in Boston dat haar moeder, Amalthea, in een vrouwengevangenis in Framingham levenslang uitzat. Het monster dat mij heeft gebaard, dacht ze. Wie naar mij kijkt, vraagt zich af of dat kwaad ook door mijn aderen stroomt. Ze zag dat de beklaagde, agent Graff, naar haar zat te kijken. Hij hield haar blik vast en vertrok zijn mond tot een glimlach. *Nu weet je wat de gevolgen zijn*, las ze in zijn ogen. *Dit is je straf als je onze blauwe lijn overschrijdt.*

'Deze zaak is geschorst tot vanmiddag twee uur,' zei de rechter.

Toen de juryleden de zaal verlieten, liet Maura zich tegen de rugleuning van de stoel zakken. Ze merkte niet dat Aguilar naast haar kwam staan.

'Wat een vuile truc,' zei Aguilar. 'De rechter had veel eerder moeten ingrijpen.'

'Whaley legde de focus helemaal op mij,' zei Maura.

'Ja, omdat dat zijn enige kaart is. De autopsiefoto's zijn overtuigend genoeg.' Aguilar keek haar indringend aan. 'Zijn er nog meer dingen die ik over u moet weten, dokter Isles?'

'Afgezien van het feit dat mijn moeder levenslang heeft gekregen wegens moord en dat ik in mijn vrije tijd poesjes in de fik steek?'

'Daar kan ik echt niet om lachen.'

'U hebt het zelf gezegd. Ik ben niet degene die in deze zaak terechtstaat.'

'Nee, maar ze zullen proberen u in een kwaad daglicht te stellen. Ze zullen net doen alsof u politiemannen haat. En dat u dingen achterhoudt. We kunnen deze zaak verliezen als de jury denkt dat u niet oprecht bent. Als er dus nog meer dingen zijn die ze erbij kunnen halen, geheimen die u voor me hebt achtergehouden, wil ik dat nu graag weten.'

Maura dacht aan de blunders waar ze nooit over sprak. De geheime relatie die ze onlangs had beëindigd. De gewelddadigheden binnen haar familie. 'Iedereen heeft geheimen,' zei ze. 'Die van mij hebben niets met deze zaak te maken.'

'Dat is te hopen,' zei Aguilar.

3

Waar je ook kwam of ging in Bostons Chinatown, overal waren spoken. Ze maakten zowel de stille Tai Tung Village als de lawaaierige Beach Street onveilig, ze fladderden boven Ping On Alley en dwaalden door de donkere stegen rond Oxford Place. De straten zaten vol met geesten. Dat was in elk geval wat Billy Foo met grote stelligheid beweerde. Of hij zelf in spoken geloofde, deed er niet toe. Als stadsgids was het zijn taak toeristen ervan te overtuigen dat de stad ermee vol zat. Mensen wíllen in spoken geloven; niet voor niets was er altijd wel weer een groep bereid vijftien dollar per persoon op te hoesten om op de hoek van Beach en Oxford bibberend naar Billy's griezelige moordverhalen te luisteren. De groep die zich vanavond had opgegeven voor de Chinatown Ghost Tour bestond uit het veelzeggende aantal van dertien personen, onder wie een brutale tienjarige tweeling, die drie uur geleden al in bed had moeten liggen. Maar wie geld nodig heeft, zegt geen nee tegen betalende klanten, zelfs niet tegen irritante jongetjes. Billy zat in het laatste jaar van de toneelschool en vooralsnog schemerde er geen baan aan de horizon, en deze groep bracht toch maar weer mooi honderdvijfennegentig dollar in het laatje, de fooien niet meegerekend. Niet gek voor twee uur sterke verhalen vertellen, ook al moest hij zich daarbij vernederen tot het dragen van een satijnen kimono en een nepvlecht.

Billy schraapte zijn keel en hief zijn armen op, gebruik makend van alles wat hij gedurende zes semesters had geleerd om zijn publiek te boeien. 'We schrijven 2 augustus 1907. Een zwoele vrijdagavond.'

Zijn zware stem steeg onheilspellend boven het storende geronk van het verkeer uit. Alsof hij de Dood was die zijn volgende slachtoffer koos, wees hij naar de overkant van de straat. 'Daar, op het plein dat bekend staat als Oxford Place, klopt het hart van Bostons Chinese wijk. Volg mij, dan breng ik u terug naar het tijdperk waarin het in deze straten wemelde van immigranten. Het tijdperk waarin de warme nachten naar zwetende lichamen en onbekende kruiden roken. Volg mij, dan voer ik u terug naar een nacht waarin moord in de lucht hing!' Met een theatrale armzwaai nodigde hij de groep uit achter hem aan naar Oxford Place te lopen. Daar aangekomen dromden zijn toehoorders dicht om hem heen om naar zijn verhaal te luisteren. Hij keek naar hun aandachtige gezichten en dacht: nu moet je ze betoveren, nu moet je ze in je ban brengen, zoals een goede acteur betaamt. Hij spreidde zijn armen. De mouwen van zijn kimono fladderden als satijnen vleugels toen hij diep ademhaalde om te beginnen.

'Ma-ham!' jengelde een van de jongetjes. 'Michael zit me te schoppen!'

'Laat dat, Michael,' zei de moeder streng. 'Laat je broer met rust.'

'Ik deed niks!'

'Je zit je broer te pesten.'

'Hij mij ook.'

'Willen jullie soms dat we teruggaan naar het hotel?'

God, ja, ga alsjeblieft terug naar het hotel, dacht Billy. Maar de broertjes zwegen nu en keken elkaar alleen nog maar nijdig aan, met hun armen over elkaar geslagen. Ze waren absoluut niet geïnteresseerd in Billy's verhaal.

'Zoals ik zei,' vervolgde Billy, maar de onderbreking had hem uit zijn concentratie gehaald en het was alsof hij het *pffft!* hoorde waarmee de spanning wegstroomde, als lucht uit een doorgeprikte ballon. Verbeten hervatte hij zijn verhaal.

'Het was een broeierige nacht. Na een lange werkdag in hun wasserijen en kruidenierswinkels zaten tientallen Chinezen hier op het plein uit te rusten.' Hij vond dat het woord *Chinezen* een lichte bijsmaak had, maar moest het wel gebruiken om beelden op te roepen aan het tijdperk waarin de kranten met regelmaat repten van *achter-*

bakse, sinistere Oosterlingen. Een tijdperk waarin zelfs *Time* het nodig had gevonden te spreken van 'kwaadaardigheid die zich flauwtjes glimlachend aftekent op gezichten zo geel als telegraafpapier'. Een tijd waarin Billy Foo, een Amerikaan van Chinese afkomst, op geen beter baantje had kunnen hopen dan in een wasserij, als kok, of als werkman.

'Ze wisten nog niet dat hier, op dit plein, een hevige strijd zou ontbranden,' zei Billy. 'Een strijd tussen twee concurrerende Chinese clans, de On Leongs en de Hip Sings. Een strijd waarbij bloed als regenwater over het plein zou stromen...

Iemand steekt een voetzoeker af. En op dat moment barst aan alle kanten geweervuur los! De Chinezen op het plein proberen een goed heenkomen te zoeken, maar sommigen zijn niet snel genoeg en als het geluid van de laatste schoten wegsterft, liggen hier vijf mannen, dood of stervende. De zoveelste slachtoffers van de beruchte, bloederige Tong-oorlogen...'

'Gaan we nou, mam?'

'Ssst. Luister naar het verhaal.'

'Maar ik vind er niks aan.'

Billy zweeg. Hij kon dat rotjong wel wat doen. Hij keek hem vuil aan, maar de jongen haalde onverschillig zijn schouders op.

'Op nevelige avonden, zoals vanavond,' ging Billy verbeten door, 'kun je soms het geluid van die voetzoekers heel in de verte nog horen. Op avonden als deze kun je soms de schaduwen zien van de mensen die in doodsangst vluchtten om te ontkomen aan de regen van kogels!' Billy draaide zich om en maakte een armzwaai. 'En dan steken we nu Beach Street weer over, naar de volgende plek waar altijd spoken te vinden zijn.'

'Mam, *ma-ham!*'

Billy negeerde het ettertje en ging de groep voor naar de overkant van de straat. *Blijven lachen, blijven praten. Denk aan de fooien*. Hij hoefde dit nog maar een uurtje vol te houden. Eerst naar Knapp Street, waar de volgende halte was. Daarvandaan naar Tyler Street en de gokhal waar in '91 vijf mannen waren afgeslacht. Geen gebrek aan plaatsen waar moorden waren gepleegd in Chinatown.

Hij liep voor de groep uit naar Knapp Street. Het was eigenlijk geen straat maar een slecht verlichte steeg waar bijna nooit iemand kwam. Zodra ze de lichtjes en het verkeer van Beach Street achter zich hadden gelaten, leek de temperatuur te dalen. Huiverend trok Billy zijn kimono wat strakker om zich heen. Dit eigenaardige fenomeen was hem al vaker opgevallen als hij door deze smalle straat liep. Zelfs op een warme zomeravond had hij het hier koud, alsof een kilte zich lang geleden in de steeg had gevestigd om nooit meer te verdwijnen. De groep merkte het ook. Hij hoorde dat ze de ritsen van hun jassen omhoog trokken en zag dat ze handschoenen uit hun zakken haalden. Ze waren opeens ook erg stil. Het geluid van hun voetstappen weerkaatste tegen de gebouwen die aan weerskanten oprezen. Zelfs de twee snotapen hielden hun mond, alsof ze voelden dat de sfeer was veranderd. Alsof hier iets rondwaarde, iets wat ieders lach en levenslust zou doen vergaan.

Billy stopte bij een leegstaand gebouw met een metalen hek voor de voordeur en tralies voor de ramen. Een roestende brandtrap liep tot aan de vierde verdieping, waar alle ramen waren dichtgespijkerd, alsof voorkomen moest worden dat iets wat daar huisde, zou ontsnappen. De groep stond dicht opeen, bij elkaar beschutting zoekend tegen de kou. Of deden ze het omdat ze een voorgevoel hadden dat hen ertoe aanzette zich in een beschermende kring op te stellen?

'We bevinden ons op de plek waar een van Chinatowns gruwelijkste misdaden is gepleegd,' zei Billy. 'Het uithangbord is er niet meer, maar negentien jaar geleden bevond zich achter deze getraliede ramen een klein Chinees visrestaurant. De Red Phoenix. Het was een bescheiden etablissement met slechts acht tafels, maar het stond bekend om zijn verse schaaldieren. Het gebeurde op 30 maart. Het was die avond waterkoud. Net zoals nu. In de meestal zo drukke straten van Chinatown was het opvallend stil. In de Red Phoenix waren slechts twee mensen aan het werk: de kelner, Jimmy Fang, en de kok, een illegale immigrant uit China, genaamd Wu Weimin. Er waren die avond drie klanten in het restaurant en het zou hun laatste avond zijn. Want in de keuken was iets mis. We zullen nooit weten waarom de kok opeens in razernij ontstak. Misschien omdat hij zulke lange uren maakte. Misschien vanwege de heimwee waarmee hij kampte als immigrant in een vreemd land.'

Billy zweeg even en ging toen op angstaanjagende, gedempte toon door. 'Of misschien had een onbekende kracht hem in zijn macht gekregen en was hij plotseling bezeten van een kwade geest. Een kwade geest die hem ertoe aanzette een pistool te grijpen en daarmee de eetzaal binnen te stormen. Een kwade geest die hier nog steeds rondwaart, in deze donkere steeg. Het enige wat we zeker weten, is dat hij het pistool richtte en...' Billy stopte.

'En?' vroeg iemand gespannen.

Billy keek omhoog, naar de dakrand van het gebouw. Hij had kunnen zweren dat hij daar iets had zien bewegen. Het was slechts een verschuiving van zwart op zwart geweest, alsof een grote vogel zijn vleugels had ontvouwen. Hij tuurde ingespannen of het nog een keer zou gebeuren, maar zag alleen de skeletachtige vorm van de brandtrap tegen de muur.

'En toen?' vroeg een van de tweeling ongeduldig.

Billy zag dertien gezichten verwachtingsvol naar hem kijken en probeerde zich te herinneren waar hij was gebleven, maar hij was de draad kwijtgeraakt van de schrik om wat zich boven hun hoofden had bewogen. Opeens wilde hij daar weg, de donkere steeg uit, zo ver mogelijk bij het gebouw vandaan. Hij wilde dat zo graag dat hij al zijn wilskracht nodig had om het niet op een lopen te zetten, terug naar Beach Street en de lichtjes van de stad. Hij haalde diep adem en raffelde het verhaal af met: 'Toen heeft de kok hen allemaal doodgeschoten. En daarna heeft hij zelfmoord gepleegd.'

Hij draaide zich om en wenkte de groep met zich mee, weg van het enge gebouw met de spoken en de echo's van gruweldaden. Aan het einde van de steeg was Harrison Avenue. De lichtjes en het verkeer lokten. Daar waren levende mensen, geen doden. Hij liep zo snel dat de groep hem niet kon bijhouden, maar slaagde er niet in de onheilspellende sfeer die zich steeds strakker om hen allen heen leek te winden, van zich af te zetten. Het gevoel dat ze werden gadegeslagen. Dat hij werd gadegeslagen.

Opeens slaakte een vrouw een ijselijke gil. Billy draaide zich met een ruk om. Zijn hart begon te bonken. Maar toen barstte de groep in luidruchtig lachen uit en een van de mannen zei: 'Goeie! Haal je dat geintje met al je groepen uit?'

'Wat?' zei Billy.

'We schrokken ons wezenloos! Het ziet er verdraaid echt uit.'

'Ik weet niet waar u het over hebt,' zei Billy.

De man wees naar een voorwerp waarvan hij dacht dat het bij het verhaal hoorde. 'Laat eens zien wat je hebt gevonden,' zei hij tegen een van de tweeling.

'Het lag daar, bij de vuilnisbak,' zei het jongetje. Hij hield zijn vondst omhoog. 'Getver. Het is net echt. Het vóélt ook echt.'

Billy deed twee stappen naar de jongen toe en bleef toen stokstijf staan. Met open mond staarde hij naar het voorwerp dat de jongen vasthield. Hij zag donkere druppels op het jack van de jongen spatten, maar de jongen leek het zelf niet te merken.

Het was de moeder van de jongen die als eerste begon te gillen. Toen begonnen de anderen ook, terwijl ze allemaal achteruit deinsden. Verbouwereerd bleef de jongen in zijn eentje staan, met zijn vondst hoog opgeheven terwijl het bloed op zijn mouw spatte.

4

‘Ik heb daar zaterdag nog gegeten,’ zei rechercheur Barry Frost op weg naar Chinatown. ‘We waren naar een ballet in het Wang Theater geweest. Liz is dol op ballet. Ik vind er niks aan en ik ben halverwege in slaap gevallen, maar na de voorstelling zijn we nog even naar Ocean City gegaan om een hapje te eten.’

Het was twee uur ’s nachts, een uur waarop niemand zo praatgraag zou mogen zijn. Rechercheur Jane Rizzoli liet haar partner over zijn laatste date doorkletsen, terwijl ze zich concentreerde op het chaufferen. Voor haar vermoeide ogen was zelfs het licht van de straatlantaarns te fel en de koplampen van de tegemoetkomende auto’s priemden op haar netvlies. Nog maar een uur geleden had ze met haar man in de warme cocon van hun bed gelegen. Nu laveerde ze halfwakker door verkeer dat om onverklaarbare redenen een langzaam rijdende file vormde op een tijdstip waarop verstandige mensen thuis in bed liggen.

‘Ben jij daar wel eens geweest?’

‘Waar?’

‘In dat restaurant. Ocean City. Liz wist dat je er oesters met zwartebonensaus moest bestellen. Geweldig! We gaan er beslist nog een keer naartoe.’

‘Wie is Liz?’ vroeg Jane.

‘Dat meisje dat ik op de sportschool heb leren kennen. Dat heb ik je vorige week verteld, Jane.’

‘Ik dacht dat je met ene Muffy uitging.’

‘Maggie.’ Hij haalde zijn schouders op. ‘Nee, dat is uiteindelijk niks geworden.’

'Alweer niet?'

'Ik weet niet wat voor soort vrouw ik wil, oké? Het is lang geleden dat ik vrijgezel was. Het valt me trouwens erg mee dat er zoveel loslopende meiden zijn.'

'Vrouwen. Vrijgezelle vrouwen.'

Hij zuchtte. 'Ja, ja, ik weet het. Alice zat er ook aldoor op te hameren dat je tegenwoordig *vrouwen* moet zeggen.'

Jane stopte voor rood en keek naar hem. 'Spreek je Alice nog?'

'Waar zouden we over moeten praten?'

'Jullie zijn tien jaar getrouwd geweest.'

Hij staarde uit het raam. 'Er valt niks te praten. Ze zit in een nieuwe fase van haar leven.'

Maar jij niet, dacht Jane. Het was acht maanden geleden dat zijn vrouw hem had verlaten en sindsdien moest Jane verhalen aanhoren over zijn hectische maar vreugdeloze avontuurtjes. Eerst was er de zwoele blondine geweest die hem had toegefluisterd dat ze nooit slipjes droeg. Toen een griezelig atletische bibliothecaresse met een stukgelezen Kama Sutra. Daarna een onschuldig ogend orthodox christelijk meisje dat hem onder de tafel had gedronken. Hij deed verslag van zijn belevenissen met een mengeling van verbijstering en verwondering, maar wat ze in zijn ogen zag, was hoofdzakelijk droefheid. Frost was beslist geen slechte partij. Hij was slank, fit en best knap om te zien, dus zou daten hem niet zo moeilijk moeten vallen.

Maar hij mist Alice nog steeds.

Ze sloeg Beach Street in, het hart van Chinatown, en werd bijna verblind door de zwaailichten van een patrouillewagen. Ze stopte achter de auto. Toen ze uitstapten, leek de vochtige kou van de lentenacht tot op het bot door te dringen. Ondanks het onchristelijke uur stonden er heel wat belangstellenden op de stoep. Jane hoorde hen zachtjes praten, hoofdzakelijk in het Chinees. Ze stelden elkaar natuurlijk de universele vraag: *Wat is er gebeurd?*

Jane en Frost liepen Knapp Street in en doken onder het politielint door waarbij een agent in uniform de wacht hield. 'Rechercheurs Rizzoli en Frost van Moordzaken,' zei ze.

'U moet daar zijn,' zei de agent. Hij wees naar een vuilniscontainer, waar een andere agent bij stond.

Toen Jane met Frost naar de tweede agent liep, besefte ze dat hij niet de container bewaakte, maar een voorwerp dat op de grond lag. Ze bleef staan en staarde naar de losse rechterhand.

'Jemig,' zei Frost.

De agent lachte. 'Dat zei ik ook toen ik hem zag.'

'Wie heeft hem gevonden?'

'Mensen die de Chinatown Ghost Tour deden. Een jongen uit de groep had hem opgeraapt. Hij dacht dat het een nephand was. Er droop nog bloed uit, zo vers was de wond. Toen de jongen besefte dat het een echte hand was, heeft hij hem laten vallen en sindsdien heeft niemand hem meer aangeraakt. Dit hadden die mensen natuurlijk niet verwacht toen ze zich voor de wandeling inschreven.'

'Waar zijn ze nu?'

'Ze waren nogal overstuur en wilden terug naar hun hotels, maar ik heb alle namen en contactinformatie. De gids is een plaatselijke Chinese jongen, die bereid is met u te praten wanneer u maar wilt. Behalve de hand heeft de groep niks bijzonders gezien. Ze hebben meteen de politie gebeld, maar op de centrale dachten ze eerst dat het een grap was en het heeft eventjes geduurd voordat er iemand kwam, omdat we het druk hadden met relschoppers in Charlestown.'

Jane ging op haar hurken zitten en richtte haar zaklantaarn op de hand. Het was een opmerkelijk nette amputatie, en het bloed aan de wond was inmiddels opgedroogd. Het was duidelijk de hand van een vrouw, met bleke, slanke, voorbeeldig gemanicuurde vingers. Geen ring, geen horloge. 'Lag hij zomaar op de grond?'

'Ja. Het valt me mee dat de ratten er niet meteen mee aan de haal zijn gegaan.'

'Zo te zien is er niet eens aan geknabbeld. Hij kan hier dus niet lang gelegen hebben.'

'Ik heb trouwens nog iets anders gevonden.' De agent zwenkte zijn zaklantaarn en richtte de lichtbundel op een dofgrijs voorwerp dat een stukje verderop lag.

Frost liep ernaartoe om het nader te bekijken. 'Dat is een Heckler & Koch. Die kosten een lieve duit,' zei hij. Hij keek naar Jane. 'Er zit een geluiddemper op.'

'Hebben de toeristen het pistool ook opgeraapt?' vroeg Jane.

'Nee,' antwoordde de agent. 'Ze hebben het niet eens gezien.'

'We hebben dus een automatisch pistool met een geluiddemper en een zeer recentelijk afgehakte rechterhand,' zei Jane. 'Wie wil er iets om verwedden dat ze wat met elkaar te maken hebben?'

'Dit is een bijzonder mooi exemplaar,' zei Frost, die het pistool vol bewondering bekeek. 'Ik kan me niet voorstellen dat iemand zo'n pistool zomaar zou weggooien.'

Jane kwam overeind en wees naar de container. 'Heb je gekeken of de rest van het lichaam daarin zit?'

'Nee. Een afgehakte hand leek me reden genoeg om u er meteen bij te halen. En ik wilde niets aanraken voordat u er was.'

Ze haalde een paar handschoenen uit haar zak en voelde haar hartslag versnellen toen ze ze aantrok, benieuwd wat ze zou aantreffen. Samen met Frost zette ze het deksel van de container omhoog. De stank van verrotte vis steeg eruit op. Kokhalzend tuurde ze in de bak. Ze zag geplette kartonnen dozen en een volle vuilniszak. Frost en zij keken elkaar aan.

'Aan jou de eer,' zei hij.

Ze leunde over de rand, greep de vuilniszak en wist meteen dat er geen lijk in zat, omdat de zak daarvoor niet zwaar genoeg was. Met een vies gezicht maakte ze hem open en keek erin. Garnalen en kreeftenschalen.

Ze lieten het deksel van de container met een donderende klap weer dichtvallen.

'Geen lijk?' vroeg de agent.

'Nee.' Jane keek naar de afgehakte hand. 'Ik ben benieuwd waar de rest van haar is.'

'Misschien is iemand bezig haar ledematen over de hele stad te verspreiden,' zei Frost.

De agent lachte. 'Of misschien hebben ze haar in een van deze Chinese restaurantjes gekookt en als speciale lekkernij opgediend.'

Jane keek naar Frost. 'Bof jij even dat je oesters hebt gekozen.'

'We hebben de steeg al uitgekamd,' zei de agent.

'Wij zullen evengoed een kijkje nemen,' zei Jane.

Langzaam liepen Frost en zij door Knapp Street. Hun zaklantaarns doorsneden de duisternis. Ze zagen gebroken flessen, kranten en peuken, maar geen lichaamsdelen. Achter de ramen van de huizen die aan weerskanten oprezen brandde nergens licht, maar Jane vroeg zich af of er soms mensen waren die vanuit de onverlichte kamers naar hen keken en hun trage voortgang door de stille steeg volgden. Ze zouden deze inspectie morgen bij daglicht moeten herhalen, maar ze wilde geen tijdgevoelige aanwijzingen mislopen, dus zochten Frost en zij de steeg centimeter voor centimeter af tot ze bij het politielint kwamen waarmee de toegang vanuit Harrison Avenue was geblokkeerd. Hier waren stoepen, straatlantaarns en verkeer, maar Jane en Frost vervolgden hun minutieuze speurtocht rond het blok, van Harrison naar Beach Street, hun ogen op de grond gericht. Tegen de tijd dat ze het blok rond waren en weer bij de container stonden, was er een ploeg van de technische recherche gearriveerd.

'U hebt de rest van de vrouw dus niet gevonden?' vroeg de agent aan Jane en Frost.

Jane keek naar de mannen die het vuurwapen en de geamputeerde hand in plastic zakjes deden en vroeg zich af waarom de moordenaar het lichaamsdeel open en bloot had laten liggen op een plek waar het vrij snel gevonden zou worden. Had hij haast gehad? Was het de bedoeling geweest dat iemand het zou vinden? Was het een boodschap? Ze keek op naar de brandtrap die tot aan de vierde en hoogste verdieping van het gebouw reikte.

'Laten we even een kijkje nemen op het dak,' zei ze.

De onderste sport van de ladder was zo verroest dat ze er niet in slaagden de ladder naar beneden te trekken. Ze zouden op de conventionele manier naar boven moeten gaan, via het trappenhuis. Ze liepen de steeg uit en sloegen Beach Street in om bij de voorzijde van het huizenblok te komen. Op de begane grond zaten kleine bedrijven: een Chinees restaurant, een bakker, een Aziatische minimarkt, die allemaal gesloten waren op dit uur van de nacht. Boven de zaakjes waren appartementen. Jane keek omhoog en zag dat ook hier achter geen van de ramen licht brandde.

'We zullen iemand wakker moeten maken om ons binnen te laten,' zei Frost.

Jane liep naar de oude Chinese mannen die op de stoep stonden te kijken naar wat er allemaal gebeurde. 'Kent u iemand in dit gebouw?' vroeg ze. 'We moeten naar binnen.'

Ze staarden haar zwijgend aan.

'Dat gebouw daar,' zei ze en ze wees ernaar. 'Daar moeten we naar binnen.'

'Je hebt er niks aan om harder te praten,' zei Frost. 'Volgens mij spreken ze geen Engels.'

Jane zuchtte. Het bekende probleem van Chinatown. 'Dan moet iemand voor ons tolken.'

'Ik geloof dat District A-1 een nieuwe rechercheur heeft die van Chinese afkomst is.'

'Daar kunnen we niet op wachten.' Ze liep het trapje op naar de voordeur, bekeek de namen van de bewoners en drukte op een willekeurige bel. Zelfs toen ze herhaalde malen belde, werd er niet opengedaan. Ze drukte op een andere bel. Even later klonk er een stem door de krakende intercom.

'*Wei?*' zei een vrouw.

'Wij zijn van de politie,' zei Jane. 'Zou u alstublieft open willen doen?'

'*Wei?*'

'Doe de deur open!'

Er verstreken een paar minuten. Toen hoorden ze een kinderstem. 'Mijn oma wil weten wie u bent.'

'Rechercheur Jane Rizzoli van de politie,' zei Jane. 'We moeten naar het dak van jullie gebouw. Kun je de voordeur even opendoen?'

Eindelijk klikte het slot open.

Het gebouw was zeker honderd jaar oud en de houten traptreden kraakten toen Jane en Frost naar boven liepen. Op de tweede verdieping ging een deur open. Jane ving een glimp op van een volgestouwde flat en twee meisjes die nieuwsgierig de gang in keken. De jongste was ongeveer net zo oud als Jane's dochtertje, Regina. Jane bleef staan, glimlachte naar het meisje en zei 'hallo'.

Meteen werd het kind door een vrouw opgetild en viel de deur met een klap dicht.

'Wij zijn hier blijkbaar de grote, boze wolf,' zei Frost.

Ze liepen weer door. Op de overloop van de vierde etage was een smalle trap naar het dak. De buitendeur zat niet op slot en piepte onaangenaam toen ze hem openduwden.

Ze stapten naar buiten, waar het zwart van de nacht werd doorbroken door de gloed van de lichten van de stad. Het licht van Jane's zaklantaarn gleed over een plastic tafel met stoelen, potten met kruidenplanten en een doorgezakte waslijn met wasgoed dat spookachtig fladderde in de wind. Tussen de bewegende lakens door zag Jane iets, dicht bij de rand van het dak, verborgen achter het gordijn van linnengoed.

Zonder iets te zeggen haalden zij en Frost papieren schoenbeschermers uit hun zak en bukten zich om ze over hun schoenen te trekken. Daarna doken ze onder de lakens door en liepen langzaam naar wat ze hadden zien liggen. De schoenbeschermers maakten zachte, schuifelende geluidjes op het geteerde dak.

Een paar seconden zeiden ze geen van beiden iets. Ze stonden roerloos naast elkaar met hun zaklantaarns gericht op een plas gestold bloed. En op wat er in die plas lag.

Toen zei Frost: 'Goed, we hebben de rest van de vrouw dus gevonden.'

5

Chinatown ligt midden in Boston, ingeklemd tussen het commerciële district in het noorden en het groen van de Common in het westen, maar toen Maura onder de Paifang-poort met zijn vier gebeeldhouwde leeuwen doorliep, was het net alsof ze een andere stad betrad, zelfs een andere wereld. Ze was hier voor het laatst geweest op een zaterdagochtend in oktober. Onder de poort hadden groepjes bejaarde mannen gezeten, die thee dronken, bordspellen speelden en in het Chinees roddels uitwisselden. Ze had er op die koude dag met Daniel afgesproken voor een dim sum-ontbijt. Het was een van de laatste maaltijden die ze samen zouden gebruiken en de herinnering eraan doorboorde haar hart nu als een degen. Hoewel het vandaag een onbewolkte lentedag was en dezelfde oude mannen bibberend in de nog kille morgenstond alweer achter hun damborden zaten, legde haar sombere gemoed een sluier over alles wat ze zag, alsof de zon niet scheen.

Ze liep langs restaurants met aquariums vol zilveren vissen, langs winkels die tot de nok toe gevuld waren met meubels van rozenhout, jade armbanden en beeldjes van nep-ivoor, tot ze bij een drom mensen arriveerde. Ze zag een politieman die met kop en schouders boven de hoofdzakelijk Aziatische toeschouwers uitstak en wrong zich tussen de mensen door naar hem toe.

'Goedemorgen. Ik ben de lijkschouwer,' zei ze.

Hij bekeek haar met een kille blik die duidelijk maakte dat hij wist wie ze was. Dr. Maura Isles, de vrouw die de broederschap van mensen die tot taak hadden het publiek te dienen en te beschermen, was afgevallen. De vrouw die een getuigenis had afgelegd waardoor een van hen misschien in de gevangenis zou komen. Hij zei geen woord en staarde haar alleen maar aan, alsof hij geen idee had wat ze van hem verwachtte.

Ze staarde terug met een al even kille blik. 'Waar is het lijk?' vroeg ze.

'Dat moet u aan rechercheur Rizzoli vragen.'

Hij maakte het haar niet makkelijk. 'En waar is rechercheur Rizzoli?'

Voordat hij antwoord kon geven, hoorde ze iemand roepen: 'Dokter Isles?' Een jonge Aziatische man in een kostuum met een stropdas stak de straat over naar haar toe. 'U moet op het dak zijn.'

'Hoe kom ik daar?'

'Ik loop wel even met u mee.'

'Bent u nieuw bij Moordzaken? Ik geloof niet dat ik u ooit heb gezien.'

'Sorry, ik had me moeten voorstellen. Rechercheur Johnny Tam van District A-1. Rechercheur Rizzoli had een tolk nodig en omdat ik van Chinese afkomst ben, hebben ze mij aan haar team toegevoegd.'

'Is dit je eerste onderzoek naar een moord?'

'Ja. Mijn droom is in vervulling gegaan. Ik ben pas twee maanden geleden tot rechercheur bevorderd, dus is dit echt een buitenkansje.' Op een bazige toon joeg hij de omstanders uit elkaar zodat Maura erdoor kon. Hij opende de voordeur van een gebouw waar het naar knoflook en wierook stonk.

'Ik hoor dat u Mandarijn spreekt. Spreekt u ook Kantonees?' vroeg ze.

'Kunt u het verschil horen?'

'Ik heb in San Francisco gewoond en gewerkt en had daar een aantal Chinese collega's.'

'Ik wou dat ik Kantonees sprak, maar ik versta er helaas geen woord van,' zei hij toen ze de trap opliepen. 'En ik ben bang dat ik hier met Mandarijn niet ver kom. De oudjes spreken over het algemeen Kantonees of het Toisaanse dialect. De helft van de tijd heb ik zelf een tolk nodig.'

'U bent dus niet in Boston geboren en getogen.'

'Nee, in New York. Mijn ouders zijn vanuit de provincie Fujian naar Amerika gekomen.'

Ze waren intussen bij de deur van het dak aangekomen en stapten naar buiten, waar ze verblind werden door de laagstaande zon. Maura kneep haar ogen tot spleetjes en keek om zich heen. Agenten van de technische recherche waren bezig het dak uit te kammen. Ze hoorde iemand roepen: 'Hier ligt nog een patroonhuls.'

'Hoeveel zijn dat er nu in totaal? Vijf?'

'Ja.'

'Markeren en meenemen.'

Plotseling viel er een stilte. Maura besefte dat ze hadden gemerkt dat ze er was en dat ze allemaal naar haar keken. Naar de verraadster.

'Hé, Doc.' Jane kwam naar haar toe. De wind deed haar donkere haar opwaaien. 'Ik zie dat Tam je heeft gevonden.'

'Wat hoor ik over patroonhulzen?' vroeg Maura. 'Toen je me belde, zei je dat het om een amputatie ging.'

'Dat is ook zo. Maar er lag in de steeg ook een Heckler & Koch. En nu is gebleken dat iemand hier een flink aantal kogels heeft afgevuurd. Zeker vijf.'

'Is er melding gemaakt van schoten? Hebben we een tijdstip?'

'Nee, want er zat een geluiddemper op het pistool. Niemand heeft iets gehoord.' Jane draaide zich om. 'Het slachtoffer ligt daar.'

Maura trok schoenbeschermers aan en liep met Jane mee naar het afgedekte lijk dat bij de rand van het dak lag. Ze bukte zich, tilde het vel plastic op en staarde naar het lijk alsof ze niet in staat was een woord uit te brengen.

'Ja, wij zijn er ook danig van geschrokken,' zei Jane.

Het was een blanke vrouw van begin dertig, slank en atletisch, volledig in het zwart gekleed in een legging en een sweatshirt met een capuchon. Het lichaam bevond zich in rigor mortis. Ze lag op haar rug met haar gezicht naar boven, alsof ze hier was gaan liggen om naar de sterren te kijken. Ze had prachtig kastanjebruin haar dat in haar nek tot een eenvoudige staart was gebonden. Haar smetteloze huid was bleek en ze had de hoge jukbeenderen van een fotomodel, een beetje Slavisch. Maar Maura had alleen maar oog voor de wond, een snee zo diep dat niet alleen huid, spieren en kraakbeen uiteen waren geweken, maar dat zelfs de holte van de luchtpijp zichtbaar was en de parelvormige nekwervels blootlagen. De slagaderlijke bloeding was zo hevig geweest dat de cirkel van bloed een onthutsend grote radius had. Zelfs op de lakens aan de waslijn verderop zaten bloedspatten.

'Zoals gezegd is de afgehakte hand beneden in de steeg terechtgekomen,' zei Jane. 'Evenals de Heckler & Koch. Ik denk dat we haar vingerafdrukken op de kolf van het wapen zullen aantreffen. En kruitsporen op haar hand.'

Maura maakte met enige moeite haar blik los van de hals en keek nu naar de rechterpols, waar de hand kaarsrecht van af was gehakt. Ze probeerde zich voor te stellen wat voor soort wapen zo efficiënt dwars door kraakbeen en bot had kunnen gaan. Het moest een ongelooflijk scherp wapen zijn, dat door de dader zonder aarzelen was gehanteerd. Ze zag in haar verbeelding de flits van het metaal, de hand die neerviel en weg stuiterde over de rand van het dak. Ze zag hoe datzelfde vlijmscherpe staal vervolgens de ranke hals doorkliefde.

Met een huivering kwam ze weer overeind. Ze keek over de rand van het dak naar de agenten die aan het einde van Knapp Street stonden om het publiek op een afstand te houden. De menigte leek tweemaal zo groot als daarnet, hoewel het nog vroeg was. Nieuwsgierige aagjes kenden geen medelijden en hadden een neus voor vers bloed.

'Weet je zeker dat je hier wilt zijn, Maura?' vroeg Jane op gedempte toon.

Maura keek haar aan. 'Ja, waarom niet?'

'Ik vraag me af of je niet beter nog even had kunnen wachten voordat je weer in de roulatie ging. Ik weet wat een moeilijke week je achter de rug hebt vanwege de rechtszaak.' Jane zweeg even en zei toen: 'Het ziet er voor Graff niet goed uit.'

'En waarom zou het? Hij heeft een man gedood.'

'Een man die een agent had vermoord. Een goede agent die een vrouw en kinderen had. Als ik heel eerlijk moet zijn, denk ik dat ik net zo gereageerd zou hebben.'

'Jane, ga me alsjeblieft niet vertellen dat je achter Graff staat.'

'Ik heb met hem gewerkt. Een betere man kun je niet naast je wensen als je je in een gevaarlijke situatie bevindt. En je weet hoe het agenten in de gevangenis vergaat.'

'Ik vind niet dat ik verplicht ben me te rechtvaardigen. Ik krijg al genoeg haatmail. Loop alsjeblieft niet met de meute mee.'

'Ik zeg alleen maar dat het een gevoelige situatie is. We hebben allemaal veel respect voor Graff en kunnen zo goed begrijpen waarom hij die avond zijn zelfbeheersing heeft verloren. Door zijn toedoen is een agentenmoordenaar overleden. Misschien is dat op zich gerechtigheid.'

'Het is niet mijn taak over gerechtigheid te oordelen. Ik houd me alleen bezig met feiten.'

Jane's lach klonk iets te scherp. 'Ja, ik weet het. Bij jou gaat het altijd uitsluitend om feiten.'

Maura draaide zich om en keek naar de agenten van de technische recherche die nog bezig waren het dak uit te kammen. *Zet het van je af en concentreer je op je werk. Je bent hier als spreekbuis voor deze dode vrouw en voor niemand anders.* 'Wat deed die vrouw op het dak?' vroeg ze.

Jane keek naar het lijk. 'Ik heb geen idee.'

'Weten we hoe ze op het dak is gekomen?'

'Dat kan via een brandtrap of een trappenhuis zijn geweest. Als je eenmaal op een van de daken staat, kun je alle daken van dit huizenblok bereiken, van Harrison Avenue tot Knapp Street. Ze kan een van de gebouwen zijn binnengegaan. In principe kan ze zelfs vanuit een helikopter zijn neergelaten. Geen van de mensen met wie we hebben gesproken, kan zich herinneren haar gisteravond gezien te hebben. We weten alleen dat het gisteravond is gebeurd. Toen we haar vonden, had de rigor mortis net ingezet.'

Maura tilde het plastic weer op en keek fronsend naar de kleding van het slachtoffer. 'Eigenaardig dat ze helemaal in het zwart is gekleed.'

'Met zwart zit je nooit fout, zeggen ze.'

'Identiteitsbewijs?'

'Hebben we niet gevonden. Ze had driehonderd dollar en de sleutels van een Honda in haar zak. Verder niets. Er wordt naar de auto gezocht.' Jane schudde haar hoofd. 'Jammer dat het geen Yugo is. Nu zoeken we naar de spreekwoordelijke naald in een hooiberg van Honda's.'

Maura liet het vel plastic los. De gapende wond verdween weer uit het zicht. 'Waar is de hand?'

'Die zit al in een zakje.'

'Weet je zeker dat hij bij dit lichaam hoort?'

Jane stootte een onthutste lach uit. 'Hoe groot is de kans dat dat niet zo is?'

'Ik ga nooit ergens klakkeloos van uit. Dat weet je.' Ze draaide zich om.

'Maura?'

Ze draaide zich weer om naar Jane. Ze stonden tegenover elkaar in de verblindende zonneschijn, wat hun het gevoel gaf dat het hele politiekorps van Boston hen kon zien en horen.

'Nog even over de rechtszaak. Ik begrijp waarom je het hebt gedaan,' zei Jane. 'Dat weet je.'

'Maar je bent het er niet mee eens.'

'Nee, maar ik begrijp het wel. En ik hoop dat jij begrijpt dat het mannen als Graff zijn die dagelijks de echte wereld tegemoet treden. Zij zijn de frontsoldaten. Gerechtigheid is soms een subjectief begrip, geen wetenschappelijk experiment. Soms is het een rommeltje en soms maken feiten dat nog erger.'

'Had ik dan moeten liegen?'

'Ik verzoek je alleen maar niet te vergeten wie de ware misdadigers zijn.'

'Dat staat niet in mijn taakomschrijving,' zei Maura. Ze verliet het dak en trok zich terug in het trappenhuis, blij dat ze aan het felle licht van de zon en de ogen van de agenten kon ontsnappen. Maar toen ze op de begane grond was aangekomen, stond rechercheur Tam op haar te wachten.

'Bloederige toestand daarboven?' zei hij.

'Nogal.'

'Wanneer gaat u de sectie doen?'

'Morgenochtend.'

'Mag ik komen kijken?'
'Van mij wel. Als u ertegen kunt.'
'Ik heb een paar autopsies bijgewoond toen ik op de politie-academie zat. Ik ben nog nooit van mijn stokje gegaan.'
Ze bekeek hem zwijgend. Zag humorloze donkere ogen en een knap, mager gezicht, maar geen vijandigheid. Op een ochtend dat het hele Boston PD zich tegen haar had gekeerd, was rechercheur Johnny Tam de enige die geen oordeel over haar leek te vellen.
'We beginnen om acht uur,' zei ze. 'Tot dan.'

6

Maura sliep die nacht erg slecht. Nadat ze veel te zwaar had getafeld, lasagne met drie glazen wijn, was ze uitgeput naar bed gegaan. Een paar uur later was ze wakker geworden, zich pijnlijk bewust van de lege plek naast haar. Toen ze haar hand uitstak naar de koude lakens, vroeg ze zich af, zoals ze de afgelopen vier maanden talloze malen had gedaan, of Daniel Brophy ook wakker lag en ook zo eenzaam was. En of hij net zo graag als zij de telefoon wilde pakken om de stilte tussen hen te verbreken. Maar misschien dat hij rustig sliep, zonder spijt, blij dat ze eindelijk een punt achter hun relatie hadden gezet. Ze was weer vrij om te doen en laten wat ze wilde, maar de prijs van die vrijheid was een leeg bed, slapeloze nachten en de knellende vraag: *Ben ik zonder hem beter af of niet?*

De volgende ochtend was ze nog helemaal duf toen ze op kantoor arriveerde, en een beetje misselijk van de vele kopjes koffie die ze had gedronken om wakker te worden. In de voorkamer van de autopsiezaal, waar ze een mondmasker voorbond, een papieren mutsje opzette en schoenbeschermers aandeed, zag ze door het grote raam dat Jane al bij de autopsietafel op haar stond te wachten. Ze waren gisteren niet op een erg prettige manier uit elkaar gegaan en Maura was nog gepikeerd om de sarcastische opmerking van Jane: *Bij jou gaat het altijd uitsluitend om feiten.* Ja, ze vond feiten belangrijk. Feiten waren vaststaande gegevens die je niet onder de tafel mocht vegen, ook niet als een vriendschap erdoor in het gedrang dreigde te komen. De rechtszaak had een wig tussen haar en Jane gedreven en haar opnieuw duidelijk gemaakt hoe onwaarschijnlijk hun vriendschap eigenlijk was. Toen ze haar schort ombond, zag ze niet op tegen de sectie, maar tegen een confrontatie met Jane.

Ze haalde diep adem en duwde de deur open.

Haar assistent, Yoshima, had de lijkenzak al op de tafel gelegd. Op een blad ernaast lag de afgehakte hand, bedekt met een doek. Omdat Yoshima getuige was van elk woord dat ze met elkaar zouden wisselen, knikte Maura alleen kort naar Jane en vroeg: ‘Komt Frost niet?’

‘Hij slaat deze keer over, maar Johnny Tam komt wel. Ik geloof dat die nauwelijks kan wachten om jou te zien snijden.’

‘Rechercheur Tam lijkt zichzelf erg graag te willen bewijzen.’

‘Ik geloof dat hij hoopt op een vaste aanstelling bij Moordzaken. Voor zover ik het tot nu toe heb kunnen beoordelen, heeft hij het misschien ook wel in zich.’ Ze keek op. ‘En als je het over de duivel hebt...’

Maura keek om naar het raam en zag dat Tam was gearriveerd en een schort aantrok. Even later kwam hij binnen, met zijn gitzwarte haar verborgen onder een papieren mutsje. Hij liep regelrecht naar de tafel, zijn blik koeltjes gericht op het nog afgedekte lijk.

‘Voordat we beginnen, Tam,’ zei Jane, ‘wil ik je erop wijzen dat dáár de gootsteen is waarin je mag kotsen.’

Hij haalde zijn schouders op. ‘Die heb ik niet nodig.’

‘Dat zeg je nu.’

‘Laten we met het makkelijkste onderdeel beginnen,’ zei Maura. Ze nam de doek weg van de afgehakte hand, die eruitzag alsof hij van plastic was. Geen wonder dat de mensen van de Ghost Tour hem hadden aangezien voor een nephand met nepbloed. Hij was al uitwendig onderzocht en er waren kruitsporen op aangetroffen. Op de kolf van de Heckler & Koch zaten vingerafdrukken van de hand, wat bevestigde dat het slachtoffer de vijf kogels had afgevuurd waarvan de patroonhulzen op het dak waren achtergebleven. Maura zwenkte het vergrootglas boven de hand en bekeek het doorkliefde polsgewricht.

‘De snee zit precies tussen het spaakbeen en het halvemaansbeentje,’ zei ze, ‘maar ik zie evengoed een groot stuk van het driehoeksbeen.’

'Wat wil dat zeggen?' vroeg Jane.

'Dat het wapen dwars door een handwortelbeentje is gegaan. En de handwortelbeentjes zijn erg hard.'

'Dus moet het een erg scherp wapen zijn.'

'Zo scherp dat je er met één houw een hand mee kunt afhakken.' Maura keek op. 'Want ik zie geen sporen van een tweede slag.'

'Wat ik graag wil weten, is of deze hand bij dit lijk hoort.'

Maura draaide zich naar de tafel en trok de rits van de lijkenzak open. Toen het plastic uiteenweek roken ze de onaangename geur van gekoeld vlees en geronnen bloed. De dode vrouw was nog volledig gekleed en haar hoofd lag achterover gebogen, waardoor de gapende wond in haar hals meteen in het oog sprong. Terwijl Yoshima foto's nam, werd Maura's blik getrokken naar het kastanjebruine haar van de vrouw, dat gedeeltelijk bedekt was met gestold bloed. Wat een mooi haar, dacht ze, en wat een mooie vrouw. Een vrouw die gewapend was geweest en op dat dak op iemand had geschoten.

'Dokter Isles, er zitten haar- en vezelsporen op de kleding,' zei Yoshima. Hij boog zich over het zwarte sweatshirt en bestudeerde een lichtgekleurde haar op de mouw.

Maura greep de haar met een pincet en hield hem onder de lamp. Hij was ongeveer vijf centimeter lang, zilvergrijs en licht gebogen. Ze keek naar het lijk. 'Duidelijk geen haar van deze vrouw.'

'Kijk, nog een,' zei Jane. Ze wees naar een haar op de zwarte legging van het slachtoffer.

'Ze kunnen van een dier zijn,' zei Yoshima. 'Een golden retriever bijvoorbeeld.'

'Of ze is vermoord door een ouwe vent.'

Maura deed de haren in twee aparte papieren zakjes en legde die weg. 'Laten we haar ontkleden.'

Ze verwijderden eerst het enige sieraad dat de vrouw droeg, een zwart horloge van het merk Swiss Hanowa. Daarna de schoenen, zwarte Reeboks, gevolgd door het sweatshirt, een T-shirt met lange mouwen, de legging, een katoenen slipje en een sportbeha. Wat ze te zien kregen, was een afgetraind lichaam, slank en gespierd. Maura had een docent Pathologie ooit horen zeggen dat hij in alle jaren dat hij secties had verricht, nooit een aantrekkelijk lijk onder handen had gehad. Deze vrouw bewees dat er uitzonderingen op die regel bestaan. Ondanks de gapende wond, de lijkvlekken op haar rug en billen en de glazige blik in de ogen, was dit nog steeds een verbluffend mooie vrouw.

Nu het lijk volledig was ontkleed, verlieten Maura en de twee rechercheurs de zaal zodat Yoshima röntgenfoto's kon maken. Vanuit de voorkamer zagen ze hem een loden voorschoot omdoen en de platen in positie brengen.

'Een vrouw als zij zal door iemand gemist worden,' zei Maura.

'Zeg je dat omdat ze mooi is?' vroeg Jane.

'Nee, ik zeg dat omdat ze er bijzonder fit uitziet, een perfect gebit heeft en die legging een Donna Karan is.'

'Mag een eenvoudige jongen daar een vraag over stellen?' vroeg Tam. 'Wil dat zeggen dat het een dure legging is?'

Jane zei: 'Ik wil wedden dat dokter Isles je precies kan vertellen hoeveel leggings van Donna Karan kosten.'

'Ik wil hier alleen maar mee zeggen,' zei Maura, 'dat ze geen arme sloeber is. Ze had een flinke som geld in haar zak en was gewapend met een Heckler & Koch, wat naar jullie opmerkingen te oordelen geen alledaags pistool is.'

'Maar ze had geen identiteitsbewijs bij zich,' zei Tam.

'Dat kan gestolen zijn.'

'De dief zou wel haar identiteitsbewijs maar niet de driehonderd dollar hebben meegenomen?' Tam schudde zijn hoofd. 'Dat lijkt me sterk.'

Maura zag dat Yoshima hen wenkte. 'We kunnen weer naar binnen,' zei ze en ze duwde de deur van de autopsiezaal open.

Ze bekeek allereerst de doorgesneden hals. Net zoals bij de hand, leek ook deze wond met één slag en zonder enige aarzeling te zijn toegebracht. Maura stak een meetlat in de wond en zei: 'De wond is bijna acht centimeter diep. De luchtpijp is volledig doorgesneden en het wapen is doorgedrongen tot de halswervels.' Ze bracht de meetlat in een andere positie. 'De breedte van de wond is groter dan de diepte, ongeveer twaalf centimeter. De verwonding is veroorzaakt door een slagwapen, geen steekwapen.' Ze bestudeerde de hals aandachtig. 'De randen zijn opvallend glad. Er zijn geen sporen die erop wijzen dat er in het vlees is gesneden, noch tekenen van een tweede slag. Ook geen bloeduitstortingen. Het moet zo snel zijn gegaan dat het slachtoffer geen gelegenheid heeft gekregen zich te verweren.' Ze schoof haar hand onder het hoofd en tilde het naar voren. 'Kan een van jullie het hoofd even voor me vasthouden? Ik wil de wondranden naar elkaar brengen.'

Tam liep zonder aarzelen om de tafel en legde zijn handen onder het hoofd. Je kunt een menselijk lijk nog wel beschouwen als een geheel van huid, botten en weefsel, maar het gezicht van een dode laat meer zien dan de meeste politiemensen lief is. Johnny Tam schrok er echter niet voor terug. Hij keek onvervaard in de dode ogen van de vrouw, alsof hij hoopte daarin antwoorden te vinden op zijn vele vragen.

'Ja, zo is het goed,' zei Maura, terwijl ze het vergrootglas boven de wond hield. 'Ik zie geen kartelsporen. Moeilijk te zeggen wat voor soort lemmet...' Ze zweeg abrupt.

'Wat is er?' vroeg Jane.

'De hoek waaronder de wond is toegebracht. Die is anders dan normaal.'

'Voor zover je van normaal kunt spreken.'

'Denk je even in wat je moet doen om iemand de keel door te snijden,' zei Maura. 'Om zo diep te kunnen snijden als in dit geval, helemaal tot aan de halswervels, moet je het slachtoffer van achteren benaderen. Je grijpt het haar vast, trekt het hoofd naar achteren en snijdt de keel door van oor tot oor.'

'Zo wordt het militairen geleerd,' zei Tam.

'Als je achter je slachtoffer staat, kun je hem niet alleen goed in bedwang houden, maar ook de hals volledig blootleggen. Het resultaat is meestal een snee met een flauwe buiging, wat goed te zien is als je de wondranden naar elkaar brengt. Bij deze vrouw loopt de wond een beetje schuin op, van rechts naar links. Deze wond is toegebracht toen het hoofd zich in een neutrale positie bevond, niet toen het naar achteren was gebogen.'

'Misschien stond de moordenaar tegenover haar,' zei Jane.

'Waarom heeft ze zich dan niet verweerd? Er zijn geen bloeduitstortingen die wijzen op een gevecht. Waarom is ze domweg blijven staan toen iemand haar min of meer onthoofdde?'

Yoshima zei: 'Ik heb de röntgenfoto's opgehangen.'

Ze draaiden zich om naar de lichtbak waarop de botten wit gloeiden. Maura bekeek eerst de foto's van de rechterarmstomp en de geamputeerde hand, waarbij ze in gedachten de helften van het doorkliefde driehoeksbotje vergeleek. Ze kwamen precies met elkaar overeen.

'De hand hoort bij het lijk,' zei ze.

'Niet dat ik daaraan twijfelde,' zei Jane.

Vervolgens bekeek Maura de röntgenfoto's van de hals waarvan het zachte vlees zo kaarsrecht uiteen was geweken. Haar blik werd meteen naar een helder streepje in een van de halswervels getrokken. 'Heb je een zijaanzicht van de halswervelkolom?' vroeg ze.

Yoshima had dat verzoek blijkbaar al verwacht, want hij nam de foto's van de hand en de pols meteen weg en hing er profielfoto's van de nek voor in de plaats. 'Het was mij ook opgevallen en ik had al zo'n idee dat u het onder een andere hoek zou willen zien.'

Maura bestudeerde het zijaanzicht van de vijfde halswervel. Het flinterdunne voorwerp was ook op deze foto zichtbaar.

'Wat is het?' vroeg Jane. Ze kwam wat dichterbij staan.

'Het is iets van metaal en het is aan de voorzijde in de vijfde halswervel gedrongen.' Ze keek naar de autopsietafel. 'Ik vermoed dat een flinter van het lemmet is afgebroken en in de wervel is blijven steken toen de moordenaar haar keel doorsneed.'

'Dan kunnen we laten onderzoeken om wat voor soort metaal het gaat en er misschien achterkomen waar en door wie het mes is gemaakt,' zei Jane.

'Ik denk niet dat het om een mes gaat,' zei Maura.

'Een bijl dan?'

'Een bijl zou een wig hebben gemaakt en de druk ervan zou veranderingen in de weke delen hebben veroorzaakt. Daarvan is hier geen sprake. De snee is dun en recht. Hij is gemaakt door een vlijmscherp lemmet dat dermate lang is dat de hals met één haal bijna geheel kon worden doorgesneden.'

'Een machete?' vroeg Jane.

'Of een zwaard.'

Jane keek naar Tam. 'We moeten op zoek naar Zorro.' Haar lach verstomde toen haar mobieltje ging. Ze trok haar handschoenen uit en plukte de telefoon uit het hulsje aan haar riem. 'Rizzoli.'

'Hebt u al eerder zwaardwonden gezien, dokter Isles?' vroeg Tam, die nog naar de röntgenfoto's stond te kijken.

'Eén keer, in San Francisco. Een man had zijn vriendin in stukjes gehakt met een samoeraizwaard.'

'Zou via een metaalanalyse bepaald kunnen worden of hier sprake is van een samoeraizwaard?'

'Samoeraizwaarden worden tegenwoordig machinaal gemaakt, dus zouden we daar waarschijnlijk niet veel aan hebben, tenzij we het wapen in kwestie te pakken kregen. Maar je weet maar nooit of een dergelijk sporenbewijs niet net het ontbrekende puzzelstukje is waardoor de dader kan worden veroordeeld.' Ze keek naar Tam. Zijn gezicht werd verlicht door de gloed van de lichtbak. Zelfs met het papieren mutsje op was zijn intense houding opvallend. Evenals zijn gebrek aan gevoel voor humor. 'U stelt goede vragen,' zei ze.

'Ik wil zoveel mogelijk leren.'

'Rizzoli is een pientere rechercheur. Als u in haar kielzog blijft zitten, komt u er wel.'

'Tam,' zei Jane, nadat ze had opgehangen. 'Blijf jij maar hier. Ik moet gaan.'

'Wat is er gebeurd?'

'Dat was Frost. Ze hebben de auto van het slachtoffer gevonden.'

De vierde etage van de parkeergarage in Tyler Street was bijna helemaal leeg en de blauwe Honda Civic stond eenzaam in de uiterste hoek. Het was een slecht verlichte, nauwelijks zichtbare plek, een plek die je alleen koos als je onopgemerkt bij je auto wilde komen. De twee politieagenten die de auto hadden gevonden en een man van de garage waren de enige toeschouwers toen Jane en Frost de wagen inspecteerden.

'Volgens het stempel op het parkeerkaartje dat op het dashboard ligt is de auto woensdagavond om kwart over acht de garage in gereden,' zei Frost. 'Ik heb de film uit de beveiligingscamera al bekeken. Daarop zie je de Honda inderdaad op dat tijdstip naar binnen rijden. Vijf minuten later loopt een vrouw de garage uit. Ze heeft haar capuchon over haar hoofd, dus is haar gezicht niet te zien, maar het lijkt de vrouw in kwestie te zijn. De auto heeft hier sindsdien de hele tijd gestaan.'

Terwijl Frost sprak, liep Jane langzaam om de Honda heen. Het was een drie jaar oud model zonder kenmerkende deuken of krassen. De banden zagen er goed uit. De kofferbak stond open ter inspectie.

'De nummerborden zijn vijf dagen geleden in Springfield gestolen,' zei Frost. 'En de auto een week geleden, eveneens in Springfield.'

Jane keek fronsend in de kofferbak, waar afgezien van de reserveband helemaal niets in lag. 'Jemig, deze kofferbak is heel wat schoner dan de mijne.'

Frost lachte. 'Dat kun je van veel auto's zeggen.'

'En dat zegt de man met de dwangneurose.'

'Zo te zien is de auto grondig schoongemaakt, van binnen en van buiten. In het handschoenenkastje liggen de autopapieren en de verzekeringskaart van de eigenaar. En weet je wat er op de stoel lag?' Hij trok latexhandschoenen aan en opende het linkervoorportier. 'Een handsfree GPS.'

'Waarom ben jij altijd degene die leuke speeltjes vindt?'

'Hij is zo te zien nog helemaal nieuw, want er staan maar twee adressen in. Allebei in Boston.'

'O ja? Van wie?'

'Het eerste is een privéadres in Roxbury Crossing, van ene Louis Ingersoll.'

Jane keek verrast. 'Je bedoelt toch niet *rechercheur* Lou Ingersoll?'

'De enige echte. Het is het adres dat het Boston PD van hem heeft.'

'Hoelang is hij nu al met pensioen? Zestien, zeventien jaar?'

'Zestien. Ik heb hem nog niet gesproken. Ik heb wel zijn dochter aan de telefoon gehad en die zei dat Lou een weekje is gaan vissen ergens in de rimboe, waar zijn mobiel blijkbaar geen bereik heeft. Tenzij hij hem heeft afgezet omdat hij geen gezeur aan zijn kop wil.'

'En van wie is het tweede adres?'

'Dat is een zakenadres hier in Chinatown. De *Dragon and Stars Martial Arts Academy*. Volgens het antwoordapparaat gaat de school om twaalf uur open.' Frost keek op zijn horloge. 'Dat was tien minuten geleden.'

7

De *Dragon and Stars Academy of Martial Arts* was gevestigd op de tweede verdieping van een bouwvallig ogend gebouw aan Harrison Avenue. Toen Jane en Frost de smalle trap beklommen, hoorden ze gegrom en gestamp en kwam de zweterige kleedkamergeur ze al tegemoet. Binnen was een twaalftal, in zwarte, pyjama-achtige pakken gestoken leerlingen zo geconcentreerd bezig dat geen van hen de komst van de twee rechercheurs opmerkte. Op één verbleekte poster na had de zaal kale muren en een bekraste houten vloer. Jane en Frost bleven een ogenblik bij de deur staan kijken naar de leerlingen die schoppende bewegingen en sprongen maakten.

Een jonge Aziatische vrouw stapte uit de groep. 'Doorgaan!' beval ze toen ze de zaal doorkruiste naar de bezoekers. Ze was zo rank als een danseres. Haar huid glom van het zweet, maar ondanks haar inspanningen was ze niet buiten adem. 'Zoekt u iemand?' vroeg ze.

'Wij zijn van het Boston PD. Ik ben rechercheur Jane Rizzoli en dit is rechercheur Frost. We zouden de eigenaar van deze school graag willen spreken.'

'Identificatie alstublieft?' Het was een bruusk verzoek, niet wat Jane had verwacht van iemand die eruitzag alsof ze nog maar net van school was. Terwijl het meisje Jane's identiteitskaart bekeek, bekeek Jane het meisje. Misschien niet zo jong als ze aanvankelijk had gedacht. Begin twintig en Amerikaans-Chinees, te oordelen naar haar tongval en de tijgertatoeage op haar linkeronderarm. Met haar korte, gepiekte haar en haar stuurse blik zag ze eruit als een Aziatische versie van een Gothic-fan, klein maar gevaarlijk.

Het meisje gaf het identiteitsbewijs terug. 'Ik zie dat u van Moordzaken bent. Wat doet u dan hier?'

'Mag ik eerst uw naam?' vroeg Jane. Ze pakte haar notitieboekje.

'Bella Li. Ik geef les aan beginners en gevorderden.'

'Uw leerlingen zijn erg goed.' Frost keek bewonderend naar de klas die draaiende sprongen bleef uitvoeren.

'Dit zijn de gevorderden. Ze zijn aan het oefenen voor een martialartsdemonstratie volgende maand in New York. Dit zijn de luipaardbewegingen.'

'De luipaardbewegingen?'

'Een van de oeroude dierentechnieken uit Noord-China. Luipaarden moeten het hebben van snelheid en agressie, en die komen tot uiting in deze oefening. Elke dierentechniek is een afspiegeling van de aard van het dier in kwestie. De slang is sluw en gestroomlijnd. De ooievaar munt uit in evenwicht en vlucht. De aap is kwiek en slim. De leerlingen kiezen zelf welk dier bij hun karakter past en leggen zich toe op de betreffende techniek.'

Frost lachte. 'Het is precies zoals die kungfufilms.'

Ze keek hem ijzig aan. 'De correcte naam voor deze kunstvorm is wushu, en hij is duizenden jaren geleden ontstaan. Wat je in die films ziet, is allemaal nep, uitgevonden door Hollywood.' Ze zweeg omdat haar klas de oefening had beëindigd en naar haar keek in afwachting van nieuwe instructies. 'Pak de zwaarden en oefen het zwaardvechten,' beval ze. De leerlingen liepen naar een wapenrek en haalden er houten oefenzwaarden uit.

'We willen de eigenaar van de school graag spreken,' zei Jane.

'*Sifu* Fang geeft momenteel les aan een privéleerling.'

'Sifu? Kunt u die naam even voor me spellen?'

'Sifu is geen naam,' zei Bella kortaf. 'Het is het Chinese woord voor "master" of "leraar". Het is een term waarmee je respect uitdrukt.'

'Mogen we de master dan even spreken?' vroeg Jane vinnig. Het gedrag van het meisje begon haar te irriteren. 'Dit is geen beleefdheidsbezoek, juffrouw Li. We zijn hier beroepshalve.'

Bella dacht over het verzoek na terwijl haar klas aan de oefening begon. Het gekletter van de zwaarden vulde de zaal. 'Een ogenblikje,' zei Bella uiteindelijk. Ze klopte op een deur, wachtte eerbiedig een moment voordat ze hem opendeed en zei: 'Sifu, er zijn twee mensen van de politie die u willen spreken.'

'Laat ze binnenkomen,' zei een stem. Een vrouw.

In tegenstelling tot de soepele, jonge Bella Li bewoog de vrouw die uit haar stoel opstond om hen te begroeten zich traag, alsof ze last had van pijnlijke gewrichten, ook al was ze hooguit midden vijftig. De middelbare leeftijd stond op haar gezicht geëtst, maar in haar lange, zwarte haar zat weinig grijs. Ze keek hen aan met de zelfbewustheid van een keizerin. Alhoewel ze niet groter was dan Jane, leek ze vanwege haar vorstelijke houding een stuk langer. Naast haar stond een klein, blond jongetje van een jaar of zes, gekleed in een martial-artskostuum, met in zijn hand een houten stok die bijna net zo lang was als hijzelf.

'Ik ben Iris Fang,' zei de vrouw. 'Waarmee kan ik u van dienst zijn?' Haar formele taalgebruik en accent maakten Jane duidelijk dat deze vrouw geen geboren Amerikaanse was.

'Ik ben rechercheur Rizzoli en dit is mijn collega, rechercheur Frost,' zei Jane. Ze keek naar het jongetje, dat haar blik strijdlustig en onbevreesd beantwoordde. 'Zou u uw leerling willen verzoeken het vertrek te verlaten? We moeten u onder vier ogen spreken.'

Iris knikte. 'Bella, laat Adam in de zaal op zijn moeder wachten.'

'Maar Sifu,' protesteerde de jongen, 'ik moet u nog laten zien hoe goed ik met de apenstok heb geoefend.'

Iris keek glimlachend op hem neer. 'Dat mag je me volgende week laten zien, Adam,' zei ze. Met een vriendelijk gebaar aaide ze hem over zijn hoofd. 'Apen moeten ook leren geduldig te zijn. Nu moet je gaan.' Ze bleef glimlachen toen Bella de jongen meenam.

'Leert dat ventje nu al martial arts?' vroeg Frost.

'Hij heeft talent en passie. Ik verdoe mijn tijd niet met Jan en alleman.' De glimlach verdween. Ze nam haar bezoekers koeltjes op en liet haar blik rusten op Jane, alsof ze al had geraden wie van hen de leiding had. 'Waarom is de politie naar mijn school gekomen?'

'We zijn van de afdeling Moordzaken van het Boston PD en willen u een paar vragen stellen over iets wat gisteren in Chinatown is gebeurd,' zei Jane.

'Over de dode vrouw op het dak, neem ik aan?'

'Daar weet u dus al van.'

'Iedereen heeft het erover. Dit is een kleine wijk en zoals in elk Chinees dorp ontbreekt het hier niet aan roddelaars en bemoeials. Men zegt dat haar keel is doorgesneden en dat haar hand van het gebouw is gegooid. Men zegt ook dat ze een vuurwapen had.'

Men wist veel te veel, vond Jane.

'Zijn die geruchten waar?' vroeg Iris.

'Daar kunnen we niets over zeggen,' zei Jane.

'Maar daarom bent u toch hier? Om erover te praten?' vroeg Iris kalm.

Ze keken elkaar aan en Jane dacht opeens: Ik ben hier niet de enige die uit is op inlichtingen. 'Ik wil u een foto laten zien,' zei ze.

'Is er een reden waarom u die juist aan mij wilt laten zien?' vroeg Iris.

'We praten met meer mensen in de wijk.'

'Maar ik heb tot nu toe niets over een foto gehoord, en ik geloof dat ik dat toch wel gehoord zou hebben.'

'We moeten u echt eerst de foto tonen. Daarna kunnen we praten over het waarom.' Jane keek naar Frost.

'Het spijt me dat we u hieraan moeten blootstellen, mevrouw,' zei hij. 'U zult er misschien door van streek raken. Wilt u soms eerst gaan zitten?'

Met zijn rustige, respectvolle gedrag slaagde hij erin het ijs in de ogen van de vrouw een beetje te laten smelten. Ze knikte. 'Ik ben vandaag wat moe. Misschien kan ik inderdaad beter gaan zitten. Dank u wel.'

Frost schoof snel een stoel voor haar bij. Iris ging zitten met een zucht van verlichting die hun duidelijk maakte hoezeer ze zijn gebaar op prijs stelde. Frost liet haar de digitale foto zien die Maura vanuit het mortuarium had gemaild. Hoewel de wond van het slachtoffer zorgvuldig was afgedekt met een laken, was aan de bleke gelaatskleur, de slappe kin en de halfopen ogen duidelijk te zien dat het een foto van een dode vrouw was.

Iris keek er een volle minuut naar zonder dat de uitdrukking op haar gezicht veranderde.

'Herkent u deze vrouw, mevrouw Fang?' vroeg Frost.

'Ze is erg mooi,' zei Iris. Ze keek op. 'Maar ik ken haar niet.'

'Weet u zeker dat u haar nog nooit hebt gezien?'

'Ik woon al vijfendertig jaar in Chinatown, sinds mijn echtgenoot en ik uit Taiwan zijn geëmigreerd. Als deze vrouw uit mijn wijk kwam, zou ik haar kennen.' Ze keek naar Jane. 'Was dit het enige wat u me wilde vragen?'

Jane gaf niet meteen antwoord, omdat ze opeens een brandtrap zag die vlak langs het raam liep. Vanuit dit vertrek, dacht ze, kun je op het dak komen. Dat hield in dat je hiervandaan toegang had tot alle daken van dit huizenblok, inclusief het dak waar het slachtoffer was vermoord. Ze keek weer naar Iris. 'Hoeveel mensen hebt u in dienst?'

'Ik ben de enige instructeur van deze school.'

'En die jonge vrouw dan die ons heeft binnengelaten?' Jane keek naar de naam die ze in haar notitieboekje had genoteerd. 'Bella Li?'

'Bella werkt hier nu bijna een jaar. Ze geeft een aantal groepen les en int het lesgeld zelf van haar leerlingen.'

'U zei dat u getrouwd was. Werkt uw man hier ook?'

De vrouw knipperde een paar keer met haar ogen en wendde haar blik af. 'Mijn man leeft niet meer,' zei ze zachtjes. 'James is negentien jaar geleden gestorven.'

'Dat spijt me voor u, mevrouw Fang,' zei Frost zachtjes en je kon horen dat hij het meende.

Even bleef er een stilte hangen waarin alleen het rumoerige gekletter van de houten oefenzwaarden in de zaal ernaast te horen was.

'Ik ben de eigenaar van deze school,' zei Iris. 'Als u vragen hebt, moet u dus bij mij zijn.' Ze rechtte haar rug. Ze had haar vorstelijke houding hervonden en richtte haar blik op Jane, alsof ze begreep uit welke hoek een eventuele uitdaging zou komen. 'Waarom dacht u dat ik die dode vrouw zou kennen?'

Ze konden er niet langer omheen draaien. Jane zei: 'We hebben vanochtend de auto van het slachtoffer gevonden in een parkeergarage hier in Chinatown. In de auto lag een GPS en een van de daarin opgeslagen adressen was het uwe.'

Iris fronste. 'Het adres van mijn school?'

'Uw school was de eindbestemming van het slachtoffer. Enig idee waarom?'

'Nee,' was het prompte antwoord.

'Mag ik u vragen waar u woensdagavond was, mevrouw Fang?'

Iris gaf niet meteen antwoord. Haar ogen vernauwden zich. 'Ik heb lesgegeven aan een avondklas. Daarna ben ik naar huis gelopen.'

'Hoe laat bent u hier vertrokken?'

'Om tien uur ongeveer. Ik was om kwart over tien thuis. Het is niet ver naar Tai Tung Village. Ik woon in Hudson Street, aan de rand van Chinatown.'

'Is er iemand met u meegelopen?'

'Nee, ik was alleen.'

'Woont er iemand bij u?'

'Niemand. Mijn man is dood, en mijn dochter...' Ze zweeg abrupt. 'Ik ben een alleenstaande vrouw,' zei ze. Ze hief haar kin op alsof ze zich bij voorbaat weerde tegen medelijden. Maar er lag een glinstering in haar ogen, de glinstering van tranen die ze ook nu snel weg knipperde. Ze probeerde zich dan wel voor te doen alsof ze onoverwinnelijk was, maar ze leed duidelijk nog steeds onder het gemis.

In de zaal ernaast was de les afgelopen. Ze hoorden schoenen roffelen op de trappen. Iris keek naar de klok aan de muur en zei: 'Zo dadelijk komt mijn volgende leerling. Zijn we klaar?'

'Nog niet helemaal,' zei Jane. 'Ik heb nog één vraag. Er stond nog een ander adres in de GPS van het slachtoffer. Het adres van een privéwoning hier in Boston. Kent u een gepensioneerde rechercheur van het Boston PD genaamd Louis Ingersoll?'

De vrouw trok wit weg en bleef als bevroren zitten, haar gezicht zo verstijfd dat het uit steen leek te zijn gehouwen.

'Mevrouw Fang? Voelt u zich niet goed?' zei Frost. Hij raakte haar schouder aan. Ze kromp ineen alsof hij haar gebrand had.

Jane zei kalmpjes: 'Die naam is u dus bekend.'

Iris slikte. 'Ik heb rechercheur Ingersoll negentien jaar geleden leren kennen. Toen mijn man is gestorven. Toen hij...' Haar stem begaf het.

Jane en Frost keken elkaar aan. *Ingersoll werkte op Moordzaken.*

'Mevrouw Fang,' zei Frost. Ditmaal kromp ze niet ineen toen hij haar aanraakte en stond ze toe dat hij zijn hand op haar schouder liet liggen. 'Wat is er met uw man gebeurd?'

Iris boog haar hoofd. Ze antwoordde op een fluistertoon. 'Hij is doodgeschoten. In een restaurant. De Red Phoenix.'

8

Door het raam van de kleine zaal zie ik de twee rechercheurs het gebouw verlaten. Ze blijven op straat staan en kijken naar boven. Hoewel ik weet dat ik me zou moeten terugtrekken, blijf ik koppig staan, in het volle zicht. Ik weet dat ze me naar hen zien kijken, maar ik weiger me te verschuilen, niet voor vrienden en niet voor vijanden. En dus blijf ik staan, achter het glas, met mijn blik gericht op de vrouw. RECHERCHEUR JANE RIZZOLI staat op het visitekaartje dat ze me heeft gegeven. Op het eerste gezicht leek ze een onwaarschijnlijke tegenstander, gewoon een hardwerkende vrouw in een grijs broekpak met makkelijke schoenen en een dikke bos donkere krullen. Maar haar ogen onthullen veel meer. Die zoeken, observeren, analyseren. Ze heeft de ogen van een jager en probeert in te schatten of ik haar prooi ben.

Ik sta onbevreesd voor het raam, zodat zij en de rest van de wereld me kunnen zien. Ze mogen me net zo lang bekijken als ze willen. Ze zien immers alleen maar een stille, bescheiden vrouw met de eerste lichte sneeuw van de verstrijkende jaren in haar haar. De ouderdom is nog vele jaren weg, maar vandaag voel ik hem meedogenloos naderen. Ik weet dat ik tijd tekort dreig te komen om af te maken waar ik aan ben begonnen. En vanwege het bezoek van de twee rechercheurs is er in de reis een storende omweg gekomen die ik niet had voorzien.

Beneden, op straat, vertrekken de rechercheurs eindelijk. Terug naar de jacht, waar die hen ook naartoe zal voeren.

'Sifu, is er een probleem?'

'Ik weet het niet.' Ik draai me om naar Bella en verbaas me er weer over hoe smetteloos en jong haar huid is, zelfs in het harde licht dat door het raam naar binnen komt. De enige smet is het litteken op haar kin, het gevolg van een ogenblik van onoplettendheid tijdens een gevechtstraining. Het was een fout die ze daarna nooit meer heeft gemaakt. Ze heeft een kaarsrechte, onbevreesde, zelfverzekerde houding. Misschien te zelfverzekerd; op het slagveld kan hoogmoed fataal zijn.

'Wat kwamen ze hier doen?' vraagt ze.

'Het zijn rechercheurs. Het is hun taak vragen te stellen.'

'Bent u iets meer te weten gekomen over de vrouw? Wie ze was, door wie ze is gezonden?'

'Nee.' Ik kijk weer uit het raam, naar de voetgangers in Harrison Avenue. 'Maar wie ze ook was, ze heeft me weten te vinden.'

'Ze zal de laatste niet zijn,' zegt Bella onheilspellend.

Ze hoeft me niet te waarschuwen. We weten beiden dat de lucifer is afgestreken en dat de lont al brandt.

In mijn kantoor ga ik op mijn stoel zitten en kijk naar de ingelijste foto op mijn bureau. Het is een foto waar ik niet eens naar hoef te kijken omdat ze in mijn geheugen gebrand is. Ik pak haar en glimlach naar de gezichten. Ik weet precies op welke datum de foto is genomen, want mijn dochter was die dag jarig. Moeders kunnen van alles vergeten, maar ze vergeten nooit de dag waarop hun kinderen zijn geboren. Op de foto is Laura veertien. Zij en ik staan samen voor de Boston Symphony Hall, waar we naartoe waren gegaan voor een optreden van Joshua Bell. Weken voor het concert had Laura het alleen maar over Joshua. Joshua dit en Joshua dat. *Vind je hem niet knap, mam? En vind je niet dat zijn viool bijna zingt?* Op de foto straalt Laura nog van het optreden van haar idool. Mijn man, James, was er die avond ook bij, maar hij staat niet op de foto. Hij staat op geen van onze foto's omdat hij altijd degene was die ze nam. Wat heb ik een spijt dat ik er nooit aan heb gedacht dat fototoestel van hem over te nemen om een foto te maken van zijn lieve, ronde gezicht. Maar het is geen moment in me opgekomen dat de gelegenheid daartoe, die kostbare gelegenheid, me zo plotseling zou worden ontnomen. Dat zijn glimlach alleen nog zou bestaan in mijn herinnering, dat zijn beeltenis op zevenendertigjarige leeftijd bevroren zou worden. Voor altijd mijn jonge echtgenoot. Een traan valt op het lijstje. Ik zet het weer op het bureau.

Ze zijn nu allebei verdwenen. Eerst mijn dochter, daarna mijn echtgenoot, uit mijn armen weggetrokken. Hoe kun je blijven leven als je hart niet eenmaal maar tweemaal uit je lijf is gerukt? Toch leef ik nog steeds. Adem ik nog steeds.

Voorlopig nog wel.

9

'Ik herinner me het bloedbad in de Red Phoenix nog als de dag van gisteren. Het was een klassiek geval van amok.' Crimineel psycholoog dr. Lawrence Zucker leunde achterover op zijn stoel en keek over zijn bureau heen naar Jane en Frost met de priemende blik waar Jane altijd de zenuwen van kreeg. Hoewel Frost naast haar zat, was het net alsof Zucker alleen maar naar haar keek. Alsof zijn blik tot in haar hersens doordrong, op zoek naar geheimen, alsof zij het enige was wat hem interesseerde. Zucker kende sowieso al te veel van haar geheimen. Hij wist alles over haar moeizame begintijd bij Moordzaken, toen ze om erkenning had moeten vechten als enige vrouw tussen twaalf mannen. Hij wist hoe ze door nachtmerries was gekweld na een reeks buitengewoon wrede moorden, gepleegd door een man die de bijnaam 'de Chirurg' had gekregen. Hij wist van de littekens die op haar handpalmen waren achtergebleven nadat diezelfde moordenaar haar vlees had doorboord met scalpels. Eén blik was voor Zucker genoeg om dwars door haar beschermende barrières heen de rauwe wonden te zien en Jane kon het niet uitstaan dat ze zich in zijn bijzijn nog steeds kwetsbaar voelde.

Ze probeerde zich te concentreren op het dossier dat opengeslagen op zijn bureau lag. Het was het rapport over de Red Phoenix dat hij negentien jaar geleden had geschreven en dat onder meer het psychologische profiel van Wu Weimin bevatte, de Chinese kok die de schoten had gelost. Ze kende Zucker als een clinicus die uitermate nauwgezet werkte en analyserapporten schreef die soms tientallen pagina's bestreken, dus verbaasde het haar dat dit dossier er zo dun uitzag.

'Is dit uw hele verslag?' vroeg ze.

'Het is alles wat ik aan het onderzoek heb bijgedragen. Het bevat het psychologische post mortem van Wu Weimin en de vier slachtoffers. Het Boston PD moet er een kopie van hebben. Het team dat deze zaak onderzocht, stond onder leiding van rechercheur Ingersoll. Hebt u al hem al gesproken?'

'Hij is een weekje weg en we hebben hem nog niet kunnen bereiken,' zei Frost. 'Volgens zijn dochter is hij ergens in het noorden aan het vissen, op een plek waar zijn mobiele telefoon geen bereik heeft.'

Zucker zuchtte. 'De geneugten van het pensioen. Het lijkt een eeuw geleden dat hij bij de politie is vertrokken. Hoe oud is hij nu? Midden zeventig?'

'Wat overeenkomt met honderdtien in politiejaren,' zei Frost lachend.

Jane stuurde het gesprek terug naar de onderhavige zaak. 'Zijn partner was Charlie Staines, maar die is inmiddels overleden. Daarom hopen we dat u ons wat meer inzicht in de zaak kunt geven.'

Zucker knikte. 'In grote lijnen maakte de plaats delict duidelijk wat er was gebeurd. We weten dat de kok, een Chinese immigrant genaamd Wu Weimin, de eetzaal van het restaurant is binnengegaan en vier mensen heeft doodgeschoten. De eerste was ene Joey Gilmore, die een bestelde afhaalmaaltijd kwam ophalen. Slachtoffer nummer twee was de kelner, James Fang, die naar verluidt een goede vriend van de kok was. Slachtoffers drie en vier waren een man en een vrouw, de Mallory's, die aan een van de tafeltjes zaten. Vervolgens is de kok teruggekeerd naar de keuken, waar hij het pistool tegen zijn eigen slaap heeft gezet en zich van het leven heeft beroofd. Het was een geval van amok gevolgd door zelfdoding.'

'U gebruikt het woord amok alsof het een psychologische term is,' zei Frost.

'Dat is het ook. Het is Maleis voor een fenomeen dat door kapitein Cook aan het eind van de achttiende eeuw is beschreven, toen hij tussen de Maleisiërs leefde. Hij had het over moordzuchtige uitbarstingen zonder aanwijsbare reden, waarin een persoon – vrijwel altijd een man – opeens aan het moorden slaat. De moordenaar slacht iedereen af die zich binnen zijn bereik bevindt, tot hij zelf wordt gedood. Kapitein Cook dacht dat het een aan Zuidoost-Azië verwant gedragspatroon was, maar we weten nu dat het overal ter wereld voorkomt en niet gebonden is aan een bepaalde cultuur. Het fenomeen heeft de ongelukkige naam SMASI gekregen.'

'Waar is dat een afkorting van?'

'Sudden Mass Assault by a Single Individual. Ruwweg te vertalen als "abrupte aanval op velen door één individu".'

Jane keek naar Frost. 'Ook wel bekend als "door het lint gaan".'

Zucker reageerde daarop met een afkeurende blik. 'SMASI komt voor in alle bevolkingsgroepen, maar de amokmaker is vrijwel altijd een man. Het kan iedereen zijn, jong, oud, getrouwd, vrijgezel, een arbeider of een kantoorbediende.'

'En wat hebben deze moordenaars gemeen?' vroeg Frost.

'Dat kunt u waarschijnlijk wel raden. Vaak is het iemand die buiten de gemeenschap staat. Iemand die problemen heeft met relaties. Meestal gaat er een persoonlijke crisissituatie vooraf aan de aanval – ontslag, een stukgelopen huwelijk. En wat deze moordenaars verder gemeen hebben, is dat ze een wapen tot hun beschikking hebben.'

Jane bladerde in haar kopie van het politierapport. 'In dit geval een Glock 17 met een met schroefdraad uitgeruste loop, die een jaar daarvoor in Georgia als gestolen was opgegeven.' Ze keek op. 'Waarom zou een immigrant die van het loon van een kok moest rondkomen een Glock aanschaffen?'

'Uit veiligheidsoverwegingen? Omdat hij zich bedreigd voelde?'

'U bent de psycholoog, dr. Zucker. Weet u het antwoord niet?'

Zuckers mond trok strak. 'Nee. Ik ben niet helderziend. En ik heb geen gelegenheid gekregen om vragen te stellen aan degene die hem het beste kende, te weten zijn vrouw. Tegen de tijd dat het Boston PD mij om een consultatie vroeg, had zij de stad verlaten en wist niemand waar ze was. Mijn psychologische profiel van meneer Weimin is gebaseerd op vraaggesprekken met andere mensen die hem hadden gekend. En die lijst was niet erg lang.'

'Een van die mensen was Iris Fang,' zei Jane.

Zucker knikte. 'Dat klopt. De vrouw van de kelner. Ik herinner me haar nog heel goed.'

'Is daar een specifieke reden voor?'

'Om te beginnen was ze een erg mooie vrouw. Een schoonheid.'

'Dat is ze nog steeds,' zei Frost. 'We komen net bij haar vandaan.'

'O ja?' Zucker bladerde in zijn dossier. 'Even kijken, toen ik met haar heb gesproken, was ze zesendertig. Dan is ze nu... vijfenvijftig.' Hij keek naar Frost. 'Het zullen haar Aziatische genen zijn.'

Jane voelde zich als het lelijke stiefzusje dat door iedereen werd genegeerd. 'Even daargelaten dat ze bloedmooi was, wat herinnert u zich over mevrouw Fang?'

'Veel. Ik heb verscheidene gesprekken met haar gevoerd, omdat ze mijn belangrijkste bron van informatie over Wu Weimin was. Ik werkte dat jaar voor het eerst samen met de politie en zo'n afgrijselijke zaak blijft je bij. Je gaat 's avonds naar Chinatown om een hapje te eten, maar in plaats van rustig van je *kung poa chicken* te genieten, word je afgeslacht door de kok. Daarom kreeg het incident ook zoveel aandacht. Iedereen voelde zich kwetsbaar, omdat het jou net zo goed had kunnen overkomen als die andere mensen. Daarnaast stak de gebruikelijke hysterie over gevaarlijke illegale immigranten de kop op. Hoe was meneer Wu ons land binnengekomen, hoe was hij aan een vuurwapen gekomen, et cetera, et cetera. Ik was nog maar een paar jaar afgestudeerd en was opeens consultant in een van de smeuïgste zaken van het jaar.' Hij stokte. 'Die woordkeuze was niet erg kies.'

'Wat waren uw conclusies omtrent de dader?' vroeg Frost.

'Hij was alles bij elkaar genomen een nogal zielige figuur. Hij is vanuit de provincie Fujian illegaal naar de Verenigde Staten gekomen toen hij begin twintig was. Wanneer precies is niet bekend, omdat hij uiteraard nergens geregistreerd stond. Alle informatie was afkomstig van mevrouw Fang, die zei dat meneer Weimin een goede vriend was van haar echtgenoot.'

'Die eveneens door hem is doodgeschoten,' zei Frost.

'Dat klopt, maar mevrouw Fang weigerde zich negatief over Wu uit te laten. Ze geloofde ook niet dat hij het had gedaan. Ze beschreef hem als een zachtaardige, hardwerkende man. Ze zei dat hij te veel had gehad om voor te leven. Hij onderhield zijn vrouw en dochter en stuurde geld naar zijn zevenjarige zoon uit een eerder huwelijk.'

'Er was dus een ex.'

'In een andere stad, maar Wu en zijn vrouw, Li Hua, woonden al jaren in Boston. Ze woonden in de flat boven het restaurant waar hij werkte en bemoeiden zich weinig met andere mensen. Ze wilden natuurlijk geen aandacht op zichzelf vestigen omdat ze illegalen waren. Taal kan ook een obstakel in hun leven zijn geweest, omdat ze alleen Mandarijn spraken en een plaatselijk dialect dat bekend staat als Min.'

'In tegenstelling tot het gros van de bevolking van Chinatown, dat Kantonees spreekt,' zei Frost.

Zucker knikte. 'Omdat men elkaars dialect niet kan verstaan, moet de familie Wu een erg eenzaam bestaan hebben geleid. Wu staat van alle kanten onder druk. Hij probeert zijn illegale status geheim te houden. Hij is eenzaam. Hij moet een gezin onderhouden. En hij maakt ook nog eens lange dagen. Dat is een enorme lading stress voor een eenvoudige man.'

'Maar wat triggerde de amok?' vroeg Jane.

'Mevrouw Fang had geen idee. Ten tijde van de schietpartij was ze toevallig een week de stad uit op familiebezoek. Ik heb met haar gesproken toen ze weer thuis was en nog in een shocktoestand verkeerde. Ze bleef zeggen dat Wu nooit iemand zou doodschieten. Zeker niet haar man, James, omdat ze zulke goede vrienden waren. Ze zei ook dat Wu niet eens een pistool bezat.'

'Hoe kon ze dat weten? Ze was niet met hém getrouwd.'

'Nee, maar ik kon het niet aan Wu's vrouw vragen. Die was binnen een paar dagen na de schietpartij samen met haar dochter met de noorderzon vertrokken. Je had toen nog geen Binnenlandse Veiligheidsdienst die vreemdelingen in de gaten hield, dus kon iedereen vrij makkelijk het land binnenkomen en verlaten, of verdwijnen. En dat is wat Wu's vrouw heeft gedaan. Ze is verdwenen. Zelfs Iris Fang had geen idee waar ze naartoe waren gegaan.'

'U vertrouwt helemaal op wat mevrouw Fang heeft gezegd. Hoe weet u of ze de waarheid sprak?' vroeg Jane.

'Het is misschien naïef van me, maar ik heb geen moment aan haar oprechtheid getwijfeld. Ze had iets over zich.' Zucker schudde zijn hoofd. 'Zo'n onfortuinlijke vrouw. Ik heb nog steeds medelijden met haar. Ik snap niet hoe iemand in staat is zoveel leed te incasseren.'

'Hoe bedoelt u?'

'Ze heeft ook haar dochter verloren.'

Jane herinnerde zich opeens dat Iris had gezegd dat ze een alleenstaande vrouw was. Dat ze geen familie meer had. 'Is haar dochter gestorven?'

'Ik heb het niet in mijn verslag opgenomen, omdat het niets met het gebeuren in de Red Phoenix te maken had, maar Iris en James hadden een veertienjarige dochter die twee jaar eerder spoorloos was verdwenen.'

'Jezus,' zei Frost. 'We hadden geen idee. Daar heeft ze niets over gezegd.'

'Ze is niet iemand die uit is op medelijden. Maar ik herinner me het verdriet dat ik in haar ogen zag. Een verdriet waar ik me geen voorstelling van kon maken. En dat kan ik nog steeds niet. Ze is een bijzonder sterke vrouw.' Zucker zweeg, alsof de herinnering aan het leed van de vrouw hem opnieuw aangreep.

Jane kon zich net zo min als hij een voorstelling maken van dergelijk leed. Ze dacht aan haar eigen dochter, Regina, die nog maar tweeënhalf was. Ze dacht aan hoe het zou zijn als ze zich jaar in jaar uit zou moeten afvragen of haar kind nog leefde of niet. Daar zou elke vrouw gek van worden. En als je dan ook nog je man verloor...

'Tragedies hebben altijd naweeën,' zei Zucker. 'Maar wat er na de schietpartij in de Red Phoenix gebeurde, had niet alleen een vernietigende impact op de betrokken families. Het leek net alsof er aan de slachtpartij een vloek verbonden was. Iets wat steeds meer slachtoffers eiste.'

Het leek opeens een stuk kouder in het vertrek. Zo koud dat Jane er kippenvel van kreeg. 'Een vloek? Hoe bedoelt u?' vroeg ze.

'Binnen een tijdsbestek van een paar weken gebeurden er allerlei nare dingen. Rechercheur Staines bezweek aan een hartaanval. Een agent van de technische recherche die aan de plaats delict had gewerkt, kwam om bij een auto-ongeluk. De vrouw van rechercheur

Ingersoll kreeg een beroerte en stierf enige tijd later. En dan had je ook nog het meisje dat verdween.'

'Welk meisje?'

'Charlotte Dion, de zeventienjarige dochter van Dina Mallory, een van de mensen die in het restaurant waren vermoord. Een paar weken nadat Dina in de Red Phoenix was doodgeschoten, verdween Charlotte tijdens een schoolreisje. Er is nooit meer iets van haar vernomen.'

Jane hoorde opeens haar eigen hartslag in haar oren, zo luid als een drum. 'En u zei dat de dochter van Iris Fang ook spoorloos was verdwenen.'

Zucker knikte. 'Er zat twee jaar tussen die incidenten, maar het is evengoed een griezelig toeval. Twee van de slachtoffers van het bloedbad in de Red Phoenix hadden een dochter die spoorloos was verdwenen.'

'Was het echt toeval?'

'Wat zou het anders moeten zijn? De twee families kenden elkaar niet. De Fangs waren immigranten die moeite hadden het hoofd boven water te houden. Charlottes ouders behoorden tot de elite van Boston. Ze hadden niets met elkaar te maken. Dus kun je net zo goed de boze geest van de Red Phoenix de schuld geven.' Hij keek naar het dossier. 'Het kan ook aan het gebouw liggen. In Chinatown zeggen ze dat dáár een vloek op rust. Als je er binnengaat, zeggen ze, hecht het kwaad zich aan je vast.' Hij keek naar Jane. 'En dan neem je het ongemerkt mee naar huis.'

10

Jane hield niet van toeval. In het gecompliceerde weefsel van het leven kwam toeval uiteraard wel voor, maar ze kon het nooit laten uit te zoeken waarom bepaalde draden elkaar kruisten. Of dat het echt toeval was of dat er iets achter zat, een patroon dat je alleen kon zien als je elk van de draden volgde tot aan het begin. Dus zat ze nu achter haar bureau om dat te doen, te proberen het begin te vinden van vijf draden die negentien jaar geleden op tragische wijze met elkaar waren verweven in een restaurant in Chinatown.

Het Red Phoenix-dossier was niet erg dik. Voor de politie is een moord-zelfmoord een meevaller, een zaak verpakt in cadeaupapier met een mooie strik erom, de gerechtigheid al gediend omdat de dader zo vriendelijk is geweest zichzelf van kant te maken. Het politierapport van Staines en Ingersoll ging niet over het 'wie' maar over het 'waarom' van het bloedbad en hun analyse was grotendeels gebaseerd op wat Jane en Frost al van dr. Zucker over Wu Weimin hadden gehoord.

Daarom nam ze niet de daders maar de vier slachtoffers onder de loep.

Slachtoffer nummer een was Joey Gilmore, vijfentwintig jaar oud, geboren en getogen in South Boston. Het rapport bevatte veel informatie over Gilmore, omdat die een strafblad had. Diefstal, inbraak, mishandeling. Het strafblad en Gilmore's werkgever – Donohue Groothandel in Vleeswaren – interesseerden Jane in hoge mate. De eigenaar van de groothandel, Kevin Donohue, was bij het Boston PD bekend vanwege zijn oude en zeer stevige banden met de georganiseerde misdaad. Gedurende de afgelopen vier decennia had Donohue zich opgewerkt van een ordinair gangstertje tot een van de drie machtigste mannen van de plaatselijke Ierse maffia. De politie wist precies wie en wat Donohue was, maar kon gerechtelijk niets bewijzen. Nog niet.

Jane pakte het mapje met de foto's van de plaats delict en zocht naar die van het lijk van Joey Gilmore, dat te midden van afhaalbakjes lag. Hij was geveld door een kogel in zijn achterhoofd. Dr. Zucker zag deze zaak als een geval van amok, maar Jane vond dat het meer weg had van een executie in de stijl van de onderwereld.

Slachtoffer nummer twee was James Fang, de zevenendertigjarige kelner en kashouder van de Red Phoenix. Hij en zijn vrouw, Iris, waren zestien jaar eerder geïmmigreerd vanuit Taiwan, hij als postdoctoraal student in Aziatische literatuur. Zijn werk in het restaurant was slechts een bijbaantje. 's Middags gaf hij les in het buurtgebouw van Chinatown in het kader van naschoolse activiteiten. Volgens het rapport waren hij en Wu Weimin goede vrienden geweest gedurende de vijf jaar dat ze samen in de Red Phoenix hadden gewerkt. Er was nooit een onvertogen woord tussen hen gevallen. Het rapport repte niet over de dochter van de Fangs, Laura, die twee jaar eerder spoorloos was verdwenen. Misschien hadden Staines en Ingersoll niet eens geweten dat de familie Fang al eerder door een tragedie was getroffen.

Slachtoffers drie en vier waren een echtpaar, Arthur en Dina Mallory, uit Brookline, Massachusetts. Arthur, achtenveertig, was algemeen directeur van de Wellesley Group, een investeringsmaatschappij. Voor de veertigjarige Dina stond geen beroep genoteerd, maar gezien de positie van haar man had ze waarschijnlijk niet hoeven werken. Voor zowel Arthur als Dina was het een tweede huwelijk. Arthurs eerste vrouw heette Barbara Hart en met haar had hij een zoon van twintig genaamd Mark. Dina's voormalige echtgenoot heette Patrick Dion, en zij hadden een zeventienjarige dochter. In het rapport was ingegaan op het vraagstuk dat een goede rechercheur automatisch onderzoekt: mogelijke conflicten die waren voortgevloeid uit de echtscheidingen en het nieuwe huwelijk van de slachtoffers.

Volgens Mark Mallory, de zoon van Arthur Mallory, onderhielden de Mallory's en de Dions bijzonder goede relaties, hoewel Dina en Arthur vijf jaar geleden omwille van de relatie die ze met elkaar hadden een einde aan hun respectieve huwelijken hadden gemaakt. Dina Mallory was na haar echtscheiding en nieuwe huwelijk op goede voet gebleven met haar voormalige echtgenoot, Patrick, en de gezinnen kwamen vaak met de feestdagen bij elkaar voor een gezamenlijk diner.

Voorbeeldig maar bizar, vond Jane. Patrick raakt zijn vrouw kwijt aan een ander, maar ze vieren evengoed allemaal samen Kerstmis. Het leek te mooi om waar te zijn, maar de informatie was afkomstig van Arthur Mallory's zoon, Mark, en die kon het weten. Het was de ultieme gereorganiseerde familie, waar iedereen lief tegen elkaar deed en niemand ruzie maakte. Blijkbaar waren zulke dingen mogelijk, al zag Jane het niet snel gebeuren in haar eigen familie. Ze probeerde zich een Kerstmis bij de Rizzoli's voor te stellen, met haar vader, haar moeder, het domme blondje van haar vader en de nieuwe vriend van haar moeder, Vince Korsak. Dat zou uitlopen op moord en doodslag.

Maar de Mallory's en de Dions waren er blijkbaar toe in staat geweest. Misschien omwille van Charlotte, die pas twaalf was toen haar ouders gingen scheiden. Zoals de meeste kinderen van gescheiden ouders had ze vermoedelijk afwisselend bij haar vader en haar moeder gewoond. Arm rijkeluiskind, heen en weer geslingerd tussen twee gezinnen.

Jane bladerde naar de laatste pagina van het dossier en trof daar een kort aanhangsel aan:

Charlotte Dion, dochter van Dina Mallory, is op 24 april als vermist opgegeven. Ze is voor het laatst gesignaleerd bij Faneuil Hall, waar ze met haar klas op schoolreisje was. Volgens rechercheur Hank Buckholz wijst bewijsmateriaal op een mogelijke ontvoering. Er is een onderzoek ingesteld.

Het aanhangsel dateerde van 28 april en was ondertekend door rechercheur Ingersoll.

Twee meisjes die spoorloos waren verdwenen. Laura Fang en Charlotte Dion. De dochters van twee van de slachtoffers van de moord in het Red Phoenix. Toch stond er in het rapport niets wat erop wees dat het misschien om meer ging dan toeval. Dr. Zucker had het al gezegd. Soms is er geen patroon, geen plan, alleen de blinde wreedheid van het lot dat niet bijhoudt wie er al te veel heeft geleden.

'Je had me er gewoon naar kunnen vragen, Rizzoli.'

Ze keek op en zag Johnny Tam bij haar bureau staan. 'Waar had ik je naar moeten vragen?'

'De moord in de Red Phoenix. Ik sprak Frost daarnet. Hij vertelde me dat jullie de dossiers hebben opgevraagd. Als jullie bij mij waren gekomen, had ik jullie er alles over kunnen vertellen.'

'Jij? Hoe oud was jij toen helemaal? Acht? Negen?'

'Chinatown is mijn werkterrein, dus moet ik weten wat daar allemaal gebeurt. Onder de Chinezen heeft men het nog steeds over het bloedbad in de Red Phoenix. Het is een wond die nooit zal genezen. Vanwege de schaamte.'

'Schaamte? Hoezo?'

'Omdat de dader een van ons was. Met "ons" bedoel ik de Chinezen.' Hij wees naar de dossiers op haar bureau. 'Ik heb die zaak twee maanden geleden doorgenomen. Ik heb met Lou Ingersoll gesproken. Ik heb de rapporten van de lijkschouwer gelezen.' Hij tikte tegen zijn hoofd. 'Alle informatie ligt hier opgeslagen.'

'Ik had geen idee dat jij de zaak zo goed kende.'

'En het is ook niet bij je opgekomen me ernaar te vragen. Ik dacht dat ik bij het team hoorde.'

Zijn beschuldigende toon stond haar tegen. 'Je hoort ook bij het team,' zei ze, 'en ik zal proberen dat te onthouden, maar het zou voor ons allemaal makkelijker zijn als je niet aldoor meteen je stekels opzet.'

'Ik wil alleen maar in de voorste linie zitten bij het jagen. Ik wil niet worden behandeld als een buitenbeentje, wat nu maar al te vaak het geval is.'

'Hoe bedoel je?'

'Het Boston PD heeft de naam één grote smeltkroes te zijn.' Hij lachte schamper. 'Nou, vergeet het maar.'

Ze bekeek hem aandachtig, probeerde iets af te lezen van zijn ondoorgrondelijke gezicht. Opeens herkende ze zichzelf op die leeftijd, toen ze had willen bewijzen wat ze waard was en woedend was geweest als ze door de anderen werd genegeerd. 'Ga zitten,' zei ze.

Hij slaakte een diepe zucht, trok een stoel naar achteren en liet zich erop neervallen. 'Zeg het maar.'

'Denk jij dat ik niet weet hoe het is om in de minderheid te zijn?'

'Ik heb geen idee.'

'Kijk eens om je heen. Hoeveel vrouwelijke rechercheurs werken hier? Eén, en dat ben ik. Ik weet hoe het voelt als je als vrouw wordt buitengesloten omdat je mannelijke collega's denken dat je onmogelijk goed genoeg kunt zijn voor dit werk. Jij zult moeten leren om te gaan met die etterbakken én met hun gezeur, omdat van beide de voorraad nooit uitgeput raakt.'

'Dat wil nog niet zeggen dat we hen er niet op moeten blijven aanspreken.'

'Welnee. Daar schiet je niks mee op.'

'Toch heb jij er iets mee bereikt. Jij bent hier nu volledig geaccepteerd.'

Ze vroeg zich af of dat waar was. Ze dacht aan hoe het was geweest toen ze hier pas zat en ze het gegrinnik, de grapjes met de tampons en de kleineringen had moeten verdragen. Ja, het was nu beter, maar ze had vele jaren een harde strijd moeten leveren.

'Dat bereik je niet met klagen. Dat bereik je door beter te zijn dan de anderen,' zei ze. 'Ik heb gehoord dat je met vlag en wimpel voor je rechercheursexamen bent geslaagd.'

Hij knikte kort. 'De beste van de klas.'

'En hoe oud ben je? Vijfentwintig?'

'Zesentwintig.'

'Dat werkt helaas in je nadeel.'

'Wat werkt in mijn nadeel? Dat ik het prototype ben van een Aziatische nerd?'

'Nee. Dat je nog zo jong bent.'

'O, gezellig. Nóg een reden waarom ze me niet serieus zullen nemen.'

'Ik bedoel dat er allerlei redenen zijn die je het gevoel kunnen geven dat je achtergesteld wordt. Sommige daarvan zijn reëel, sommige ingebeeld. Je moet je daar overheen zetten en gewoon je werk doen.'

'Oké. Als jij maar probeert te onthouden dat ik bij het team hoor. Laat me wat veldwerk doen over de Red Phoenix. Ik ken de zaak. Ik kan mensen bellen, met de families van de slachtoffers gaan praten.'

'Frost is al van plan om nog een keer met mevrouw Fang te gaan praten.'

'Dan doe ik de andere families.'

Ze knikte. 'Goed. Vertel me nu dan maar hoe ver je al met deze zaak bent gekomen.'

'Ik ben er afgelopen februari mee begonnen, toen ik mijn aanstelling kreeg in District A-1 en mensen in Chinatown erover hoorde praten. Ik herinnerde me het geval van toen ik nog klein was, in New York.'

'New York? Had men het er daar dan ook over?'

'Als iets groot nieuws is en als er een Chinees bij betrokken is, hebben alle Chinezen in het land het erover. Zelfs in New York. Ik hoor mijn grootmoeder nog zeggen wat een schande het was dat de moordenaar een van ons was. Ze zei dat het de Chinezen een slechte naam gaf. Dat iedereen zou denken dat we gespuis zijn.'

'Jemig. Wat je noemt een ernstig geval van collectief schuldgevoel.'

'Ja, daar zijn we goed in. Mijn grootmoeder wond zich altijd op als ik probeerde in een gerafelde spijkerbroek het huis uit te glippen. Ze wilde niet dat mensen zouden denken dat Chinezen sloddervossen zijn. Ik ben mijn hele jeugd gebukt gegaan onder het feit dat ik een heel ras vertegenwoordig. Zo werkt dat bij ons. Maar goed, daarom was ik dus al geïnteresseerd in de Red Phoenix en toen ik in maart die advertentie in *The Boston Globe* zag, werd ik nog nieuwsgieriger en heb ik het dossier voor de tweede keer gelezen.'

'Welke advertentie?'

'Die op 30 maart in de krant stond, op de jaardag van het bloedbad. Een kwart pagina maar liefst, in het katern met het stadsnieuws.'

'Ik heb geen advertentie gezien. Wat stond erin?'

'Een foto van de kok, Wu Weimin, met eronder in dikgedrukte letters het woord "onschuldig".' Tam staarde naar de verlaten bureaus van de afdeling. 'Toen ik dat zag, wilde ik dat het waar was. Ik wilde dat Wu Weimin onschuldig was, zodat die smet van ons weggenomen zou worden.'

'Je denkt toch niet serieus dat hij niet de dader was?'

Hij keek haar aan. 'Ik weet het niet.'

'Staines en Ingersoll twijfelden er niet aan dat hij het had gedaan. En dr. Zucker ook niet.'

'De advertentie heeft me aan het denken gezet. Ik vraag me af of het Boston PD negentien jaar geleden niet een fout kan hebben gemaakt.'

'Alleen maar omdat Wu een Chinees was?'

'Nee, omdat de bewoners van Chinatown nooit geloofd hebben dat hij de dader was.'

'Wie heeft er voor die advertentie betaald? Weet je dat toevallig?'

Hij knikte. 'Ja. Iris Fang. Ik heb het nagevraagd bij de *Globe*.'

Jane's mobieltje ging. Terwijl ze het pakte, dacht ze na over deze laatste informatie. Ze vroeg zich af waarom Iris, negentien jaar na het incident, in een advertentie de man verdedigde die haar echtgenoot had vermoord. Ze keek op haar mobiel en zag dat het iemand van de technische recherche was. 'Rizzoli.'

'Ik zit die haren te bekijken,' zei criminoloog Erin Volchko, 'maar al sla je me dood, ik weet niet waar ze vandaan gekomen kunnen zijn.'

Jane moest even omschakelen. 'Heb je het over de haren die op de kleding van Jane Doe zaten?'

'Ja. Het mortuarium heeft ze gisteren opgestuurd. Eentje zat op de mouw en eentje op haar legging. Ze hebben gelijksoortige morfologie en kleur, dus zijn ze waarschijnlijk afkomstig van dezelfde bron.'

Jane voelde dat Tam naar haar keek toen ze vroeg: 'Zijn ze organisch of synthetisch?'

'Ze zijn niet machinaal gemaakt. Ze zijn in elk geval organisch.'

'Dus zijn ze afkomstig van een mens.'

'Nou, dat is nog maar de vraag.'

11

Jane tuurde door de lens om te zien of ze iets bijzonders zag, maar de haar onder de microscoop zag er net zo uit als alle andere haren die ze door de jaren heen had bekeken. Ze stapte opzij om Tam ook een kijkje te gunnen.

'Wat op het objectglaasje ligt, is een dekhaar,' zei Erin. 'Dekhaar is zoiets als de overjas van dieren.'

'En dat is niet hetzelfde als de pels?' vroeg Tam.

'Nee. De pels is de onderlaag, die voor isolatie zorgt. Mensen hebben geen pels.'

'Als dit een dekhaar is, van welk dier is hij dan afkomstig?'

'Het is misschien eenvoudiger als ik jullie vertel van welk dier hij niet afkomstig is,' zei Erin. 'De pigmentatie is consistent over de hele lengte van de haar, dus weten we dat het een dier moet zijn met haar dat vanaf de wortel tot aan het uiteinde dezelfde kleur heeft. Door het ontbreken van kransvormige schubben kunnen we knaagdieren en vleermuizen alvast uitsluiten.'

Tam keek op van de microscoop. 'Wat zijn kransvormige schubben?'

'Schubben zijn deeltjes die samen de cuticula vormen, de buitenkant van de haar, als de schubben van een vis. De patronen van de schubben zijn karakteristiek voor afzonderlijke dierenrassen.'

'En je zei dat kransvormige schubben voorkomen bij knaagdieren.'

Ze knikte. 'De haar heeft ook geen doornachtige schubben, waardoor we weten dat hij niet afkomstig is van een kat, een mink of een zeehond.'

'Gaan we de hele lijst van dierenrassen afwerken?' vroeg Jane.

‘Tot op zekere hoogte is dit een eliminatieproces.’

‘En tot nu toe heb je ratten, katten en vleermuizen geëlimineerd.’

‘Klopt.’

‘Heel fijn,’ zei Jane. ‘Dan kunnen we Batman en Catwoman alvast van onze verdachtenlijst schrappen.’

Erin nam met een zucht haar bril af en masseerde de brug van haar neus. ‘Ik probeer alleen maar uit te leggen dat het erg moeilijk is om via eenvoudige microscopie vast te stellen om welk dier het gaat. De morfologische aanwijzingen helpen me bepaalde diersoorten uit te sluiten, maar ik heb nog nooit een haar als deze in mijn lab gehad.’

‘Welke diersoorten kunnen er nog meer geëlimineerd worden?’ vroeg Tam.

‘Als het om een hert of een kariboe ging, zou de wortel de vorm van een wijnglas hebben en zou de haar ruwer zijn. Het is dus ook geen dier uit de hertenfamilie. Wegens de kleur kan het geen stinkdier of bever zijn en de textuur is te ruw voor een konijn of een chinchilla. Afgaande op de wortelvorm, de diameter en het schubbenpatroon, lijkt het nog het meest op menselijk haar.’

‘Waarom kan het dat dan niet zijn?’ vroeg Jane.

‘Kijk nog even door de microscoop.’

Jane bukte zich naar de lens. ‘Waar moet ik op letten?’

‘Zie je dat de haar zo goed als recht is? Niet gekruld, als een haar uit de schaamstreek of de oksel?’

‘Wil dat zeggen dat dit een hoofdhaar is?’

‘Ik dacht aanvankelijk zelfs dat het een menselijke hoofdhaar was. Maar kijk eens naar de medulla, de kern van de haar. Dat is een soort buisje dat door de hele lengte van de haar loopt. De medulla heeft bij deze haar iets heel vreemds.’

‘Kun je wat specifieker zijn?’

‘De medullaire index. Dat is de verhouding tussen de diameter van de medulla en de diameter van de haar. Ik heb talloze mensenharen onderzocht, maar bij hoofdhaar nog nooit zo’n brede medulla gezien. Bij mensen is de index meestal minder dan een derde. Bij deze haar is de index meer dan de halve diameter. Dit is geen buisje, het is een tunnel.’

Jane richtte zich op en keek Erin aan. 'Kan een ziekte daarvan de oorzaak zijn? Of een genetische abnormaliteit?'

'Niet voor zover ik weet.'

'Wat is dit dan voor een haar?' vroeg Tam.

Erin haalde diep adem, alsof ze probeerde de juiste woorden te vinden. 'In elk ander opzicht lijkt hij op een mensenhaar. Maar het is geen haar van een mens.'

Jane's geschrokken lach doorbrak de stilte die was gevallen. 'Waar hebben we het over? Bigfoot?'

'Ik vermoed dat het om een niet-menselijke primaat gaat. Een soort die ik met microscopie alleen niet kan identificeren. Er zitten geen epitheliale cellen aan de haar, dus is het mitochondriale DNA het enige wat we tot onze beschikking hebben.'

'Als we daarop moeten wachten...' zei Tam.

'Daarom zit ik aan een andere test te denken,' zei Erin. 'Ik heb een wetenschappelijk artikel gelezen van iemand in India over de elektroforetische analyse van haarkeratine. Ze hebben daarginds grote problemen met illegale bonthandel en gebruiken deze test om vachten van exotische diersoorten te identificeren.'

'In welke laboratoria kun je dat laten doen?'

'We hebben hier in de VS een aantal wildlifelabs waar ik contact mee kan opnemen. Dat is misschien de snelste manier om erachter te komen om welk dier het hier gaat.' Erin keek naar de microscoop. 'Ik moet en zal weten wat voor beest dit is.'

Hank Buckholz zag eruit als een man die lang en hard had gevochten tegen de duivel van de alcohol en zich nu bij zijn onontkoombare lot had neergelegd. Jane trof de gepensioneerde rechercheur aan op zijn vaste plek in de bar van J.P. Doyle's, met een glas whisky voor zijn neus. Het was nog niet eens vijf uur, maar zo te zien had Buckholz zich al aardig ingedronken. Toen hij van zijn kruk kwam en haar zijn hand toestak, zag ze dat die trilde en dat hij waterig uit zijn ogen keek. Acht pensioenjaren hadden niets afgedaan aan zijn oude gewoonten. Hij kleedde zich nog steeds als een politieman, met een colbertje op een effen overhemd, ook al was de kraag van dat overhemd nu een beetje versleten.

Het was nog wat aan de vroege kant voor de rest van de vaste drinkers van Doyle's, een favoriete kroeg van de Bostonse politie. Om de aandacht van de barman te trekken, hoefde Buckholz alleen maar zijn hand op te steken. 'Een glaasje voor de dame,' zei hij, wijzend op Jane. 'Wat mag het zijn?'

'Niks, dank je,' zei Jane.

'Vooruit. Je laat een ouwe smeris toch niet in zijn eentje drinken?'

Ze keek naar de barman en zei: 'Een biertje. Doe maar een Sam Adams.'

'En voor mij nog een van hetzelfde,' zei Buckholz.

'Zullen we aan een tafeltje gaan zitten, Hank?' vroeg Jane.

'Nee, ik zit hier best. Dit is mijn kruk. Altijd geweest. Bovendien,' voegde hij eraan toe, met een blik om zich heen naar de vrijwel lege bar, 'wie zou ons afluisteren? Het is zo'n oude zaak dat niemand er nog belangstelling voor heeft. Behalve misschien de familieleden.'

'En jij.'

'En ik. Het lukt me niet om het los te laten. Zelfs na al die jaren lig ik 's nachts wakker van alle zaken die ik niet heb kunnen oplossen. In het bijzonder de verdwijning van Charlotte Dion, omdat ik zo de pest in had toen haar vader na ons onderzoek een privédetective inhuurde. Daarmee zei hij in feite dat hij me een waardeloze rechercheur vond.' Hij gromde en nam een slok. 'Wat een geld heeft die man verkwist, alleen maar om aan te tonen dat ik niets over het hoofd had gezien.'

'De privédetective heeft dus ook niets gevonden?'

'Nee. Het meisje is spoorloos verdwenen. Geen getuigen, geen aanwijzingen. Alleen haar rugtas die in de steeg lag. Negentien jaar geleden hadden we nog niet overal beveiligingscamera's waarmee je kon zien wat er allemaal gebeurde. De kidnapper is snel en geruisloos te werk gegaan. Het moet trouwens een impulsieve daad zijn geweest.'

'Waarom denk je dat?'

'Ze was op schoolreisje. Ze zat op een dure kostschool, de Bolton Academy, in Framingham. Een groep van dertig leerlingen was met een gecharterde bus naar de stad gekomen om de Freedom Trail te lopen. De halte bij Faneuil Hall was niet gepland. De docent vertelde me later dat de kinderen honger hadden en dat ze daarom hadden besloten daar te gaan lunchen. Volgens mij heeft de dader Charlotte zomaar gegrepen toen hij haar zag.' Hij schudde zijn hoofd. 'De zaak heeft enorm veel publiciteit gekregen. Patrick Dion is durfkapitalist. Hij was in Londen toen het gebeurde en is in zijn privéjet teruggevlogen. Gezien zijn positie en zijn rijkdom dacht ik dat de ontvoerder losgeld zou eisen, maar dat gebeurde niet. Er is nooit meer iets van Charlotte vernomen. Geen aanwijzingen, geen lijk, niks.'

'Haar moeder was een maand eerder doodgeschoten in de Red Phoenix.'

'Ja, ik weet het. Beroerd voor die mensen. Dubbele pech.' Hij nam een slokje. 'Ook al heb je nog zoveel geld, tegen de dood is niemand opgewassen.'

'Denk jij dat het alleen maar pech was?'

'Daar heb ik het met Lou Ingersoll over gehad. We zagen echt niet hoe die twee gebeurtenissen iets met elkaar te maken konden hebben. We hebben het van alle kanten bekeken. Ruzie om de voogdijschap over Charlotte? Problemen met de echtscheiding? Geld?'

'En dat was het allemaal niet?'

Buckholz schudde zijn hoofd. 'Ik ben zelf gescheiden en ik haat dat mens nog steeds, maar Patrick Dion bleef op goede voet met zijn ex. Hij kon het zelfs goed vinden met haar nieuwe echtgenoot.'

'Ook al had Arthur hem zijn vrouw afgesnoept.'

Hij lachte. 'Ja, moet je nagaan. Er waren eens twee gelukkige gezinnetjes. Patrick en Dina met hun dochter Charlotte, en Arthur en Barbara met hun zoon Mark. De kinderen zaten allebei op de kakkerige Bolton Academy. Via de school leerden de echtparen elkaar kennen. Na een poosje begonnen ze elkaar uit te nodigen voor dinertjes. Toen legde Arthur het aan met Patricks vrouw en gingen ze allemaal scheiden. Arthur trouwde met Dina, Patrick kreeg de voogdijschap over de twaalfjarige Charlotte en ze bleven allemaal goede vrienden. Verdomd onnatuurlijk als je het mij vraagt.' Hij zette zijn glas neer. 'Ze hadden elkaar moeten haten. Dat zou normaal zijn geweest.'

'Weet je zeker dat dat niet het geval was?'

'Tja, het kan natuurlijk zijn dat ze dat verborgen hielden. Het kan ook best zijn dat Patrick Dion vijf jaar na de echtscheiding zijn ex en haar man stiekem is gevolgd naar dat restaurant en dat hij ze daar in een vlaag van woede heeft doodgeschoten. Maar Mark Mallory zwoer dat ze écht goede vrienden waren gebleven. En vergeet niet dat hij bij die schietpartij zijn vader heeft verloren.'

'En Marks moeder? Vond die het niet erg dat haar man haar in de steek had gelaten voor een ander?'

'Ik heb geen gelegenheid gekregen om met Barbara Mallory te praten. Ze had een jaar vóór de schietpartij een hersenbloeding gekregen. Op de dag dat Charlotte verdween, lag Barbara in een verzorgingstehuis. Een maand later is ze overleden. Ook dat gezin werd door ongeluk achtervolgd.' Hij stak zijn vinger op naar de barman. 'Doe mij er nog maar eentje.'

'Moet je niet rijden, Hank?' vroeg Jane. Ze keek bedenkelijk naar zijn lege glas.

'Maak je geen zorgen. Dit is mijn laatste.'

De barman zette nog een whisky op de tapkast. Buckholz keek er alleen maar naar, alsof het feit dat het er stond hem voorlopig tevreden stelde. 'Dit is het hele verhaal in een notendop,' zei hij. 'Charlotte Dion was zeventien, een mooie, blonde meid. Ze zat op kostschool en in de vakanties woonde ze bij haar rijke pappie. Ze had alles wat haar hartje begeerde. En toen is ze zomaar verdwenen. We hebben alleen het lijk nog steeds niet gevonden.' Hij pakte het glas. Zijn hand trilde niet meer. 'Het leven kan wreed zijn.'

'De dood ook.'

Hij lachte en nam een teugje. 'Zeg dat wel.'

'En wat vind jij van het andere meisje dat is verdwenen? Laura Fang?'

'Die zaak heeft Sedlak behandeld, God hebbe zijn ziel, maar ik heb er wel naar gekeken, omdat de slachtoffers via de Red Phoenix met elkaar in verband stonden. Ik heb niets ontdekt dat me het idee gaf dat de twee ontvoeringen iets met elkaar te maken hadden. Nogmaals, volgens mij was de ontvoering van Charlotte een spontane daad. Laura was een ander geval. Bij haar gebeurde het vlak nadat de school uit was, toen ze naar huis liep. Een van haar klasgenootjes heeft haar uit vrije wil in een auto zien stappen, alsof ze de bestuurder kende. Maar dat klasgenootje heeft het kentekennummer niet genoteerd en van Laura is nooit meer iets vernomen. Nóg een lijk dat nooit is gevonden.' Hij staarde naar de flessen die tegen de achterwand van de bar keurig in het gelid stonden. 'Je gaat je afvragen hoeveel skeletten er in de bossen begraven liggen of op de vuilnisbelt terecht zijn gekomen. In Amerika worden miljoenen mensen vermist. Al die beenderen. Ik vind het niet erg dat ik op een goede dag de pijp uitga, zolang er een mooie steen komt waarop iedereen kan lezen dat ik het ben die daar begraven ligt. Maar om nooit gevonden te worden? Om ergens onder het onkruid te eindigen? Dan is het net alsof je nooit hebt bestaan.' Hij rilde. 'Maar goed, dat was dus de zaak Charlotte Dion in een notendop. Ben je ermee geholpen?'

'Ik weet het niet. Voorlopig is dit alleen nog maar een stukje van een erg verwarrende puzzel.' Jane wenkte de barman. 'Mag ik de rekening?'

'Ben je mal,' zei Buckholz.

'Je hebt me een dienst bewezen door me over Charlotte te vertellen.'

'Ik zit hier toch. Op deze kruk in deze kroeg. Je kunt me hier altijd vinden.' Hij keek naar haar mobieltje toen dat begon te rinkelen. 'Er zijn meer mensen die je willen spreken. Bofkont.'

'Het hangt ervan af wie het is.' Ze nam op. 'Rizzoli.'

'Ik vind het heel vervelend dat ik u moet bellen,' zei een man en hij klonk inderdaad alsof hij liever niet met haar zou praten. 'Bent u de meerdere van rechercheur Tam?'

'Hij werkt op mijn afdeling.'

'Ik bel u uit naam van de families van alle slachtoffers. We zouden het prettig vinden als rechercheur Tam niet meer bij ons kwam. Hij heeft iedereen van streek gemaakt, in het bijzonder de arme Mary Gilmore. Waarom moeten we na al die jaren opnieuw zoveel vragen beantwoorden?'

Jane masseerde haar hoofd. Ze zou haar jongere collega ernstig moeten toespreken en zag daar nu al tegenop. *Je staat in dienst van het publiek. Dat houdt in dat je het publiek niet tegen je in het har-*

nas moet jagen. 'Neemt u me niet kwalijk,' zei ze. 'Ik heb niet verstaan wat uw naam is.'

'Patrick Dion.'

Ze ging rechtop zitten en keek naar Buckholz, die het gesprek met belangstelling volgde. Eens een juut, altijd een juut. 'Dina Mallory was uw voormalige echtgenote, nietwaar?'

'Ja, en het valt niet mee om er weer aan herinnerd te worden hoe ze is gestorven.'

'Daar heb ik alle begrip voor, meneer Dion. Niettemin moet rechercheur Tam bepaalde vragen stellen.'

'Het is negentien jaar geleden dat Dina is gestorven. We weten wie haar heeft vermoord. Daar bestond geen enkele twijfel over. Waarom wordt dit nu dan allemaal opgerakeld?'

'Dat kan ik u niet vertellen. Het...'

'Ja, ik weet het. Het hoort bij een lopend onderzoek. Dat zei rechercheur Tam ook al.'

'Omdat het zo is.'

'Mark Mallory is woedend, en Mary Gilmore en haar dochter zijn erg van streek. Eerst die briefjes bij de post en nu rechercheur Tam. We willen graag weten waarom dit juist nu gebeurt.'

'Neemt u me niet kwalijk,' zei ze. 'Wat zei u over briefjes bij de post?'

'We krijgen nu al zes of zeven jaar, precies op 30 maart, allemaal een brief toegestuurd, als een macaber geheugensteuntje.'

'Wat staat er in die brieven?'

'Ik krijg altijd een kopie van Dina's overlijdensbericht. Achterop staat altijd met de hand geschreven: "Wilt u de waarheid niet weten?"'

'Hebt u ze bewaard?'

'Ja, en Mary ook, maar Mark was zo kwaad dat hij ze heeft weggegooid.'

'En wie stuurt ze? Weet u dat?'

'Ik neem aan dezelfde persoon die de advertentie in de *Globe* heeft laten plaatsen. Iris Fang.'

'Waarom zou mevrouw Fang zoiets doen?'

Even bleef het stil. 'Ik vind het niet prettig dat ik me negatief moet uitlaten over mevrouw Fang. Zij heeft ook haar man verloren, dus ik weet hoe moeilijk ze het heeft en ik heb medelijden met haar. Maar het lijkt mij nogal duidelijk.'

'Wat lijkt u nogal duidelijk?'

'Dat die vrouw niet goed bij haar hoofd is,' zei Patrick.

12

Tegen de tijd dat er werd gebeld, had Maura de tafel gedekt en stond de lamsbout in de oven. Iedereen wist dat tienerjongens een enorme eetlust hadden, dus had ze een bosbessenvlaai én een appeltaart gekocht, vier aardappelen geroosterd en een half dozijn maïskolven gekookt. Hield hij van sla? Ze had geen flauw idee. Tijdens die angstaanjagende dagen in de wildernis van Wyoming hadden ze samen honger geleden en zich in leven gehouden met wat Rat wist te stelen. Ze had de jongen hondenkoekjes, koude bonen uit blik en zelfs boombast zien eten. Hij zou zijn neus vast niet optrekken voor een krop sla en kon de vitaminen waarschijnlijk wel gebruiken. Toen ze hem in januari voor het laatst had gezien, was hij bleek en mager geweest, en het was voor die ondervoede jongen dat ze vanavond had gekookt. Hoe deze week ook verloopt, dacht ze, hij zal hier niet met een hongergevoel vertrekken. Dat was het enige waar ze zich op kon voorbereiden, de enige variabele waarop ze invloed kon uitoefenen.

Alle andere aspecten van zijn eerste bezoek waren grote vraagtekens.

Ze had haar leven te danken aan Julian 'Rat' Perkins, en toch kende ze hem amper. En omgekeerd gold hetzelfde. Ze hadden samen gevochten om in leven te blijven en er was niets dat zo'n intieme band tussen twee mensen schiep als wanneer je samen de dood in de ogen zag, en nu zouden ze te weten komen of hun band bestand was tegen een samenzijn van een week onder normale omstandigheden.

Toen de bel ging, droogde ze haar handen en liep snel de gang door, zich ervan bewust dat haar hart opeens wild sloeg. Doe niet zo raar, maande ze zichzelf toen ze opendeed. Hij is gewoon een jongen. Maar zodra ze de deur opendeed, werd ze bijna omvergeworpen door een reusachtige zwarte hond die tegen haar opsprong en zijn voorpoten op haar borst zette.

'Beer! Af!' riep Rat.

Ze lachte toen de hond haar een kleddernatte lik in haar gezicht gaf. Toen zette hij alle vier zijn poten weer op de grond en blafte kort terwijl hij enthousiast kwispelde. Maura keek lachend naar de jongen, die een onthutst gezicht trok om de slechte manieren van zijn maatje. 'Nou?' zei ze. 'Zou je zijn voorbeeld niet eens volgen?'

'Dag, mevrouw,' zei hij ongemakkelijk, en hij sloeg zijn lange armen om haar heen. Ze stond versteld van hoe lang hij was geworden en hoeveel gespierder hij eruitzag. Konden jongens in een paar maanden echt zo'n stuk groeien?

'Ik heb je gemist, Rat,' zei ze zachtjes. 'Ik heb jullie allebei verschrikkelijk gemist.'

Het trapje van de veranda kraakte onder iemands gewicht en de jongen liet haar snel los, alsof hij zich ervoor schaamde dat die persoon getuige was van de omhelzing. Maura keek naar de man die achter Rat was verschenen. Anthony Sansone had altijd een onheilspellende uitstraling, met zijn indrukwekkende gestalte en zijn ondoorgrondelijke gezicht, maar op deze grauwe middag glimlachte hij toen hij Rats rugzak op de veranda neerzette.

'Alsjeblieft, Julian,' zei hij.

'Dank je wel dat je hem helemaal naar Boston hebt gebracht,' zei Maura.

'Graag gedaan, Maura. Het gaf ons de gelegenheid wat te praten.' Hij bekeek haar aandachtig en zoals altijd leek hij te veel te zien. 'Het is lang geleden dat we elkaar hebben gesproken. Hoe is het met je?'

'Goed. Druk.' Ze glimlachte geforceerd. 'Geen gebrek aan cliënten. Wil je even binnenkomen?'

Hij keek naar de jongen, die van de een naar de ander keek en het gesprek geïnteresseerd volgde. 'Nee, jullie tweeën willen vast graag bijpraten. Denk je dat jullie je deze week kunnen redden?'

'Ik moet maandag en dinsdag werken, maar vanaf woensdag heb ik vrij. Dan zal ik hem de stad laten zien.'

'Zaterdag kom ik je weer halen, Julian,' zei Sansone en hij stak hem zijn hand toe.

De man en de jongen schudden elkaar de hand. Het was een eigenaardig formeel afscheid, maar tussen deze twee leek het volkomen natuurlijk en precies wat je van hen kon verwachten. Rat wachtte terwijl Sansone terugliep naar zijn auto, instapte en wegreed. Toen keek hij naar Maura.

'We hebben het onderweg over u gehad,' zei hij.

'Alleen maar goede dingen, hoop ik.'

'Volgens mij mag hij u graag. Erg graag.' Rat pakte zijn rugtas. 'Maar hij is een beetje vreemd.'

Dat kun je ook van jou zeggen, dacht ze. Van ons allebei. Ze sloeg haar arm om zijn schouders en voelde hem een beetje schrikken van het intieme gebaar, waar hij niet aan gewend was. De jongen had lange tijd als een wild dier in de bergen van Wyoming geleefd en in zijn ogen zag ze nog sporen van het in de steek gelaten kind. De wereld was niet aardig geweest voor Julian Perkins en het zou nog wel een tijdje duren voordat hij zijn medemensen weer zou vertrouwen.

Ze gingen naar binnen. In de woonkamer keek de jongen om zich heen. 'Waar is Beer?'

'Op ontdekkingsreis, vermoed ik. Ik wil wedden dat hij de traktatie in de keuken al heeft gevonden.'

Ze troffen de hond inderdaad in de keuken aan, waar hij gulzig de afsnijdsels naar binnen schrokte die ze in de aardewerken etensbak had gedaan. Ze had nooit een hond gehad, dus was de etensbak gloednieuw, evenals de grote hondenmand, de riem, het vlooienpoeder en de blikjes Alpo in de kast. Omdat Rat en Beer onafscheidelijk waren, deelde ze deze week haar huis met twee onbekende wezens, een hond en een tiener. In de oven vielen vetdruppels van de lamsbout sissend op de gloeiende plaat. Ze zag de jongen de geur opsnuiven als een dier dat een prooi ruikt.

'We gaan over een uurtje aan tafel. Kom, dan zal ik je wijzen waar je kamer is,' zei ze. Ze keek fronsend naar zijn rugzak. 'Waar is je koffer?'

'Ik heb alleen dit bij me.'
'Dan moeten we hoognodig wat kleren voor je gaan kopen.'
'Ik heb echt niets nodig,' zei hij toen ze door de gang liepen. 'Op school dragen we een uniform.'
'Dit is je kamer.'
Beer ging meteen naar binnen, maar de jongen bleef aarzelend in de deuropening staan, alsof hij zich afvroeg of er een vergissing in het spel was. Opeens besefte Maura wat een belachelijk vrouwelijke kamer het was voor een jongen en een hond. Schoorvoetend ging Rat naar binnen. Hij keek naar het witte dekbed, de vaas met verse snijbloemen op de commode en het lichtgroene Turkse tapijt, maar raakte niets aan, alsof het allemaal museumstukken waren en hij bang was dat hij iets zou breken. Voorzichtig zette hij zijn rugzak in een hoek.
'Hoe gaat het op school?' vroeg ze.
'Goed.' Hij knielde om de rugzak open te maken en haalde er twee overhemden, een trui en een lange broek uit, allemaal keurig opgevouwen.
'Dus je vindt het fijn op Evensong? Je voelt je daar prettig?'
'Het is er anders dan op mijn vorige school. Iedereen is aardig tegen me.' Hij zei het achteloos, zonder enig zelfmedelijden, maar het maakte duidelijk hoe moeilijk hij het voorheen had gehad. Ze had het dossier gelezen dat in Wyoming over hem was bijgehouden, dus wist ze van zijn knokpartijen op het schoolplein, de pesterijen van de andere kinderen die hem hadden uitgelachen om zijn versleten kleren en het ontwrichte gezin waaruit hij kwam. Ze was door veel mensen gewaarschuwd, inclusief zijn sociaal werker en zijn psycholoog, dat de jongen met te grote psychische problemen kampte en dat niet viel te voorspellen wat er zou gebeuren als ze hem in haar leven verwelkomde, maar nu ze de problematische jongen kalmpjes zijn kleren zag uitpakken en in de kast hangen, dacht ze: Goed dat ik niet naar hen heb geluisterd.
'Heb je al vrienden op je nieuwe school?' vroeg ze. 'Kun je goed opschieten met de andere leerlingen?'
'Ze lijken in veel opzichten op mij,' zei hij. Hij trok een la van de commode open en legde zijn sokken en ondergoed erin.

Ze glimlachte. 'Je bedoelt dat ze allemaal bijzonder zijn.'
'Nee, dat ze geen ouders hebben, net zoals ik.'
Dat had ze niet geweten. Toen Sansone haar had verteld dat hij de jongen op zijn kosten naar Evensong School wilde sturen, had hij de nadruk gelegd op de academische reputatie en de landelijke ligging, de internationale faculteit en de uitmuntende bibliotheek. Hij had er niet bij gezegd dat het een school voor weeskinderen was.
'Weet je dat zeker?' vroeg ze. 'Komen er nooit ouders op bezoek?'
'Soms komt er een oom of tante, maar ik heb nog nooit de vader of moeder van iemand gezien. Hij zegt dat we nu elkaars familie zijn.'
'Wie zegt dat?'
'Meneer Sansone.' Rat duwde de la dicht en keek haar aan. 'Hij vraagt vaak naar u.'
Maura voelde een blos opkomen en draaide zich om naar Beer, die om zijn eigen as draaide in de hondenmand alsof hij niet aan deze ongekende luxe kon wennen. 'Wat vraagt hij dan?'
'Of u me schrijft. Of u wel eens op bezoek komt. Of u het leuk zou vinden om er lezingen te houden.'
'Op Evensong?' Ze schudde haar hoofd. 'Een lezing over forensische pathologie lijkt me niet geschikt voor leerlingen van een middelbare school.'
'We leren er anders allerlei bijzondere dingen. Laatst heeft juffrouw Saul ons geleerd hoe je een Romeinse katapult moet maken. En ik mocht een praatje houden over dierensporen, omdat ik daar zoveel van weet. We hebben zelfs een paard ontleed.'
'Meen je dat?'
'Hij had zijn been gebroken, dus moest hij afgemaakt worden. Toen hebben we hem opengesneden om zijn organen te bestuderen.'
'Vond je dat niet griezelig?'
'Ik heb herten geslacht. Ik weet hoe dode dingen eruitzien.'
Dat kon je wel zeggen, dacht ze. In Wyoming had hij zelfs een man zien doodbloeden. Ze vroeg zich af of hij, net als zij, 's nachts wel eens wakker schrok omdat hij geplaagd werd door dromen over wat hun in de bergen was overkomen. Hij zag er zo kalm en beheerst uit

toen hij zijn schoolboeken op de commode legde en met zijn tandenborstel naar de badkamer liep. Hij hield al zijn emoties in zich opgesloten. *Hij lijkt meer op mij dan ik had gedacht.*

Ze hoorde in de keuken haar mobiele telefoon rinkelen.

'Mag ik naar buiten gaan om de tuin te bekijken?' vroeg hij.

'Natuurlijk. Ik ga even kijken wie dat is.'

Ze liep naar de keuken, haalde het mobieltje uit haar tas en nam op met: 'Dokter Isles.'

'U spreekt met rechercheur Tam. Het spijt me dat ik u in het weekend stoor.'

'Dat geeft niets. Waar kan ik u mee van dienst zijn?'

'Ik zou graag uw mening willen weten over een moordzaak van negentien jaar geleden. Een schietpartij in een restaurant in Chinatown. Vijf doden. Het is te boek komen te staan als een moord en zelfmoord.'

'Waarom houdt u zich bezig met iets wat negentien jaar geleden is gebeurd?'

'Omdat het iets te maken zou kunnen hebben met de Jane Doe op het dak. Die oude moordzaak kan de reden zijn waarom ze naar Chinatown is gekomen. We hebben de indruk dat ze op zoek was naar mensen die meer weten over dat bloedbad.'

'En wat wilt u precies van mij?'

'Ik zou u willen verzoeken de autopsierapporten over die vijf mensen door te nemen, in het bijzonder dat over de dader. En ons dan te vertellen of u het eens bent met de conclusies. De patholoog die indertijd de secties heeft verricht, werkt niet meer bij de Forensische Dienst, dus kan ik het hem niet vragen.'

Door het keukenraam zag ze Rat en de hond rondjes lopen door de tuin, alsof ze op zoek waren naar een uitgang, een vluchtroute naar de rest van de wereld. Het was een jongen die was voorbestemd voor de wildernis.

'Ik heb deze week geen tijd,' zei ze. 'Misschien kunt u het beter aan dokter Bristol vragen.'

'Ik had echt gehoopt...'

'Ja?'

'Ik zou liever úw mening erover horen, dokter Isles. Ik weet dat u altijd de waarheid zegt, ongeacht de omstandigheden. Ik heb vertrouwen in uw oordeel.'

Daar keek ze van op, want de rest van het Boston PD was momenteel deze zienswijze niet toegedaan. Ze dacht aan de priemende blikken en het kille zwijgen dat ze de afgelopen week van de agenten had moeten verduren. Ze hadden haar op allerlei manieren het gevoel gegeven een vijand te zijn.

'Ik ben vanavond thuis,' zei ze. 'Als u wilt, kunt u de dossiers komen brengen.'

Het was over negenen toen Beer bij de voordeur begon te blaffen. Maura deed open en zag rechercheur Tam staan. Hij en de hond bekeken elkaar argwanend, maar na wat onderzoekend gesnuffel gaf Beer de bezoeker toestemming binnen te komen door zich om te draaien en het huis weer in te lopen. Tam bewoog zich met de ingehouden energie die haar al was opgevallen toen ze elkaar in Chinatown hadden ontmoet. Hij bleef in de hal staan en draaide alert zijn hoofd in de richting van de kletterende douche. Hij vroeg niets, maar de vraag stond in zijn ogen.

'Ik heb deze week iemand te logeren,' zei ze.

'Het spijt me dat ik uw weekend kom verstoren.' Hij gaf haar een stapel gefotokopieerde documenten. 'Dit zijn de vijf autopsierapporten en het rapport van rechercheurs Ingersoll en Staines.'

'U hebt er heel wat werk van gemaakt.'

'Dit is mijn eerste moordzaak. Als beginneling doe je extra je best.' Hij haalde een USB-stick uit zijn zak. 'De originele documenten mogen niet uit het kantoor van het Forensisch Laboratorium worden verwijderd, dus heb ik de foto's en röntgenfoto's voor u gescand. Ik weet dat ik u veel werk bezorg en het spijt me echt dat ik u ermee belast.' Toen hij de USB-stick in haar hand drukte, keek hij haar recht in de ogen, alsof hij wilde benadrukken hoe belangrijk dit voor hem was en dat hij al zijn vertrouwen in haar stelde.

Ze bloosde bij zijn aanraking en keek naar de USB-stick. 'Voordat u vertrekt kunnen we beter even kijken of ik de bestanden op mijn computer kan openen,' zei ze. Ze liepen naar haar kantoor, waar ze haar laptop aanzette. Tam keek naar de hond, die met hen was meegelopen en nu naast hem zat en naar hem opkeek.

'Wat voor soort hond is dit?' vroeg Tam.

'Geen idee. Waarschijnlijk een kruising van een herder en een husky, met misschien wat wolvenbloed. Hij is van mijn logé.'

'U bent een erg tolerante gastvrouw als u het goedvindt dat uw logé een hond meebrengt.'

'Deze hond heeft mijn leven gered. Hij is hier altijd welkom.' Ze stak de USB-stick in de computer. Even later verscheen er een pagina met miniatuurtjes op het scherm. Ze klikte op het eerste en kreeg een lugubere foto te zien van het naakte lijk van een vrouw op een autopsietafel. 'Zoals u ziet is het openen van de bestanden geen probleem, maar ik kan u niet beloven wanneer ik dit ga bekijken. In elk geval niet deze week.'

'Ik stel dit erg op prijs, dokter Isles.'

Ze richtte zich op en keek hem aan. 'Dokter Bristol en dokter Costas zijn uitstekende pathologen. U kunt hun oordeel net zo goed vertrouwen als het mijne. Is er een reden waarom u hiermee niet naar een van hen wilt gaan?'

Tam keek om toen in de badkamer het gekletter van het water stopte. Beers oren gingen omhoog en hij trippelde het kantoor uit.

'Rechercheur Tam?' zei Maura.

Met duidelijke tegenzin zei hij: 'Ik neem aan dat u weet wat er over u wordt gezegd. Naar aanleiding van de rechtszaak van Wayne Graff.'

Ze klemde haar lippen op elkaar. 'Ik weet dat het niets vleiends kan zijn.'

'De blauwe lijn mag dan smal zijn, maar hij bestaat en hij verdraagt geen kritiek.'

'Zelfs niet als de kritiek niets dan de waarheid bevat,' zei ze bitter.

'Daarom wil ik ú. Omdat ik weet dat u altijd de waarheid spreekt.' Hij keek haar recht in de ogen, onverschrokken. Op de dag dat ze elkaar in Chinatown hadden ontmoet, had ze hem ondoorgrondelijk gevonden, een man van wie ze niet kon zeggen of hij haar mocht of niet. Zijn gezicht had nu diezelfde onpersoonlijke uitdrukking, maar het was een masker waar ze nog niet doorheen wist te kijken. Er zat veel meer achter deze man dan je op het oog zou zeggen, en ze vroeg zich af of hij ooit iemand een glimp achter dat masker gunde.

'Wat hoopt u dat ik in deze rapporten zal vinden?' vroeg ze.

'Tegenstrijdigheden misschien. Dingen die niet kloppen of niet logisch zijn.'

'Waarom denkt u dat ik dergelijke dingen zou kunnen aantreffen?'

'Toen Staines en Ingersoll op de plaats delict aankwamen, hebben ze het bloedbad vrijwel meteen bestempeld als moord en zelfmoord. Ik heb hun rapport gelezen. Ze hebben niet eens andere mogelijkheden onderzocht. Het was veel te makkelijk om het af te doen als een incident waarbij een waanzinnige Chinese immigrant een heel restaurant overhoop had geschoten. En toen zichzelf.'

'Denkt u dat het geen moord en zelfmoord was?'

'Ik weet het niet. Ik weet alleen dat die zaak na negentien jaar een eigenaardig vervolg heeft gekregen. De Jane Doe op het dak had twee adressen in haar handsfree GPS. Het ene was rechercheur Ingersolls huisadres. Het andere was het adres van de school van Iris Fang, de weduwe van een van de slachtoffers. De dode vrouw was klaarblijkelijk geïnteresseerd in wat er in de Red Phoenix was gebeurd. We weten niet waarom.'

Ze hoorden de hond janken en toen Maura omkeek zag ze Rat in de deuropening staan. Zijn haar was nog nat. Hij staarde naar de autopsiefoto op het scherm van de laptop. Snel verkleinde Maura het beeld, zodat de lugubere foto weer slonk tot een miniatuur.

'Julian, dit is rechercheur Tam,' zei ze. 'Rechercheur Tam, dit is mijn logé, Julian Perkins. Hij zit in Maine op kostschool en heeft nu een weekje vakantie. '

'Jij bent dus het baasje van die angstaanjagende hond,' zei Tam.

De jongen bleef naar de laptop staren alsof hij de foto nog steeds zag. 'Wie was dat?' vroeg hij zachtjes.

'Het heeft te maken met een zaak die we aan het bespreken zijn,' zei Maura. 'We zijn bijna klaar. Als je wilt kun je wel even televisie gaan kijken.'

Tam wachtte tot ze de televisie in de zitkamer hoorden. Toen zei hij: 'Het spijt me dat hij dat heeft gezien. Zulke beelden zijn niet bestemd voor kinderogen.'

'Ik zal de dossiers bekijken wanneer ik er tijd voor kan vrijmaken. Het kan wel even duren. Er is geen haast bij, neem ik aan?'

'Het zou prettig zijn als we vooruitgang konden boeken met Jane Doe.'

'Het incident in de Red Phoenix dateert van negentien jaar geleden,' zei ze. Ze zette de laptop uit. 'Een weekje meer of minder zal niet uitmaken.'

13

Nog voordat ik hem zie, weet ik dat hij het lokaal heeft betreden. Zijn komst wordt voorafgegaan door een stroom van vochtige avondlucht als de deur open- en dichtgaat. Ik onderbreek mijn oefening niet om hem te begroeten. Ik maak wentelende sprongen en laat mijn zwaard zoeven. In de spiegelwand zie ik rechercheur Frost gefascineerd toekijken terwijl ik het lied van het zwaard uitbeeld. Ik voel me sterk vandaag. Mijn armen en benen zijn zo soepel als toen ik jong was. Elke beweging, elke draai, elke zwaai, wordt bepaald door de regels van een oud vers:

Stap op naar de zeven sterren om de tijger te berijden.
Stijg op, draai, duikel tussen zwevende geesten,
Om de witte kraanvogel te worden,
Die zijn vleugels spreidt en een poot strekt.
De wind waait
En de lotusbloem trilt.

De bewegingen zijn een tweede natuur geworden. Ze gaan naadloos in elkaar over. Ik hoef er niet over na te denken, want mijn lichaam weet hoe het ze moet uitvoeren, net zo goed als het weet hoe je moet lopen en ademhalen. Mijn zwaard zoeft en zwiept, maar mijn gedachten zijn gericht op de politieman en op wat ik tegen hem ga zeggen.

Ik bereik de dertiende en laatste regel van het vers. *De feniks keert terug naar zijn nest.* Ik sta stil, mijn wapen komt tot rust, mijn gezicht wordt gekoeld door mijn zweet. Dan pas draai ik me naar hem om.

'Dat was prachtig, mevrouw Fang,' zegt rechercheur Frost met grote ogen van bewondering. 'Als een dans.'

'Een eenvoudige oefening, voor beginners, maar dit sluit mijn dag op een kalmerende manier af.'

Zijn blik gaat naar het zwaard in mijn hand. 'Is dat een echt zwaard?'

'De naam van dit zwaard is Zheng Yi. Ik heb het geërfd van mijn betovergrootmoeder.'

'Dan moet het erg oud zijn.'

'En gebruikt. Het is gemaakt om mee te vechten. Als je nooit oefent met een vechtzwaard, leer je nooit omgaan met het gewicht ervan, met hoe het in de hand ligt.' Ik maak er twee flitsende hakbewegingen mee. De rechercheur deinst geschrokken achteruit. Met een glimlach bied ik hem het zwaard aan. 'Alstublieft. Voel het gewicht ervan.'

Hij aarzelt, alsof het wapen hem een elektrische schok zou kunnen geven. Dan pakt hij het voorzichtig bij het handvat en maakt een onhandige zwaai door de lucht. 'Het ligt bij mij niet erg goed in de hand,' zegt hij.

'Nee?'

'Alsof de balans niet helemaal goed is.'

'Dat komt omdat het niet alleen een ritueel zwaard is, maar een echte *dao*. Een origineel Chinees zwaard. Dit ontwerp wordt wilgenblad genoemd. Ziet u dat de kling over de hele lengte een kromming heeft? Het was het gebruikelijke handwapen van soldaten ten tijde van de Ming-dynastie.'

'Wanneer was dat?'

'Ongeveer zeshonderd jaar geleden. Zheng Yi is in oorlogstijd gemaakt in de provincie Gansu.' Ik voeg er treurig aan toe: 'Jammer genoeg was oorlog te vaak de normale situatie in het oude China.'

'Met dit zwaard is dus echt gestreden?'

'Ja. Als ik het in mijn hand heb, voel ik oude veldslagen natrillen in het lemmet.'

Hij lacht. 'Als ik ooit in een donkere steeg wordt aangevallen, wil ik u graag aan mijn zijde hebben, mevrouw Fang.'

'U bent de man met het vuurwapen. Zou u niet juist mij moeten beschermen?'

'Volgens mij bent u daar zelf heel goed toe in staat.' Hij geeft het zwaard aan me terug. Ik zie dat de vlijmscherpe kling hem nerveus maakt. Met een buiging neem ik het zwaard van hem over en kijk hem dan aan. Hij bloost onder mijn directe blik, een reactie die ik niet had verwacht van een politieman, zeker niet van een ervaren rechercheur die moorden onderzoekt. Maar deze man heeft iets zachtaardigs over zich dat verrassend is, een kwetsbaarheid die me herinnert aan mijn echtgenoot. Rechercheur Frost is ongeveer zo oud als James was toen hij stierf en op zijn gezicht zie ik de verlegen glimlach van mijn man, en zijn aangeboren behoefte te behagen.

'Had u nog vragen voor me, rechercheur?'

'Ja. Het betreft iets waarvan we ons niet bewust waren toen we met u waren komen praten.'

'En wat mag dat dan wel zijn?'

Hij lijkt er moeite mee te hebben me te vertellen waar het over gaat. Ik zie een verontschuldigende blik in zijn ogen. 'Het betreft uw dochter. Laura.'

Bij het horen van Laura's naam is het alsof iemand me een stomp in mijn maag geeft. Dit had ik niet verwacht. Ik sta er helemaal van te wankelen.

'Het spijt me, mevrouw Fang,' zegt hij. Hij steekt behulpzaam zijn hand uit. 'Ik begrijp heel goed dat u hierdoor van streek raakt. Gaat het een beetje? Wilt u soms gaan zitten?'

'Het komt omdat...' Ik schud suffig mijn hoofd. 'Ik heb sinds vanochtend niets gegeten.'

'Zou het helpen als u nu iets zou eten? Kan ik u ergens naartoe brengen?'

'Misschien kunnen we beter een andere keer praten.'

'Het zijn maar een paar vragen.' Hij stopt. En zegt dan rustig: 'Ik heb ook nog niet gegeten.'

Zijn woorden blijven in de lucht hangen. Het is een proefballon. Ik klem mijn hand strakker om het handvat van mijn zwaard, een instinctieve reactie op een situatie die is vergeven van onzekerheden. Gevaar schept gelegenheid. Hij is een politieman, maar ik zie aan hem niets waar ik beducht voor moet zijn, alleen een attente man met een vriendelijk gezicht. En ik wil heel erg graag weten waarom hij vragen heeft over Laura.

Ik schuif Zheng Yi in de schede. 'Er is een *dumpling house* in Beach Street.'

Hij glimlacht. Meteen verandert zijn gezicht. Hij ziet er opeens veel jonger uit. 'Ik ken het.'

'We kunnen wel lopen. Ik heb een regenjas bij me.'

Buiten lopen we door de motregen, met een discrete afstand tussen ons in. Ik heb Zheng Yi meegenomen, omdat het zwaard zo kostbaar is dat ik het niet in de sportschool kan achterlaten, en omdat het me altijd heeft beschermd tegen alle dreigingen die ik niet kan zien. Ondanks het miezerige weer is het druk in Chinatown. Het is etenstijd en de straten wemelen van mensen die trek hebben in geroosterde eend of in gembersaus gestoofde vis. Ik probeer mijn aandacht bij de omgeving te houden, bij de gezichten van onbekenden op straat, maar de bruisende, babbelzieke Frost leidt me af.

'In heel Boston hou ik nog het meest van deze wijk,' zegt hij. Hij spreidt zijn armen alsof hij Chinatown en al zijn bewoners aan zijn boezem wil drukken. 'Hier heb je het lekkerste eten, de beste markten en de leukste kleine straatjes. Ik kom hier graag.'

'Zelfs als u hier moet zijn om naar een lijk te kijken?'

'Nee, dan niet,' zegt hij met een berouwvol lachje. 'Maar deze wijk heeft iets. Soms heb ik het gevoel dat ik hier thuishoor. Alsof ik eigenlijk als Chinees geboren had moeten worden.'

'Ah. U denkt dat u gereïncarneerd bent.'

'Ja. Als een all-American jochie uit South Boston.' Hij kijkt naar me. De mistige regen geeft zijn gezicht een glans. 'U zei dat u uit Taiwan komt.'

'Bent u daar ooit geweest?'

Hij schudt spijtig zijn hoofd. 'Ik heb lang niet zoveel gereisd als ik zou willen. Al ben ik wel in Frankrijk geweest, op huwelijksreis.'

'Wat doet uw vrouw?'

Als het antwoord uitblijft, kijk ik opzij en zie ik dat hij zijn hoofd laat hangen. 'Ze studeert rechten,' zegt hij zachtjes. En na een korte pauze voegt hij eraan toe: 'We zijn uit elkaar. Sinds afgelopen zomer.'

'Dat spijt me.'

'Het is niet zo'n goed jaar voor me geweest,' zegt hij. Dan lijkt hij zich te herinneren tegen wie hij het heeft. De vrouw die zowel haar man als haar dochter heeft verloren. 'Al mag ik natuurlijk niet klagen.'

'Eenzaamheid is voor niemand makkelijk te dragen. Maar ik weet zeker dat u een ander zult vinden.'

Hij kijkt me aan. Ik zie het verdriet in zijn ogen. 'U bent zelf nooit hertrouwd, mevrouw Fang.'

'Nee.'

'Er zullen best belangstellenden zijn geweest.'

'Wie kan de man vervangen die je grote liefde was?' zeg ik eenvoudig. 'James is mijn echtgenoot. Hij zal altijd mijn echtgenoot blijven.'

Hij neemt de tijd om dat te verwerken. Dan zegt hij: 'Zo heb ik ook altijd over de liefde gedacht.'

'Zo is liefde ook.'

Zijn ogen schitteren onnatuurlijk als hij me aankijkt. 'Niet voor iedereen.'

Wij zijn aangekomen bij het dumpling house. De ramen zijn beslagen. Hij doet snel een stap naar voren en houdt beleefd de deur voor me open, wat ik wel grappig vind, gezien het feit dat ik een dodelijk zwaard bij me heb. Het is druk in het restaurant. We boffen dat er nog net één tafeltje vrij is, in een hoek bij het raam. Ik hang het zwaard over de rugleuning van mijn stoel en trek mijn jas uit. Uit de keuken komt de verleidelijke geur van knoflook en warm brood, die me er op een indringende manier aan herinnert dat ik sinds het ontbijt geen hap heb gegeten. Elke keer dat de deur van de keuken openzwaait, verschijnen er schalen glanzende dumplings, gevuld met varkensvlees, garnalen of vis; aan de tafeltjes naast ons maken eetstokjes klikkende geluiden in de etenskommetjes, en een gezin zit zo luidruchtig in het Kantonees te praten dat het klinkt alsof ze ruzie hebben.

Frost laat onthutst zijn blik over de lange menukaart gaan. 'Misschien kan ik het beter aan u overlaten om voor ons beiden iets te bestellen.'

'Zijn er bepaalde dingen die u niet eet?'

'Nee. Ik eet alles.'

'Van die woorden zou u spijt kunnen krijgen, want wij Chinezen eten letterlijk álles.'

Hij gaat vrolijk op de uitdaging in. 'Ik laat me graag verrassen.'

Als de serveerster een schaal met voorgerechten op tafel zet – koude stukjes inktvis, kippenpoten en gepekelde varkenspoten – laat hij zijn eetstokjes aarzelend boven de onbekende selectie dwalen, maar brengt dan een doorschijnend brokje varkenskraakbeen naar zijn mond. Ik zie zijn ogen groot worden van verrukking en verbazing.

'Dit is heerlijk, zeg!'

'Hebt u het nooit eerder geproefd?'

'Ik vrees dat ik tot nu toe niet erg avontuurlijk heb geleefd,' bekent hij, terwijl hij de chili-olie van zijn lippen veegt. 'Maar daar probeer ik nu verandering in te brengen.'

'Waarom?'

Hij denkt daar even over na, met een reepje inktvis bungelend tussen zijn eetstokjes. 'Ik denk... omdat ik er niet jonger op word. Het begint een beetje tot me door te dringen dat ik eigenlijk maar weinig heb meegemaakt. En dat er steeds minder tijd overblijft om nog van alles te ondernemen.'

Ik moet daar een beetje om glimlachen, omdat ik bijna twintig jaar ouder ben dan hij en hij me dus wel stokoud zal vinden. Toch blijkt dat niet uit de manier waarop hij naar me kijkt. Ik betrap hem erop dat hij mijn gezicht bestudeert en als hij dat merkt, krijgt hij een kleur. Net zoals mijn man op ons eerste avondje uit. Het was toen net zo'n natte, mistige lenteavond als vandaag. *Ik denk dat je deze jongeman wel zou mogen, James. Hij heeft veel van jou.*

De dumplings worden geserveerd, zachte kussentjes gevuld met varkensvlees en garnalen. Ik kijk geamuseerd toe als hij probeert de glibberige dingen met zijn eetstokjes op te pikken en ze najaagt over zijn bord.

'Mijn man was hier dol op. Hij kon er wel van blijven eten.' Ik glimlach bij de herinnering. 'Hij heeft aangeboden een hele maand gratis in dit restaurant te werken in ruil voor hun recept.'

'Zat hij in Taiwan ook in de horeca?'

Ik kijk hem indringend aan. 'Mijn echtgenoot was doctor in de Chinese Letterkunde. Hij stamde af van generaties geleerden. Hij zat niet in de horeca. Hij had een bijbaantje als kelner om in leven te kunnen blijven.'

'Dat wist ik niet.'

'Hier mag je er nooit zomaar van uitgaan dat de kelner die je ziet alleen maar een kelner is, en dat de vakkenvuller in de supermarkt alleen maar een vakkenvuller is. In Chinatown kun je nooit afgaan op wat je ogen zien. Die sjofele oude mannen die zitten te dammen onder de leeuwenpoort? Daar zitten miljonairs tussen. En die vrouw daar achter de kassa? Zij is een telg uit een familie van hoge militairen van de keizer. Schijn bedriegt hier en je mag niemand onderschatten. Niet in Chinatown.'

Hij knikt bedremmeld. 'Ik zal het nooit meer doen. En het spijt me, mevrouw Fang, als ik oneerbiedig klonk over uw man.' Zijn verontschuldiging klinkt volkomen oprecht; alweer een reden waarom ik deze man zo verrassend vind.

Ik leg mijn eetstokjes neer en kijk hem aan. Nu ik heb gegeten, ben ik in staat het onderwerp aan te snijden dat al die tijd al boven onze maaltijd hangt. Stoelpoten schrapen over de vloer als het rumoerige gezin aan het naburige tafeltje opstaat om te vertrekken. Als ze weg zijn, lijkt het opeens erg stil in het restaurant.

'U wilde me iets vragen over mijn dochter. Waarom?'

Voordat hij antwoord geeft, veegt hij zijn handen af aan zijn servet, dat hij vervolgens opvouwt. 'Zegt de naam Charlotte Dion u iets?'

Ik knik. 'Ze was de dochter van Dina Mallory.'

'Weet u wat er met Charlotte is gebeurd?'

'Rechercheur Frost,' zeg ik met een zucht, 'ik heb die gebeurtenissen van zeer nabij moeten meemaken, dus liggen ze voor eeuwig hier opgeslagen.' Ik raak mijn voorhoofd aan. 'Ik weet dat mevrouw Mallory eerst getrouwd was met Patrick Dion en dat ze een dochter hadden. Charlotte. En dat Charlotte een paar weken na de schietpartij spoorloos is verdwenen. Ik weet alles over de slachtoffers en hun families, omdat ik een van hen ben.' Ik buig mijn hoofd en kijk naar mijn lege bord, dat glimt van het vet. 'Ik heb meneer Dion nooit ontmoet, maar nadat zijn dochter was verdwenen, heb ik hem een kaartje gestuurd waarin ik hem mijn deelneming heb betuigd. Ik weet niet of hij nog om zijn voormalige echtgenote gaf en of hij erg om haar dood treurde, maar ik weet wel hoe het voelt als je een kind verliest. Ik heb geschreven dat het me erg voor hem speet. Ik heb hem geschreven dat ik weet hoeveel pijn het doet. Hij heeft me nooit teruggeschreven.' Ik kijk weer op naar Frost. 'Het antwoord is dus ja. Ik weet waarom u naar Charlotte vraagt. U vraagt zich af wat iedereen zich afvroeg. Wat ik me ook afvroeg. Hoe het mogelijk is dat er op twee families zo'n vloek rust. Eerst verdwijnt mijn Laura en twee jaar later zijn Charlotte. Onze families zijn niet alleen vanwege de Red Phoenix met elkaar verbonden, maar ook vanwege de verdwijning van onze dochters. U bent niet de eerste politieman die me daar vragen over stelt.'

'Rechercheur Buckholz, neem ik aan.'

Ik knik. 'Toen Charlotte was verdwenen, is hij bij me gekomen. Om te vragen of de twee meisjes elkaar hadden gekend. Charlottes vader is erg rijk, dus werd er aan haar veel aandacht besteed. Veel meer aandacht dan mijn Laura ooit heeft gekregen.'

'In het rapport van Buckholz staat dat Laura en Charlotte allebei klassieke muziek beoefenden.'

'Mijn dochter speelde viool.'

'En Charlotte speelde viola da gamba in haar schoolorkest. Is het mogelijk dat ze elkaar hebben ontmoet? In een muziekworkshop of zoiets?'

Ik schud mijn hoofd. 'Ik heb dit al talloze malen met de politie besproken. Afgezien van muziek hadden de meisjes niets gemeen. Charlotte zat op een dure kostschool. Wij woonden hier, in Chinatown.' Mijn stem zakt weg. Ik kijk naar een naburig tafeltje waaraan een Chinees echtpaar met jonge kinderen zit. In de kinderstoel zit een klein meisje met twee minieme staartjes, die omhoog steken als puntige duivelshoorntjes. Ik bond Laura's haar ook altijd tot zulke staartjes toen ze klein was.

De serveerster brengt ons de rekening. Ik steek mijn hand ernaar uit, maar Frost grist hem weg.

'Ik wil graag betalen,' zegt hij.

'Het is altijd de oudere die betaalt.'

Hij maakt er een woordspeling van. 'Maar u bent geen "oudere", mevrouw Fang. Bovendien heb ik negentig procent van de maaltijd opgegeten.' Hij legt het geld op de tafel. 'Kan ik u een lift naar huis geven?'

'Ik woon maar een paar straten hiervandaan, in Tai Tung Village. Ik kan best lopen.'

'Dan loop ik met u mee. Voor alle zekerheid.'

'Voor uw eigen veiligheid of de mijne?' vraag ik terwijl ik mijn zwaard van de rugleuning van de stoel til.

Hij kijkt naar Zheng Yi en lacht. 'Ik was vergeten dat u gewapend én gevaarlijk bent.'

'U hoeft dus niet met me mee te lopen.'

'Staat u het me alstublieft toe. Ik zou me een stuk geruster voelen.'

Buiten merk ik dat het nog steeds miezert. De frisse lucht doet me goed na de dampende warmte van het restaurant. Het vocht glinstert in zijn haar en geeft zijn huid een glans. Ondanks de kou zijn mijn wangen warm. Frost heeft niet alleen voor het etentje betaald, maar wil ook nog met me mee naar huis lopen. Het is lang geleden dat een man zich zo om me heeft bekommerd en ik weet niet of ik me gevleid moet voelen of geprikkeld omdat hij me blijkbaar kwetsbaar vindt.

We lopen in zuidelijke richting door Tyler Street, naar de oude enclave van Tai Tung Village, een deel van Chinatown waar het veel stiller is. Hier komen de toeristen niet, hier heb je alleen oude gebouwen met op de begane grond stoffige winkels, die zich op dit uur verschansen achter traliehekken. In het helder verlichte restaurant hoefde ik niet op mijn hoede te zijn. Nu voel ik me kwetsbaar, zelfs in het gezelschap van een gewapende politieman. We laten de lichtjes achter ons. De schaduwen worden donkerder. Ik ben me bewust van mijn hartslag en van de lucht die mijn longen vult en er weer uit stroomt. Het lied van het zwaard zweeft door mijn geest, woorden die me kalmeren en me voorbereiden op wat er ook komen mag.

Groene draak komt uit het water.
De wind verspreidt de kapotte bloemen.
Witte wolken boven ons hoofd.
Zwarte tijger is op zoek naar de bergen.

Ik breng mijn hand naar mijn zwaard en laat hem op het handvat rusten. Gereed. We lopen door duisternis, licht, en weer duisternis. Mijn zintuigen staan op scherp, de nacht lijkt te beven.

Snij gras om de slang te zoeken (links)
Snij gras om de slang te zoeken (rechts)

De duisternis komt tot leven. Overal is beweging. Een rat scharrelt in een steeg. Water sijpelt uit een regenpijp. Ik zie alles, hoor alles. De man naast me heeft nergens erg in. Hij denkt dat hij me beschermt met zijn aanwezigheid. Hij heeft geen idee dat het omgekeerde misschien het geval is.

We slaan Hudson Street in en arriveren bij mijn eenvoudige rijtjeswoning, die een eigen ingang heeft op de begane grond. Als ik in de portiek mijn sleutel uit mijn tas haal, blijft de rechercheur staan in de gele gloed van het lamplicht. Zoemende insecten vliegen steeds tegen het peertje. Hij is op en top een gentleman. Hij zal wachten tot ik veilig en wel binnen ben.

'Dank u voor het etentje en de gewapende escorte,' zeg ik met een glimlach.

'We weten nog niet wat er aan de hand is. Weest u dus alstublieft voorzichtig.'

'Welterusten.' Ik breng mijn sleutel naar het slot. Dan blijf ik volkomen stil staan. Het is het stokken van mijn adem dat hem alarmeert.

'Wat is er?'

'De deur is niet op slot,' fluister ik. De deur staat open. Zheng Yi heeft de schede al verlaten en bevindt zich in mijn vuist. Ik heb niet eens beseft dat ik het zwaard getrokken had. Mijn hart bonkt als ik met mijn voet tegen de deur duw. Hij zwaait open. Binnen is het donker. Ik doe een stap naar voren, maar rechercheur Frost houdt me tegen.

'Wacht hier,' beveelt hij. Met getrokken pistool stapt hij voor me langs en doet het licht aan.

Ik kijk vanuit de deuropening toe als hij door mijn eenvoudige woning loopt, langs de bruine bank en de gestreepte leunstoel die James en ik al die jaren geleden hebben gekocht toen we net uit Taiwan waren gekomen. Meubels die ik nooit zal kunnen vervangen, omdat mijn echtgenoot en mijn dochter erin hebben gezeten. Zelfs in meubels blijven geliefde geesten eeuwig achter. Als Frost de keuken binnengaat, loop ik naar het midden van de zitkamer en blijf daar doodstil staan. Ik snuif de lucht op en kijk langzaam om me heen. Mijn blik blijft rusten op de boekenkast. Op het lege fotolijstje. Ik voel een siddering van angst.

Er is hier iemand geweest.

Vanuit de keuken vraagt Frost: 'Ziet u iets bijzonders?'

Zonder antwoord te geven loop ik naar de trap.

'Iris, wacht!' zegt hij.

Ik snel de trap al op, geruisloos. Het is mijn hartslag die een donderend lawaai maakt en bloed naar mijn ledematen en spieren stuwt. Ik neem mijn zwaard in beide handen als ik naar de deur van mijn slaapkamer loop.

Verplaats de wolken en zie de zon.

Ik snuif de lucht op en weet meteen dat de indringer hier is geweest. Hij heeft een geur van agressie achtergelaten. De stank vult de lucht. Ik voel mijn hart bonken en kan mezelf er niet toe brengen naar binnen te gaan en de vijand tegemoet te treden. Ik hoor rechercheur Frost de trap op rennen. Hij geeft me rugdekking, maar ik vrees alleen wat er vóór me ligt.

Gebruik de zeven sterren om de tijger te berijden.

Ik stap over de drempel. Op hetzelfde moment drukt Frost op de lichtschakelaar. Opeens baadt de kamer in licht. De foto uit het lijstje ligt op mijn hoofdkussen. Ze wordt op haar plek gehouden door een mes dat er dwars doorheen is gestoken. Pas als ik Frost op zijn mobiele telefoon toetsen hoor indrukken, draai ik me naar hem om.

'Wat doet u?' vraag ik.

'Ik bel mijn partner. Zij moet hiervan op de hoogte gebracht worden.'

'Bel haar niet. Alstublieft. U weet hier niets van.'

Hij kijkt me aan, zijn blik opeens zo scherp en alert dat ik besef dat ik hem heb onderschat. 'En u wel?'

14

Jane stond in de slaapkamer van Iris Fang te kijken naar de foto die met een vleesmes was doorboord. Het was een foto van Iris op veel jongere leeftijd, stralend lachend, met een baby op haar arm.

'Ze zegt dat het een van haar eigen keukenmessen is,' zei Frost. 'De baby is haar dochter, Laura. De foto hoort thuis in een fotolijstje dat beneden in de boekenkast staat. De dader heeft de foto uit het lijstje gehaald en mee naar boven genomen, om er zeker van te zijn dat ze het zou zien.'

'En dat de boodschap zou overkomen. Als iemand een mes in je hoofdkussen steekt, heeft hij het niet goed met je voor. Wat is hier aan de hand?'

'Dat weet ze niet.' Hij sprak op gedempte toon, opdat Iris hem beneden niet zou horen. 'Althans, dat zegt ze.'

'Denk je dat ze ons iets voorliegt?'

'Ik weet het niet. Maar...'

'Wat?'

Hij ging nog zachter praten. 'Ze wilde niet dat ik jou zou bellen. Ze vroeg zelfs of ik het maar gewoon wilde vergeten. Dat snap ik niet.'

Ik ook niet, dacht Jane. Ze keek fronsend naar het mes dat zo diep in het kussen was gestoken, dat de foto tegen het sloop geplet zat. Het was een uiting van razernij, bedoeld om angst te zaaien. 'Ieder ander zou onmiddellijk de politie bellen.'

'Ze zegt dat ze de politie niet nodig heeft. Dat ze niet bang is.'

'Weten we zeker dat dit echt het werk van een indringer is?'

'Hoe bedoel je?'
'Ze kan het zelf gedaan hebben. Het is een mes uit haar eigen keuken.'
'Waarom zou ze?'
'Het zou verklaren waarom ze niet bang is.'
'Zo is het niet gegaan.'
'Hoe weet jij dat?'
'Omdat ik erbij was toen ze dit ontdekte.'
Jane draaide zich naar hem toe. 'Wat deed jij in haar slaapkamer?'
'Kijk niet zo raar. Ik heb haar alleen maar thuisgebracht. Toen we zagen dat de voordeur op een kier stond, ben ik naar binnen gegaan om het huis te doorzoeken.'
'Aha.'
'Echt waar!'
Waarom zie je er dan zo schuldig uit? Ze keek weer naar de doorboorde foto. 'Als ik thuiskwam en zoiets aantrof, zou ik het in mijn broek doen van angst. Waarom wil zij niet dat we een onderzoek instellen?'
'Misschien hebben ze vanuit hun cultuur iets tegen de politie. Tam zegt dat de bevolking van Chinatown nogal wantrouwig tegenover ons staat.'
'Ik zou eerder wantrouwig staan tegenover degene die dit heeft gedaan.' Jane draaide zich om naar de deur. 'Laten we een praatje gaan maken met mevrouw Fang.'
Beneden trof ze Iris op de verschoten bruine bank aan. Ze zag er veel te kalm uit voor een vrouw die zojuist een indringer in haar huis had gehad. Rechercheur Tam ijsbeerde door de kamer met een mobiele telefoon tegen zijn oor gedrukt. Hij keek naar Jane met een blik die zei *Ik weet ook niet hoe het zit.*
Jane nam plaats tegenover Iris en keek een poosje naar haar zonder iets te zeggen. De vrouw staarde onverschrokken terug, alsof ze doorhad dat dit een test was en ze zich op de uitdaging had ingesteld. Ze maakte beslist geen zielige indruk.
'Wat heeft dit volgens u te betekenen, mevrouw Fang?' vroeg Jane.
'Ik weet het niet.'

'Is er vaker bij u ingebroken?'
'Nee.'
'Hoelang woont u hier al?'
'Vijfendertig jaar. Sinds mijn man en ik naar dit land zijn gekomen.'
'Hebt u enig idee wie dit gedaan kan hebben? Een aanbidder misschien? Iemand die kwaad is omdat u hem hebt afgewezen?'
'Nee.' Ze hoefde er niet eens over na te denken. Alsof dit het enige antwoord was dat ze bereid was te geven. 'Ik heb geen aanbidders. En het is niet nodig dat de politie zich hiermee bemoeit.'
'Iemand heeft bij u ingebroken. Iemand heeft een vleesmes dwars door een foto van u in uw kussen gestoken. De boodschap lijkt me nogal duidelijk. Door wie wordt u bedreigd?'
'Dat weet ik niet.'
'En toch wilt u niet dat wij een onderzoek instellen.'
De vrouw bleef haar zonder een spoor van vrees aankijken. Haar ogen waren net twee poelen zwart water waarin niets te bespeuren viel. Jane leunde achterover. Aan de rand van haar gezichtsveld zag ze Tam en Frost, die het gesprek aandachtig volgden. Er waren drie paar ogen op Iris gericht en de stilte werd drukkend, maar de vrouw gaf geen krimp.
Dan maar een andere aanpak.
'Ik heb vandaag een interessant gesprek gevoerd met Patrick Dion, de ex van een van de slachtoffers van de Red Phoenix. Hij vertelde me dat u hem en de andere nabestaanden elk jaar in maart een brief stuurt.'
'Ik heb niemand brieven gestuurd.'
'Al zeven jaar krijgen ze die brieven. Op de jaardag van het bloedbad in de Red Phoenix. Hij en de anderen zijn ervan overtuigd dat ze van u afkomstig zijn. Dat u het bent die kopieën van de overlijdensberichten van de slachtoffers stuurt. Om al die nare herinneringen weer naar boven te halen.'
'Om de herinneringen naar boven te halen?' Iris verstijfde. 'Wat voor mensen zijn dat, als iemand herinneringen voor ze naar boven moet halen?' Voor het eerst raakte ze zodanig geagiteerd dat haar stem beefde en haar handen trilden. 'Ik leef met mijn herinneringen, dag en nacht, zelfs in mijn slaap.'

‘Hebt u geen brieven ontvangen?’

‘Nee. Maar niemand hoeft mij ergens aan te herinneren. Van alle nabestaanden ben ik blijkbaar de enige die vragen stelt. En antwoorden eist.’

‘Als u die brieven niet stuurt, wie zou het dan kunnen zijn?’

‘Misschien iemand die van mening is dat de waarheid wordt achtergehouden.’

‘Iemand als u dus.’

‘Maar ik kom daar gewoon voor uit.’

‘Ja, zelfs heel publiekelijk. We weten dat u een paar weken geleden die advertentie in de *Globe* hebt laten plaatsen.’

‘Als uw man was vermoord en u wist dat de moordenaar nooit was gestraft, zou u dat dan niet doen? Ongeacht hoeveel jaren er zijn verstreken?’

De twee vrouwen staarden elkaar aan. Jane beeldde zich in dat zíj elke ochtend wakker werd in deze sjofele woning, dat zíj moest leven met dit onbeschrijflijke verdriet, terwijl ze dag in dag uit hunkerde naar het geluk dat haar was ontnomen. En dat ze onvermoeibaar bleef zoeken naar de reden, naar een verklaring waarom haar leven was verwoest. Ze zat zwijgend in de versleten fauteuil, in de sombere kamer, en voelde wanhoop over zich neer dalen en op haar schouders drukken, een wanhoopsgevoel dat haar levenslust dreigde te verstikken. En dit is niet eens mijn leven, dacht ze. Ik kan gewoon naar huis gaan en mijn armen om de hals van mijn man slaan. Ik kan mijn dochter knuffelen en warmpjes instoppen. Het is Iris die is gedoemd hier te blijven.

‘Er zijn negentien jaren verstreken, mevrouw Fang,’ zei ze uiteindelijk. ‘Ik weet dat het niet makkelijk is om het te laten rusten, maar dat is wat de andere nabestaanden graag willen doen. Patrick Dillon, Mark Mallory – zij koesteren geen enkele twijfel dat Wu Weimin de moordenaar was. Misschien is het tijd dat u zich daar ook bij neerlegt.’

Iris hief haar kin op. Er lag een onverzettelijke blik in haar ogen. ‘Het enige waar ik me bij zal neerleggen, is de waarheid.’

‘Hoe weet u dat het niet waar is? In het politierapport staat dat het bewijsmateriaal tegen Wu Weimin overweldigend was.’

'De politie kende hem niet.'

'En u wel? Weet u dat zeker?'

'Ja, heel zeker. En dit is mijn laatste kans om alles recht te zetten.'

Jane fronste. 'Uw laatste kans? Hoezo?'

Iris haalde diep adem. Ze zag er waardig en kalm uit toen ze zei: 'Ik ben ziek.'

Het was op slag stil in de kamer. Ze waren allemaal overdonderd door die eenvoudige mededeling. Iris zat er volkomen beheerst bij en hield haar blik op Jane gericht, alsof ze afwachtte of die het zou wagen medelijden te tonen.

'Ik lijd aan chronische leukemie,' zei Iris. 'Volgens mijn dokter kan ik daar nog tien jaar mee leven. Misschien zelfs twintig. Soms voel ik me uitstekend en soms ben ik zo slap dat ik amper mijn bed uit kan komen. Op een dag zal ik door deze ziekte geveld worden, maar daar ben ik niet bang voor. Waar ik wel bang voor ben is dat ik zal sterven zonder dat ik achter de waarheid ben gekomen en zeker weet dat de gerechtigheid haar beloop heeft gekregen.' Ze zweeg even, en toen ze weer doorging, hoorden ze voor het eerst haar stem een beetje trillen. 'Ik vrees alleen dat ik in tijdnood zal komen.'

Frost ging achter Iris staan en legde zijn hand op haar schouder. Het was niets bijzonders, een troostend gebaar dat je ook van een ander had kunnen verwachten, maar het stoorde Jane en de verslagen blik in zijn ogen beviel haar evenmin.

'Ze kan hier vannacht niet in haar eentje blijven,' zei Frost. 'Dat is te gevaarlijk.'

Tam zei: 'Ik had Bella Li zojuist aan de telefoon. Mevrouw Fang kan bij haar overnachten. Dan kunnen de mensen van de technische recherche hier intussen hun werk doen.'

Frost zei: 'Ik breng haar wel even.'

'Nee,' zei Jane. 'Dat doet Tam. Mevrouw Fang, als u nu eens even een logeertas ging inpakken.' Ze stond op. 'Rechercheur Frost, komt u even mee naar buiten? We moeten de deur nog bekijken.'

'Maar...'

'Frost.'

Zijn blik ging heen en weer tussen haar en Iris. Toen liep hij met Jane mee naar buiten, waar het inmiddels erg mistig was geworden.

Zodra de deur achter hen was dichtgevallen, vroeg Jane: 'Wat heeft dit te betekenen, Frost?'

'Ik wou dat ik het wist. Het is duidelijk dat iemand probeert haar bang te maken en ervoor te zorgen dat ze ophoudt met vragen stellen.'

'Nee, ik heb het over jou. Over waarom je met haar uit eten bent gegaan. Over hoe je opeens haar koene ridder bent geworden.'

'Ik was komen vragen wat er met haar dochter was gebeurd. Dat weet je.'

'Ja, maar hoe is een eenvoudig vraaggesprek uitgelopen op een etentje?'

'We hadden allebei trek. Dus zijn we een hapje gaan eten.'

'Dus zijn jullie een hapje gaan eten? Je gaat niet uit eten met de persoon die je moet ondervragen.'

'Ze is geen verdachte.'

'Dat weten we niet.'

'Schei uit, zeg. Ze is zelf een slachtoffer. Ze heeft bij die schietpartij haar man verloren en het enige wat ze wil, is gerechtigheid.'

'We weten helemaal niet wat ze wil. En ik weet ook niet wat jij wilt.'

De gloed van het gele licht in de portiek, wazig vanwege de mist, omgaf zijn hoofd als een aureool. Heilige Barry, de brave padvinder, dacht ze. De politieman die altijd precies deed wat hij doen moest, maar die nu haar ogen meed en er veel te schuldbewust uitzag.

'Ik voel met haar mee,' zei hij.

'Is dat alles?'

'En ik wou...' Hij haalde diep adem. 'Haar man is al negentien jaar dood, maar ze houdt nog steeds van hem. Ze is nog steeds verliefd op hem. Alice heeft mij na nog geen tien jaar in de steek gelaten. Als ik naar Iris kijk, denk ik: Waarom ben ik niet met een vrouw als zij getrouwd?'

'Ze is oud genoeg om je moeder te kunnen zijn!'

'Zo bedoel ik het niet! Ik bedoel niet dat ik met haar uit wil. Niet dat dit iets met leeftijd te maken heeft. Ik heb het over trouw. Over je hele leven van iemand houden, wat er ook gebeurt.' Hij wendde zijn gezicht af en zei zachtjes: 'Ik zal nooit weten hoe dat is.'

Toen de voordeur openging, draaiden ze zich om. Tam kwam met

Iris naar buiten. Iris knikte naar Frost, glimlachte flauwtjes en stapte in Tams auto. Frost bleef hen nastaren tot de achterlichtjes in de mist waren verdwenen.

'Ik geef toe,' zei Jane bedachtzaam, 'dat ze me aan het denken heeft gezet.'

Frost keek haar aan. 'In welk opzicht?'

'Op één punt heb je gelijk. Ze heeft iemand tegen de haren ingestreken. Iemand die daarover zo woedend is of zich zo bedreigd voelt, dat hij bij haar heeft ingebroken om een mes in haar kussen te steken.'

'Stel dat ze ook gelijk heeft over het bloedbad? Dat de kok het niet gedaan heeft?'

Jane knikte. 'Het is tijd om de Red Phoenix nader onder de loep te nemen.'

15

Verborgen achter een hoge haag was het landgoed van Patrick Dion in Brookline een klein paradijs met talrijke bomen, gazons en voetpaden die zich tussen intieme schaduwplekjes en zonovergoten bloembedden slingerden. Het gietijzeren hek stond open en toen Jane en Frost het terrein opreden, vingen ze tussen de witte sprookjesachtige berken al een glimp op van het in koloniale stijl opgetrokken huis dat op het hoogste punt van het terrein was gebouwd, waar je het hele landgoed kon overzien.

'Wat is een durfkapitalist eigenlijk?' vroeg Frost toen ze langs een tennisbaan kwamen die in de schaduw van hoge bomen was aangelegd. 'Je hoort dat woord tegenwoordig wel vaker.'

'Volgens mij is dat iemand die geld gebruikt om nog meer geld te verdienen,' zei Jane.

'Maar hoe kom je de eerste keer aan geld?'

'Van rijke vrienden.'

'Dan is het hoog tijd dat ik andere vrienden krijg.'

Jane parkeerde naast twee andere auto's en keek op naar het huis. 'Vind je? Je bulkt van het geld en hebt een schitterend landgoed. Toch verlaat je vrouw je voor een ander en wordt je dochter ontvoerd. Dan ben ik liever arm.' Ze keek hem aan. 'Goed, tijd om wat schade te repareren. Ik heb van meneer Dion begrepen dat Tam zich niet erg charmant heeft gedragen.'

Frost schudde zijn hoofd. 'We moeten tegen die jongen zeggen dat hij wat kalmer aan moet doen. Hij stormt overal in volle vaart op af. Alsof zijn versnellingspook in overdrive is blijven steken.'

'Weet je aan wie hij me doet denken?'

'Nou?'

'Aan mijzelf. Hij zegt dat hij voor zijn dertigste een vaste aanstelling bij Moordzaken wil hebben.' Ze duwde haar portier open. 'Je hebt best kans dat hem dat lukt.'

Ze liepen het granieten bordes op naar de voordeur. Voordat Jane kon aanbellen, ging de deur al open en kwam een man met zilvergrijs haar naar buiten. Hij was achter in de zestig, maar zag er fit uit en was nog steeds knap om te zien, al waren zijn wangen wat ingevallen en zag Jane aan zijn te wijde broek dat hij recentelijk was afgevallen.

'Ik zag u aankomen,' zei hij. 'Ik ben Patrick Dion.'

'Rechercheur Rizzoli,' zei ze. 'Dit is mijn partner, rechercheur Frost.' Ze gaven elkaar een hand. Patrick had een stevige handdruk en keek hen bedaard aan.

'Komt u binnen. We zitten in de salon.'

'Is meneer Mallory er ook?'

'Ja. En ik heb Mary Gilmore verzocht ook te komen. Een verenigd front, omdat we allemaal van streek zijn en graag willen weten hoe we ervoor kunnen zorgen dat het ophoudt.'

Binnen zag Jane een glanzende houten vloer en een sierlijke trapleuning die met een bocht naar een hoge galerij liep. Het bleef echter bij die vluchtige blik, want Patrick nam hen rechtstreeks mee naar de salon aan de voorzijde van het huis, waar de andere bezoekers op hen wachtten.

Mark Mallory stond met atletische souplesse op. Hij was midden dertig, fit en gebruind, zijn donkere haar nog geheel vrij van grijs. Jane zag een broekriem van krokodillenleer, Sperry Top-Spiders en een Breitling-horloge, allemaal dingen waarmee hij zei: *Ik heb meer geld dan jullie ooit zullen hebben.* Hij gaf hen vluchtig een hand, alsof hij haast had om ter zake te komen.

Ze zouden de derde persoon in de kamer misschien over het hoofd hebben gezien als Jane niet had geweten dat ze er was. Mary Gilmore was van Patricks leeftijd, maar ze was zo klein en zat zo ineengedoken in de grote leunstoel bij het raam dat ze bijna onzichtbaar was. Toen ze moeizaam overeind probeerde te komen, haastte Frost zich naar haar toe.

'Doet u geen moeite, mevrouw Gilmore. Blijft u rustig zitten.' Hij ondersteunde haar toen ze zich weer tegen de rugleuning liet zakken. Jane zag haar glimlachend naar hem opkijken en dacht: wat heeft Frost toch met oudere dames? Hij is dol op hen en vice versa.

'Mijn dochter had ook willen komen,' zei mevrouw Gilmore, 'maar ze kon geen vrij krijgen. Daarom heb ik haar brief meegebracht.' Ze wees met een reumahand naar de lage tafel. 'We hebben hem op dezelfde dag ontvangen. We krijgen er elk jaar een, op 30 maart, op de dag dat mijn Joey is gestorven. Het lijkt wel alsof die vrouw het leuk vindt om ons te pesten. Het is je reinste emotionele intimidatie. Kan de politie er niet voor zorgen dat ze ermee ophoudt?'

Op de lage tafel lagen drie enveloppen. Voordat Jane ze aanraakte, haalde ze een paar latex handschoenen uit haar zak.

'U hoeft geen handschoenen aan te trekken,' zei Mark. 'Er staan nooit vingerafdrukken op de enveloppen of de inhoud ervan.'

Jane keek hem fronsend aan. 'Hoe weet u dat?'

'Rechercheur Ingersoll heeft ze in het forensisch laboratorium laten onderzoeken.'

'Dus hij weet ervan?'

'Hij krijgt ze zelf ook. Iedereen die rechtstreeks of zijdelings bij de slachtoffers betrokken was, krijgt ze. Zelfs de compagnons van mijn vader. We weten van twaalf mensen, maar misschien zijn er meer. Het is elk jaar hetzelfde liedje en in het laboratorium hebben ze nooit iets kunnen vinden op de enveloppen of de inhoud ervan. Blijkbaar draagt ze altijd handschoenen.'

'Mevrouw Fang zegt dat zij niet degene is die de brieven stuurt.'

Mark snoof minachtend. 'Wie zou het anders moeten zijn? Zij heeft ook die advertentie in de *Globe* gezet. De zaak is voor haar een obsessie geworden.'

'Niettemin ontkent ze dat ze brieven heeft gestuurd.' Jane trok de handschoenen aan en pakte de envelop die was geadresseerd aan Mary Gilmore. Het poststempel was van Boston. Er stond geen afzender op. Ze schudde de inhoud eruit. Het was maar één velletje papier, een fotokopie van het overlijdensbericht van Joseph S. Gilmore, 25, die was omgekomen bij het bloedbad in het restaurant in Chinatown. Nabestaanden: zijn moeder, Mary, en zijn zuster, Phoebe

Morrison. De uitvaartdienst zou worden gehouden in de St. Monicakerk. Jane keek op de achterkant van het vel papier en zag een in blokletters geschreven zin.

Ik ken de ware toedracht.

'Ik krijg er altijd net zo een,' zei Mark. 'Alleen zit er bij mij een kopie in van het overlijdensbericht van mijn vader.'

'En bij mij van Dina,' zei Patrick zachtjes.

Jane pakte de envelop die was geadresseerd aan Patrick Dion. Hij bevatte een fotokopie van het overlijdensbericht van Dina Mallory, 40, die samen met haar man Arthur was vermoord in de Red Phoenix. Nabestaanden: een dochter uit haar eerste huwelijk, Charlotte Dion. Op de achterkant stond dezelfde zin als op de kopie van Mary Gilmore:

Ik ken de ware toedracht.

'We weten van rechercheur Ingersoll dat het doodgewone enveloppen zijn die je in elke boekhandel kunt kopen,' zei Mark. 'De inkt is van het soort dat in elke Bic ballpoint zit. Op het laboratorium hebben ze microscopische talkdeeltjes in de enveloppen gevonden, wat erop wijst dat de afzender latex handschoenen droeg, en de postzegels en enveloppen zijn zelfklevend, waardoor er geen DNA is. Elk jaar krijgen we zo'n envelop. Op 30 maart.'

'De dag van het bloedbad,' zei Jane.

Mark knikte. 'Alsof het nodig is ons aan de datum te herinneren.'

'En het handschrift?' vroeg Jane. 'Is dat altijd hetzelfde?'

'Ja, het zijn altijd dezelfde blokletters. En dezelfde zwarte inkt.'

'Maar wat er achterop staat, is dit jaar anders,' zei mevrouw Gilmore. Ze sprak zo zachtjes dat haar opmerking bijna verloren ging.

Frost, die het dichtst bij haar stond, raakte zachtjes haar schouder aan. 'Hoe bedoelt u, mevrouw?'

'Tot nu toe stond er elk jaar: *Wilt u de waarheid niet weten?* Dit jaar staat er iets anders. Dit jaar staat er: *Ik ken de ware toedracht.*'

'Dat komt op hetzelfde neer,' zei Mark. 'Het is alleen anders ingekleed.'

'Nee, wat er dit jaar staat, betekent iets heel anders.' Mevrouw Gilmore keek naar Jane. 'Als ze iets weet, waarom komt ze daar dan niet gewoon mee voor de dag? Waarom vertelt ze het ons dan niet?'

'We weten al hoe het is gegaan, mevrouw Gilmore,' zei Patrick geduldig. 'We weten dat al negentien jaar. Ik vertrouw er voor honderd procent op dat het Boston PD wist wat het deed toen het dossier werd gesloten.'

'Maar stel dat ze het mis hadden?'

'Mevrouw Gilmore,' zei Mark, 'het enige doel van deze briefjes is aandachttrekkerij. U weet net zo goed als ik dat dat mens ze niet allemaal op een rijtje heeft.'

'Wat bedoelt u daarmee?' vroeg Frost.

'Patrick, vertel hen wat je over mevrouw Fang te weten bent gekomen.'

De oudere man reageerde schoorvoetend. 'Ik weet niet of het nodig is om daar nu op in te gaan.'

'We willen het graag horen, meneer Dion,' zei Jane.

Patrick keek naar zijn handen, die in zijn schoot lagen. 'Een paar jaar geleden, toen rechercheur Ingersoll de eerste brieven had laten onderzoeken, heeft hij me toevertrouwd dat mevrouw Fang, tja, ik zal het maar gewoon zeggen... dat ze aan grootheidswaanzin lijdt. Ze denkt dat ze een afstammeling is van die Chinese strijders uit de oudheid. Ze is ervan overtuigd dat haar missie, als strijder, in dit leven is om de moordenaar van haar man op te sporen en hem te wreken.'

'Dat is toch te gek voor woorden?' Mark lachte. 'Het lijkt wel een Chinese soapserie. Dat mens is niet goed wijs.'

'Ze is een master in oosterse vechtsporten,' zei Frost. 'Haar leerlingen geloven in haar en het lijkt mij dat die het wel door zouden hebben als ze de boel belazerde.'

'Rechercheur Frost,' zei Patrick, 'we zeggen niet dat ze de boel belazert, maar u zult zelf toch moeten toegeven dat haar beweringen ronduit absurd zijn. Ik weet dat oude tradities diep verweven zijn met oosterse vechtsporten, maar er zit veel nep bij. Volksverhalen en Jackie Chan-films. Ik denk, en rechercheur Ingersoll is het met me eens, dat mevrouw Fang enorm getraumatiseerd is door de dood van haar man. Ze heeft zich er nooit bij kunnen neerleggen. Om met het verdriet te kunnen leven zoekt ze naar een diepere betekenis, naar iets wat zijn dood betekenis geeft, zodat het niet alleen maar een willekeurige daad van een krankzinnige was. Ze wil bewijzen dat haar man is vermoord door hogere machten en ze zal naar die naamloze vijand blijven zoeken, omdat dat het enige is wat haar leven nog inhoud geeft.' Bedroefd keek hij naar Mark. En toen naar Mary Gilmore. 'Maar wij weten hoe het is gegaan. Het was een zinloze misdaad, gepleegd door een labiele figuur. Arthur, Dina en Joey zijn zonder enige reden vermoord. Het is niet makkelijk om dat te moeten accepteren, maar wij hebben dat gedaan. Mevrouw Fang helaas niet.'

'Met het gevolg dat wij elk jaar hiermee geconfronteerd worden,' zei Mark. Hij wees naar de enveloppen op de tafel. 'We weten niet hoe we haar ertoe kunnen bewegen ermee op te houden.'

'U hebt geen bewijs dat zij degene is die deze brieven stuurt,' zei Frost.

'Maar we weten wel dat dit haar werk is,' zei Mark. Hij haalde een opgevouwen knipsel uit *The Boston Globe* uit zijn zak. Het was de advertentie die rechercheur Tam aan Jane had beschreven, een strakke, zwartomrande rechthoek. Onder het woord ONSCHULDIG stond een foto van de glimlachende kok van de Red Phoenix, Wu Weimin. Onder de foto stond de datum van het bloedbad en: DE WAARHEID IS NOG STEEDS NIET AAN HET LICHT GEBRACHT.

'Dit maakt alles nog veel erger,' zei Mark. 'Hiermee heeft ze de hele stad attent gemaakt op haar waanideeën. Hoe ver zal ze nog gaan? En hoe kunnen we haar ermee laten ophouden?'

'Hebt u hierover ooit rechtstreeks met mevrouw Fang gesproken?' Jane keek het groepje rond en liet haar blik rusten op Mark Mallory.

Hij snoof. 'Ik ben niet van plan daar mijn tijd aan te verkwisten.'

'Bent u nooit naar haar toe gegaan? Om erover te praten?'

'Waarom vraagt u dat aan mij?'

'Omdat u zo boos bent,' antwoordde ze. Maar was hij boos genoeg om bij Iris in te breken? Om een mes in haar kussen te steken? Ze kende Mark niet goed genoeg om te kunnen peilen waartoe hij in staat was.

'We zijn allemaal boos,' zei Patrick, al klonk hij eerder vermoeid dan boos. 'Maar we weten dat het niet verstandig zou zijn contact met haar op te nemen. Ik heb rechercheur Ingersoll vorige week nog opgebeld om te vragen of hij iets voor ons zou kunnen doen, maar hij heeft me niet teruggebeld.'

'Hij is een weekje de stad uit,' zei Jane. Ze deed de enveloppen in plastic zakjes. 'We zullen dit met hem bespreken zodra hij terug is. Mocht u nog meer van dit soort dingen ontvangen, dan horen wij dat graag.'

'En wij zouden het op prijs stellen als u ons op de hoogte hield van de ontwikkelingen,' zei Patrick.

Weer gaf ze hen allemaal een hand. Weer was Marks handdruk bruusk en vluchtig, alsof hij al had besloten dat hij aan de politie niks had. Patrick, daarentegen, hield haar hand een ogenblik omvat en liep met hen mee naar de deur. Je kon aan hem zien dat hij het jammer vond dat ze alweer vertrokken.

'U mag me dag en nacht bellen,' zei hij. 'Over deze kwestie... of...' Zijn ogen werden dof. '... wat dan ook.'

'Het spijt me dat dit alles opnieuw is opgerakeld, meneer Dion,' zei Jane. 'Het is duidelijk dat u het er erg moeilijk mee hebt.'

'Vooral omdat het zo nauw verbonden is met... dat andere.' Hij zweeg weer. Zijn houding verslapte. 'Ik neem aan dat u het weet. Van mijn dochter.'

Jane knikte. 'Ik heb het met rechercheur Buckholz over Charlotte gehad.'

Bij het horen van haar naam vertrok zijn gezicht van verdriet. 'Dina's dood was moeilijk, maar er is niets zo erg als een kind te moeten verliezen. Mijn enige kind. Door de brieven wordt alles steeds opgerakeld. En nu ook nog die advertentie in de krant. Het doet pijn, rechercheur. Daarom wil ik zo graag dat het nu eindelijk eens ophoudt.'

'Ik zal mijn uiterste best doen, meneer Dion.'

Hoewel ze elkaar al een hand hadden gegeven, greep hij de hare nogmaals. Het was een deprimerend vaarwel en ze zei geen woord toen ze met Frost terugliep naar de auto. Ze ontsloot de portieren, maar stapte nog niet in. Ze keek naar het prachtige gazon, naar de bomen, naar de tuinpaden die in de donkere namiddagschaduwen verdwenen. Dit is allemaal van hem, dacht ze, en toch heeft hij niets en dat was aan hem te zien. Aan de sombere stand van zijn mond, aan de wallen onder zijn ogen. Zelfs na negentien jaar werd hij nog gekweld door vragen over zijn dochter, zoals iedere ouder in zijn plaats gekweld zou worden. Wanneer je eenmaal een kind hebt, is je hart overgeleverd aan de grillen van het lot.

'Hebt u nog een ogenblikje?'

Jane draaide zich om en zag mevrouw Gilmore de trap afkomen. Ze liep met een verbeten vastberadenheid op hen af, haar rug gekromd tot een bochel.

'Ik wil nog iets zeggen voordat u vertrekt. Ik weet dat Patrick en Mark ervan overtuigd zijn dat de zaak is opgelost. Dat er geen twijfel bestaat over wat er in het restaurant is gebeurd. Maar stel dat ze het mis hebben? Stel dat we inderdaad niet weten wat de ware toedracht is?'

'U twijfelt dus,' zei Jane.

De mond van de vrouw kreeg een harde trek. 'Ik weet dat mijn zoon, Joey, geen lieverdje was. Ik heb mijn best gedaan om hem goed op te voeden, maar overal liggen verlokkingen op de loer. Een jongen krijgt gauw verkeerde vrienden.' Ze keek Jane indringend aan. 'U weet waarschijnlijk al dat Joey op het verkeerde pad was geraakt.'

'Ik weet dat hij voor Kevin Donohue werkte.'

Bij het horen van de naam viel mevrouw Gilmore fel uit: 'Dat schorem! De hele Donohue-clan is schorem. Maar mijn Joey had bewondering voor mensen met macht en hield ervan om snel geld te verdienen. Hij dacht dat hij dat van Donohue kon leren. Tegen de tijd dat hij besefte waar hij bij betrokken was, kon hij niet meer terug. Daar had Donohue wel voor gezorgd.'

'Denkt u dat Donohue uw zoon heeft laten vermoorden?'

'Dat heb ik me vanaf het begin afgevraagd.'

'Daarvan is geen bewijs gevonden, mevrouw Gilmore.'

De vrouw begon te hoesten, luidruchtig en rochelend. 'Denkt u dat Donohue niet een paar agenten kon omkopen? Hij kon elk onderzoek naar zijn hand zetten.'

'Dat is een ernstige aantijging.'

'Ik ben geboren en getogen in South Boston. Ik weet hoe het daar toegaat en ik weet wat er te koop is.' Ze kneep haar ogen iets toe terwijl ze naar Jane bleef kijken. 'En dat weet u ook.'

De onuitgesproken aantijging schoot bij Jane helemaal in het verkeerde keelgat. 'Ik zal uw verdenkingen de aandacht geven die ze verdienen, mevrouw Gilmore,' zei ze effen. Ze stapte in haar auto en toen ze wegreed, zag ze in het achteruitkijkspiegeltje dat de vrouw op de oprit bleef staan en hen woedend nakeek.

'Dat is geen lief oud dametje,' mompelde Jane.

Frost vroeg met een ongelovig lachje: 'Heeft ze ons zojuist beticht van het aanpakken van steekpenningen?'

'Ja.'

'En ze zag er nog wel zo lief uit.'

'In jouw ogen zijn ze allemaal lief. Je hebt er nog nooit één ontmoet die je niet aardig vond.' *En er is er niet één die jou niet aardig vindt.*

Frosts mobieltje ging. Terwijl hij opnam, dacht Jane na over het gemak waarmee Frost oudere dames wist te charmeren. Hij leek al in een goed blaadje te staan bij Iris Fang, een vrouw die nog jong genoeg was om mooi en ontzagwekkend genoemd te worden. In gedachten hoorde ze weer wat Patrick over haar had gezegd: *Enorm getraumatiseerd. Grootheidswaanzin. Gelooft dat ze afstamt van strijders.* Het kon best zijn dat Iris aan grootheidswaanzin leed, maar dat nam niet weg dat iemand bij haar had ingebroken om een mes in haar hoofdkussen te steken. *Wie heb je zo tegen de haren in gestreken, Iris?*

Frost klapte met een zucht zijn mobieltje dicht. 'We kunnen nog niet naar huis.'

'Wie was dat?'

'De makelaar van het gebouw in Knapp Street. Ik heb de hele dag geprobeerd hem te bereiken. Hij gaat vanavond de stad uit, maar is bereid ons over een uur in Knapp Street te treffen als we het gebouw willen bekijken.'

'Dus we moeten terug naar Chinatown?'

Frost knikte. 'We moeten terug naar Chinatown.'

16

In de schemering was Knapp Street een schimmige vallei, overschaduwd door de vier verdiepingen tellende hoge gebouwen. Jane en Frost stonden voor de voormalige Red Phoenix en probeerden naar binnen te kijken, maar achter de getraliede ramen zag Jane alleen dunne, rafelige gordijnen die bijna doorzichtig waren geworden van ouderdom.

Frost keek op zijn horloge. 'Meneer Kwan is nu officieel een kwartier te laat.'

'Heb je het nummer van zijn mobieltje niet?'

'Ik geloof niet dat hij er een heeft. Ik heb de hele dag telefoontikkertje met hem gespeeld via zijn kantoor.'

'Een makelaar zonder mobieltje?'

'Ja, en nu hoop ik maar dat we elkaar correct verstaan hebben. Hij heeft een nogal zwaar accent.'

'Tam zou ons hierbij goed van pas komen. Waar blijft hij toch?'

'Hij zei dat hij zou komen.'

Jane liep achteruit de straat op en keek omhoog naar de roestende brandtrap en de dichtgespijkerde ramen. Nog maar een week geleden had ze met de agenten van de technische recherche de daken van deze gebouwen afgezocht naar patroonhulzen. Pal om de hoek was de steeg waar de losse hand van Jane Doe was gevonden. Deze straat en dit gebouw leken een *ground zero* te zijn voor alles wat er was gebeurd. 'Zo te zien staat het al heel lang leeg. Toch moet het vanwege de locatie wel een waardevol pand zijn.'

'Als er geen bloedbad was aangericht. Volgens Tam geloven de mensen hier echt in spoken. En een huis vol spoken brengt ongeluk.' Hij zweeg en tuurde de straat in. 'Zou dat hem zijn?'

De oude Chinese heer hinkte een beetje, alsof hij een slechte heup had, maar kwam niettemin verrassend snel vooruit op zijn helderwitte Reeboks en stapte kwiek over een vuilniszak terwijl hij met beleid over de ongelijke stoep liep. Zijn jasje was hem een paar maten te groot, maar hij droeg het met zwier, als een pedante professor die een avondwandelingetje maakte.

'Meneer Kwan?'

'Hallo, hallo. U rechercheur Frost?'

'Ja, en dit is mijn partner, rechercheur Rizzoli.'

Ze zagen twee flonkerende gouden tanden toen de man naar hen lachte. 'Ik zeg u nu, ik volg altijd de wet, ja? Ja? Alles altijd volgens de wet.'

'Dat is niet waarom ik u heb gebeld, meneer.'

'Erg goede locatie hier, Knapp Street. Drie flats boven. Beneden erg goede ruimte voor business. Misschien restaurant of winkel.'

'Meneer Kwan, we willen alleen maar een kijkje nemen.'

'Achter, twee plaatsen voor bewoners om auto te parkeren...'

'Krijgen we nog wat te zien of moeten we het eerst kopen?' mompelde Jane.

'... ontwikkelingsmaatschappij in Hongkong wil het niet meer beheren. Dus verkopen zij voor erg goede prijs.'

'Waarom heeft niemand het dan gekocht?' vroeg Jane.

Hij leek overrompeld door de vraag en stokte midden in zijn verkooppraatje. Zijn rimpels werden dieper toen hij haar in het schemerdonker fronsend bekeek. 'Hier slechte dingen gebeurd,' gaf hij toen toe. 'Niemand wil huren of kopen.'

'Meneer Kwan, we willen alleen maar een kijkje nemen,' zei Frost.

'Waarom? Leeg binnen, niets te zien.'

'Het is een politieaangelegenheid. Zou u zo vriendelijk willen zijn de deur te openen?'

Met enige tegenzin haalde Kwan een grote sleutelbos tevoorschijn die rinkelde als de sleutelring van een cipier. In het schemerige licht duurde het tergend lang voordat hij de juiste sleutel had gevonden en in het hangslot gestoken. Eindelijk draaide het traliehek met een oorverdovend gepiep open en betraden ze gedrieën het pand waar de Red Phoenix gevestigd was geweest. Meneer Kwan drukte op de lichtschakelaar. Aan het plafond begon een kaal peertje te branden.

'Is dat het enige licht hier?' vroeg Jane.

De makelaar keek naar het plafond en haalde zijn schouders op. 'Tijd om lampen te kopen.'

Jane liep naar het midden van de naargeestige ruimte en keek om zich heen. Zoals Kwan al had gezegd was het vertrek helemaal leeg. De kale linoleumvloer was vergeeld en gebarsten van ouderdom. Alleen aan een ingebouwde bar met een oude kassa was nog te zien dat dit ooit een restaurant was geweest.

'We laten het schoonmaken, schilderen,' zei meneer Kwan. 'We maken het precies zoals het eerst was, maar niemand wil kopen.' Hij schudde minachtend zijn hoofd. 'Chinese mensen te bijgelovig. Ze willen niet eens binnenkomen.'

Ik neem het ze niet kwalijk, dacht Jane. Ze had het gevoel alsof iemand zachtjes zijn koude adem in haar nek blies. Gewelddadigheid laat een smet achter, een psychologische vlek die je met zeep en bleekmiddel niet weg krijgt. In een besloten wijk als Chinatown zou niemand ooit vergeten wat in dit gebouw was voorgevallen. Wie door Knapp Street liep, kreeg koude rillingen als hij dit adres passeerde. Zelfs als het gebouw werd afgebroken en er een nieuw voor in de plaats kwam, zouden er op de met bloed doordrenkte grond altijd geesten rondspoken voor wie de lugubere geschiedenis kende. Jane keek naar het linoleum waarover het bloed had gevloeid. De muren waren geschilderd en de kogelgaten geplamuurd, maar in de barsten en naden van de vloer zouden altijd sporen van bloed blijven zitten. Een foto uit het dossier klikte opeens in haar hoofd. De foto van de man die te midden van afhaalbakjes had gelegen.

Precies op deze plek is Joey Gilmore gestorven.

Ze keek naar de bar en meteen overlapte de herinnering aan een andere foto het eerste beeld: het lijk van James Fang, in zijn nette kelnersvest en zwarte broek, met zijn bril scheef op zijn neus. Hij had achter de kassa gelegen, tussen een handvol bankbiljetten.

Ze draaide zich om en keek naar de hoek waar een vierpersoonstafel had gestaan. In haar verbeelding zag ze Dina en Arthur Mallory aan die tafel zitten, nippend aan een kopje thee om de kou van de maartse avond te verdrijven. Plotseling verdween dat beeld en zag ze in plaats daarvan de politiefoto's die een paar uur later waren genomen. Foto's van Arthur Mallory, nog zittend op zijn stoel, zijn bovenlichaam voorovergezakt op de tafel, tussen de omgevallen theekopjes. Een stukje bij hem vandaan zijn vrouw, Dina, languit op de grond, naast de stoel die was omgevallen toen ze in paniek had geprobeerd te ontsnappen. Jane kon de nagalm van de schoten en het gekletter van het brekende serviesgoed bijna horen toen ze roerloos in het nu lege vertrek stond.

Ze liep in de richting van de keuken, waar de kok was gestorven, maar opeens had ze moeite er naar binnen te gaan. Het was Frost die de deur openduwde en op de lichtschakelaar drukte. Ook in de keuken brandde maar één kaal peertje. Ze volgde Frost en zag in het flauwe licht een enigszins geblakerd fornuis, een koelkast en roestvrijstalen werkbladen. De betonnen vloer zat vol putjes.

Langzaam liep ze naar de kelderdeur. Wu Weimin, de kok, had die deur met zijn lichaam geblokkeerd toen hij zijn laatste adem uitblies. Ze keek naar de vloer en verbeeldde zich dat die hier donkerder was, dat het beton het bloed had opgezogen. Ze herinnerde zich dat het gezicht van de kok opvallend ongeschonden was gebleven, afgezien van dat ene kogelgaatje in zijn slaap. De kogel was in zijn schedel heen en weer geketst, waardoor een groot deel van zijn hersencellen was vernietigd, maar hij was niet onmiddellijk gestorven. Dat hadden ze kunnen opmaken aan de hand van de hoeveelheid bloed die hij gedurende die laatste momenten had verloren. Zijn hart was blijven kloppen en het bloed dat uit de wond was gestuwd, was als een waterval over de keldertrap gestroomd.

Ze deed de deur open en zag een houten trap die in de duisternis verdween. Erboven hing een koord. Ze trok eraan, maar er gebeurde niets; de lamp van de kelder was doorgebrand.

Frost liep de keuken door naar een andere deur. 'Is dit de buitendeur?'

'Gaat naar achterkant gebouw,' zei meneer Kwan. 'Parkeerterrein.'

Frost deed hem open en zag een traliehek met een hangslot. 'De achterdeur komt uit op de steeg. Volgens het politierapport was de vrouw van de kok via deze deur binnengekomen. Ze hoorde een schot, is naar beneden gegaan om te zien wat er aan de hand was en trof haar man dood in de keuken aan.'

'Als die deur niet op slot zat, kan een indringer theoretisch dus op die manier zijn binnengekomen,' zei Jane.

Kwan keek verward van de een naar de ander. 'Welke indringer? De kok, hij schiet zichzelf dood.'

'We zijn het incident opnieuw aan het onderzoeken, meneer Kwan,' zei Frost. 'We willen er zeker van zijn dat er niets over het hoofd is gezien.'

De makelaar schudde zijn hoofd. 'Het was erg slecht voor Chinatown,' zei hij met een somber gezicht, nu hij had begrepen dat alle hoop dat hij van het vervloekte gebouw kon afkomen, definitief was vervlogen. 'Laten we maar vergeten.' Hij tuurde bijziend op zijn horloge. 'Bent u klaar, dan kunnen wij weg, ja? Ik sluit af.'

Jane keek naar boven. 'Wu Weimin woonde op de tweede etage. Kunt u ons die flat laten zien?'

'Niks te zien,' zei Kwan.

'We willen er evengoed een kijkje nemen.'

Hij slaakte een diepe zucht, alsof ze hem om een gunst vroegen die alle menselijke logica te boven ging. Hij haalde de omvangrijke sleutelbos weer uit zijn zak en begon aan het tijdrovende proces van het zoeken naar de juiste sleutel. Te oordelen naar de hoeveelheid sleutels die aan de ring hingen, had deze man het beheer over de helft van het onroerend goed in Chinatown. Toen hij eindelijk de juiste sleutel te pakken had, verliet hij het pand via de keukendeur.

Net als bij het restaurant zat er een traliehek voor de buitendeur van de appartementen. De nacht was inmiddels gevallen en de schaduwen waren versmolten tot een egale duisternis. Frost moest zijn zaklantaarn op het slot van het hek gericht houden zodat Kwan de sleutel erin kon steken. De roestige scharnieren piepten toen Kwan het hek opendraaide, en toen moest er weer een andere sleutel in een ander slot gestoken worden voordat hij de voordeur kon openen.

Binnen was het aardedonker en de lamp in het trappenhuis was doorgebrand. Jane deed haar zaklantaarn aan en zag een trap met een leuning die glad was gewreven door de talloze handen die over het hout waren gegleden. In de duisternis leek het geluid van hun schoenen op de krakende traptreden te worden verveelvoudigd en ze hoorde meneer Kwan achter hen hijgen van inspanning.

Bij de deur van de flat op de tweede verdieping stopte ze. Hij zat niet op slot, maar ze wilde hem nog niet opendoen, ze wilde niet zien wat zich erachter bevond. Ze bleef roerloos staan met haar hand op de metalen deurknop die aanvoelde als ijs. Pas toen ze hoorde dat ook meneer Kwan de overloop had bereikt en achter hen amechtig hijgend bleef staan, deed ze de deur open en betrad samen met Frost de flat waar Wu Weimin had gewoond.

De ramen waren dichtgespijkerd, waardoor er helemaal geen licht binnendrong. De flat stond al jaren leeg, maar toch kon ze de geur van de mensen die hier hadden gewoond nog ruiken. Een spookachtig aroma van wierook en sinaasappelen leek gevangen te zijn in de duisternis, als in een graftombe. Ze liet het licht van haar zaklantaarn over de vloer dwalen en zag de groeven en krassen van honderd jaar aan slijtage, littekens achtergelaten door schuivende stoelpoten en versleept meubilair.

Ze liep naar een deur achter in de kamer. Toen ze die opendeed, leek de geur van wierook, de aanwezigheid van geesten, nog sterker. Ook hier zaten triplexplaten voor de ramen. Haar zaklantaarn was ontoereikend tegen de barrière van duisternis. De lichtbundel gleed over de muur, over de littekens van spijkergaatjes en een Rorschachvlek van schimmel.

Over een gezicht dat haar aanstaarde.

Ze hapte naar adem en deinsde geschrokken achteruit, tegen Frost aan.

'Wat is er?' vroeg hij.

Van pure schrik kon ze geen woord uitbrengen. Trillend van de zenuwen hield ze het licht van haar zaklantaarn gericht op de ingelijste foto aan de muur. Toen ze langzaam naar voren liep, werd de geur van wierook overweldigend. Onder het portret stond een lage tafel met de restanten van wierookstokjes, die tot een bergje as waren opgebrand. En op een porseleinen schaal lagen vijf sinaasappels.

'Dat is hem,' zei Frost zachtjes. 'Dat is de kok.'

Het duurde een moment voordat Jane het ook doorhad. Pas toen ze het gezicht nader bekeek, zag ze dat Frost gelijk had. De man op de foto was inderdaad Wu Weimin, maar het was geen moordzuchtige krankzinnige die naar hen keek. Het was een foto van een lachende man met een vishengel in zijn hand en een pet van de Boston Red Sox zwierig op zijn hoofd. *Een blije man op een blije dag.*

'Dit lijkt wel een altaar,' zei Frost.

Jane pakte een sinaasappel uit de schaal en rook eraan. Ze zag dat de kant waar het steeltje had gezeten, een beetje groen was. Het was een echte sinaasappel. Ze draaide zich om naar meneer Kwan, die ze nauwelijks kon onderscheiden in de deuropening. 'Wie heeft de sleutel van dit gebouw, behalve u?'

'Niemand,' zei hij, rammelend met zijn sleutelbos. 'Alleen ik heb sleutel.'

'Dit zijn verse sinaasappelen. Er is hier iemand geweest. Iemand heeft deze offerande hier neergelegd en wierookstokjes aangestoken.'

'Deze sleutels altijd bij mij,' zei hij nogmaals, en hij rammelde er luidruchtig mee om zijn woorden kracht bij te zetten.

'Het traliehek beneden heeft een cilinderslot,' zei Frost. 'Niemand kan zo'n slot forceren.'

'Hoe heeft iemand dan...' Jane zweeg abrupt. Ze staarde in de richting van de voordeur van de flat.

Bonkende voetstappen kwamen de trap op.

Vliegensvlug trok ze haar wapen en omklemde het met beide handen. Ze duwde meneer Kwan opzij en glipte de slaapkamer uit. Haar hart bonkte in haar keel toen ze geruisloos door de zitkamer liep. Rechts naast haar kraakte de vloer onder Frosts voeten. Ze rook de wierook, de schimmel, zweet. Ze nam tien details tegelijk in zich op, maar haar aandacht was gespitst op de deur naar het trappenhuis, het donkere gat waarachter iets naar hen op weg was. Iets wat opeens de gedaante van een man kreeg.

'Halt!' riep Frost. 'Politie!'

'Ho, Frost.' Johnny Tam lachte geschrokken. 'Ik ben het maar.'

Jane hoorde meneer Kwan achter hen piepen van angst. 'Wie is dat? Wie is dat?'

'Jezus, Tam,' zei Frost. Hij blies met kracht zijn adem uit en stak zijn wapen weer in de holster. 'Ik had je bijna neergeschoten.'

‘Je had toch gezegd dat ik hierheen moest komen? Ik zat in een file, anders was ik er wel eerder geweest. Ik kom regelrecht uit Springfield.’

‘Heb je de eigenaar van die Honda gesproken?’

‘Ja. Hij zei dat iemand de auto van zijn eigen oprit had gestolen. En de handsfree GPS die erin lag, is niet van hem.’ Hij liet het licht van zijn zaklantaarn door de kamer gaan. ‘Wat zijn jullie aan het doen?’

‘Meneer Kwan laat ons het gebouw zien.’

‘Maar het zit al jaren dichtgetimmerd. Wat valt er nog te zien?’

‘Meer dan we hadden verwacht. Dit is de flat waar Wu Weimin woonde.’

Het licht van Tams zaklantaarn gleed over de schimmelplekken en het afbrokkelende pleisterwerk van het plafond. ‘Dit lijkt me een flat uit het tijdperk van de loodwitverf.’

‘Geen loodwitverf hier,’ snauwde Kwan. ‘En ook geen asbest.’

‘Maar kom eens kijken wat we hebben gevonden,’ zei Jane. Ze liep voor hem uit naar de slaapkamer. ‘Er is hier iemand geweest. En hij heeft iets achtergelaten...’ Ze zweeg abrupt toen de lichtbundel van haar zaklantaarn een leeg stuk muur bescheen.

‘O ja? Wat dan?’

Kijk ik naar de verkeerde muur? Ze zwenkte de zaklantaarn. Opnieuw zag ze een lege muur. Ze liet het licht door de hele kamer gaan tot ze het tafeltje met de wierookstokjes en sinaasappelen had gevonden. Erboven was de muur leeg.

‘Wat zullen we nu krijgen?’ fluisterde Frost.

Ondanks het ruisen van haar bloed in haar oren hoorde Jane de flapjes van drie pistolenholsters gelijktijdig openklikken. Toen ze haar wapen trok, fluisterde ze: ‘Tam, ga met meneer Kwan naar het trappenhuis en hou hem daar. Frost, jij gaat met mij mee.’

‘Waarom?’ protesteerde meneer Kwan toen Tam hem meetrok. ‘Wat is er aan de hand?’

‘Daar is een deur,’ fluisterde ze, haar zaklantaarn gericht op een zwarte rechthoek. Voetje voor voetje liepen ze ernaartoe. De lichtbundels van hun zaklantaarns zwaaiden kriskras heen en weer om ieder hoekje van de kamer te kunnen zien. Haar ademhaling gierde in haar oren, al haar zintuigen stonden op scherp. Ze rook de geur van de duisternis, volgde de discoflitsen van haar zaklantaarn, voelde het gewicht van haar revolver, zwaar en geruststellend. *Jane Doe op het dak had ook een vuurwapen, maar dat heeft haar niet gered.*

Ze dacht aan een zwaard dat dwars door polsbotjes sneed, dat hals en luchtpijp doorkliefde. Ze durfde bijna niet door de deuropening te stappen om te zien wat hun daar wachtte.

Een, twee, drie. Doe het.

Ze stapte over de drempel, zakte meteen op één knie en scheen met haar zaklantaarn in de rondte. Ze hoorde Frosts hijgende ademhaling achter zich terwijl ze glimpen opving van een porseleinen toilet, een wastafel, een badkuip met roestplekken. Geen griezel met een zwaard.

Nog een deur.

Ditmaal ging Frost voorop. Hij glipte de deur door naar een slaapkamer waar het behang in vellen aan de muren hing, alsof de kamer bezig was zijn huid af te stropen. Geen meubels, geen enkele plek waar iemand zich kon verstoppen.

Nog een deur en ze waren terug in de woonkamer. Terug op bekend terrein. Jane liep naar het trappenhuis, waar Tam en meneer Kwan stonden te wachten.

'Niets gevonden?' vroeg Tam.

'Die foto heeft geen pootjes gekregen.'

'We hebben hier de hele tijd gestaan. Er is niemand voorbijgekomen.'

Jane stak haar pistool weer in de holster. 'Hoe kan...'

'Rizzoli!' riep Frost. 'Kom eens kijken!'

Ze troffen hem aan bij het raam van de slaapkamer waar de foto had gehangen. Het was dichtgespijkerd, net als alle andere ramen, maar toen Frost tegen het triplex duwde, draaide dat soepel opzij, omdat het maar met één spijker vast zat. Jane keek door de opening en zag dat het raam uitkwam op Knapp Street.

'Hier zit de brandtrap,' zei Frost. Hij stak zijn hoofd uit het raam en rekte zijn hals om naar boven te kijken. 'Daar beweegt iets!'

'Erachteraan!' riep Jane.

Frost klom met zijn lange armen en benen slungelig over de vensterbank en sprong op het platje van de brandtrap. Het metaal galmde. Tam klom meteen achter hem aan, soepel als een acrobaat. Jane was de hekkensluiter. Toen ze op het platje sprong, ving ze een glimp op van de straat in de diepte, vol kapotte kratten en gebroken flessen. Je kon hier maar beter niet vallen. Ze keek snel weer naar de ladder boven haar, waarop Frost zo luidruchtig stap voor stap omhoog klom dat de hele wereld nu wist dat ze achter de indringer aan zaten.

Ze volgde Tam, met haar handen om het gladde metaal geklemd, haar bezwete gezicht gekoeld door de koude bries. Ze hoorde Frost kreunen en zag het silhouet van zijn scharende benen afsteken tegen de nachtelijke hemel toen hij zichzelf over de dakrand trok. Ze voelde al zijn bewegingen natrillen in de sporten van de wankele ladder. Een ogenblik werd ze bevangen door de angst dat de bouten los zouden raken, dat de verroeste brandtrap door het gewicht van drie personen met een afgrijselijk lawaai van de muur zou loskomen en ze naar beneden zouden storten. Eventjes bleef ze doodstil hangen, met haar handen om een van de sporten geklemd, bang dat een windvlaag alleen genoeg zou zijn om dit op een ramp te laten uitlopen.

Opeens klonk er boven haar hoofd een ijselijke kreet. De haartjes in haar nek kwamen overeind. *Frost.*

Ze keek angstig omhoog, ervan overtuigd dat ze zijn lichaam naar beneden zou zien storten, maar het enige wat ze zag, was Tam, die snel de laatste sporten nam en over de dakrand verdween. Ze klauterde achter hem aan, misselijk van angst. Toen ze de rand van het dak vastgreep, verbrokkelde een van de asfalttegels onder haar vingers en stortten de brokstukken naar de duisternis in de diepte. Met trillende armen trok ze zich op en kroop het dak op. Ze zag Tam een paar meter verderop gehurkt zitten.

Frost. Waar is Frost?

Ze sprong overeind en liet haar blik over het dak gaan. Ze zag een schaduw wegschieten, zo snel dat het vermoedelijk alleen maar een grote kat was geweest die met de lenigheid van alle katachtigen in het donker was verdwenen. Onder de nachtelijke hemel zag ze verlaten daken die in elkaar overliepen, een luchtlandschap van heuvels en dalen, met als pieken de schoorstenen en ventilatiekokers. Maar geen Frost.

Goeie god, hij is gevallen. Hij ligt ergens op straat, dood of zwaargewond.

'Frost?' riep Tam die nu over het dak liep. 'Frost!'

Jane greep haar mobieltje. 'Rechercheur Rizzoli hier. Beach en Knapp Street. Er is een agent gewond...'

'Ik heb hem gevonden!' riep Tam. 'Help me hem op te hijsen!'

Ze draaide zich om en zag Tam geknield op de rand van het dak zitten, alsof hij op het punt stond naar de straat te duiken. Ze stak het telefoontje in haar zak en holde naar hem toe. Frost hield met beide handen een regenpijp omklemd, zijn benen bengelend boven een afgrond van vier verdiepingen hoog. Tam ging op zijn buik liggen en greep Frosts linkerpols. Het dak liep hier schuin af en er hoefde maar weinig te gebeuren of ze zouden allebei over de rand glijden. Jane ging naast Tam liggen en greep Frosts rechterpols. Samen trokken ze uit alle macht om hem over de ruwe dakrand heen te krijgen, waar Jane's jack aan bleef haken en waaraan ze haar handen schaafde. Met een luide kreun kwam Frost naast hen op het dak terecht, waar hij wijdbeens bleef liggen, naar adem happend.

'Jezus,' stamelde hij. 'Ik dacht dat mijn laatste uurtje had geslagen!'

'Wat is er gebeurd? Ben je gestruikeld en gevallen?' vroeg Jane.

'Ik zat er achteraan, maar het bewoog zich zo snel, het vloog gewoon over het dak.'

'Waar heb je het over?'

'Hebben jullie het niet gezien?' Frost ging rechtop zitten. Zelfs in het donker zag Jane dat hij lijkbleek was en zat te trillen.

'Ik heb niks gezien,' zei Tam.

'Het stond daar, waar jij nu zit. Het draaide zich om en keek me recht in de ogen. Ik schrok zo dat ik mijn evenwicht verloor.'

'Het?' zei Jane. 'Hebben we het niet over een persoon?'

Frost blies sidderend zijn adem uit en draaide zich om naar de in elkaar overlopende daken. 'Ik weet het niet.'

'Hoe kun je dat niet weten?'

Frost kwam langzaam overeind en keek in de richting waarin het – wat het ook was – was weggevlucht. 'Het was volgens mij geen man. Daarvoor bewoog het zich te snel. Meer kan ik er niet over zeggen.'

'Het is hier nogal donker, Frost,' zei Tam. 'En wanneer de adrenaline door je lichaam jaagt, ben je er soms niet zeker van wat je ziet.'

'Ik weet dat het krankzinnig klinkt, maar er was hier iets, iets wat ik nog nooit eerder heb gezien. Jullie moeten me geloven!'

'Oké.' Jane sloeg hem op zijn schouder. 'Ik geloof je.'

Frost keek naar Tam. 'Maar jij niet.'

Ze zagen Tam zijn schouders ophalen. 'Dit is Chinatown. Hier gebeuren allerlei rare dingen.' Hij lachte. 'Misschien zit er meer achter die Ghost Tour dan we dachten.'

'Het was geen spook,' zei Frost. 'Het was een wezen van vlees en bloed en het stond hier. Het was echt.'

'Maar niemand heeft het gezien, behalve jij,' zei Tam.

Frost liep met grote stappen over het dak en keek naar de straat in de diepte. 'Dat is misschien niet helemaal waar.'

Jane volgde hem naar de dakrand en zag de brandladder waar ze daarnet tegenop geklommen waren. In de diepte lag Knapp Street, vaag verlicht door de gloed van een straatlantaarn.

'Kijk,' zei Frost. Hij wees naar de hoek van de straat en naar wat daar op de muur van het gebouw was gemonteerd.

Een beveiligingscamera.

17

Zelfs om half tien 's avonds was er personeel van Dedham Security aanwezig om een oogje te houden op wat er in Boston en omstreken gebeurde.

'Het geboefte gaat pas na het donker aan het werk,' zei Gus Gilliam, die met de drie rechercheurs langs een rij beeldschermen liep. 'Dus moeten wij 's nachts ook wakker blijven. Als ergens een van onze alarmsystemen aanslaat, hebben we een rode lijn naar het Boston PD. Mocht u ooit een goed alarmsysteem nodig hebben, dan moet u bij ons zijn.'

Tam bekeek de filmbeelden op de monitors. 'Jullie hebben ogen in de hele stad, zie ik.'

'Niet alleen in Boston, maar in heel Suffolk County. En onze camera's werken ook echt. De helft van de bewakingscamera's die je in de stad ziet, zijn dummy's die niets opnemen. Voor misdadigers en andere onverlaten is het altijd een gok. Ze weten niet welke camera's echt iets opnemen en welke niet, maar als ze er eentje zien, werkt dat meestal wel preventief en zoeken ze een makkelijker doelwit, dus is de aanwezigheid van een camera in ieder geval een goed afschrikmiddel.'

'Dan boffen wij dat de camera in Knapp Street een echte is,' zei Jane.

'Ja. En we hebben daarvan de laatste achtenveertig uur aan film bewaard.' Hij ging hen voor naar een ander vertrek, waar vier stoelen klaarstonden voor een computerscherm. 'Achtenveertig uur is over het algemeen voldoende als we een seintje krijgen dat de betreffende videoband bewaard moet blijven. De camera in kwestie is vijf jaar geleden geïnstalleerd. De laatste keer dat we er een band van moesten bewaren, zag je daarop een jongen een ruit ingooien.' Hij ging voor de monitor zitten. 'U zei dat het gaat om het platje van de brandtrap op de tweede verdieping?'

'Ik hoop dat het erop staat,' zei Jane. 'Het gebouw staat op zeker twintig, vijfentwintig meter van de camera.'

'Ik weet het niet. Dat is misschien te ver om veel details te kunnen zien. Het is ook nog mogelijk dat de tweede verdieping net te hoog is en buiten beeld valt. Bovendien hebben we het over een lage resolutie. Maar laten we even kijken.'

De drie rechercheurs gingen zitten en Gilliam klikte op PLAY. Knapp Street verscheen op het scherm. Ze zagen twee voetgangers met hun rug naar de camera door de straat lopen in de richting van Kneeland Street.

'Kijk,' zei Frost. 'Er is nog net een stukje van de brandtrap te zien.'

'Maar jammer genoeg niet het raam,' zei Jane.

'Misschien is het genoeg.' Frost leunde naar voren om de datum en het uur van de opname te lezen. 'Gaat u even twee uur terug. Tot half acht. Ik ben benieuwd of we de indringer zullen zien.'

Gilliam spoelde terug naar 19:30.

Om 19:35 liep een oudere vrouw langzaam door Knapp Street, gebukt onder het gewicht van twee boodschappentassen.

Om 19:50 zagen ze Johnny Tam aankomen bij de Red Phoenix. Hij tuurde door het raam, keek op zijn horloge en ging via de onafgesloten voordeur naar binnen. Even later kwam hij weer naar buiten en keek op naar de ramen van de flats erboven. Toen hij om het huizenblok heen naar de achterkant van het gebouw liep, verdween hij uit zicht.

Om 20.06 kwam er op de brandtrap iets in beeld. Het was Frost, die onhandig uit het raam klom, zich oprichtte en uit beeld verdween toen hij de ladder op klom.

'Wat krijgen we nou?' zei Frost. 'Er is vóór mij niets naar buiten gekomen en toch weet ik zeker dat ik op de brandtrap achter iets aan zat.'

'Het is op de film niet te zien,' zei Jane.

'En daar ben jij, Rizzoli. Hoe komt het dat we Tam niet gezien hebben? Hij is na mij uit het raam geklommen.'

Tam grinnikte. 'Misschien ben ik een geest.'

'Het ligt aan de invalshoek,' zei Gilliam. 'We zien maar een deel van de brandtrap. Wie op een, eh, soepeler manier uit het raam op de brandtrap klimt, is onder deze hoek niet te zien.'

'Met andere woorden, Frost en ik zijn waardeloze geveltoeristen,' zei Jane.

Gilliam glimlachte. 'En rechercheur Tam is juist een heel goede.'

Jane zuchtte. 'Deze camera heeft dus niets opgenomen wat we kunnen gebruiken.'

'Aangenomen dat dit de enige keer was dat de indringer naar binnen is gegaan.'

Jane dacht aan de geur van wierook en de verse sinaasappelen in de schaal. Er was iemand die vaker in die flat kwam en offerandes achterliet ter nagedachtenis aan Wu Weimin. 'Ga even terug naar het begin, twee avonden geleden, en laat de film dan lopen,' verzocht ze.

Gilliam knikte. 'Het is een kijkje waard.'

Op het beeldscherm sprong de klok achtenveertig uur terug naar 21:38. Terwijl de film weer begon te lopen, naar 22:00 en toen naar middernacht, zagen ze voetgangers met versnelde, schokkerige bewegingen langskomen. Tegen 02:00 lag Knapp Street er verlaten bij en staarden ze naar onveranderende beelden van de straat, waar alleen een stuk papier dwarrelde in de wind.

Om 03:02 zag Jane het.

Het was niet meer dan een vluchtige schaduw op het platje van de brandtrap, maar het was genoeg. Ze schoot naar voren op haar stoel. 'Stop. Ga terug!' zei ze gespannen.

Gilliam klikte de film iets terug en zette hem stop bij het beeld van iets wat een schaduw wierp op de brandtrap.

'Het lijkt niet veel bijzonders,' zei Tam. 'Het zou zelfs de schaduw van een kat kunnen zijn.'

'Als er iemand naar binnen is gegaan, moet hij ook weer naar buiten komen,' zei Frost.

'Laten we even zien wat er gebeurt,' zei Gilliam. Hij klikte op de muis. Weer zagen ze de minuten verspringen. Twee dronken kerels strompelden door Knapp Street en verdwenen om de hoek.

Opeens riep Jane: 'Daar!'

Gilliam zette de film stil en tuurde naar een ineengedoken schaduw op de brandtrap. 'Wat ís dat?' mompelde hij.

'Ik zei toch dat ik iets gezien had?' zei Frost. 'Dat is het.'

'Maar wat is het?' zei Tam. 'Ik kan geen gezicht onderscheiden. We weten niet eens of het een mens is.'

'Maar het is tweebenig,' zei Frost. 'Je kunt duidelijk zien dat het op zijn hurken zit, alsof het een sprong gaat maken.'

Op dat moment ging Jane's mobieltje. Ze schrok zich lam. Om er zeker van te zijn dat haar stem niet zou trillen, haalde ze diep adem voordat ze opnam. 'Rizzoli.'

'Lou Ingersoll. U hebt een boodschap op mijn voicemail achtergelaten.'

Ze schoot overeind op haar stoel. 'Rechercheur Ingersoll, we proberen u al een week te bereiken. We moeten u dringend spreken.'

'Waarover?'

'Een moord in Chinatown. Afgelopen woensdagavond. Het slachtoffer is een onbekende vrouw van begin dertig.'

'Ik neem aan dat u weet dat ik al zestien jaar met pensioen ben? Waarom wilt u míj daarover spreken?'

'Omdat we geloven dat deze moord in verband staat met een zaak die u ooit hebt behandeld. Het bloedbad in de Red Phoenix.'

Even bleef het stil. Toen zei hij: 'Dat wil ik liever niet telefonisch bespreken.'

'Wel persoonlijk?'

Ze hoorde zijn voetstappen op de vloer. En zijn wat hijgende ademhaling. 'Oké, ik geloof dat die auto weg is. Jammer dat ik het nummerbord niet kon zien.'

'Welke auto?'

'Een busje dat aan de overkant van de straat geparkeerd stond sinds ik ben thuisgekomen. Zeker van de klootzak die bij me heeft ingebroken toen ik met vakantie was.'

'Wat is er precies aan de hand?'

'Als u hier komt, zal ik het u vertellen.'

'We zijn in Dedham. Het duurt zeker een halfuur voordat we er zijn. Wilt u het me echt niet alvast vertellen?'

Weer hoorde ze hem door de kamer lopen. 'Nee, niet door de telefoon. Ik weet niet wie er meeluistert en ik heb beloofd haar erbuiten te houden. Ik wacht wel tot u hier bent.'

'Maar waar gaat het over?'

'Meisjes,' zei hij. 'Het gaat over wat er met die meisjes is gebeurd.'

'In elk geval geloof je me nu,' zei Frost toen ze terugreden naar Boston. 'Nu je het met je eigen ogen hebt gezien.'

'We weten niet wat we op die film hebben gezien,' zei ze. 'Er moet een logische verklaring voor zijn.'

'Ik heb nog nooit een mens zo snel zien bewegen.'

'Wat was het dan, volgens jou?'

Frost staarde uit het raam. 'Weet je, Rizzoli, er zijn op de wereld veel dingen die we niet begrijpen. Dingen die zo oud en zo vreemd zijn, dat we ze niet als mogelijkheden kunnen aanvaarden.' Hij zweeg even. 'Ik heb ooit een Chinees vriendinnetje gehad.'

'O ja? Wanneer?'

'Op de middelbare school. Ze was met haar ouders geïmmigreerd uit Shanghai. Ze was erg lief, erg verlegen. En erg ouderwets.'

'Misschien had je beter met haar kunnen trouwen dan met Alice.'

'Tja, achteraf is het makkelijk praten. Al had het niet eens gekund, want haar ouders moesten niets van blanke jongens hebben. Alleen haar overgrootmoeder was aardig voor me. Ik geloof dat zij me graag mocht omdat ik de enige was die aandacht aan haar schonk.'

'Jemig, Frost, zou er ergens nog een oude dame te vinden zijn die jou niet aardig vindt?'

'Ik was dol op haar verhalen. Zij sprak alleen Chinees, maar Jade vertaalde. De dingen die ze me over China heeft verteld... Als er zelfs maar een klein deel van waar is...'

'Zoals?'

Hij draaide zijn hoofd naar haar toe. 'Geloof jij in spoken?'

'Met hoeveel lijken hebben wij inmiddels te maken gehad, Frost? Als spoken bestaan, hadden we er onderhand wel eentje moeten zien.'

'Jade's overgrootmoeder zei dat er in China overal spoken zijn. Ze zei dat het komt omdat China zo oud is en er al miljoenen mensen zijn gestorven. De zielen van die mensen moeten ergens zijn. Als ze niet in de hemel zijn, moeten ze hier zijn. Overal om ons heen.'

Jane stopte voor een rood verkeerslicht. Terwijl ze wachtte tot het op groen zou springen, dacht ze na over hoeveel zielen er dan in deze stad ronddwaalden. Hoeveel ervan zich hier ophielden, op dit kruispunt. Als je alle doden van de afgelopen eeuwen bij elkaar optelde, kon Boston makkelijk een stad zijn waar het stikte van de geesten.

'De oude mevrouw Chang heeft me dingen verteld die krankzinnig klonken, maar waar zij onvoorwaardelijk in geloofde. Over heiligen die over water liepen. Over vechtende monniken die door de lucht konden vliegen en zich onzichtbaar maken.'

'Als je het mij vraagt, heeft ze te veel kungfufilms gezien.'

'Maar volksverhalen moeten ergens op gebaseerd zijn. Misschien is onze Westerse gedachtewereld te star om te accepteren wat we niet kunnen beredeneren en gebeurt er veel meer op deze wereld dan we weten. Krijg jij dat gevoel nooit in Chinatown? Elke keer dat ik daar ben, vraag ik me af wat ik niet zie, hoeveel verborgen aanwijzingen er zijn waar ik blind voor ben. Ik loop een stoffig winkeltje van een kruidendokter binnen en zie daar allemaal vreemde dingen in glazen potjes. Voor ons is het hocus pocus, maar stel dat je daarmee wel degelijk iemand van kanker kunt genezen? Of ervoor kunt zorgen dat je honderd wordt? China's beschaving is vijfduizend jaar oud. Ze weten enorm veel. Geheimen die ze nooit aan ons zullen verklappen.'

In de achteruitkijkspiegel zag Jane Tams auto. Ze vroeg zich af wat hij van dit gesprek zou denken. Of hij dergelijke praatjes over het exotische en mysterieuze Chinese volk beledigend zou vinden. Het licht sprong op groen.

Toen ze optrok, zei ze: 'Zeg hier maar niks over tegen Tam.'

Frost schudde zijn hoofd. 'Nee. Alle kans dat hij daar kwaad om wordt. Ook al ben ik geen racist. Getuige mijn Chinese vriendinnetje.'

'Daar zou hij op zich al pissig om worden.'

'Ik probeer alleen maar alles te begrijpen en open te staan voor wat we niet zien.'

‘Wat ik niet zie, is hoe dit allemaal in elkaar zou moeten passen. Een dode vrouw op het dak. Een oude moord en zelfmoord. En nu Ingersoll die beweert dat mensen in een busje zijn huis in de gaten houden. En iets over meisjes.’

‘Waarom wilde hij het je niet gewoon door de telefoon vertellen? Wie denkt hij dat er meeluistert?’

‘Dat wilde hij niet zeggen.’

‘Zodra iemand zegt dat zijn telefoon wordt afgeluisterd, gaat er bij mij een belletje rinkelen. Klonk hij paranoïde?’

‘Hij klonk bezorgd. En hij had het over “haar”. Hij zei dat hij had beloofd “haar” erbuiten te houden.’

‘Iris Fang?’

‘Geen idee.’

Frost staarde door de voorruit. ‘Hij zal wel gewapend zijn, als voormalig politieman. Laten we voorzichtig te werk gaan. Hem niet aan het schrikken maken.’

Een kwartier later stopte Jane voor het huis van Ingersoll. Tam parkeerde pal achter haar. Ze stapten uit en alle portieren vielen tegelijk dicht. In het drie verdiepingen hoge, vrijstaande huis brandde licht, maar toen Frost aanbelde, werd er niet opengedaan. Hij drukte nog een keer op de bel en klopte op het raam.

‘Ik zal hem even opbellen,’ zei Jane. Ze toetste Ingersolls nummer in op haar mobieltje. Ze hoorden binnen de telefoon overgaan, maar na vier belletjes nam het antwoordapparaat op met een kort bericht: Ik ben er niet. Spreek een boodschap in.

‘Ik kan niks zien,’ zei Tam, die door de gordijnen voor het raam aan de voorkant naar binnen probeerde te kijken.

Jane hing op en zei tegen Frost: ‘Blijf aanbellen. Tam, ga met me mee naar achteren. Misschien hoort hij ons niet.’

Toen ze met Tam langs het huis liep, hoorde ze Frost op de voordeur bonken. Het smalle pad tussen de huizen was onverlicht en overwoekerd door struiken. Ze rook natte bladeren en voelde haar schoenen in doorweekt gras zakken. Door een raam zag ze de blauwe gloed van Ingersolls televisie. Ze bleef staan en zag een woonkamer. Beelden bewogen over het scherm. Op de lage tafel lag een mobiele telefoon en een half opgegeten broodje.

‘Dit raam zit niet op slot,’ zei Tam. ‘Ik kan naar binnen klimmen. Zal ik dat doen?’

Ze keken elkaar aan in het flikkerende licht en dachten allebei aan wat de gevolgen konden zijn voor wie zonder toestemming of huiszoekingsbevel een woning binnendrong.

‘Hij heeft gevraagd of we wilden komen,’ zei ze. ‘Misschien is hij op de wc en kan hij ons daarom niet horen.’

Tam schoof het raam omhoog. Binnen twee tellen was hij geruisloos over de vensterbank naar binnen geglipt. Hoe krijgt hij dat toch voor elkaar? vroeg Jane zich af met een blik op de borsthoge vensterbank. Tam had inderdaad een puike inbreker kunnen worden.

‘Rechercheur Ingersoll?’ riep Tam toen hij door de deur van de woonkamer verdween. ‘Wij zijn van het Boston PD. Bent u er?’

Jane was half van plan om ook te proberen naar binnen te klimmen, toen ze bedacht dat Tam tegen de tijd dat ze eindelijk over die vensterbank heen zou zijn allang de voordeur zou hebben geopend.

‘Rizzoli! Ik heb hem gevonden! Hij is gewond!’

Tams woorden maakten in één keer een einde aan haar besluiteloosheid. Ze greep de vensterbank en stond op het punt zich op te trekken toen ze in de struiken iets hoorde ritselen, gevolgd door het geluid van wegrennende voetstappen.

Achter het huis. Vluchtende verdachte.

Ze zette onmiddellijk de achtervolging in. Toen ze de hoek van het huis bereikte, zag ze nog net een donkere gedaante over de schutting springen.

‘Frost! Hierheen!’ schreeuwde ze terwijl ze door de tuin rende. Gedreven door pure adrenaline sprong ze in één keer over de schutting. Ze voelde splinters in haar handen dringen en kwam veel te hard neer. De klap dreunde helemaal in haar schenen.

Ze kon haar doelwit nog zien. *Een man.*

Achter zich hoorde ze iemand over de schutting komen, maar ze keek niet om om te zien of het Frost of Tam was. Ze hield haar blik gericht op de vluchtende gedaante. Ze begon hem in te halen en kon nu zien dat hij geheel in het zwart gekleed was. Gekleed voor de misdaad. *Maar je bent niet snel genoeg voor mij.*

Ook Frost hield haar niet bij, maar ze minderde geen vaart want ze wilde haar doelwit geen kans geven te ontsnappen. De afstand tussen hen was al geslonken tot een paar meter.

'Halt!' riep ze. 'Politie!'

Opeens schoot hij naar rechts, tussen twee huizen.

Nu werd ze kwaad. Voortgestuwd door woede sprintte ze de hoek om. Het was een steeg en het was er donker. Te donker. Haar voetstappen weerkaatsten toen ze koppig bleef rennen, maar na een tiental passen hield ze haar vaart in. En toen stopte ze.

Waar is hij? Waar is hij gebleven?

Met bonkend hart en haar pistool in de aanslag tuurde ze om zich heen. Ze zag vuilnisbakken en hoorde glasscherven knerpen.

De kogel sloeg in haar rug, precies tussen haar schouderbladen. Door de klap viel ze languit voorover. Ze schramde haar handen op het asfalt en voelde hoe haar pistool uit haar greep vloog. Het kogelvrije vest had haar gered, maar de kracht van de inslag had haar de adem benomen. Versuft lag ze op de grond, haar wapen buiten bereik.

Voetstappen kwamen traag naderbij. Moeizaam hees ze zich op haar knieën en tastte om zich heen naar haar wapen.

De voetstappen kwamen vlak achter haar tot stilstand.

Ze keek om en zag het silhouet van een man hoog oprijzen. Zijn gezicht zat in de schaduw, maar een straatlantaarn aan het einde van de steeg zorgde voor voldoende licht om te kunnen zien dat hij zijn arm ophief. Ze zag de matte glans van het wapen dat hij op haar hoofd richtte. Het zou een snel en efficiënt einde zijn, zonder dat de moordenaar en het slachtoffer elkaar zelfs maar in de ogen keken. Gabriel, dacht ze. Regina. Ik heb nooit de kans gekregen jullie te vertellen hoeveel ik van jullie houd.

Ze hoorde de Dood in het donker fluisteren, voelde zijn adem als een windvlaag langs haar oor suizen. Er spatte iets in haar gezicht. Ze kneep haar ogen dicht. Toen ze ze weer opendeed, viel de gedaante die boven haar uittorende langzaam voorover. Als een omgehakte boom stortte hij neer op haar benen. Ze lag gevangen onder zijn gewicht en voelde vloeibare warmte in haar kleren dringen. Ze herkende de koperachtige geur.

Er ademde iets in de duisternis, iets wat nu tegen de lucht afstak op de plek waar de man met het vuurwapen twee seconden geleden nog had gestaan. Ze zag geen gezicht, alleen een zwart ovaal en een aureool van zilverkleurig haar. Het zei geen woord, maar toen het zich omdraaide, flitste er iets, een sikkel van weerkaatst licht. Ze hoorde een geluid dat leek op de wind terwijl schaduwen over elkaar gleden. Toen was ze weer alleen, nog altijd geplet tegen het harde asfalt door een man wiens laatste bloed over haar kleren stroomde.

'Rizzoli? Rizzoli!'

Ze probeerde uit alle macht onder het dode gewicht uit te komen. 'Ik ben hier! Frost!'

In de verte zag ze de lichtbundel van een zaklantaarn flikkeren. Het licht zwaaide heen en weer toen Frost op haar af kwam.

Kreunend van inspanning slaagde ze erin de man van zich af te duwen. Ze rilde bij de wetenschap dat ze dood vlees aanraakte en krabbelde snel achteruit. 'Frost,' zei ze.

Het licht van zijn zaklantaarn scheen precies in haar ogen. Ze hief beschermend haar hand op.

'Jezus!' riep Frost. 'Ben je... '

'Nee, nee. Alles in orde.' Ze haalde diep adem en voelde de gevolgen van de kracht waarmee de kogel in haar kogelvrije vest was gedrongen. 'Althans, dat denk ik.'

'Al dat bloed...'

'Is niet van mij. Is van hem.'

Frost richtte zijn zaklantaarn op het lijk. Jane's adem stokte zo abrupt dat haar ribben er pijn van deden. Het lijk lag op zijn buik en het afgehakte hoofd was er een paar meter bij vandaan gerold. De ogen staarden hen aan en de mond was geopend, alsof het nog een laatste verbaasde kreet slaakte. Jane keek ongelovig naar de kaarsrecht doorkliefde nek en werd zich opeens sterk bewust van haar doorweekte broek, die aan haar benen plakte. Alles draaide om haar heen. Ze strompelde weg, bleef tegen een muur geleund staan en boog zich voorover, vechtend tegen de braakneigingen.

'Wat is er gebeurd?' vroeg Frost.

'Ik heb het gezien,' fluisterde ze. 'Het ding. Het wezen dat jij op het dak hebt gezien.' Haar benen leken te smelten. Ze zakte langs de muur op de grond. 'Het heeft zojuist mijn leven gered.'

Een lange stilte. De wind floot door de steeg. Zand en gruis prikten in haar gezicht en in haar ogen. Ik had nu dood moeten zijn, dacht ze. Ik had daar moeten liggen met een kogel in mijn hoofd. In plaats daarvan ga ik zo dadelijk naar huis. Ik kan mijn man kussen en mijn kind knuffelen. En dit wonder heb ik te danken aan wat het ook was dat uit de duisternis is komen aanvliegen.

Ze hief haar hoofd op en keek naar Frost. 'Je moet het gezien hebben. Hier. Daarnet.'

'Ik heb niks gezien.'

'Het moet vlak langs je heen zijn gekomen toen je door de steeg rende.'

Hij schudde zijn hoofd. 'Het is precies zoals op het dak. Daar was ik de enige die het zag en jij geloofde me niet.'

Ze keek naar het lijk. Ze keek naar het pistool dat de onthoofde man nog in zijn hand geklemd hield. 'Nu geloof ik je wel.'

18

Vanuit haar geparkeerde auto zag Maura drie agenten bij de barrière van politielint staan. Ze wierpen een blik in haar richting. Maura wist dat ze naar alle waarschijnlijkheid haar zwarte Lexus herkend hadden en dus wisten dat de patholoog van de Forensische Dienst was gearriveerd, maar toen ze uitstapte en naar hen toe liep, keerden ze haar de rug toe en bleven rustig met elkaar staan praten. Pas toen ze hen aansprak, draaiden ze zich weer om.

'Is rechercheur Rizzoli aanwezig?' vroeg ze.

'Ik zou het niet weten, mevrouw,' antwoordde een van hen. 'Dat moet u binnen maar vragen.'

Was hij met opzet zo weinig behulpzaam? Ze kon het op zijn uitgestreken gezicht niet aflezen. Toen ze onder het lint door dook en naar de voordeur liep, hoorde ze hen lachen. Ze vroeg zich af of dat ten koste van haar was. Ze vroeg zich ook af of dit haar voortaan bij elke plaats delict te wachten stond. De blikken, de fluisteringen, de amper verholen vijandigheid. Ze bleef bij de voordeur staan om plastic schoenbeschermers aan te trekken, er goed voor oppassend haar evenwicht niet te verliezen om die lui niet nog meer redenen te geven om ten koste van haar te ginnegappen. Toen ze zich oprichtte, ging de voordeur open en stond rechercheur Tam voor haar.

'Dokter Isles. Het spijt me dat we u op dit late uur moesten laten komen.'

'Bevinden beide slachtoffers zich in het huis?'

'De ene is in de keuken. De andere in een steeg verderop.'

'Hoe komt het dat nummer twee zo ver verwijderd is van nummer een?'

'Hij probeerde aan Rizzoli te ontkomen, maar zij is iemand die zich niet makkelijk laat afschudden.'

Hij liep met haar door de gang. De schoenbeschermers maakten schuifgeluidjes op de vloer. Toen ze de keuken binnenging, zag ze tot haar verbazing het hoofd van de afdeling Moordzaken bij Barry Frost staan. Het gebeurde niet vaak dat inspecteur Marquette naar een plaats delict kwam. Zijn aanwezigheid maakte haar duidelijk dat er met deze moord iets bijzonders was.

Het slachtoffer lag op zijn zij op de tegelvloer, met zijn gezicht in een plas half gestold bloed. Het was een corpulente blanke man van in de zeventig, gekleed in een lichtbruine broek, een poloshirt en donkere sokken. Eén voet was nog in een pantoffel gestoken. De kogelwond in zijn linkerslaap liet weinig twijfel over de doodsoorzaak. Maura liep niet meteen door naar het lijk, maar zocht eerst met haar ogen de vloer af, op zoek naar het wapen. Ze zag in de buurt van het lijk geen vuurwapen. *Geen zelfmoord.*

'Hij was een oud-politieman,' zei Jane zachtjes.

Maura had haar niet horen aankomen. Ze draaide zich om en keek onthutst naar Jane's bloes, die onder de bloedspatten zat. In plaats van het donkere broekpak dat haar vaste outfit was, droeg Jane een slobberige trainingsbroek, duidelijk reservekleding voor noodgevallen.

'Mijn hemel, Jane.'

'Het is er hier nogal ruig aan toegegaan.'

'Maar je bent ongedeerd?'

Jane knikte en keek naar de dode man. 'Wat ik van hem niet kan zeggen.'

'Wie is hij?'

Inspecteur Marquette gaf het antwoord. 'Rechercheur Lou Ingersoll. Hij zat bij Moordzaken en is zestien jaar geleden met pensioen gegaan. Hij was een van ons, dokter Isles. We moeten ons voor hem tot het uiterste inspannen.'

Impliceerde hij daarmee dat ze misschien niet van plan was geweest zich voor dit slachtoffer tot het uiterste in te spannen? Dat een forensisch patholoog die één keer de dunne, blauwe lijn had overschreden, ook deze politieman zou afvallen? Met gloeiende wangen hurkte ze naast het lijk. Toen pas schoot haar te binnen waar ze de naam van kende. Lou Ingersoll.

Ze keek op naar Tam. 'Dit is de rechercheur die indertijd het bloedbad in de Red Phoenix heeft behandeld.'

'Dat weet jij dus?' vroeg Jane.

'Rechercheur Tam en ik hebben het erover gehad toen hij me de autopsierapporten kwam brengen.'

Jane keek Tam aan: 'Ik wist niet dat je het met haar had besproken.'

Tam haalde zijn schouders op. 'Ik was benieuwd naar dokter Isles' mening over die zaak. Of er misschien negentien jaar geleden iets over het hoofd is gezien.'

'Rechercheur Rizzoli.' Een van de agenten van de technische recherche stond in de deuropening van de keuken met een koptelefoon om zijn nek. 'We hebben de zitkamer met een radiogolfscanner onderzocht en u hebt gelijk. Zijn huistelefoon geeft een signaal af.'

'Een signaal?' vroeg Marquette aan Jane.

'Ingersoll zei dat zijn telefoon werd afgeluisterd,' zei Jane. 'Eerlijk gezegd verbaast het me een beetje dat we inderdaad iets hebben gevonden.'

'Waarom zou iemand zijn telefoon afluisteren?'

'Niet om de gebruikelijke redenen. Hij was al achttien jaar weduwnaar, dus ligt hij niet overhoop met een ex. Hij heeft één dochter, maar die heeft geen idee wat er aan de hand is.' Jane keek naar de dode man. 'Het begint een erg vreemde zaak te worden. Hij zei dat mensen in een busje zijn huis in de gaten hielden en dat er was ingebroken toen hij met vakantie was. Ik dacht dat hij zich dingen verbeeldde.'

'Blijkbaar niet.' Marquette keek naar de technicus. 'Hebben jullie zijn mobiele telefoon al onderzocht?'

'Het geeft geen afluistersignaal af, maar de batterij is leeg. Zodra we hem hebben opgeladen, zullen we de belgegevens bekijken.'

'Bekijk ook de belgegevens van zijn huistelefoon. We moeten weten met wie hij de afgelopen weken heeft gesproken.'

Maura stond op. 'Ik heb begrepen dat er nog een tweede slachtoffer is.'

'De dader,' zei Jane. 'Of liever gezegd, de man van wie we aannemen dat hij de dader is. Ik heb hem een eind achtervolgd.'

'En heb jij hem uitgeschakeld?'

'Nee.'

'Wie dan?'

Jane haalde diep adem, alsof ze moed moest verzamelen voor wat er nu ging komen. 'Het is niet eenvoudig uit te leggen. Ik zal het je laten zien.'

Buiten had zich een menigte verzameld, aangetrokken door de massale aanwezigheid van de politie. Jane baande zich een weg tussen de nieuwsgierigen door en sloeg met Maura een stille zijstraat in. Hoewel ze zoals altijd flink de pas erin zette, was de bravoure uit haar houding verdwenen. Ze liep met afgezakte schouders, alsof ze erg door de gebeurtenissen was aangeslagen. Alsof ze deze nacht haar zelfvertrouwen was kwijtgeraakt.

'Gaat het een beetje?' vroeg Maura.

'Afgezien van het feit dat mijn beste broekpak naar de filistijnen is? Ja, hoor.'

'Je ziet er anders niet best uit. Vertel me wat er is, Jane.'

Jane vertraagde haar tempo en stopte toen. Ze staarde naar de stoep alsof ze Maura niet durfde aankijken, bang dat die zou zien hoe kwetsbaar ze zich voelde. 'Ik had hier niet moeten staan,' zei ze zachtjes. 'Ik had dood moeten zijn, net als Ingersoll. Ik had met een kogel in mijn hoofd in de steeg moeten liggen.' Ze keek naar haar handen alsof die van iemand anders waren. 'Moet je zien. Ik sta te trillen als een juffershondje.'

'Je zei dat je de dader had achtervolgd.'

'Ja, maar ik was overmoedig. Hij schoot een donkere steeg in en ik ben achter hem aan gegaan. Hij heeft me neergeschoten.' Ze sloeg haar armen strak over elkaar, alsof ze het koud had. 'Mijn verjaardagscadeau heeft me gered. Weet je nog dat Gabriel me een kogelvrij vest had gegeven? Weet je nog hoe we daarom gelachen hebben? Zo romantisch. De droom van iedere vrouw. Toen ik het nooit aandeed, werd hij zo kwaad dat ik het uiteindelijk vanochtend heb aangetrokken, om de lieve vrede te bewaren. Vanaf nu krijg ik natuurlijk elke dag te horen dat hij gelijk had.'

'Weet hij al wat er is gebeurd?'

'Nee, ik heb hem nog niet gebeld.' Jane haalde een mouw over haar gezicht. 'Daar heb ik nog geen tijd voor gehad.'

'Ik vind dat jij naar huis moet gaan. Nu meteen.'

'Midden in het onderzoek?'

'Jane, je kunt amper op je benen staan. Je team kan dit verder afwerken.'

'Juist nu Marquette erbij is? Moet die denken dat ik zoiets onbenulligs als een kogel in mijn rug niet aankan? Vergeet het maar.' Jane draaide zich om en liep weer door, alsof ze het karwei zo snel mogelijk wilde afmaken. Om te bewijzen dat ze ertoe in staat was.

Ach Jane, dacht Maura, je hebt al honderd keer bewezen wat je waard bent, maar het zal voor jou nooit genoeg zijn. Je zult voor je eigen gevoel altijd het groentje blijven dat moet knokken om erkend te worden. Dat geen zwakte wil tonen.

Ze kwamen bij een tweede barrière van politielint. Er stond een politieagent bij die de ingang van een steeg bewaakte. Ook door hem werd Maura met kille onverschilligheid behandeld. Toen ze nieuwe schoenbeschermers aantrok en onder het lint door dook, voelde ze zijn blik op haar gericht. Het was een opluchting toen ze kon doorlopen, achter Jane aan de donkere steeg in, waar ze zijn blik niet meer voelde.

'En dan hebben we hier vrijgezel nummer twee,' kondigde Jane aan. Ze richtte haar zaklantaarn naar beneden. Vanwege de geforceerd vrolijke aankondiging was Maura niet voorbereid op de horror die ze te zien kreeg.

Het hoofd was volledig van het lichaam gescheiden en lag, nog met een donkere wollen muts op, een paar meter bij het lichaam vandaan. Het was een blanke man van een jaar of veertig. Het lichaam, dat volledig in het zwart gekleed was, lag op de buik, alsof het de schoolslag zwom in een zee van bloed. Een van de handen zat verstijfd om een pistool geklemd. Maura bewoog haar zaklantaarn heen en weer en zag bloeddruppels op de muren en poelen half gestold bloed, als plasjes zwart sap, op de grond.

'Dit is de klootzak die mijn favoriete broekpak heeft verpest,' zei Jane.

Maura keek fronsend naar het onthoofde lichaam en naar het wapen in de hand van de man. 'Jij zat dus achter deze man aan?'

'Ja, vanaf Ingersolls achtertuin. Hij heeft één kogel kunnen lossen, die me in mijn rug heeft geraakt. Het doet nog steeds pijn, tussen haakjes.'

'Hoe komt het dan dat hij uiteindelijk...'

'Er is een derde partij aan te pas gekomen. Als je vragen hebt over hoe hij aan zijn eind is gekomen, moet je bij mij zijn, want ik was erbij. Ik lag hier op de grond en deze kerel richtte zijn pistool op mijn hoofd. Ik dacht dat mijn laatste uur had geslagen. Ik dacht...' Ze slikte. 'Toen hoorde ik een geluid, een zoevend geluid. En meteen viel hij boven op me neer.' Jane staarde naar het lijk en voegde er zachtjes aan toe: 'En ik leef nog.'

'Heb je gezien wie dit heeft gedaan?'

'Ik heb alleen een schaduw gezien. En zilver haar.'

'Meer niet?'

Jane aarzelde. 'Een zwaard. Ik geloof dat hij een zwaard had.'

Maura keek naar het lijk en voelde een windvlaag door de steeg trekken. Ze vroeg zich af of de fatale houw had geklonken als zo'n windvlaag. Ze dacht aan de geamputeerde hand van Jane Doe, aan de botjes en pezen die kaarsrecht waren doorkliefd. Ze bekeek het wapen in de hand van de dode man wat nader. 'Er zit een geluiddemper op dat pistool.'

'Ja. De man is van top tot teen in het zwart gekleed en heeft het wapen van een huurmoordenaar. Net als Jane Doe, de vrouw op het dak.'

'Dit is niet zomaar een inbreker.' Maura keek op. 'Waarom werd Ingersolls telefoon afgeluisterd?'

'Hij heeft geen kans gekregen om me dat te vertellen, maar het was duidelijk dat hij zich zorgen maakte en erover wilde praten. Hij zei iets over meisjes. "Wat er met die meisjes is gebeurd," zei hij.'

'Welke meisjes?'

'Ik denk dat het iets te maken heeft met de Red Phoenix. Wist jij dat twee van de slachtoffers dochters hadden die spoorloos zijn verdwenen?'

Maura hoorde stemmen en dichtslaande portieren. Ze keek naar het einde van de steeg en zag de naderende zaklantaarns van een team van de technische recherche. 'Nu ga ik de dossiers die Tam me heeft gebracht zéker lezen.'

'Waarom heeft hij dat eigenlijk gedaan? Ik had geen idee dat hij jou daarmee had opgezadeld.'

'Hij wil een objectieve mening. Volgens mij gelooft hij niet dat de kok zelfmoord heeft gepleegd.'

'En wat denk jij?'

'Ik heb nog geen tijd gehad om ernaar te kijken. Ik heb Rat deze week te logeren.' Ze draaide zich half om alsof ze wilde gaan. 'Ik zal de autopsies morgenochtend meteen doen. Wil je erbij zijn?'

'Ga je ze allebei doen?'

Maura vond dat een vreemde vraag. 'Waarom niet?'

'Ingersoll was een politieman. Misschien is het op het moment niet zo'n goed idee. Vanwege Graff en zo.'

Maura hoorde hoe benepen Jane het zei en wist wat daarvoor de reden was. 'Mag ik nu geen secties meer verrichten op politieagenten?'

'Dat zeg ik niet.'

'Dat hoef je ook niet te zeggen. Ik weet wat er achter mijn rug wordt gezegd. Elke keer dat er een agent naar me kijkt, of juist weigert naar me te kijken, ben ik me daarvan bewust. Voor hen ben ik de vijand.'

'Dat waait wel over, Maura. Maar zulke dingen kosten tijd.'

Tot ik weer tegen een politieman moet getuigen. 'Ik wil niet de indruk wekken dat ik niet objectief ben,' zei Maura. 'Dus zal ik vragen of dokter Bristol de autopsie op Ingersoll kan verrichten.' Ze dook onder het lint door en liep weg, langs de mensen van de technische recherche. Ze voelde de spanning in haar lichaam pas zakken toen ze de steeg een hele straat achter zich had gelaten. *Dat waait wel over, Maura* had Jane gezegd, maar was dat zo? Agenten hadden een olifantengeheugen. Ze onthielden details van zaken die jaren oud waren, ze konden eeuwig een wrok koesteren, ze vergaten nooit wie er vóór en wie er tegen hen was geweest. En ik zal altijd in de tweede categorie blijven, dacht ze. Over twintig jaar zullen ze zich nog steeds herinneren dat door mijn toedoen een van hun collega's in de gevangenis terecht is gekomen.

Tegen de tijd dat ze terug was bij het huis van Ingersoll, waren er nog meer politiewagens bijgekomen. Ze bleef staan, verblind door de zwaailichten en de kermisachtige sfeer van verwarrende drukte. Opeens klonken de huilende kreten van een vrouw boven het zachte geknetter van de mobilofoons uit.

'Ik wil hem zien! Hij is mijn vader!'

'U mag nu niet naar binnen, mevrouw,' zei de agent die haar tegenhield. 'Er komt zo dadelijk iemand bij u.'

'Maar hij is mijn vader! Ik wil weten wat er met hem is gebeurd! Daar heb ik recht op!'

'Pastoor Brophy,' riep de agent. 'Kunt u deze dame misschien bijstaan?'

Een lange man met een priesterboord liep kalm door de menigte naar voren. Hij was officieel met het Boston PD verbonden om bijstand te verlenen in tragische gevallen zoals dit, dus verbaasde het Maura niet hem hier te zien, maar ze was niettemin overdonderd door zijn aanblik. Ze keek verlangend naar hem toen hij de dochter van Ingersoll bij het politielint vandaan troonde. Was hij afgevallen? Had hij wallen onder zijn ogen? Zat er meer grijs in zijn haar? *Mis je mij net zo erg als ik jou?*

Hij leidde de huilende vrouw naar een patrouillewagen. Opeens zag hij Maura. Ze keken elkaar aan. Een ogenblik verdween de rest van de wereld en zag ze alleen Daniel. Ze voelde het bonzen van haar hart, snel en angstig, als de vleugels van een stervende vogel.

Ze staarde hem na toen hij wegliep, met het hoofd van de huilende vrouw tegen zijn borst gedrukt.

19

Jane stond voor de lichtbak in de autopsiezaal de röntgenfoto's van de dode man te bekijken. Het lichaam zag er in alle opzichten normaal uit, op één luguber detail na: dat het hoofd precies tussen de derde en vierde halswervel van het lichaam was gescheiden. Tam en Frost stonden bij de autopsietafel te wachten tot de sectie zou beginnen, maar Jane liep niet naar hen toe. Ze was er nog niet klaar voor. Röntgenfoto's waren abstract, een cartoonanatomie in zwartwit. Ze hadden niets te maken met huid en vlees, ze roken nergens naar, ze hadden geen expressie. Daarom bleef Jane er veel langer naar staan kijken dan nodig was, haar starende blik nu gericht op de schaduw van de longen en het hart, het hart dat gisteravond bloed over haar kleren had doen spuiten. Als mijn naamloze redder er niet was geweest, hadden ze hier nu naar *míjn* röntgenfoto's gekeken. Dan had *míjn* lichaam daar op de tafel gelegen.

'Jane?' zei Maura.

'Het is je haast niet voor te stellen dat een zwaard zo scherp kan zijn dat dit met één slag is gebeurd,' zei Jane zonder om te kijken.

'Het is een kwestie van anatomie,' zei Maura. 'Het zit hem in de hoek waaronder het snijvlak het gewricht raakt. In de middeleeuwen was een bedreven beul in staat een veroordeelde met één slag te onthoofden. Als hij moest blijven hakken, wist je dat hij niet goed in zijn werk was. Of dronken.'

'Aardig beeld om de dag mee te beginnen,' zei Tam.

Maura trok het laken weg. 'We hebben hem nog niet ontkleed. Ik ging ervan uit dat jullie daarbij wilden zijn.'

Nee, daar wil ik helemaal niet bij zijn, dacht Jane. Ik wil het niet zien. Schoorvoetend liep ze naar de tafel. Hoewel ze al wist wat daar lag, kreeg ze het benauwd toen ze het losse hoofd zag. Ze wist nog niets over deze man, kende zijn naam niet, had geen idee waar hij vandaan kwam. De enige aanwijzingen die ze hadden, waren de voorwerpen die ze gisteravond uit zijn zakken hadden gehaald: een patroonhouder, een rolletje bankbiljetten en de sleutels van een gestolen Ford bestelwagen, die twee straten bij Ingersolls huis vandaan geparkeerd had gestaan. De man had geen identiteitsbewijs bij zich gehad.

Tam boog zich over de tafel. Er veranderde niets aan zijn gezichtsuitdrukking toen hij het losse hoofd van dichtbij bekeek en hij vertrok geen spier toen Maura de wollen muts van het hoofd verwijderde en er gemillimeterd bruin haar zichtbaar werd. Het gezicht van de dode had niets opvallends – normale neus, normale mond, normale kin. Een gezicht dat je meteen weer zou vergeten als je deze man op straat tegenkwam.

De handen van de dode waren gisteravond bij aankomst in het mortuarium meteen op sporen onderzocht. Toen waren ook zijn vingerafdrukken genomen. De vingertoppen waren nog paars van de inkt. Maura en Yoshima werkten samen om de kleding te verwijderen. Sweatshirt, broek, onderbroek, sokken. Het lichaam was breed en gespierd. Op de rechterknie zat een oud litteken van een operatie. Toen Jane het zag, dacht ze: nu weet ik waarom ik hem zo makkelijk kon inhalen.

Met behulp van het vergrootglas bekeek Maura het weefsel van de hals, op zoek naar onregelmatigheden en bloeduitstortingen. 'Ik zie geen kartelranden,' zei ze. 'Het is een gelijkmatige wond, zonder secundair snijpatroon. Het hoofd is er met één houw afgeslagen.'

'Dat zei ik toch?' zei Jane.

Maura keek op. 'Een bevestiging is altijd vereist, ongeacht hoe betrouwbaar de getuige is.' Ze boog zich weer over de hals. 'De hoek waaronder de slag is toegebracht, is een beetje vreemd. In welke hand had hij het zwaard, de linker of de rechter?'

Jane aarzelde. 'Ik heb het niet gezien toen hij ermee sloeg, maar toen hij wegliep, had hij het in zijn... rechterhand.'

'Weet je dat zeker?'

'Ja. Hoezo?'

'Omdat de snee aan de rechterkant begint en aan de linkerkant van de hals iets hoger eindigt.'

'En dat wil zeggen?'

'Deze man was pakweg een meter tachtig lang. Als de dader hem van achteren heeft aangevallen en het wapen van rechts naar links heeft bewogen, was hij hoogstwaarschijnlijk kleiner dan zijn slachtoffer.' Maura keek Jane aan. 'Klopt dat?'

'Ik lag op mijn rug. Onder die hoek lijkt iedereen lang, vooral iemand met een vervaarlijk zwaard.' Ze werd zich er plotseling van bewust dat Maura haar bekeek met de analytische blik die ze altijd zo irritant vond. De blik die dwars door je heen leek te gaan en je het gevoel gaf een monster in een potje formaline te zijn.

Ze wendde zich abrupt af van de autopsietafel. 'Ik hoef dit verder niet te zien. Wat zal de autopsie uitwijzen? Dat iemand hem onthoofd heeft. Dat weten we al.' Ze propte het schort in de bak voor besmet textiel. 'Maken jullie dit maar af. Ik ga naar het politielab om te zien of de belgegevens van Ingersolls mobiele telefoon iets hebben opgeleverd.'

Op hetzelfde moment zwaaide de deur naar de voorkamer open en zag Jane tot haar stomme verbazing haar man binnenkomen. 'Wat doe jij hier?'

Speciaal agent Gabriel Dean was gewend aan autopsiezalen. Jane had haar man leren kennen toen ze jacht maakte op een seriemoordenaar en in de loop van dat onderzoek hadden ze samen heel wat onwelriekende uurtjes doorgebracht, gebogen over lijken die zich in diverse stadia van ontbinding bevonden.

Gabriel droeg een schort en schoenbeschermers. Zijn gezicht stond strak en geconcentreerd toen hij naar de autopsietafel liep. Hij trok een paar latex handschoenen aan.

'Is dit hem?' vroeg hij kortaf. 'Is dit de man die jou in je rug heeft geschoten?'

'Jij ook goedemorgen,' zei Jane. Ze keek naar Tam. 'Voor het geval je je afvraagt wie deze indringer is. Mijn echtgenoot. Gabriel. Maar ik heb geen idee wat hij hier doet.'

Gabriel hield zijn blik op het lijk gericht. 'Wat weten we over hem?'
'We? Sinds wanneer zit jij in mijn team?' vroeg Jane.
'Sinds deze man op jou heeft geschoten.'
'Gabriel.' Ze zuchtte. 'Laten we dit straks bespreken.'
'Nee, we moeten dit nu bespreken.'
Ze staarde hem aan. Ze begreep niet wat er aan de hand was en probeerde iets af te lezen op zijn gezicht, dat er in het harde licht van de autopsiezaal uitzag alsof het uit steen was gehouwen. 'Waarom?'
'Vanwege de vingerafdrukken.'
'Bij AFIS hebben ze niks over hem gevonden.'
'Ik heb het over de vingerafdrukken van Jane Doe. De vrouw op het dak.'
'Over haar hebben ze ook niks gevonden,' zei Maura. 'Ze staat niet in de database van de FBI.'
'Ik heb Interpol een *black notice* gestuurd,' zei hij. 'Dat is een verzoek om informatie over een niet-geïdentificeerd lijk. Ik heb dat gedaan omdat het voor mij zo klaar als een klontje is dat we hier te maken hebben met iets wat deel uitmaakt van een groter geheel. Een veel groter geheel. Denk aan hoe Jane Doe gekleed was. Aan het wapen dat ze bij zich had. En het feit dat ze geen identiteitsbewijs bij zich droeg en in een gestolen auto reed.' Hij keek naar het lijk. 'Net zoals deze man.'
'Ik neem aan dat je al antwoord hebt gekregen van Interpol,' zei Jane.
Hij knikte. 'Een uur geleden. Ze staat in hun database. Niet haar naam, maar haar vingerafdrukken. Die stonden op onderdelen van een autobom die twee jaar geleden in Londen is ontploft. Daarbij is de bestuurder, een Amerikaanse zakenman, omgekomen.'
'Hebben we het over terrorisme?' vroeg Tam.
'Interpol vermoedt dat de georganiseerde misdaad erachter zat. Dat het een huurmoord was. De vrouw op het dak was een beroepsmoordenaar en ik ga ervan uit dat deze man dat ook was.' Hij keek naar Jane. 'Een kogelvrij vest zal je niet kunnen redden, Jane. Niet tegen dergelijke mensen.'
Jane lachte onthutst. 'Jemig, zijn wij even met onze neus in de boter gevallen.'

'Je hebt een dochter,' zei Gabriel. 'Wij hebben een dochter. Denk na.'

'Waar moet ik precies over nadenken?'

'Of het Boston PD dit aankan.'

'Ho! Stop! Dit moeten we echt onder vier ogen bespreken.' Ze keek naar haar collega's. 'Neem ons niet kwalijk,' mompelde ze en ze duwde de klapdeur open. Pas toen ze met Gabriel buiten gehoorsafstand van de anderen in de gang stond, zei ze fel: 'Wat moet dit voorstellen?'

'Ik probeer alleen maar mijn vrouw in leven te houden.'

'Dit is mijn terrein. Ik bepaal wat hier gebeurt.'

'Besef je wel met wat voor mensen je te maken hebt?'

'Dat ben ik juist aan het uitzoeken.'

'En intussen krijg je kogels in je rug en struikel je overal over de lijken.'

'Ja, het is al een aardige verzameling.'

'Inclusief een politieman. Ingersoll wist hoe hij zich moest verdedigen en toch ligt hij nu in een lijkenzak.'

'Wat wil je nou eigenlijk? Dat ik het opgeef? Dat ik naar huis ren en me onder het bed verstop?' Ze snoof. 'Daar hoef je echt niet op te rekenen.'

'Welk soort mensen maakt gebruik van huurmoordenaars, Jane? Wie de moord op een oud-politieman bestelt, is niet bang voor het Boston PD. Die is niet bang voor jou. Het moet de georganiseerde misdaad zijn. De Russische maffia. Of de Chinese.'

'Of Kevin Donohue,' zei ze.

Gabriel stokte. 'De Ierse maffia?'

'We zijn al bezig belastend materiaal over hem op te diepen. Een van zijn mannen, ene Joey Gilmore, is indertijd bij dat bloedbad in Chinatown om het leven gekomen. Gilmore's moeder heeft altijd gedacht dat Donohue erachter zat. Dat hij opdracht had gegeven haar zoon te vermoorden. En Ingersoll was de rechercheur die de zaak indertijd heeft behandeld.'

'Donohue heeft heel lange armen, misschien zelfs tot in het Boston PD.'

Ze staarde hem aan. 'Kan de FBI die aantijging hard maken?'

'Nog niet, maar geloof me, Donohue is iemand die je niet mag onderschatten. Als hij verklikkers binnen het politieapparaat heeft, weet hij precies waar jullie mee bezig zijn. En dan weet hij dus ook dat jullie een onderzoek naar hem instellen.'

Ze dacht aan de hoeveelheid agenten die gisteravond naar het huis van Ingersoll was gekomen, onder wie inspecteur Marquette in eigen persoon. Hoeveel agenten hielden in de gaten wat ze deed en wat haar plannen waren? En hoeveel van die informatie werd doorgespeeld naar Donohue?

'Gisteravond heb je iets cadeau gekregen,' zei Gabriel. 'Je leven. Misschien moet je met dat cadeautje naar huis gaan en er een poosje van gaan zitten genieten.'

'Me uit het onderzoek terugtrekken? Bedoel je dat?'

'Neem een poosje vakantie. Gun jezelf de tijd om bij te komen.'

'Doe dit niet.' Ze ging zo dicht bij hem staan dat ze haar hoofd achterover moest buigen om hem te kunnen aankijken. 'Zeg zulke dingen niet,' zei ze. 'Niet nu.'

'Wanneer moet ik het dan zeggen? Bij je begrafenis?'

De stilte die tussen hen zinderde, werd verstoord toen haar mobieltje begon te rinkelen. Ze griste het van haar riem en nam op met een kort: 'Rizzoli.'

'Bel ik op een slecht moment?'

'Met wie spreek ik?'

'Met Erin. Van het lab.'

Jane haalde diep adem. 'Sorry. Zeg het maar.'

'Die eigenaardige haren op de kleding van Jane Doe? Die zo moeilijk waren te identificeren?'

'De zilvergrijze haren, ja.'

'Ik weet waar ze vandaan komen.'

Het gesprek met Gabriel drukte zwaar op Jane's gemoed toen ze met Frost naar Schroeder Plaza reed. Frost kende haar al langer dan vandaag en wist dat hij het beste een poosje zijn mond kon houden, maar toen ze de parkeergarage in reed, zei hij weemoedig: 'Dat mis ik nou van het getrouwd zijn.'

'Wat?'

'Dat iemand zich zorgen om je maakt. Dat iemand je constant op je hart drukt dat je geen risico's moet nemen.'

'Vind jij dat dan iets positiefs?'

'Jij niet dan? Het betekent dat hij van je houdt. Dat hij je niet wil verliezen.'

'Het betekent ook dat ik op twee fronten moet vechten. Dat ik mijn werk moet doen terwijl Gabriel probeert me in een dwangbuis te stoppen.'

'Denk je eens in dat hij dat niet zou doen. Heb je daar wel eens over nagedacht? Hoe het zou zijn als hij niks zei omdat hij niet genoeg om je geeft? Hoe het zou zijn om niet getrouwd te zijn?'

Ze parkeerde de auto en zette de motor af. 'Hij wil dat ik me uit dit onderzoek terugtrek.'

'Eerlijk gezegd weet ik niet zeker of ík het nog wel wil doen. Na wat we nu allebei hebben meegemaakt.'

Ze keek hem aan. 'Ben je bang?'

'Ja. En dat durf ik best toe te geven.'

Ze hoorden een autoportier dichtslaan, keken om en zagen Tam een paar plaatsen verderop uit zijn auto stappen. 'Ik wil wedden dat hij niet bang is,' mompelde ze. 'Volgens mij is er niets wat onze Bruce Lee angst aanjaagt.'

'Dat speelt hij maar. Hij zou gek zijn als hij niet bang was voor Donohue en zijn mensen.'

Jane deed haar portier open. 'Kom, voordat iemand denkt dat we hier een potje zitten te zoenen.'

Toen ze in het lab aankwamen, zat Tam al door Erin Volchko's microscoop naar een objectglaasje te turen.

'Ah, daar zijn jullie,' zei Erin. 'Tam en ik zitten net een paar prachtige primatenharen te bekijken.'

'Zit er eentje bij die lijkt op de haren van onze Jane Doe?' vroeg Jane.

'Ja, maar met microscopie alleen kun je niet bepalen om welke soort het gaat. Daarvoor heb ik gebruik gemaakt van een andere techniek.' Erin spreidde op een tafel een groot vel papier uit waarop kolommen in vele tinten grijs waren afgedrukt. 'Dit zijn keratinepatronen. Haar heeft verschillende proteïnecomponenten die je kunt scheiden door middel van elektroforese. Je wast en droogt het haarmonster, lost het op in een soep van chemicaliën en plaatst de opgeloste proteïne op een dun laagje gel. Dan zet je daar een elektrische stroom op. Daardoor gaan de moleculen met verschillende snelheden over het gel bewegen.'

'En uiteindelijk krijg je deze grijze kolommen.'

'Nadat het monster met zilver is getint en gespoeld om het contrast beter te laten uitkomen.'

Frost haalde zijn schouders op. 'Het ziet er niet echt opwindend uit.'

'Nee, maar toen ik dit naar het Wildlife Forensics Lab in Oregon mailde, konden zij het vergelijken met hun database van keratinepatronen.'

'Ik wist niet dat daar een database van bestaat,' zei Tam.

'Jazeker. Natuurwetenschappers in de hele wereld leveren er bijdragen aan. Als de douane van de Verenigde Staten een lading bont in beslag neemt, moeten ze weten of het bont is van een beschermde diersoort. Met behulp van deze database kunnen ze uitzoeken van welk dier het afkomstig is.' Erin deed een map open en haalde er een tweede vel papier met keratinepatronen uit. 'Ze hebben het patroon van onze haren met deze vergeleken. Jullie zien dat de proteïnebanden bijna perfect overeenkomen met die van een bepaalde soort.'

Jane keek heen en weer tussen de twee vellen papier. 'Die van de vierde kolom,' zei ze.

'Klopt.'

'En waar staat de vierde kolom voor?'

'Een niet-menselijke primaat, zoals ik al dacht. Een geslacht van apen dat op het Indische subcontinent leeft. De soortnaam is Semnopithecus. In de volksmond heten ze hoelmans of grijze langoeren.'

'Omdat ze grijze haren hebben?' zei Jane.

Erin knikte. 'Dezelfde kleur als de haren die op jullie Jane Doe zijn gevonden. Deze apen zijn vrij groot, hebben een zwart gezicht en grijs of blond haar. Ze komen uitsluitend voor in Zuid-Azië, van China tot India, en leven zowel in bomen als op de grond.' Ze zette haar computer aan en zocht in Google op Afbeeldingen. 'Kijk, zo zien ze eruit.'

Toen Jane naar de foto op het scherm keek, werden haar handen opeens ijskoud. *Zwart gezicht. Grijs haar.* Ze werd zich bewust van de napijn tussen haar schouderbladen, op de plek waar de kogel in haar kogelvrije vest was gedrongen. Ze herinnerde zich het hete bloed dat in haar gezicht was gespat, het silhouet dat boven haar was opgerezen, een hoofd omlijst met zilver haar. 'Hoe groot worden deze apen?' vroeg ze zachtjes.

'De mannetjes worden uiterlijk tachtig centimeter lang.'

'Weet je zeker dat ze niet groter worden?'

'Het zijn geen gorilla's.'

Jane keek naar Frost. Hij zag bleek en zijn ogen stonden geschrokken. 'Dit is wat jij hebt gezien,' zei ze. 'Op dat dak.'

Erin fronste. 'Wat heb je gezien?'

Frost schudde zijn hoofd. 'Dat wezen was veel langer dan tachtig centimeter.'

Jane knikte. 'Bij mij ook.'

Erin keek van de een naar de ander. 'Hebben jullie het allebei gezien?'

'Het had dat gezicht,' zei Frost. 'En grijs haar. Maar het kan geen aap zijn geweest. Apen vechten niet met zwaarden.'

'Ik krijg hier helemaal kippenvel van,' zei Erin zachtjes. 'Weten jullie wat voor apen dit zijn? In India worden ze Hanoeman langoeren genoemd. Hanoeman is de hindoegod die ook wel de *Monkey Warrior* wordt genoemd.'

Nu kreeg Jane ook kippenvel. Het was alsof iemand zijn ijzige adem in haar nek blies. Ze dacht aan het wezen in de steeg. Ze herinnerde zich de glans van het zwaard toen het zich had omgedraaid en in de donkere schaduwen was verdwenen.

'Is dat dezelfde god als de Apenkoning?' vroeg Tam. 'Dat verhaal ken ik. Er is een Chinese versie van. Toen ik klein was heeft mijn grootmoeder me veel van dergelijke volksverhalen verteld.'

'Wie is de Apenkoning?' vroeg Jane.

'In China heet hij Soen Woekoeng. Hij is ontstaan uit een magische steen. In het begin is hij een gewone stenen aap. Dan verandert hij in vlees en bloed en later wordt hij uitgeroepen tot koning der apen. Hij wordt een krijger en reist naar de hemel om de wijsheid van de goden te leren. Maar in de hemel raakt hij voortdurend in moeilijkheden.'

'Omdat hij in wezen slecht was?' vroeg Frost.

'Nee, hij was niet slecht. Alleen impulsief en ondeugend, zoals alle apen. Er bestaan allerlei verhalen over hem. Dat hij alle perziken in de hemelse boomgaard opeet. Dat hij te veel drinkt en een magisch elixir steelt. Dat hij ruzie maakt met de Onsterfelijken, die niet weten wat ze met hem aan moeten. Uiteindelijk wordt hij uit de hemel gestoten en tijdelijk opgesloten in een gevangenis onder een berg.'

Frost lachte. 'Wij hadden op de middelbare school een paar van zulke knapen.'

'En wat is er uiteindelijk met hem gebeurd?' vroeg Jane.

'Soen Woekoeng beleeft op aarde een heleboel avonturen. Soms veroorzaakt hij moeilijkheden. Soms doet hij goede daden. Ik heb niet alle verhalen precies onthouden, maar ik weet nog wel dat er een hoop magische gevechten, riviermonsters en sprekende dieren in voorkwamen. Zoals in alle sprookjes.'

'Maar sprookjes worden geen werkelijkheid,' zei Jane. 'Ze laten geen echte haren achter op echte lijken.'

'Ik vertel jullie alleen maar hoe hij in de volksverhalen wordt afgeschilderd. Hij is een complex type, soms behulpzaam, soms vernielzuchtig. Maar als hij moet kiezen tussen goed en kwaad, maakt hij altijd de juiste keuze.'

Jane staarde naar de foto op Erins computerscherm, naar het gezicht waar ze daarnet nog kippenvel van had gekregen. 'Dus hij is niet kwaadaardig,' zei ze.

'Nee,' zei Tam. 'Ondanks zijn gebreken, ondanks de chaos die hij soms veroorzaakt, staat de Apenkoning altijd aan de kant van de gerechtigheid.'

20

De heerlijke geur van gebraden kip en rozemarijn verspreidde zich vanuit Angela Rizzoli's keuken door het hele huis. In de eetkamer was Vince Korsak met veel gerinkel van serviesgoed en bestek de tafel aan het dekken. Regina zat in de tuin op de schommel en elke keer dat Gabriel haar een zetje gaf, gilde ze van pret. Jane was doof en blind voor dit alles. Ze zat op de bank te lezen. Op de salontafel lagen allerlei bibliotheekboeken uitgespreid. Boeken over Aziatische primaten en grijze langoeren. En boeken over Soen Woekoeng, de Apenkoning. Ze wist inmiddels dat de avonturen van Soen Woekoeng niet alleen op schrift waren gezet, maar ook waren verwerkt tot films, Chinese opera's, balletuitvoeringen en zelfs een kinderprogramma.

In een verzamelbundel van Chinese volksverhalen had ze een inleiding tot het volksverhaal gevonden. De verhalen bleken in de zestiende eeuw te zijn opgetekend door een Chinees genaamd Wu Tsjeng, maar ze waren veel ouder. Volgens de overlevering stamden ze uit een tijdperk van geesten en magie, toen goden en demonen zowel in de hemel als op aarde voortdurend strijd leverden.

En een van de rotsen in die wereld, een rots die sinds de schepping de zoete adem van de wind, de glans van het maanlicht en de goedgunstigheid van de godheden had gekend, baarde een stenen ei. Dat ei werd een stenen aap. Hij kon rennen, springen en klimmen, en had ogen zo fel als lichtbundels, zo priemend dat zelfs de Jaden Keizer in de hemel er verbaasd over was.

De stenen aap, die vader noch moeder had, werd weldra de koning van alle apen. Ze leefden in volmaakte harmonie tot de Apenkoning op een dag besefte dat de Dood op hen allen wachtte. Hij besloot het geheim van de onsterfelijkheid te gaan zoeken en maakte op zijn reizen kennis met de hemel en verleiding, met ondeugd en gevangenschap. Toen hij naar de plek werd geleid van zijn executie, waar hij verbrand zou worden in een smeltkroes met alchemistische vlammen, rukte de Apenkoning zich los, en in zijn strijd om in leven te blijven, zette hij de hemel zodanig op zijn kop, dat de goden zich gedwongen zagen hem op te sluiten in de Berg van de Vijf Elementen.

Daar wacht hij nu al eeuwen in de stenen duisternis op de dag dat men hem nodig zal hebben. De dag waarop het kwaad rondwaart op de wereld en de Apenkoning weer te voorschijn moet komen om de strijd ertegen aan te binden.

Jane sloeg de bladzijde om en stuitte op een paginagrote afbeelding van Soen Woekoeng. Hij had een lange vechtstok in zijn hand. Hoewel het maar een tekening was, kwamen de haartjes op haar armen overeind toen ze hem zag. Ze staarde naar de scherpe tanden in de zwarte bek en de krans van zilver haar, en was niet in staat haar ogen ervan af te houden.

Toen ze zes was, mocht ze een keer met haar vader naar de dierentuin. Bij de kooi van de slingerapen tilde hij haar op zodat ze de dieren beter kon zien. Toen de apen haar zagen, brak in de kooi een hels kabaal los. De apen begonnen te krijsen en op de takken heen en weer te springen alsof ze het gezicht van Satan hadden gezien. Een van de verzorgers kwam meteen aangesneld. *Achteruit, achteruit! Ik weet niet waar ze zo van geschrokken zijn!* riep hij, maar Jane, die op de arm van haar vader bij de kooi met de krijsende apen vandaan werd gedragen, wist dat het door haar kwam. Dat zij degene was waar de apen zo van geschrokken waren. Maar wat hadden ze gezien? vroeg ze zich nu af. Ze was maar een doodgewoon meisje met donkere krullen. Of had ze iets over zich gehad dat die dieren toen al hadden aangevoeld? Iets over wie en wat ze later zou worden?

‘Wil het een beetje vlotten met die apenboeken?’

Ze keek geschrokken op toen Korsaks stem haar concentratie doorbrak. Hij was op zijn paasbest gekleed vandaag, of wat voor hem voor paasbest moest doorgaan. In elk geval zaten er geen ketchupvlekken op zijn witte poloshirt en zijn kakikleurige Dockers. Na zijn hartaanval van een paar jaar geleden was hij dankzij een speciaal dieet vijftien kilo afgevallen, maar die kilo's kwamen langzaam maar zeker weer terug. Ondanks het extra gaatje zat zijn broekriem alweer te strak om zijn uitdijende buik.

'Het is voor een zaak waar ik aan werk,' zei Jane. Ze deed het boek dicht, blij dat ze niet meer naar de afbeelding van Soen Woekoeng hoefde te kijken.

'Ja, dat heb ik gehoord. Alweer zo'n vreemd geval. Het gaat toch om die zaak van de dode vrouw op het dak? Elke keer dat ik zulke dingen hoor, wou ik dat ik weer in het zadel kon klimmen.'

Jane keek naar zijn buik en dacht: arm paard dat jou zou moeten dragen.

Korsak plofte in de leunstoel neer, de stoel die van haar vader was geweest. Het was vreemd om Korsak onderuitgezakt op Frank Rizzoli's plek te zien zitten, maar haar vader had al zijn rechten hier verspeeld op de dag dat hij Angela in de steek had gelaten voor het domme blondje. Zo noemden ze haar, ook al wisten ze best hoe ze heette. Sandie Huffington, Sandie-met-i-ee. Jane wist alles over het domme blondje, onder meer hoe vaak ze de afgelopen tien jaar een bekeuring had gekregen. Drie keer. Vanwege het domme blondje zat Vince Korsak nu in deze leunstoel, vadsig en vergenoegd dankzij Angela's kookkunst.

Jane dacht maar niet aan de andere dingen waar hij dankzij Angela vergenoegd over kon zijn.

'Chinatown,' bromde Korsak. 'Vreemde wijk. Maar je kunt er goed eten.'

Eten. Dat was uiteraard het eerste waar hij aan dacht. 'Wat kun jij je herinneren over dat bloedbad in de Red Phoenix?' vroeg ze. 'Je moet er indertijd wel iets over gehoord hebben.'

'O ja, vreselijk was dat. Waarom zou een man met zo'n schattig dochtertje zomaar vier mensen doodschieten en zelfmoord plegen? Ik heb het nooit begrepen.' Hij schudde zijn hoofd. 'Het was zo'n leuk meisje. Echt een vaderskind.'

'Kende jij het gezin van de kok?' vroeg Jane verbaasd.

'Nee, niet echt, maar ik at daar vaak. Chinezen kennen het begrip vrije dagen niet. Het restaurant was altijd open, dag en nacht. Zelfs na je avonddienst kon je daar nog terecht voor een warme maaltijd. Ik weet nog goed dat ik er een keer op een zondagavond was, om een uur of tien, en dat zelfs toen dat meiske mijn gelukskoekje kwam brengen. Eigenlijk was het kinderarbeid. Maar ik had de indruk dat ze het leuk vond om haar papa te helpen.'

'Weet je zeker dat het de dochter van de kok was? Ze moet toen nog erg jong zijn geweest.'

'Ze was ook jong. Een jaar of vijf. Een schatje om te zien.' Hij slaakte bedroefd een zucht. 'Het wil er bij mij niet in dat een vader in staat is zijn vrouw en kind op zo'n manier achter te laten. Om nog maar te zwijgen over alle andere gezinnen die hij heeft vernietigd. En een paar weken later is de dochter van een van de slachtoffers ook nog ontvoerd.'

'Charlotte Dion.'

'Heette ze zo? Ik kan me alleen nog herinneren dat het net een Grieks treurspel was, waar mensen van de ene tragedie in de andere vallen.'

'Weet je wat ook zo vreemd is?' vroeg Jane. 'Dat twee jaar daarvoor de dochter van een van de andere slachtoffers ook is ontvoerd. De dochter van de kelner. Die is op weg van school naar huis spoorloos verdwenen.'

'Meen je dat? Dat wist ik niet.' Korsak dacht erover na. 'Wat bizar. Je gaat je afvragen of het wel toeval was.'

'En weet je dat een van de laatste dingen die Ingersoll tegen me zei toen ik hem aan de lijn had ook over meisjes ging? "Wat er met die meisjes is gebeurd," zei hij.'

'Met die twee meisjes? Of andere meisjes?'

'Dat weet ik niet.'

Hij schudde zijn hoofd. 'Na al die jaren houden we ons nog steeds met die meisjes bezig. En dat terwijl ze waarschijnlijk allang dood zijn.' Hij zweeg even en zei toen: 'Maar daar wil ik vanavond niet aan denken. Laat ik eens een glaasje wijn inschenken.'

'Ik dacht dat jij een bierdrinker was.'

'Je moeder heeft me omgeturnd. En wijn is beter voor de rikketik.' Hij hees zich uit de stoel. 'En dan praten we alleen nog maar over leuke dingen, goed?'

Niet over dode mensen, dacht Jane. Niet over bloedbaden en ontvoerde meisjes. Maar toen Gabriel binnenkwam met Regina's kleine handje in de zijne, moest Jane toch weer aan Charlotte Dion en Laura Fang denken. Ze stond op om haar moeder te helpen de schalen op tafel zetten, een opeenvolging van steeds indrukwekkender schotels. Knapperige gebakken aardappelen. Sperziebonen besprenkeld met olijfolie. Twee malse gebraden kippen die naar rozemarijn geurden. Maar toen ze aan tafel plaatsnamen en ze Regina een slabbetje voordeed en wat kipvlees voor haar in kleine stukjes sneed, dacht ze alweer aan vermiste meisjes en doodongelukkige ouders. Hoe kon je als moeder na zoiets nog verder leven? Zou Iris Fang er ooit over gedacht hebben er een einde aan te maken? Een sprong van een dak, een handvol slaappillen. Dat was makkelijker dan dag in dag uit met zulk verdriet te moeten leven, hunkerend naar een dochter en een echtgenoot die ze nooit meer zou zien.

'Smaakt het niet, Janie?' vroeg Angela.

Jane keek naar haar moeder, die de griezelige gave bezat precies te weten hoeveel iedereen at. 'Het is heerlijk, ma. Je hebt jezelf overtroffen.'

'Waarom eet je dan niet?'

'Ik eet wel.'

'Je hebt één stukje kip genomen en daarna je eten alleen maar heen en weer geschoven op je bord. Ik hoop dat je niet aan de lijn doet, want dat heb je echt niet nodig.'

'Ik doe niet aan de lijn.'

'Die meisjes van tegenwoordig, altijd aan het lijnen. Sla is het enige wat ze eten. En waar het goed voor is, mag Joost weten.'

'Niet voor mannen,' mompelde Korsak met een mondvol aardappel. 'Mannen houden van vrouwen met houvast.' Hij knipoogde naar Angela. 'Neem je moeder. Zo dient een echte vrouw eruit te zien.'

Jane kon niet zien wat er onder de tafel gebeurde, maar haar moeder schoot plotseling recht overeind op haar stoel. 'Vincent! Gedraag je!' riep ze lachend.

Ja, gedraag je alsjeblieft, want ik word hier kotsmisselijk van.

'Weet je,' zei Korsak, terwijl hij zijn kippenbout sneed, 'dit lijkt me een goed moment om ze te vertellen over je weet wel.'

Nog nooit hadden drie woorden zo onheilspellend geklonken. Jane hief haar hoofd op en keek naar haar moeder. 'Wat is "je weet wel"?'

'Iets waar wij nu al een tijdje over zitten te praten,' zei Angela. 'Vince en ik.'

Jane keek naar Gabriel, maar die had zoals gewoonlijk zijn FBI-gezicht opgezet dat niets prijsgaf, ook al had hij waarschijnlijk wel geraden wat ze te horen zouden krijgen.

'Nou, je weet dat Vince en ik nu al een hele tijd met elkaar uitgaan,' zei Angela.

'Een hele tijd? Hoelang kennen jullie elkaar helemaal? Anderhalf jaar?'

'Dat is meer dan genoeg om iemand te leren kennen, Janie. Om te kunnen zien dat hij een goed hart heeft.' Angela keek stralend naar Korsak en ze bogen zich naar elkaar toe voor een smakzoen.

'Met pa heb je drie jaar verkering gehad,' zei Jane. 'En je ziet wat ervan is gekomen.'

'Ik was vijftien toen ik je vader leerde kennen. Hij was pas mijn tweede vriendje.'

'Had jij op je vijftiende al een ander vriendje gehad?'

'Ik bedoel dat ik nog erg jong was en niet wist wat de wereld te bieden heeft. Ik ben te jong getrouwd en heb te jong kinderen gekregen. Maar nu weet ik wat ik wil.'

Jane keek naar Korsak en dacht: Ja, hém. Al snap ik niet waarom.

'Daarom hebben we jullie vanavond te eten gevraagd, lieverd. We wilden dat jij en Gabriel het als eersten zouden horen. Ik heb nog niks tegen Frankie en Mike gezegd, want je weet hoe die zijn. Nog steeds aan hun vader gehecht, hoewel die nu het bed deelt met het domme blondje.' Angela pauzeerde even om te kalmeren. Als ze het over het domme blondje had, steeg haar stem altijd een halve octaaf. 'Je broers begrijpen zulke dingen niet. Maar jij bent mijn dochter, dus weet je wat vrouwen zich allemaal moeten laten welgevallen. Jij weet hoe oneerlijk de wereld kan zijn.'

'Ma, het is nergens voor nodig om hier zo'n haast mee te maken.'

'O, we maken geen haast, hoor. We willen een lange verloving, zodat we alles op ons gemak kunnen plannen. We gaan echte uitnodigingen bestellen bij een drukker. En we gaan een zaaltje met catering huren voor de receptie. En jij kunt me helpen een japon te kiezen, Janie! Gaan we gezellig samen winkelen. Ik zit te denken aan zachtroze of poederblauw, niet wit, natuurlijk, omdat ik niet – je weet wel.'

Jane keek naar Korsak om te zien hoe die reageerde op deze vrouwelijke checklist en zag dat hij breed zat te grijnzen.

'Ik wil alles ditmaal rustig doen. Op mijn gemak van de bruiloft genieten,' zei Angela. 'En dat geeft je broers ook voldoende tijd om aan het idee te wennen.'

'En pa?'

'Hoe bedoel je?'

'Hoe moet hij hieraan wennen?'

'Dat is mijn probleem niet.' Angela's gezicht verstrakte. 'En wee zijn gebeente als hij het flikt om eerder dan ik voor het altaar te staan. Ik zie hem ervoor aan. Gauw-gauw met het domme blondje trouwen, enkel en alleen om mij te pesten.' Ze keek naar Korsak. 'Misschien is het bij nader inzien toch beter als we de datum wat naar voren halen.'

'Nee, ma! Laat maar. Ik heb niks gezegd. Vergeet het maar.'

'Ik zou je vader graag willen vergeten, maar hij zal er altijd zijn, als een splinter in mijn voet. Ik krijg hem er niet uit en ik kan niet doen alsof hij er niet zit. En onderhand heb ik er constant last van. Ik hoop dat jij nooit zult weten hoe dat is, Janie.' Ze stokte en wierp een blik op Gabriel. 'Nee, natuurlijk niet. Jij hebt een geweldige echtgenoot.'

Een geweldige echtgenoot die het vervelend vindt dat ik bij de politie zit.

Gabriel hield zich wijselijk overal buiten en stopte alleen af en toe een hapje in Regina's mondje.

'Dat was dus het grote nieuws,' zei Korsak. Hij hief zijn glas. 'Op de familie!'

'Vooruit, Jane! Gabriel!' drong Angela aan. 'Laten we erop klinken!'
Jane hief stoïcijns haar glas op en mompelde: 'Op de familie.'
'Wat een mop,' zei Korsak lachend, en hij gaf haar een speelse stomp tegen haar arm. 'Nu kun je me pa noemen.'

'Zeg niet dat je het niet hebt zien aankomen,' zei Gabriel toen ze naar huis reden met Regina slapend in haar autostoeltje. 'Ze waren allebei alleen en eenzaam en nu zijn ze samen gelukkig. Ze zijn voor elkaar geschapen.'
'Ja. Zij kookt. Hij eet.'
'Ze hadden het slechter kunnen treffen.'
'Ze hebben allebei een emotionele klap gehad. Ze zouden niet zo snel weer moeten trouwen.'
'Het leven is kort, Jane. Dat weet jij beter dan wie ook. Het kan op elk willekeurig moment afgelopen zijn. Een gladde weg, een dronken bestuurder, meer is er vaak niet nodig.'
Of een kogel in een donkere steeg. Ja, ze wist het. Ze had al vaak genoeg meegemaakt dat een leven abrupt was beëindigd. En ze wist dat elk abrupt sterfgeval effect had op de nabestaanden, als een steen die in water werd gegooid. Ze dacht aan het wanhopige gezicht van Joey Gilmore's moeder en aan het verdriet dat de ogen van Patrick Dion dof had gemaakt toen hij over zijn dochter had gesproken. Zelfs na negentien jaar bleven die rimpelingen over de nabestaanden heen spoelen.
'Ik huiver nu al voor de reactie van mijn broers,' zei ze.
'Denk je dat ze er veel moeite mee zullen hebben?'
'Frankie springt uit zijn vel, dat weet ik nu al. Hij kan er niet tegen dat ma met een andere man, je weet wel...'
'Naar bed gaat?'
Jane trok een benepen gezicht. 'Hou op. Ik wil daar zelf ook liever niet aan denken. Ik mag Korsak graag, hoor, daar gaat het niet om. Het is een beste vent en hij zal goed voor haar zijn. Maar Jezus, ze is mijn moeder!'
Gabriel lachte. 'En je moeder is nog steeds actief in bed. Niks aan te doen. Bel Frankie nou maar meteen, dan ben je ervan af.'
Maar toen ze thuis waren, stelde ze de onaangename klus uit. Ze

meed de telefoon zelfs helemaal. Toen ze een ketel water op had gezet, ging ze met haar bibliotheekboeken aan de keukentafel zitten. Ze sloeg de illustratie van de Apenkoning op. Hij stond er zo strijdlustig bij, met zijn klauwen om de staf geklemd en hij keek zo dreigend dat ze het boek nauwelijks durfde aan te raken om de bladzijde om te slaan.

9. Het verhaal van Tsjen O.
De grote stad Tsj'ang-an was al heel lang de hoofdstad van heel China. Tai Tsing van de Tang-dynastie was koning en in het hele land heerste vrede.

Het was een bedrieglijk onschuldig begin van een verhaal over een rechtschapen, leergierige jongeman genaamd Tsjen O. Nadat hij in het huwelijk was getreden met een meisje dat bijzonder mooi was, werd hij tot gouverneur van een afgelegen streek benoemd. Samen met zijn zwangere bruid en hun bedienden reisde hij door het weelderige landschap naar zijn nieuwe woonplaats. Toen ze bij een rivierovergang kwamen, veranderde het onschuldige sprookje in een met bloed overgoten verhaal over een slachting, omdat het gezelschap werd overvallen door bandieten. Nu bleek het helemaal geen mooi sprookje te zijn, maar een luguber verhaal over doodsangst en ijselijke kreten, over verminkte lijken die in de woest stromende rivier werden gegooid. Slechts één persoon werd die avond gespaard: de zwangere echtgenote. Ze werd meegenomen vanwege haar schoonheid en door de moordenaars gevangen gezet tot haar gedoemde kind zou worden geboren.

Jane schrok op uit het verhaal toen de ketel begon te fluiten. Ze keek op en zag dat Gabriel het gas uitdraaide en het kokende water in de theepot goot. Ze had hem niet eens horen binnenkomen.

'Interessant verhaal?' vroeg hij.

'Nee, een vreselijk luguber boek,' zei ze. Ze rilde ervan. 'Ik zou zulke verhalen nooit aan mijn kinderen voorlezen. Neem dit bijvoorbeeld. "Het verhaal van Tsjen O". Dat gaat over een massamoord bij een rivierovergang. De enige overlevende is een zwangere vrouw die door de moordenaars gevangen wordt genomen.'

Hij zette de theepot op de tafel en ging tegenover haar zitten. Hij was de hele avond stil geweest en ze zag een veelbetekenend rimpeltje tussen zijn wenkbrauwen. Het begin van een frons die haar nu, in het heldere licht van hun keuken, pas opviel.

'Ik weet dat ik je niet op andere gedachten kan brengen wat deze zaak betreft,' zei hij. 'Ik wil alleen maar nog een keer zeggen hoe bezorgd ik ben.'

Ze zuchtte. 'Dat heb je hierbij dus gedaan.'

'Jane, ik krijg het beeld niet uit mijn hoofd. Zoals je eruitzag toen je die avond thuiskwam. Alsof je terugkwam uit een oorlog. Je kleren doorweekt met bloed. Ik heb je niet zo diep geschokt meegemaakt sinds...'

Hij sprak de naam niet uit, maar ze wisten allebei dat hij de ploert bedoelde die de reden was geweest dat ze elkaar hadden leren kennen. De man die de littekens in haar handen had gekerfd, de man die nog steeds bloederige voetsporen achterliet in haar nachtmerries.

'Je weet wat voor werk ik doe?' vroeg ze.

Hij knikte. 'En ik wist dat er dagen als deze zouden komen. Ik wist alleen niet hoe moeilijk het zou zijn om daarmee te leven.'

'Heb je er wel eens spijt van?' vroeg ze zachtjes.

'Dat ik met een rechercheur van Moordzaken ben getrouwd?'

'Dat je met mij bent getrouwd.'

Hij wreef over zijn kin en liet een overdreven 'hmmm' horen. 'Even denken.'

'Gabriel!'

Hij keek om toen de telefoon ging. 'Waarom vraag je dat?' vroeg hij toen hij naar het toestel liep. 'Ik heb nergens spijt van. Ik zeg alleen dat de gebeurtenissen me niet bevallen en dat ik me zorgen maak over wie je hier tegenover je hebt.'

'Ik vind het zelf ook niet leuk,' zei ze met een blik op het verhaal van Tsjen O. Het verhaal van een bloedbad, net als dat in de Red Phoenix. En een ontvoerde vrouw, dacht ze, denkend aan Charlotte Dion.

'Het is voor jou.' Gabriel hield de hoorn in zijn hand. Er lag een bezorgde blik in zijn ogen. 'Hij wilde niet zeggen hoe hij heet.'

Ze nam de telefoon van hem over en voelde dat haar man naar haar bleef kijken toen ze 'Rizzoli' zei.

'Ik weet dat u vragen over me aan het stellen bent, dus lijkt het me het beste om spijkers met koppen te slaan. Een gesprek onder vier ogen. Morgenmiddag om vier uur, bij mij thuis. U en ik, en niemand anders. U kunt tegen uw man zeggen dat hij zich geen zorgen hoeft te maken.'

'Met wie spreek ik?' vroeg ze.

'Kevin Donohue.'

Ze keek om naar Gabriel en had moeite haar stem in bedwang te houden toen ze zei: 'Waar wilt u precies over praten, meneer Donohue?'

'De Red Phoenix. U gaat met uw onderzoek helemaal de verkeerde kant op. Het is tijd dat ik het een en ander rechtzet.'

21

Hoewel Frost en Tam haar vanuit hun geparkeerde auto's in de gaten hielden, voelde Jane zich akelig eenzaam en kwetsbaar toen ze bij het hek van Kevin Donohue op de bel drukte. Even later kwamen twee forse kerels over de oprit aangelopen, allebei met de overduidelijke bobbel van een vuurwapen onder hun jasje. Ze stelden geen vragen, maar lieten haar gewoon binnen en deden achter haar het hek weer op slot. Ze zag dat op de zuil van het hek een bewakingscamera gemonteerd zat. Ze werd dus nauwlettend in de gaten gehouden.

Toen ze met de mannen over de oprit liep, viel haar op dat er helemaal geen bomen of struiken waren, alleen een breed grasveld en een betonnen oprit met lelijke lantaarnpalen waarop nog meer bewakingscamera's gemonteerd waren. Dit illustreerde welke nadelen het had om de prins van de Ierse maffia te zijn. Je moest voortdurend op je hoede zijn, omdat je wist dat er ergens een kogel bestond met jouw naam erop.

Ondanks al zijn rijkdom had Donohue een deprimerend boerse smaak, wat Jane duidelijk werd zodra ze het huis binnenging en de nietszeggende aquarellen aan de muur zag. Het waren precies dezelfde massaal geproduceerde landschapjes die je in winkelcentra voor een habbekrats kon kopen. De krachtpatsers brachten haar naar een kamer waar een reusachtige, moddervette kerel in een levensgrote fauteuil zat. Hij was een jaar of zestig, glad geschoren, kalend en hij had blauwe ogen die vanonder zware oogleden chagrijnig de wereld in keken. Hij hoefde niet aan haar voorgesteld te worden; ze wist dat deze reus Kevin Donohue was, bekend om zijn indrukwekkende eetlust en zijn al even indrukwekkende slechte humeur.

'Scan haar, Sean,' zei iemand. Ze had niet gezien dat er nog een man aanwezig was, een magere, nerveus ogende man in een pak.

Een van de gorilla's kwam op haar af met een radiofrequentie-scanner. Jane zei nijdig: 'Hé, zeg. Wat heeft dit te betekenen?'

'Ik ben meneer Donohue's advocaat,' zei de magere man. 'Voordat hij met u praat, moeten we zeker weten dat u geen verborgen microfoontje draagt. U moet ook uw mobiele telefoon afgeven.'

'Zo hadden we dit niet afgesproken.'

'Rechercheur Rizzoli,' gromde Donohue, 'ik sta u toe uw wapen bij u te houden, omdat u uit vrije wil hierheen bent gekomen, maar ik wil niet dat dit gesprek wordt opgenomen. U hoeft zich geen zorgen te maken om uw veiligheid, al weet ik zeker dat uw collega's die voor het hek geparkeerd staan, onmiddellijk in actie zullen komen als ze denken dat er iets mis is.'

Een ogenblik staarden Jane en Donohue elkaar aan. Toen gaf ze haar mobieltje aan de advocaat en bleef roerloos staan terwijl de lijfwacht haar op zendapparatuur scande. Pas toen Sean verklaarde dat ze clean was, maakte Donohue met een gebaar duidelijk dat ze op de bank moest gaan zitten. Ze koos echter een fauteuil, om met hem op dezelfde ooghoogte te blijven.

'U doet uw reputatie eer aan,' zei Donohue.

'U ook.'

Hij lachte. 'Ik merk dat de geruchten waar zijn.'

'Welke geruchten?'

Hij vouwde zijn handen op zijn dikke buik. 'Dat rechercheur Jane Rizzoli een scherpe tong heeft en zo vasthoudend is als een bulldog.'

'Dat vat ik op als een compliment.'

'U moet ergens anders naar botten gaan graven. U verkwist uw tijd aan mij.'

'O ja?'

'U stelt erg veel vragen over mij. Evenals uw echtgenoot. Ja, ik weet precies wie Speciaal Agent Gabriel Dean is. Het Boston PD en de FBI samen in bed. Het is niet zo dat ik bang ben dat u iets bruikbaars zult vinden. Daar gaat het me helemaal niet om. Maar als er zoveel vragen over mij gesteld worden, kom ik zwak over in de ogen van mijn rivalen. Dan denken ze dat ik op het punt sta in te storten. En als je een zwakke indruk maakt, komen de aasgieren meteen op je af.' Zijn buik puilde over zijn riem toen hij naar voren leunde. 'U zult niets vinden. Niets dat mij in verband kan brengen met de Red Phoenix.'

'En Joey Gilmore dan?'

Hij zuchtte. 'U hebt met die vreselijke moeder van hem gesproken.'

'Zij zegt dat u en Joey negentien jaar geleden ruzie hadden.'

'Ruzie om niks. Niet de prijs van een kogel waard.'

'Het kan niet niks zijn geweest, als u nu mensen van buiten huurt om de rotzooi op te ruimen.'

'Wat?'

Jane keek naar de twee lijfwachten. 'Ik ga een paar foto's uit mijn binnenzak halen. Oké? Niet zenuwachtig worden.' Ze haalde twee autopsiefoto's uit haar binnenzak en schoof ze over de tafel naar Donohue. 'Uw huurlingen hoeven nooit meer moeite te doen het hoofd koel te houden.'

Donohue staarde ernaar. Van alle autopsiefoto's die ze hem had kunnen laten zien, had ze de gruwelijkste gekozen. Jane Doe met haar gapende doorgesneden keel. John Doe met zijn losse hoofd naast zijn lichaam. Ze hadden het gewenste effect: Donohue trok wit weg.

'Waarom laat u me dit zien?' vroeg hij kribbig.

'Waarom hebt u deze twee moordenaars ingehuurd?'

De advocaat kwam tussenbeide. 'Dit gesprek is ten einde. Sean, Colin, begeleidt rechercheur Rizzoli naar buiten.'

'Hou je mond,' zei Donohue.

'Meneer Donohue, ik raad u –'

'Ik zal haar vraag beantwoorden.' Donohue keek Jane aan. 'Ik heb ze niet ingehuurd. Ik weet niet eens wie die vrouw is.' Hij bekeek de foto van Jane Doe nogmaals en gromde: 'Mooi wijffie. Zonde.'

'En de man? Herkent u hem?'

'Misschien. Hij komt me vaag bekend voor. Sean?'

Sean keek naar de foto. 'Ik heb hem wel eens gezien. Ik weet niet hoe hij heet, maar het is een buitenlander. Een Oekraïner of een Rus.'

Donohue schudde zijn hoofd. 'Slecht volk. Gewetenloze ploerten. Geloof me, deze vent heeft nooit voor mij gewerkt.' Hij keek Jane weer aan. 'En nu zal hij ook nooit voor me werken.'

'Waarom geloof ik u niet?' vroeg ze.

'Omdat u al hebt besloten dat ik schuldig ben. Ook al ben ik bereid op de bijbel van mijn moeder te zweren dat ik deze lui niet ingehuurd heb.' Nu hij over de schok heen was, had hij zijn normale gelaatskleur en zijn brutale houding weer terug. 'U zou er dus goed aan doen me met rust te laten.'

'Is dat een dreigement, meneer Donohue?'

'U bent een slim vrouwtje. Wat denkt u zelf?'

'Ik denk dat u bang bent. Ik denk dat u weet dat u in de val zit.'

'Vanwege u?' Hij lachte. 'Over u maak ik me absoluut geen zorgen.'

'U hebt me een bulldog genoemd en ik zal net zo lang in uw achtertuin graven tot ik de beenderen van Joey Gilmore hebt gevonden.'

'Doe niet zo raar. De kok heeft die mensen vermoord en zichzelf van kant gemaakt. Iedereen weet dat het zelfmoord was, maar Joey's achterlijke moeder kan dat niet accepteren. Daarom heeft ze me dat belachelijke briefje gestuurd.'

Jane bleef roerloos zitten. 'Welk briefje?'

'Een paar weken geleden heb ik een kopie van het overlijdensbericht van Joey ontvangen. Met achterop een achterlijk zinnetje. "Ik ken de ware toedracht". Ik heb geen flauw idee wat dat moet voorstellen.'

'Als mevrouw Gilmore de reden is voor uw onderzoek naar meneer Donohue,' zei de advocaat, 'zit u uw tijd te verkwisten.'

'Hoe weet u dat Mary Gilmore deze briefjes stuurt?' vroeg Jane. 'Had ze het ondertekend? Stond er een afzender op de envelop?'

De advocaat fronste zijn wenkbrauwen toen tot hem doordrong wat Jane had gezegd. 'Zei u briefjes? Meervoud? Heeft ze er dan nog meer verstuurd?'

'Er zijn meerdere briefjes verstuurd, ja. Aan alle familieleden van de slachtoffers van de Red Phoenix. Net zulke briefjes als meneer Donohue heeft ontvangen.'

De advocaat keek verward. 'Dat begrijp ik niet. Waarom zou mevrouw Gilmore andere mensen lastigvallen met dergelijke briefjes?'
'Misschien is zij niet degene die ze stuurt,' zei Jane.
De advocaat en Donohue keken elkaar aan. 'We moeten hierover nadenken,' zei de advocaat. 'Er is duidelijk iets gaande. Als ze niet afkomstig zijn van Mary Gilmore...'
Donohue kneep zijn handen tot twee mollige vuisten. 'Dan wil ik weten van wie dan wel.'

22

Maura werd al vroeg wakker en was blij toen ze zag dat de zon scheen. Ze zou een stevig ontbijt maken voor de jongen en dan gingen ze samen Boston bekijken. De Freedom Trail en North End stonden als eerste op het programma met tussen de middag een picknick in de Blue Hills Reservation waar de hond een poosje kon rondrennen. Ze had een goed gevulde dag gepland waarin geen plaats zou zijn voor onaangename stiltes die hun met hun neus op het feit zouden drukken dat ze eigenlijk nog steeds vreemden voor elkaar waren. Een halfjaar geleden had ze in de bergen van Wyoming haar leven in Rats handen gelegd. Nu moest ze eerlijk toegeven dat de zwijgzame tiener met zijn reusachtige voeten een mysterie voor haar was. Ze vroeg zich af of omgekeerd hetzelfde gold. Was hij bang dat ze hem in de steek zou laten, omdat alle andere mensen die hij tot nu toe had gekend dat ook hadden gedaan?

Ze trok een spijkerbroek en een T-shirt aan, geschikte kleding voor een dagje uit met de hond. Ze was van plan om broodjes kip met avocado te maken, maar had geen idee of Rat dat lustte. Had hij ooit een avocado, alfalfa en dragon geproefd? Ik weet zo weinig over hem, dacht ze, en toch is hij hier en maakt hij nu deel uit van mijn leven.

Toen ze door de gang liep, zag ze dat de deur van zijn slaapkamer openstond. 'Rat?' Ze keek om het hoekje maar zag hem niet.

In de keuken trof ze hem aan voor de laptop die ze gisteravond op de tafel had laten staan. De hond lag naast hem en zijn oren gingen omhoog toen Maura binnenkwam, alsof hij blij was eindelijk iemand te zien die aandacht aan hem zou besteden. Ze keek over Rats schouder en zag tot haar schrik een autopsiefoto op het scherm.

'Je moet niet naar die dingen kijken,' zei ze. 'Ik had de laptop gisteravond weg moeten zetten.' Ze drukte op de Escapetoets. De foto floepte weg. Snel pakte ze alle mappen over de Red Phoenix bij elkaar en legde ze op het aanrecht. 'Wil je me helpen het ontbijt te maken?'

'Waarom heeft hij het gedaan?' vroeg de jongen. 'Waarom heeft hij mensen doodgeschoten die hij helemaal niet kende?'

Maura draaide zich naar hem om en zag hoe ernstig hij keek. 'Heb je het politierapport gelezen?'

'Het lag open en bloot op tafel. Maar ik begrijp het niet. Waarom zou iemand zoiets doen?'

Ze trok een stoel bij en ging tegenover hem zitten. 'Soms is er voor dergelijke dingen geen verklaring. Tot mijn spijt moet ik zeggen dat ik vaak geen flauw idee heb waarom mensen zulke dingen doen. Waarom ze hun baby verdrinken of hun vrouw wurgen of hun collega's doodschieten. Ik zie de gevolgen van hun daden, maar zou niet kunnen zeggen wat er de oorzaak van is. Ik weet alleen dat het gebeurt. Dat de mens tot gruwelijke dingen in staat is.'

'Dat weet ik,' zei hij zachtjes. Hij keek naar de hond, die zijn grote kop op zijn schoot had gelegd alsof hij wist dat de jongen behoefte had aan troost. 'Dit is dus uw werk?'

'Ja.'

'En vindt u het leuk om te doen?'

'"Leuk" is niet het juiste woord.'

'Wat is dan het juiste woord?'

'Het is uitdagend. Interessant.'

'Maar vindt u het niet naar om steeds naar dit soort dingen te moeten kijken?'

'Iemand moet het woord doen voor de doden. Ik kan dat. De doden vertellen me hoe ze zijn gestorven. Hun lichaam vertelt me dat. Of het een natuurlijke dood was of een gewelddadige. Soms word ik er verdrietig van. Als je ziet wat mensen elkaar aandoen, vraag je je wel eens af wat het betekent om een mens te zijn. Maar ik heb altijd geweten dat ik dit werk moest doen, dat ik hun stem moest zijn.'

'Denkt u dat ik het zou kunnen doen?' Hij keek naar het stapeltje dossiermappen. 'Dit werk?'

'Het werk van een patholoog-anatoom?'

'Ik wil ook naar die antwoorden zoeken.' Hij keek haar aan. 'Ik wil net zo worden als u.'

Ze glimlachte. 'Dat is het mooiste compliment dat ik ooit van iemand heb gekregen.'

'Op Evensong zeggen alle docenten dat ik een gave heb om dingen te zien waar anderen aan voorbijgaan. Vandaar dat ik denk dat ik wel goed zou zijn in dit werk.'

'Als je patholoog-anatoom wilt worden,' zei ze, 'moet je op school erg goede cijfers halen.'

'Dat weet ik.'

'Je moet eerst medicijnen gaan studeren en arts worden. Daarna moet je een klinische opleidingsperiode volgen en je specialiseren in forensische pathologie. Je zult heel veel jaren heel hard moeten studeren, Rat.'

'Wilt u daarmee zeggen dat u denkt dat ik dat niet kan?'

'Ik zeg alleen maar dat je het echt moet willen.' Ze keek de jongen in zijn donkere ogen en meende daarin te zien wat voor man hij later zou worden. Intens en uitermate trouw. Een man die niet alleen het woord zou doen voor de doden maar ook voor hen zou vechten. 'Je moet ook natuurwetenschappen studeren, want je moet wetenschappelijke bewijzen kunnen overleggen als je als getuige in een rechtszaak moet optreden. Intuïtie is niet genoeg.'

'Ook niet als je intuïtie erg sterk is?'

'Intuïtie is nooit zo overtuigend als wat een druppel bloed je kan vertellen.'

'Maar soms voel je aan of iets klopt of niet. Zoals met die foto.'

'Welke foto?'

'Van de Chinese man die zelfmoord heeft gepleegd. Ik zal het u laten zien.' Hij stond op, zette de laptop weer op de tafel en legde de dossiermappen ernaast. Met een paar klikken van de muis zette hij de digitale foto van het lichaam van Wu Weimin in de keuken van de Red Phoenix weer op het scherm. 'De politie zei dat hij zich met één kogel in het hoofd van het leven had beroofd,' zei Rat.

'Dat klopt.'

'Kijk eens wat er naast hem op de grond ligt.'

Gisteravond had ze de foto slechts vluchtig bekeken. Het was al laat geweest, na een lange dag met de jongen, en ze was slaperig geweest na twee glazen wijn. Nu bekeek ze de dode kok en het wapen dat hij nog in zijn hand had aandachtiger. Naast zijn schouder lag een patroonhuls.

Rat wees aan wat ze over het hoofd had gezien, aan de rand van de foto. Een tweede patroonhuls. 'Er staat dat hij één kogel in zijn hoofd had,' zei Rat. 'Als hij tweemaal heeft gevuurd, waar is de tweede kogel dan gebleven?'

'Elders in de keuken. Gezien de omstandigheden vond de politie het waarschijnlijk niet nodig ernaar te zoeken.'

'Maar waarom heeft hij tweemaal geschoten?'

'Dat zie je wel vaker bij zelfdodingen. Het slachtoffer moet voldoende moed verzamelen om het te doen en schiet de eerste keer wel eens mis. Het komt ook voor dat het pistool hapert. Ik heb zelfs een geval van zelfdoding meegemaakt waarbij het slachtoffer zich meerdere keren in het hoofd had geschoten. En een waarbij de persoon het wapen in zijn linkerhand had, terwijl hij rechtshandig was. En er was een man die...' Ze stokte toen ze zich herinnerde dat ze zat te praten met een jongen van zestien. Hij keek haar echter zo bedaard aan als een collega.

'Niettemin is het een goede vraag,' zei ze. 'Ik neem aan dat de politie erover heeft nagedacht.'

'Maar ze zijn daardoor niet van gedachten veranderd. Ze hielden het erop dat hij die vier mensen had vermoord, ook al kunnen ze niet verklaren waarom hij dat zou hebben gedaan.'

'Hoe hadden ze daar een verklaring voor moeten vinden? Er waren maar zo weinig mensen die de kok goed kenden.'

'Net zoals niemand mij goed kende,' zei hij zachtjes.

Nu begreep ze wat hem dwarszat. Hij was ook voor moordenaar uitgemaakt. Mensen die hem helemaal niet kenden, hadden een oordeel over hem geveld. Als Rat naar Wu Weimin keek, zag hij zichzelf.

'Goed,' zei ze. 'Laten we er eventjes van uitgaan dat hij geen zelfmoord heeft gepleegd. Laten we zeggen dat iemand wilde dat het eruitzag als een zelfmoord. Dan moet iemand anders die vier mensen hebben vermoord en daarna de kok hebben doodgeschoten.'

Rat knikte.

'Denk er even over na. Stel, jij bent de kok. Je staat in de keuken en hoort dat er in het restaurant wordt geschoten. Er zat geen geluiddemper op het pistool, dus moest je de schoten wel horen.'

'Hoe komt het dan dat niemand anders ze heeft gehoord? In het rapport staat dat in de drie appartementen boven het restaurant mensen waren en dat die maar één knal gehoord hebben. Daarom heeft niemand meteen de politie gebeld. En toen is de vrouw van de kok naar beneden gegaan en heeft ze haar man dood aangetroffen in de keuken.'

'Heb je het hele rapport gelezen?'

'Het meeste.'

'Dan heb je meer gelezen dan ik,' bekende ze. Ze pakte het rapport van Staines en Ingersoll. Toen rechercheur Tam haar de mappen had gebracht, was ze niet blij geweest met het extra werk. Ze had het voor zich uit geschoven tot gisteravond en zelfs toen alleen de foto's vluchtig bekeken. Nu las ze het politierapport van begin tot eind en zag dat het bevestigde wat Rat haar zojuist had verteld. Zeven getuigen hadden verklaard dat ze maar één knal hadden gehoord, maar in de Red Phoenix waren in totaal negen patroonhulzen gevonden.

Haar zesde zintuig begon op te spelen. Een knagend gevoel dat er iets niet klopte, zoals de jongen al had gezegd.

Ze pakte het autopsierapport over Wu Weimin. Volgens de patholoog-anatoom lag de kok op zijn zij met zijn rug tegen de gesloten kelderdeur. Zijn rechterhand, waarin hij het wapen nog vasthield, was onderzocht en men had er kruitresten op aangetroffen. Ze vergat dat Rat meekeek toen ze de muis pakte en langzaam door de autopsiefoto's van de kok scrolde. De fatale kogel was via de rechterslaap binnengedrongen en een close-up liet zien dat het een contactwond was, rondom geschroeid en zwart geblakerd in de vorm van een cirkel wegens de gassen die uit de loop waren gekomen. Er was geen uitgaande wond. Ze klikte naar de röntgenfoto's van de schedel en zag dat daarin kleine metaaldeeltjes zaten. Een hollow-point kogel, dacht ze, ontworpen om uit te zetten en dan te verpulveren, waarbij de kinetische energie regelrecht in het weefsel dringt. Minimale penetratie met maximale schade.

Ze pakte een andere map.

Het tweede autopsierapport ging over James Fang, de zevenendertigjarige kelner die op de grond achter de bar met de kassa was gevonden. Hij was gedood door één kogel in zijn hoofd. De kogel was boven zijn linkerwenkbrauw binnengedrongen.

Het derde rapport ging over Joey Gilmore. Zijn lichaam had voor diezelfde bar gelegen, te midden van bakjes met een afhaalmaaltijd. Bij hem was één kogel in zijn achterhoofd gedrongen.

De laatste twee slachtoffers waren Arthur en Dina Mallory, die beiden waren aangetroffen bij de tafel in de hoek waar ze hadden gezeten. Arthur was door twee kogels geraakt, één in zijn achterhoofd en één in zijn wervelkolom. Zijn vrouw was door drie kogels geraakt, in haar wang, het midden van haar rug en haar schedel. Maura bladerde naar de samenvatting van de patholoog en zag dat hij tot dezelfde conclusie was gekomen als zij, namelijk dat Dina Mallory in beweging was geweest toen de eerste twee kogels haar hadden geraakt, waarschijnlijk omdat ze had geprobeerd aan de aanvaller te ontkomen. Maura wilde het rapport al opzijleggen toen een zin over de ontleding van de maag en de twaalfvingerige darm haar aandacht trok.

Afgaande op de inhoud van de maag, die onder meer spaghettideeltjes en een uit tomaten vervaardigde saus lijkt te bevatten, is mijn schatting dat het slachtoffer één tot twee uur voor haar dood haar laatste maaltijd heeft genuttigd.

Maura pakte het autopsierapport van Arthur Mallory en bladerde naar het onderzoek van de maag, die was opengesneden, zoals bij secties gebruikelijk is, waarna de inhoud apart was onderzocht.

De maag bevat onder meer vlees en kaas, en gedeeltelijk verteerde stukjes kropsla. De laatste maaltijd is naar schatting één tot twee uur voor het intreden van de dood genuttigd.

Dat was vreemd. Waarom zat het echtpaar Mallory in een Chinees restaurant als ze zich al te goed hadden gedaan aan een vermoedelijk Italiaanse maaltijd?

De beschrijving van de maaginhoud van half verteerde slablaadjes en tomatensaus had haar de eetlust benomen. Ze deed de map dicht. 'Zulke dingen moet je eigenlijk niet lezen als je nog niet hebt ontbeten,' zei ze. 'Het is een prachtige dag en ik ga nu allereerst pannenkoekjes maken. Goed? Laten we hier verder niet meer aan denken.'

'Maar hoe zit het met de ontbrekende kogel?' vroeg Rat.

'Zelfs als we die nu nog konden vinden, zou dat niets veranderen aan de conclusies van het rapport. De lijken zijn allang begraven of gecremeerd en de plaats delict is ontruimd. Om een zaak te heropenen, moet je nieuw forensisch bewijsmateriaal hebben. Na zoveel jaar zal er niets meer te vinden zijn.'

'Maar er zit iets niet goed. Dat bent u met me eens.'

Ze zuchtte. 'Laten we even aannemen dat de kok geen zelfmoord heeft gepleegd. Laten we even aannemen dat iemand anders, een onbekende persoon, is binnengekomen en is gaan schieten. Waarom is de kok dan niet gevlucht?'

'Misschien kon hij niet wegkomen.'

'De keuken heeft een achterdeur. In het rapport staat dat die in een steeg uitkomt.'

'Misschien was die deur van buiten op slot gedaan.'

Ze zette de foto's van de plaats delict op het scherm. De jongen zou die eigenlijk niet mogen zien, maar hij stelde goede vragen en tot nu toe leken de dingen die hij had gezien, hem niet van streek te maken. 'Kijk.' Ze wees naar de keukendeur. 'De deur staat open. Hij had er dus vandoor kunnen gaan. Als je hoort dat er ergens wordt geschoten, is het logisch dat je meteen de benen neemt.'

'En die deur?' Hij wees naar de kelderdeur die geblokkeerd werd door het lijk van de kok. 'Misschien wilde hij zich daar verstoppen.'

'De kelder heeft geen andere uitgang. Het zou niet logisch zijn om je daar te verstoppen. Denk even aan al het bewijsmateriaal, Rat. Hij had het wapen in zijn hand toen hij werd gevonden. Er zaten kruitsporen op zijn hand, wat bewijst dat hij het vasthield toen het werd afgevuurd.' Ze zweeg toen ze weer aan de extra patroonhuls dacht.

Het pistool was in de keuken tweemaal afgevuurd, maar de getuigen hadden maar één knal gehoord. De Glock had een loop met schroefdraad, zodat je er een geluiddemper op kon zetten. Ze probeerde een andere gang van zaken te construeren. Een onbekende moordenaar schiet Wu Weimin dood. Hij verwijdert de geluiddemper en legt het wapen in de hand van de dode man. Hij vuurt nog een schot opdat er kruitsporen zullen worden aangetroffen op de huid van het slachtoffer. Dat zou verklaren waarom de mensen boven maar één knal hadden gehoord en er toch twee patroonhulzen in de keuken lagen. Maar er zat één detail in dit scenario dat ze niet kon verklaren: waarom Wu Weimin, toen hij de kans had gehad via de achterdeur te vluchten, ervoor had gekozen in de keuken te blijven.

Ze bestudeerde de kelderdeur. En het lichaam van de kok dat ervoor lag. Dat de deur blokkeerde. Opeens dacht ze: Misschien kon hij niet vluchten.

Omdat hij een heel goede reden had om te blijven.

23

'Met luminol zal de hele tent oplichten als een kerstboom,' zei Jane. 'De makelaar zei dat ze na de schietpartij de muren en de vloer alleen maar gewoon hebben gesopt. Ze hebben zelfs het linoleum niet vervangen. Ik snap dus niet goed wat je hoopt te vinden.'

'Maar als we het niet proberen, zullen we het nooit weten,' zei Maura.

Ze stonden voor de deur van de voormalige Red Phoenix te wachten op de ploeg van de technische recherche. Het moest helemaal donker zijn om het interieur met luminol te kunnen onderzoeken en dit was het uur waarop de schemering langzaam overging in de nacht. De naderende duisternis bracht een vochtige kou met zich mee waardoor Maura er spijt van had dat ze haar regenjas had aangetrokken en niks warmers bij zich had. Aan het begin van Knapp Street brandde een straatlantaarn, maar in het deel van de straat waar ze stonden was het donker. Het gebouw met de getraliede ramen en het metalen hek voor de voordeur zag eruit als een gevangenis waarin geesten hermetisch waren opgesloten.

Jane gluurde door het raam van het restaurant en huiverde zichtbaar. 'Wij zijn er laatst binnen geweest. Het is er doodeng en het stikt er vermoedelijk van de kakkerlakken. Het staat trouwens helemaal leeg. Veel valt er niet te zien.'

'Het bloed is er nog,' zei Maura. Met zeepsop en borstels kon alleen verwijderd worden wat je met het blote oog kon zien; de chemische afdruk van bloed op vloeren en muren was echter onuitwisbaar.

Met luminol kon je oude vlekken en voetafdrukken ontdekken die bij eerdere onderzoeken over het hoofd waren gezien.

Ze draaide zich om en kneep haar ogen half dicht tegen het felle licht van de koplampen van een auto die de hoek om kwam, langzaam naar hen toe reed en stopte. Frost en Tam stapten uit.

'Hebben jullie de sleutel gekregen?' vroeg Jane.

Frost haalde hem uit zijn zak. 'Het heeft heel wat voeten in de aarde gehad voordat Kwan bereid was hem af te geven.'

'Waarom doet hij daar zo moeilijk over? Het is niet zo dat hier iets valt te stelen.'

'Als we iets beschadigen, zei hij, zakt de waarde van het pand.'

Jane snoof. 'Zelfs een staaf dynamiet zal de waarde van het pand alleen maar opkrikken.'

Frost ontsloot de deur en draaide de lichtschakelaar om. Er gebeurde niets. 'O, is deze lamp nu ook doorgebrand?' zei hij.

In het donkere interieur bewoog zich iets, opgeschrikt door de onverwachte invasie. Maura knipte haar zaklantaarn aan en zag een paar kakkerlakken voor het licht vluchten en onder de bar verdwijnen.

'Getver,' zei Frost. 'Het krioelt onder die bar natuurlijk van die beesten.'

'Leuk ben jij,' mompelde Jane. 'Nu krijg ik dat beeld niet meer uit mijn hoofd.'

De lichtbundels van hun zaklantaarns gingen heen en weer, elkaar kruisend in het donker. Zoals Jane had gezegd, was het restaurant helemaal leeg, maar terwijl ze om zich heen keken zag Maura in gedachten wat ze op de foto's uit het politiedossier had gezien. Joey Gilmore op de grond voor de bar. James Fang erachter. Ze draaide zich om naar de hoek waar meneer en mevrouw Mallory vermoord waren en zag wat ze op de foto's had gezien. Arthur die voorover op de tafel was gevallen. Dina languit op de vloer.

'Volk!' riep iemand. 'Rechercheur Rizzoli?'

'Ja, kom maar binnen,' zei Jane.

Een paar duellerende lichtbundels voegde zich bij die van hen toen twee mannen van de technische recherche binnenkwamen. 'Mooi donker hier,' zei een van hen. 'En zonder meubels gaat het lekker snel.' Hij zakte op zijn hurken om naar de vloer te kijken. 'Is dit het linoleum van toen?'

'Dat is ons verteld,' zei Tam.

'Het ziet er wel naar uit. Het is helemaal platgelopen en zit vol krassen en groeven. Het zal mooi oplichten.' Hij had een buik alsof hij acht maanden zwanger was en kreunde toen hij weer overeind kwam.

Zijn magere collega, die boven hem uit torende, vroeg: 'Wat hoopt u te vinden?'

'Dat weten we niet precies,' zei Jane.

'U moet een reden hebben om hier na negentien jaar opnieuw te gaan zoeken.'

In de daaropvolgende stilte voelde Maura dat ze een kleur kreeg. Ze vroeg zich af of de verantwoordelijkheid voor deze onderneming geheel en al op haar schouders zou komen te rusten. Toen zei Jane: 'We hebben redenen om aan te nemen dat het geen geval van moord en zelfmoord was.'

'Met andere woorden, we zoeken naar voetafdrukken op vreemde plaatsen? Sporen van een indringer?'

'Zoiets.'

Zijn dikke collega zuchtte. 'Als u het zegt. Dan moeten we dus de hele tent onder de loep nemen.'

'Ik help u wel even de spullen uit de auto te halen,' zei Tam.

De mannen brachten belichtingsapparatuur, videocamera's, verlengsnoeren en chemicaliën naar binnen. De lampen van het restaurant waren allemaal doorgebrand, maar de elektriciteit was nog aangesloten en toen ze de stekker van een meegebrachte lamp in een stopcontact staken, leek het licht zo fel als de zon. Een van de technici begon het zaaltje te filmen, terwijl zijn collega dozen met chemicaliën uit een koelbox haalde. Nu pas, in het licht, herkende Maura de mannen. Het waren de technici die de plaats delict op het dak ook hadden onderzocht.

De man met de videocamera draaide langzaam rond om het hele vertrek te filmen. 'Oké, Ed. Zullen we beginnen?'

'Zodra iedereen een masker en een bril heeft opgezet,' antwoordde Ed. 'In die doos daar liggen mondmaskers. Volgens mij zijn er genoeg voor iedereen.'

Tam reikte Maura een stofbril en een mondmasker aan ter bescherming tegen de luminoldampen. Ze trok de elastiekjes over haar hoofd. Pas toen iedereen een bril en masker op had, begon Ed – ze wist nu tenminste hoe de lange man heette – de chemicaliën te mengen. Hij liet de vloeistof ronddraaien in een mengbeker en goot de inhoud toen in een spuitfles. 'Wie wil de zorg voor het licht op zich nemen?'

'Dat doe ik wel,' zei Frost.

'Zo dadelijk zie je geen hand voor ogen. Blijf dus bij de lamp, anders kunt u straks de schakelaar niet vinden.' Ed keek om zich heen. 'Waar wilt u dat ik begin?'

'Hier.' Jane wees naar de vloer voor de bar.

Ed nam zijn positie in en zei tegen Frost. 'Licht uit.'

Op slag was het aardedonker. De duisternis leek het geluid van Maura's ademhaling achter het masker te versterken, waardoor het sissen van de spuitfles waarmee Ed een mist van luminol liet vrijkomen, in haar oren heel zwak klonk. Een blauwgroen geometrisch patroon verscheen op de vloer toen de luminol reageerde met sporen van oude hemoglobine. Elke keer dat er bloed op een vloer druppelt, spat of vloeit, laat het een echo van zijn aanwezigheid achter. Het bloed dat negentien jaar geleden in dit linoleum was gedrongen, had zich zo diep in de krassen en kloven vastgezet dat je het er nooit meer uit kon verwijderen, ongeacht hoe hard je schrobde.

'Licht aan.'

Frost drukte op het knopje. Ze knipperden tegen het felle licht. De blauwgroene gloed was meteen verdwenen en de vloer zag er weer net zo uit als daarstraks.

Tam keek op van zijn laptop, waarop hij de foto's had gedownload die de politie indertijd op de plaats delict had genomen. 'Alles komt precies overeen met wat ik hier zie,' zei hij. 'Geen verrassingen. Dat is de plek waar Joey Gilmore lag.'

De technici verplaatsten het statief met de camera naar de smalle ruimte achter de bar en namen hun posities in. Frost deed het licht uit. Weer hoorden ze het sissen van de spuitfles en weer verscheen er op de vloer een gekleurd patroon. Dit was de plek waar James Fang was gestorven. De muur lichtte ook op, blauwgroene vlekjes die aangaven waar het bloed van de kelner ertegenaan was gespat, als zwakke echo's van een doodskreet.

In dit pand wachtten hun nog veel meer van die kreten.

Ze verplaatsten de apparatuur naar de hoek waar de Mallory's waren gestorven. Twee lijken, dus tweemaal zoveel bloed, en de doodskreten waren hier oorverdovend, een horrorshow van vlekken en vegen die in de duisternis oplichtten.

Frost deed het licht weer aan. Zwijgend bleef de groep staan kijken naar het kale stukje vloer dat zojuist zo fel was opgelicht. Tot nu toe waren ze geen verrassingen tegengekomen, maar wat ze hadden gezien, was erg genoeg.

'Nu de keuken,' zei Jane.

Ze liepen in ganzenpas de keuken in. Daar leek het een stuk kouder te zijn, zo koud dat Maura er kippenvel van kreeg. Ze keek om zich heen en zag een koelkast, een oude afzuigkap en een fornuis. De vloer was hier van beton, om het schoonmaken van de onvermijdelijke vetspatten en gemorste vloeistoffen, ook bloed, te vergemakkelijken. Maura ging huiverend bij de kelderdeur staan terwijl de mannen de lamp, het statief met de camera en de chemicaliën binnenbrachten. In het harde licht van de lamp keken Ed en zijn partner fronsend om zich heen.

'Er staat hier nogal wat half verroeste apparatuur,' zei Ed. 'Roest reageert met luminol.'

'Het gaat ons om de vloer,' zei Maura. 'In het bijzonder om deze plek hier, waar ik sta, want daar lag de dode kok.'

'Dan zullen we daar een hoop bloedsporen vinden. Surprise surprise,' zei Ed op een onmiskenbaar sarcastische toon.

'Als u vindt dat u hier uw tijd verdoet, geeft u mij die spuitfles maar, dan doe ik het zelf wel,' zei Maura bits.

Er viel een doodse stilte. De technici keken elkaar aan. Toen zei Ed: 'Zou u ons willen vertellen wat u zoekt, dokter Isles? Zodat wij ook de logica hiervan kunnen inzien?'

'Dat weet ik zelf pas als ik het zie. Laten we beginnen met de deur naar het restaurant.'

Ed knikte naar Frost. 'Licht uit.'

De plotselinge duisternis in de keuken was zo volkomen dat Maura bijna haar evenwicht verloor, duizelig door het gebrek aan zichtbaar houvast en omdat ze opeens niet meer wist wie of wat zich om haar heen bevond. In deze duisternis zou er iemand naast haar kunnen komen staan zonder dat ze daar erg in had. De spuitbus siste. Toen er, als bij toverslag, blauwgroene strepen oplichtten op de vloer, kreeg ze kippenvel, alsof er een geest vlak langs haar heen zweefde. De geesten zijn hier nog, dacht ze, de geesten van het vergoten bloed dat voor eeuwig in de vloer zit. Weer hoorde ze gesis, en er verschenen nieuwe patronen.

'Ik zie hier voetafdrukken,' zei Ed. 'Mogelijk van een vrouwenschoen, maat 35 of 36.'

'Die staan ook op de foto's uit het dossier,' zei Tam. 'De vrouw van de kok was de eerste die hiernaartoe was gekomen. Het gezin woonde in een van de flats boven het restaurant. Toen ze het schot hoorde, is ze via de achterdeur naar binnen gegaan en heeft ze hier haar man gevonden. Ze is met zijn bloed aan haar schoenen doorgelopen naar het restaurant, waar ze de andere slachtoffers zag.'

'Dat is inderdaad wat ik hier zie. Afdrukken van schoenzolen die in de richting van het restaurant lopen.'

'De kok lag hier,' zei Maura. 'We kunnen beter deze plek onder de loep nemen.'

'Zo dadelijk,' zei Ed. Maura vond hem geïrriteerd klinken. 'We komen daar heus nog wel aan toe.'

'Oké, Ed, ik heb dit stukje op film.'

'Mooi, dan kunnen we verder.'

Maura hoorde gesis en meteen verschenen er nog meer voetafdrukken, een lichtgevend spoor dat liet zien wat de vrouw van de kok had gedaan. De technici volgden het spoor nu in omgekeerde richting tot er een grote vlek oplichtte. Daar had de plas bloed gelegen die uit de wond aan Wu Weimins slaap was gestroomd. Maura had het autopsierapport gelezen en de close-upfoto gezien van het bedriegelijk kleine gaatje in de huid en het schedelbot, dat geen enkele indicatie gaf over de enorme schade aan de hersenen. Het hart van de kok was nog een paar ogenblikken blijven kloppen en het bloed dat daardoor naar buiten was gestuwd, had een snel stollend aureool rond zijn hoofd gevormd. Dit was de plek waar zijn vrouw naast hem was gehurkt, met haar schoenen in zijn bloed. *Zijn lichaam moest nog warm zijn geweest.*

'Licht aan.'

Maura keek met knipperende ogen naar de vloer die er nu weer uitzag als kaal beton. Terwijl Ed de fles bijvulde bleef zij de plas bloed en de sporen van de aanwezigheid van de vrouw zien.

'Nu alleen dat gedeelte daar nog,' zei Ed. Hij wees naar de achterdeur die uitkwam op de steeg. 'Is de vrouw via dezelfde weg vertrokken als ze is binnengekomen?'

'Nee,' zei Tam. 'Volgens het rapport van Ingersoll is ze via de voordeur naar buiten gerend en door Knapp Street naar Beach Street gehold om hulp te halen.'

'Dan zouden we hier dus geen bloed moeten zien.'

Tam keek naar zijn laptop. 'Ik zie ook geen bloed op deze foto.'

Maura zag Ed op zijn horloge kijken. Ze wist dat het al laat was. Alles wat ze tot nu toe hadden gefilmd kwam overeen met wat ze hadden verwacht te zullen vinden. Ze wist nu al wat deze twee straks tegen elkaar zouden zeggen en wat het hele Boston PD later te horen zou krijgen. *Dokter Isles heeft ons voor niks laten opdraven.*

Had ik dit niet moeten doen? dacht ze. Heb ik voor al deze mensen hun avond verpest, enkel en alleen omdat ik heb geluisterd naar de twijfels van een zestienjarige jongen? Maar ze had Rats twijfels gedeeld. Nadat hij weer naar zijn school was teruggekeerd en zij in haar eentje was achtergebleven in een huis waar het akelig stil was, had ze zich urenlang gebogen over de rapporten en foto's van het Red Phoenix-dossier. De verwarrende details die de jongen meteen waren opgevallen, waren in haar ogen hoe langer hoe verdachter geworden.

'Laten we dit even afmaken, dan kunnen we naar huis,' zei Jane, vermoeid en bijna kribbig.

Weer ging het licht uit. Maura balde haar handen tot vuisten, blij dat de anderen in het donker haar gezicht niet konden zien. Ze hoorde aan het sissen dat er weer een wolk luminol uit de fles werd gespoten.

Toen zei Ed: 'Zien jullie wat ik zie?'

'Licht aan!' zei Jane. Frost drukte op de knop.

In het licht staarden ze allemaal zwijgend naar het beton.

'Dit staat op geen van de foto's uit het dossier,' zei Tam.

Ed fronste zijn wenkbrauwen. 'Ik zal de film even terugspoelen,' zei hij. Ze verdrongen zich om de camera toen hij de film terugdraaide en op PLAY drukte. Op het schermpje van de camera zagen ze drie blauwgroene vlekken, die naar de deur van de steeg liepen. Twee waren uitgesmeerd en vervormd, maar de derde was onmiskenbaar een kleine voetafdruk.

'Misschien heeft dit niets met de schietpartij te maken,' zei Jane. 'Deze vlekken kunnen op een ander tijdstip zijn achtergebleven.'

'Twéé bloederige incidenten in één en dezelfde keuken?' zei Tam.

'Maar hoe komt het dat deze voetafdrukken niet te zien zijn op de foto's in het dossier?'

'Omdat iemand dit stukje vloer heeft schoongemaakt voordat de politie kwam,' zei Maura zachtjes. Het bloed had echter zijn sporen onuitwisbaar achtergelaten. Onzichtbaar voor het blote oog, maar niet voor luminol.

Iedereen was verbluft door de ontdekking. Er was een kind in deze keuken geweest, een kind dat dwars door het bloed naar de achterdeur was gelopen.

'De kelder,' zei Jane. Ze liep naar de kelderdeur en deed hem open. Maura kwam naast haar staan. Jane richtte haar zaklantaarn op de houten trap. Vanuit de duisternis in de diepte steeg de geur van vochtige stenen en schimmel op. De lichtbundel van Jane's zaklantaarn priemde in het donker. Maura ving een glimp op van grote tonnen en blikken met kookolie die na twintig jaar vast bedorven was.

'De kok is hier gestorven. Hij lag voor deze deur,' zei Jane. Ze draaide zich om naar Ed. 'Ik wil de bovenste traptreden zien.'

Nu keek niemand meer ongeduldig, niemand zuchtte of keek op zijn horloge. De technici brachten snel het statief in positie en richtten de lens van de camera op de keldertrap. Alle aanwezigen bukten zich naar de deuropening toen Frost het licht uitdeed en Ed voor de laatste keer de spuitfles liet sissen. Toen pas zagen ze dat bloed vanuit de keuken op de bovenste tree was gedropen.

En dat op die tree de afdruk van een kleine schoen te zien was.

24

'Er was die avond iemand in de kelder van het restaurant, mevrouw Fang. Een kind dat misschien weet wat er in werkelijkheid is gebeurd,' zegt rechercheur Rizzoli. 'Weet u wie dat kind was?'

Ze houdt me nauwlettend in de gaten om te zien hoe ik reageer terwijl ik in me opneem wat ze me heeft verteld. Door de gesloten deur hoor ik de harde tikken van de vechtstokken en de stemmen van mijn leerlingen die de regels zingen die bij hun gevechtsbewegingen horen. Hier in mijn kantoor is het volkomen stil als ik afweeg welk van de mogelijke antwoorden ik zal geven. Mijn zwijgen is op zich een reactie en rechercheur Rizzoli probeert te doorgronden wat het betekent, maar ik sta niet toe dat emoties de kalmte op mijn gezicht verstoren. Het is tussen ons tweeën een schaakspel binnen een schaakspel geworden, en het wordt gespeeld met subtiele zetten waar rechercheur Frost, die toekijkt, zich waarschijnlijk niet eens van bewust is.

Deze vrouw is mijn ware tegenstander. Ik kijk haar in de ogen als ik vraag: 'Hoe weet u dat er iemand in de kelder was?'

'We hebben in de keuken en op de keldertrap voetafdrukken gevonden. De voetafdrukken van een kind.'

'Maar het is negentien jaar geleden gebeurd.'

'Bloed laat zelfs na vele jaren sporen achter, mevrouw Fang,' legt Frost uit. Hij klinkt welwillender, een vriend die geduldig uitlegt wat ik volgens hem niet begrijp. 'Met bepaalde chemicaliën kunnen we zien waar bloed heeft gevloeid. We weten dat een kind uit de kelder is gekomen, in Wu Weimins bloed is gestapt en via de achterdeur de keuken heeft verlaten.'

'Dat is mij nooit verteld. Rechercheur Ingersoll heeft er niets over gezegd.'

'Omdat hij die voetafdrukken niet heeft gezien,' zegt rechercheur Rizzoli. 'Tegen de tijd dat de politie die avond arriveerde, waren de voetafdrukken verdwenen. Iemand had ze weggeschrobd.' Ze komt dichterbij, zo dichtbij dat ik haar pupillen kan onderscheiden, twee zwarte kogeltjes in de chocoladebruine irissen. 'Wie kan dat gedaan hebben, mevrouw Fang? Wie heeft verborgen willen houden dat er een kind in de kelder zat?'

'Waarom vraagt u dat aan mij? Ik was niet eens hier. Ik was in Taiwan op bezoek bij mijn familie toen het gebeurde.'

'Maar u kende Wu Weimin en zijn vrouw. U spreekt Mandarijn, net als zij. Was het kind in de kelder hun dochtertje?' Ze haalt een notitieboekje tevoorschijn en leest eruit voor. 'Mei Mei, vijf jaar oud.' Ze kijkt me aan. 'Waar zijn ze gebleven, de moeder en haar dochter?'

'Hoe zou ik dat moeten weten? Ik kon pas na drie dagen een vlucht naar huis krijgen. Tegen die tijd waren ze verdwenen. Ze hadden hun kleren en andere bezittingen meegenomen. Ik heb geen idee waar ze naartoe zijn gegaan.'

'Waarom zijn ze gevlucht? Omdat de vrouw hier illegaal verbleef?'

Ik voel mijn kaak verstrakken en kijk boos terug. 'Verbaast het u dat ze op de vlucht is geslagen? Als ik hier illegaal verbleef en u dacht dat mijn echtgenoot zojuist vier mensen had vermoord, hoe snel zou u mij dan in de boeien slaan en laten deporteren? Het meisje was hier geboren, maar Li Hua niet. Ze wilde dat haar dochter in Amerika zou opgroeien, dus is het haar niet kwalijk te nemen dat ze de politie ontliep. Dat ze zich sindsdien verborgen heeft gehouden.'

'Als ze die voetafdrukken heeft weggeschrobd, heeft ze belangrijk bewijsmateriaal vernietigd.'

'Misschien was het om haar dochter te beschermen.'

'Het meisje was een getuige. Ze had de loop van dat onderzoek kunnen veranderen.'

'Zou u een meisje van vijf in een rechtszaal laten getuigen? Denkt u dat een jury een kind van illegale immigranten zou geloven nadat de hele stad de vader al als een monster had bestempeld?'

Daar heeft ze niet van terug. Ze denkt zwijgend na over de logica van wat ik heb gezegd. Ze ziet in dat Li Hua's gedrag in feite redelijk was. Het was de logica van een moeder die ten koste van alles zichzelf en haar kind wilde beschermen tegen autoriteiten die ze niet vertrouwde.

Frost zegt rustig: 'Wij zijn niet de vijand, mevrouw Fang. We proberen alleen de waarheid te achterhalen.'

'Ik heb negentien jaar geleden de waarheid verteld,' zeg ik. 'Ik heb tegen de politie gezegd dat Wu Weimin nog geen vlieg kwaad zou doen, maar dat was niet wat ze wilden horen. Het was voor hen veel eenvoudiger om te denken dat hij een rare Chinees was, en wat maakte het hun uit wat er omgaat in het hoofd van een rare Chinees?' Ik hoor de bittere toon van mijn stem, maar doe geen poging die te onderdrukken. De bitterheid spat eraf, scherp, bijtend. 'Proberen de waarheid te achterhalen is te veel werk. Dat is wat de politie dacht.'

'Dat is niet wat ik denk,' zegt Frost kalm.

Ik kijk hem aan. De blik in zijn ogen is zo oprecht. In de zaal naast ons is de les afgelopen. Ik hoor de leerlingen vertrekken. Keer op keer zwaait de deur open en dicht.

'Als Mei Mei in die kelder zat,' zegt rechercheur Rizzoli, 'moeten we haar zien te vinden. We moeten weten wat ze zich herinnert.'

'En zou u haar geloven?'

'Het hangt af van het soort meisje dat ze is. Wat kunt u ons over haar vertellen?'

Ik denk daar even over na, kijk terug door de nevelen van negentien jaar. 'Ik herinner me dat ze nergens bang voor was. Ze zat nooit stil, was altijd aan het rennen en springen. De kleine tijger, noemde haar vader haar. Als mijn dochter, Laura, bij hen ging oppassen, kwam ze doodmoe thuis. Ze zei dat ze nooit kinderen wilde, als die zo wild waren als Mei Mei.'

'Was het een intelligent meisje?'

Ik glimlach bedroefd. 'Hebt u kinderen, rechercheur?'

'Een dochter van tweeënhalf.'

'En u denkt natuurlijk dat zij het pienterste kind op de hele wereld is.'

Het is Rizzoli's beurt om te glimlachen. 'Dat weet ik zeker.'

'Omdat alle kinderen pienter lijken, nietwaar? De kleine Mei Mei was zo intelligent, zo leergierig...' Mijn stem zakt weg en ik slik moeizaam. 'Toen ze weg waren, was het alsof ik mijn eigen dochter nogmaals had verloren.'

'Waar zijn ze naartoe gegaan?'

Ik schud mijn hoofd. 'Ik geloof dat ze familie had in Californië. Li Hua was pas midden twintig en erg mooi. Misschien is ze hertrouwd. Misschien heeft ze nu een andere achternaam.'

'Hebt u echt geen idee waar ze is?'

Ik aarzel precies lang genoeg om twijfel te zaaien in haar geest. Zodat ze zich zal afvragen of ik een eerlijk antwoord heb gegeven. Het schaakspel dat we spelen, gaat door, met zetten en tegenzetten.

'Nee,' zeg ik uiteindelijk. 'Ik weet niet eens of ze nog leeft.'

Er wordt op de deur geklopt. Bella komt mijn kantoor binnen. Ze is verhit van de inspanningen van het lesgeven en haar korte, zwarte haar staat recht overeind, nat van het zweet. Ze buigt haar hoofd ter begroeting.

'Sifu, de laatste klas van vandaag is vertrokken. Hebt u me nog nodig?'

'Kun je heel even wachten? We zijn hier bijna klaar.'

Het is de twee rechercheurs duidelijk dat ik hun verder niets te bieden heb. Ze maken aanstalten om te vertrekken. Als ze naar de deur lopen, blijft Rizzoli staan. Ze kijkt naar Bella. Ze bekijkt haar met een langdurige, taxerende blik en ik zie als het ware de radertjes in haar hoofd draaien. *Mei Mei was vijf toen ze verdween. Hoe oud is deze jonge vrouw? Is het mogelijk?* Rizzoli zegt echter niets, knikt alleen ter afscheid en loopt naar buiten.

Als de deur dicht is, zeg ik tegen Bella: 'We raken in tijdnood.'

'Weten ze het?'

'Ze zijn dichter bij de waarheid gekomen.' Ik haal diep adem. Het baart me zorgen dat ik er niet in slaag over de vermoeidheid heen te komen die me zo uitput. Ik lever strijd op twee fronten, één daarvan tegen een vijand die zich schuilhoudt in mijn eigen beenmerg. Ik weet dat een van deze vijanden me het leven zal benemen.

De vraag is, welke van de twee de ander te snel af zal zijn.

25

Nu zaten ze met drie vermiste meisjes.

Jane dronk lauwe koffie en at een broodje kipsalade terwijl ze de groeiende stapel mappen doornam. Op haar bureau lagen nu dossiers over Jane Doe, het bloedbad in de Red Phoenix, de verdwijning van Laura Fang en de verdwijning van Charlotte Dion. Ze had zojuist een map aangelegd over het derde vermiste meisje, Mei Mei, de dochter van de kok, die negentien jaar geleden samen met haar moeder was verdwenen. Mei Mei was nu vierentwintig en mogelijk getrouwd, in welk geval ze wellicht een andere achternaam zou hebben. Ze hadden geen foto's van haar, geen vingerafdrukken, en geen idee hoe ze eruitzag. Misschien woonde ze niet eens meer in Amerika. Maar het kon ook zijn dat ze gewoon hier in Boston was en les gaf in martial arts in een sportschool in Chinatown, dacht Jane. In gedachten zag ze het ondoorgrondelijke gezicht van Iris' assistente, Bella Li. Ze waren al bezig de achtergrond van die jonge vrouw uit te pluizen.

Van de drie meisjes was Mei Mei waarschijnlijk de enige die nog leefde. Het was zo goed als zeker dat de andere twee dood waren.

Jane concentreerde zich weer op Laura Fang en Charlotte Dion. Op de verbijsterende link tussen hen tweeën, ondanks de enorme kloof die hun levens van elkaar scheidde. Charlotte was rijk en blank. Laura was de dochter van arme Chinese immigranten. Charlotte was opgegroeid in een villa in Brookline, Laura in een benauwd flatje in Chinatown. Twee heel verschillende meisjes en toch hadden ze allebei een van hun ouders verloren bij de schietpartij in het restaurant en lagen hun dossiers nu naast elkaar op Jane's bureau op de afdeling Moordzaken van het Boston PD – een plek waar niemand wilde eindigen. Terwijl ze de dossiers doornam, hoorde ze in haar achterhoofd de laatste woorden die Ingersoll tegen haar had gezegd: *Het gaat over wat er met die meisjes is gebeurd.*

Waren dit de meisjes die hij bedoelde?

Het landgoed van Patrick Dion was bij haar tweede bezoek nog altijd even indrukwekkend.

Ze reed tussen de stenen pilaren door en volgde de privéweg langs de beukenbomen, de seringen en het glooiende gazon naar het grote, koloniale huis. Toen ze stopte onder de koetspoort kwam Patrick naar buiten om haar te begroeten.

Ze gaven elkaar een hand. 'Dank u wel dat u me meteen kunt ontvangen,' zei ze.

'Hebt u nieuws over Charlotte?' vroeg hij. Het deed haar pijn toen ze de hoopvolle blik in zijn ogen zag en de lichte trilling in zijn stem hoorde.

'Als de reden voor mijn komst niet duidelijk was, spijt me dat,' zei ze. 'Helaas heb ik geen nieuws voor u.'

'Maar toen u belde, zei u dat u over Charlotte wilde praten.'

'Dat klopt, maar het heeft te maken met ons huidige onderzoek over de moord in Chinatown.'

'Wat heeft die met mijn dochter te maken?'

'Dat weet ik niet precies, meneer Dion, maar vanwege bepaalde ontwikkelingen in die zaak ben ik me gaan afvragen of Charlottes verdwijning in verband staat met een ander vermist meisje.'

'Dat is indertijd al onderzocht door rechercheur Buckholz.'

'Ik wil de zaak nogmaals bekijken. Uw dochter mag niet vergeten worden, zelfs niet na negentien jaar. Charlotte heeft iets beters verdiend.'

Ze zag hem tranen wegknipperen en wist dat voor hem het verlies nog steeds schrijnde, dat het verdriet nog altijd leefde. Ouders vergeten nooit.

Hij knikte vermoeid en zei: 'Komt u binnen. Ik heb haar spulletjes van de zolder gehaald, zoals u me had verzocht. U kunt het op uw gemak allemaal bekijken.'

Ze liep met hem mee de hal in en was opnieuw onder de indruk van de glanzende hardhouten vloer en de olieverfschilderijen die minstens twee eeuwen oud leken. Onwillekeurig vergeleek ze dit interieur met het smakeloze meubilair en de winkelcentrumkunst van Kevin Donohue. Oude rijkdom versus nouveau riche. Patrick nam haar mee naar de eetkamer, waar grote ramen uitzicht boden op een vijver met waterlelies. Op de rozenhouten eetkamertafel, waar met gemak twaalf personen aan konden plaatsnemen, stond een aantal kartonnen dozen.

'Dit is wat ik heb bewaard,' zei hij met een triest gezicht. 'Ik heb op een gegeven moment vrijwel al haar kleren weggegeven aan een liefdadigheidsinstelling. Daar zou Charlotte het volgens mij mee eens zijn geweest. Ze gaf om dat soort dingen, hulp bieden aan de armen en daklozen.' Hij keek om zich heen en lachte ironisch. 'U vindt dat vast hypocriet klinken. Dat ik zoiets zeg terwijl ik in dit huis woon, op dit landgoed, maar zulke dingen gingen mijn dochter echt aan het hart. Ze was erg gul.' Hij haalde een versleten spijkerbroek uit een van de dozen en staarde ernaar alsof hij in gedachten weer zag hoe die om de slanke heupen van zijn dochter had gezeten. 'Het is misschien gek, maar deze spijkerbroek kon ik niet wegdoen. Spijkerbroeken raken nooit uit de mode. Als Charlotte ooit terugkomt, zal ze blij zijn dat ik hem heb bewaard.' Hij legde hem met een teder gebaar terug in de doos en slaakte een diepe zucht.

'Het spijt me erg, meneer Dion, dat ik u opnieuw zoveel verdriet bezorg. Zou het voor u niet makkelijker zijn als ik de spullen in mijn eentje bekeek?'

'Nee, ik moet er uitleg bij geven. Bij sommige dingen kunt u onmogelijk weten wat ze betekenen.' Hij keek in een andere doos, haalde er een fotoalbum uit en hield het een ogenblik omklemd, alsof hij het niet wilde prijsgeven. Toen overhandigde hij het aan Jane, met beide handen, als een kostbaar geschenk dat ze eerbiedig aanpakte. 'Ik neem aan dat u dit wilt zien.'

Ze deed het album open. Op de eerste pagina was een foto geplakt van een jonge, blonde vrouw met een pasgeboren baby met een rood gezichtje. De baby was als een piepkleine mummie in een wit dekentje gewikkeld. ONZE CHARLOTTE, ACHT UUR OUD stond eronder in een vrouwelijk handschrift met overdreven krullen. Dus dit was Dina, toen ze Patricks jonge bruid nog was. Voordat Arthur Mallory in hun leven was gekomen en hun huwelijk kapot had gemaakt.

'Was Charlotte enig kind?' vroeg Jane.

'Dina wilde maar één kind. Ik had daar indertijd geen bezwaren tegen, maar nu...'

Nu heeft hij er spijt van, dacht ze. Spijt dat hij al zijn liefde heeft geschonken aan één kind, al zijn hoop had gevestigd op dat ene kind dat hij uiteindelijk zou verliezen. Ze bladerde verder en zag foto's van Charlotte als peuter, een blond meisje met blauwe ogen. Af en toe stond Dina er ook op, maar Patrick was op geen van de foto's te zien, behalve als een ongrijpbare schaduw aan de rand van het plaatje terwijl hij het fototoestel bediende. Jane sloeg de laatste pagina op, het jaar waarin Charlotte vier was geworden.

Patrick gaf haar het volgende album.

De jaren leken in het tweede album sneller voorbij te gaan. Het meisje groeide en veranderde om de zoveel pagina's. Na de overdaad aan aandacht die een kind in zijn eerste levensjaren krijgt, nadat het nieuwe van het ouderschap eraf is, denkt men er niet steeds aan om foto's te nemen en wordt het toestel alleen nog tevoorschijn gehaald bij bijzondere gelegenheden. Het feestje voor haar vijfde verjaardag. Haar eerste balletuitvoering. Een uitstapje naar New York. En toen was het engelachtige peutertje opeens veranderd in een nors kijkende tiener die voor het hek van Bolton Academy poseerde in haar schooluniform.

'Ze was twaalf op deze foto,' zei Patrick. 'Wat had ze een hekel aan dat uniform. Ze zei dat je van plooirokken dik werd en dat het daarom verplichte kleding was op school. Dat ze daar wilden dat de meisjes er lelijk uitzagen, zodat ze niet in de problemen zouden komen met de jongens.'

'Wilde ze niet naar Bolton?'

'Jawel. Zij wilde juist graag. Ik was degene die er moeite mee had haar te laten gaan. Ik vond het vreselijk dat ik mijn kleine meid kwijtraakte aan een kostschool. Maar het moest per se van Dina, omdat ze zelf ook op die school had gezeten en vond dat het een plek was waar een meisje "de juiste mensen zou leren kennen". Zo noemde Dina dat.' Hij zweeg even. 'Dat klinkt waarschijnlijk oppervlakkig, maar dergelijke dingen vond Dina erg belangrijk. Dat Charlotte de juiste vrienden zou krijgen en met de juiste man zou trouwen.' Hij voegde er ironisch aan toe: 'Uiteindelijk heeft Dina zelf op Bolton ook een nieuwe echtgenoot gevonden.'

'U had het daar vast erg moeilijk mee, vooral nadat Dina u had verlaten.'

Patrick haalde berustend zijn schouders op. 'Ik heb me erbij neergelegd. Wat moest ik anders? En gek genoeg mocht ik Arthur Mallory graag. Ik mocht het hele gezin erg graag. Barbara, en hun zoon Mark. Allemaal heel fatsoenlijke mensen. Tegen de onweerstaanbare kracht van hormonen kun je niets beginnen. Ik geloof dat ik mijn vrouw al aan Arthur ben kwijtgeraakt op het moment dat ze elkaar voor het eerst zagen. Ik was machteloos en heb lijdzaam moeten toekijken hoe mijn huwelijk uit elkaar viel.'

Jane sloeg de laatste bladzijde om en bekeek de laatste foto in het album. Het was een bruiloftsfoto. In het midden stonden de bruid en bruidegom, Dina en Arthur Mallory. Naast hen stonden hun kinderen, Mark naast zijn vader, Charlotte naast haar moeder. Het bruidspaar lachte stralend, maar Charlotte zag er verdwaasd uit, alsof ze niet goed begreep waarom ze met deze mensen op de foto moest.

'Hoe oud is Charlotte hier?' vroeg Jane.

'Dertien.'

'Ze kijkt een beetje wezenloos.'

'Het was zo snel gegaan dat we allemaal een beetje beduusd waren. We hadden de Mallory's een jaar daarvoor pas leren kennen, toen Charlotte en Mark allebei meededen aan de kerstuitvoering. Een jaar later woonden we weer met ons allen de kerstuitvoering op Bolton bij, maar toen had Dina mij verlaten voor Arthur en was ik een alleenstaande vader die in zijn eentje een dochter moest opvoeden.'

'Is Charlotte bij u blijven wonen na de scheiding?'

'Dina en ik hebben dat besproken en vonden allebei dat ik het beste de voogdijschap op me kon nemen, zodat Charlotte kon blijven wonen in het huis waar ze was opgegroeid. Charlotte zou om de paar maanden een weekend naar Dina en Arthur gaan, maar die waren zo vaak op reis dat het er zelden van kwam.'

'En er waren geen wettelijke strubbelingen, geen touwtrekkerij om uw dochter?'

'Dat twee mensen van elkaar gaan scheiden, wil niet automatisch zeggen dat ze niet meer om elkaar geven. Wij bleven om elkaar geven. En we waren nu eigenlijk één grote familie. Arthurs ex-vrouw, Barbara, had er nog de meeste moeite mee om het allemaal te accepteren en is tot het einde toe bitter gebleven, maar ik vond dat het geen zin had om wrok te koesteren. Men dient zich beschaafd te gedragen.'

Dat was precies wat Ingersoll in zijn rapport had gezet – dat Patrick Dion en zijn ex-vrouw na de echtscheiding beschaafd met elkaar waren blijven omgaan. Nu ze het van Patrick zelf hoorde, geloofde ze het.

'Ze hebben zelfs hun laatste Kerstmis hier gevierd,' zei hij. 'Arthur, Dina en Mark. We hebben samen gegeten, hier in deze kamer. Cadeautjes uitgepakt.' Hij keek de tafel langs, alsof hij hun geesten zag zitten. 'Ik weet nog dat Charlotte daar zat, aan het hoofd van de tafel, en dat ze aan Mark vroeg hoe hij het op Harvard vond. Ze had van Dina een parelketting gekregen. We hadden pompoentaart toe. Na het eten ben ik met Mark naar beneden gegaan, naar mijn werkplaats. Ik timmer graag en Mark hield ervan om met zijn handen te werken. De Harvard-student die liever mooie meubels zou maken.' Patrick knipperde met zijn ogen en keek haar aan, alsof hij zich plotsklaps herinnerde dat ze er was. 'Nu zijn ze er geen van allen meer. Alleen Mark en ik zijn nog over.'

'U lijkt veel om elkaar te geven.'

'Hij is een fijne jongen.' Patrick zweeg en glimlachte opeens. 'Mark is alweer negenendertig, maar op mijn leeftijd vind je iedereen onder de veertig een jongen.'

Jane pakte een ander boek uit de doos, geen fotoalbum ditmaal, maar een jaarboek van Bolton Academy met het embleem van de school in goud reliëf op het bruine leer.

'Ze zat dat jaar in de vierde klas,' zei Patrick, met een blik op het boek. 'Het was het jaar voordat ze...' Hij stokte. Zijn gezicht betrok weer. 'Ik heb overwogen de school aan te klagen wegens nalatigheid.

Ze zijn met de leerlingen zonder adequaat toezicht op excursie gegaan. Naar een winkelcentrum. Faneuil Hall! Ze hadden kunnen weten dat er kinderen van de groep zouden afdwalen of dat iemand hen zou kunnen benaderen. De leraressen hebben niet voldoende opgelet en opeens was mijn dochter verdwenen. Ik zat aan de overkant van de oceaan en kon niets doen om haar te redden.'

'U was in Londen.'

Hij knikte. 'Voor besprekingen met een mogelijke investeerder, om nog rijker te worden dan ik al was. Ik zou al die rijkdom opgeven als...' Opeens stond hij op. 'Ik ben toe aan een borrel. Kan ik voor u iets inschenken?'

'Nee, dank u. Ik moet nog rijden.'

'Natuurlijk. Een ogenblikje, alstublieft.' Hij verliet de kamer.

Jane bladerde in het jaarboek tot ze bij de vierde klas kwam en zag Charlotte in de onderste rij van de fotootjes. Haar blonde haar hing los rond haar schouders en haar lippen waren licht opgetrokken tot een weemoedige glimlach. Het was een mooi meisje, maar het noodlot leek al op haar gezicht afgetekend te staan, alsof ze wist dat de toekomst voor haar alleen maar hartzeer bevatte. Onder de foto stond een lijstje van haar interesses en activiteiten. TONEELCLUB. KUNST. ORKEST. TENNISTEAM.

Orkest. Charlotte had viola da gamba gespeeld. Laura Fang viool. De meisjes waren in heel verschillende milieus opgegroeid, maar hadden zich allebei beziggehouden met muziek.

Ze bladerde verder tot ze het over de naschoolse activiteiten vond, waar ze Charlotte weer aantrof, ditmaal op een foto van het orkest. Ze zat op de tweede rij in de vioolsectie met haar instrument op haar schoot. Het onderschrift luidde: CANDACE FORSYTH, DIRIGENT, EN HET BOLTON ACADEMY ORCHESTRA.

Ze hoorde Patrick terugkomen met een glas waarin ijsblokjes tinkelden. 'Kende uw dochter Laura Fang?' vroeg Jane hem.

'Dat heeft rechercheur Buckholz me ook gevraagd nadat Charlotte was verdwenen, maar ik had nog nooit van haar gehoord. Ik ben er later pas achtergekomen dat Laura Fang een meisje was dat twee jaar vóór Charlotte was verdwenen. Toen begreep ik waarom hij me naar haar had gevraagd.'

'U weet van geen enkele link tussen de meisjes? Heeft Charlotte het nooit over Laura gehad?'

Hij keek naar de foto van het schoolorkest. 'Je kind komt in het weekend thuis en heeft het over allerlei vrienden en vriendinnen. Hoe kun je als ouder alle namen onthouden?'

Hij had gelijk. Zoiets kon je van ouders onmogelijk verwachten.

Jane bladerde naar het laatste deel van het boek. Dat was gewijd aan de laatstejaars. Ze bekeek de foto's van de keurige jongens met hun blauwe blazers en rode stropdassen. Daar had je Mark Mallory, met een wat smaller gezicht en wat langer, krullend haar. Hij was toen al een knappe jongeman, op weg naar Harvard. Onder zijn foto stonden zijn interesses: LACROSSE, ORKEST, SCHAKEN, SCHERMEN, TONEEL.

Alweer het orkest. Zo hadden de Dions en de Mallory's elkaar leren kennen – omdat hun kinderen hadden meegedaan aan de kerstuitvoering.

'Ik zie niet zo goed wat u hieraan hebt,' zei Patrick. 'Rechercheur Buckholz heeft me negentien jaar geleden al deze vragen ook al gesteld.'

Ze keek naar hem op. 'Misschien zijn de antwoorden veranderd.'

De namiddagzon scheen precies in Jane's ogen toen ze Brookline verliet en in westelijke richting over de Massachusetts Turnpike reed. Tot aan Worcester schoot ze lekker op, maar daarvandaan noordwaarts ging het een stuk trager, omdat haar route via autowegen liep waar het verkeer naar één rijstrook was geleid wegens wegwerkzaamheden. Tegen de tijd dat ze bij Bolton Academy aankwam, was het bijna vijf uur. Ze reed het terrein op en volgde de halfronde oprit die in de schaduw lag van oude eikenbomen. Voor het hoofdgebouw zaten drie meisjes op het stenen bordes te praten. Ze keken niet op toen Jane parkeerde en uitstapte. Ze waren een jaar of vijftien, drie mooie, slanke meisjes, perfect ontworpen door Moeder Natuur om hun biologische taak op aarde te vervullen en jongemannen aan te trekken.

'Kunnen jullie me vertellen waar ik mevrouw Forsyth, de muziekdocente, kan vinden?' vroeg Jane.

De drie godinnen reageerden met een passieve, starende blik. Zelfs in hun plooirok en witte, katoenen bloes slaagden ze erin Jane het gevoel te geven dat die zich absoluut niet wist te kleden.

'In Bennett Hall,' zei een van hen uiteindelijk.

'Waar is dat?'

Het meisje strekte een sierlijke arm en wees naar een statig gebouw aan de overkant van het grasveld. 'Daar.'

'Dank je.' Toen Jane over het grasveld liep, voelde ze hoe ze haar met hun ogen volgden, het vreemde wezen uit de wereld van de gewone stervelingen. Dit was dus een kostschool. Geen vrolijke bende, zoals op Hogwarts. Eerder een arrogante meidenclub. Onder aan de trap van Bennett Hall keek Jane op naar de witte zuilen en de rijkelijk versierde timpanen. Alsof je de Olympus beklimt, dacht ze, toen ze de trap opliep en de grote hal binnenging.

Uit de gang aan de linkerkant kwam het krassende geluid van een viool. Ze ging eropaf en kwam uit bij een klaslokaal waar een tienermeisje ingespannen de strijkstok over de snaren van haar instrument bewoog, terwijl een vrouw met zilverwit haar fronsend naar haar keek.

'Hemeltjelief, je vibrato klinkt als een hoogspanningskabel, Amanda. Ik word er gewoon naar van. En je omklemt de hals alsof je het ding wilt wurgen. Ontspan je pols.' De vrouw pakte de linkerarm van het meisje en schudde eraan. 'Ontspannen die pols!'

Opeens zag het meisje Rizzoli staan en verstijfde. De vrouw keek om en zei: 'Ja?'

'Mevrouw Forsyth? Ik heb u net gebeld. Ik ben rechercheur Rizzoli.'

'We zijn bijna klaar.' De lerares keek weer naar haar leerling en zuchtte. 'Je bent zo gespannen vandaag dat het weinig zin heeft om door te gaan. Ga naar je kamer en oefen het losschudden van je polsen. Beide handen. Losse polsen is een eerste vereiste voor een violist.'

Gedwee borg het meisje het instrument in het daarvoor bestemde koffertje. Toen ze het lokaal uitliep, stopte ze abrupt bij Jane en zei: 'Bent u een echte rechercheur? Van de politie?'

Jane knikte. 'Boston PD.'

'Cool! Ik wil later bij de FBI.'

'Moet je doen. Daar komen ze altijd vrouwen tekort.'

'Dat moet u tegen mijn ouders zeggen. Die vinden dat politiewerk geschikt is voor andere mensen,' zei ze somber en ze slofte het lokaal uit.

'Ik vrees dat dat meisje in de muziek nooit veel zal presteren,' zei mevrouw Forsyth.

'Maar voor zover ik weet is vioolspelen geen vereiste als je bij de FBI wilt.'

De sarcastische opmerking viel niet in goede aarde. Mevrouw Forsyth bekeek haar koeltjes. 'U zei dat u vragen had?'

'Over een meisje dat negentien jaar geleden les van u had. Ze zat in het orkest. Ze speelde viola da gamba.'

'U bedoelt zeker Charlotte Dion?' Toen Jane knikte, zuchtte de vrouw. 'Uiteraard. Charlotte is de enige leerlinge die men ons nooit laat vergeten. Zelfs na al die jaren kijkt meneer Dion ons er nog op aan dat hij zijn dochter heeft verloren.'

'Zoiets is voor een vader moeilijk te aanvaarden. Daar hebt u vast wel begrip voor.'

'Het Boston PD heeft een zeer uitgebreid onderzoek verricht naar haar verdwijning en nooit geopperd dat onze school nalatig is geweest. Er waren ruim voldoende begeleidsters bij die excursie, één op de zes leerlingen. En het waren geen peuters die een dagje uit waren, maar tieners. Die hebben geen oppas nodig.' Ze voegde er half binnensmonds aan toe: 'Alhoewel... Charlotte misschien wel.'

'Waarom?'

Mevrouw Forsyth aarzelde. 'Het spijt me, ik had dat niet moeten zeggen.'

'Was Charlotte lastig?'

'Ik wil geen kwaad spreken van de doden.'

'Ik denk dat de doden zouden willen dat het recht zijn beloop krijgt.'

Na een ogenblik knikte de vrouw. 'Laat ik het zo zeggen: ze was niet een van onze briljantste leerlingen. Ze was wel intelligent, hoor. Dat was gebleken uit de cijfers die ze had gehaald voor het toelatingsexamen. In haar eerste jaar hier was alles ook in orde. Maar na de echtscheiding van haar ouders ging het bergafwaarts. Ze ging steeds met de hakken over de sloot over. We hadden uiteraard met haar te doen, maar ja, de helft van onze leerlingen heeft gescheiden ouders. De meesten passen zich aan. Charlotte niet. Zij werd een somber type. Het was alsof ze, puur door haar houding van zelfmedelijden het ongeluk naar zich toe trok.'

Mevrouw Forsyth had gezegd dat ze geen kwaad wilde spreken van de doden, maar leek daar nu toch geen enkele moeite mee te hebben.

'Men kan het haar moeilijk kwalijk nemen dat ze haar moeder had verloren,' zei Jane.

'Nee, natuurlijk niet. Dat was heel erg, die schietpartij in Chinatown. Maar is het u wel eens opgevallen dat sommige mensen achtervolgd lijken te worden door ongeluk? Ze verliezen hun echtgenoot, hun baan, en krijgen dan ook nog eens kanker. Zo was het met Charlotte, altijd somber gestemd, altijd het slachtoffer van pech. Misschien had ze daarom niet veel vriendinnen.'

Dit was beslist niet het beeld dat Jane zich van Charlotte had gevormd toen ze met Patrick had gepraat. Het verbaasde haar deze dingen over haar te horen.

'In het jaarboek staat onder haar foto toch een behoorlijke lijst van activiteiten,' zei Jane. 'Muziek, onder meer.'

Mevrouw Forsyth knikte. 'Ze speelde niet onaardig, maar nooit echt met overgave. Ze is pas door de audities voor de zomerworkshop van het Bostons symfonieorkest heen gekomen toen ze al in de vijfde klas zat. Ze had geluk dat ze viola da gamba speelde. Daar is altijd vraag naar.'

'Hoeveel van uw leerlingen doen mee aan die workshop?'

'Elk jaar wel een paar. Het is de beste in New England. Je krijgt er les van leden van het Bostons symfonieorkest. Ze kiezen de studenten met zorg.' Mevrouw Forsyth zweeg even. Toen zei ze: 'Ik weet naar wie u me nog meer wilt vragen. Naar dat Chinese meisje dat ook is verdwenen.'

Jane knikte. 'U kunt gedachtelezen. Haar naam was Laura Fang.'

'Ik heb gehoord dat ze veel talent had. Dat hoorde ik nadat ze was verdwenen. Een paar van mijn leerlingen volgden samen met haar die workshop.'

'Maar Charlotte niet?'

'Nee. Charlotte is pas voor de auditie geslaagd in het jaar nadat Laura was verdwenen, dus hebben ze elkaar nooit ontmoet. Dat was vermoedelijk uw volgende vraag.'

'Het verbaast me dat u zich na negentien jaar nog zoveel bijzonderheden herinnert.'

'Dat komt omdat ik er onlangs met die rechercheur over heb gesproken.'

'Met welke rechercheur?'

'Ik weet niet meer hoe hij heet. Het was een paar weken geleden. Ik zou het moeten opzoeken in mijn agenda.'

'Zou u dat dan even willen doen, mevrouw Forsyth?'

Ergernis vlamde op in de ogen van de vrouw, alsof ze vond dat dit wel erg veel gevraagd was, maar ze liep naar haar bureau en rommelde in een la tot ze de agenda had gevonden. Ze bladerde erin en knikte. 'Hier heb ik het. Hij heeft me op 2 april opgebeld om een afspraak te maken. Ik vond hem een beetje oud voor een rechercheur, maar ja, ervaring is natuurlijk ook veel waard.'

Een beetje oud. En hij had vragen over vermiste meisjes. 'Heette hij soms Ingersoll?' vroeg Jane.

Mevrouw Forsyth keek op. 'U kent hem dus.'

'Hebt u het niet gehoord? Rechercheur Ingersoll is dood. Hij is vorige week doodgeschoten.'

De agenda gleed uit mevrouw Forsythes handen en viel op het bureau. 'Lieve hemel. Nee, dat wist ik niet.'

'Wat kwam hij hier doen, mevrouw Forsyth? Waarom had hij vragen over Charlotte?'

'Ik ging ervan uit dat haar vader erop had aangedrongen, omdat die nog steeds op antwoorden hoopt. Ik heb het een paar weken geleden tijdens het alumnidiner aan Mark Mallory verteld, maar hij wist nergens van.'

'Hebt u het aan meneer Dion zelf gevraagd?'

Ze kreeg een kleur. 'Bolton Academy mijdt elk contact met meneer Dion. Om te voorkomen dat er... bittere gevoelens worden opgerakeld.'

'Vertel me wat rechercheur Ingersoll precies tegen u heeft gezegd.'

De vrouw ging op de stoel achter het bureau zitten. Ze zag er plotseling kleiner en minder intimiderend uit, overdonderd door de manier waarop de wrede buitenwereld was doorgedrongen in haar beschutte universum van boeken en bladmuziek. 'Sorry, ik heb even nodig om het me precies te herinneren...' Ze slikte. 'Hij vroeg eigenlijk niet zoveel over Charlotte. Het ging meer over dat andere meisje.'

'Laura Fang.'

'En anderen.'

'Anderen?'

'Hij had een lijst. Een lange lijst met meer dan twintig namen. Hij wilde weten of er meisjes bij waren die ik kende. Of er meisjes bij waren die op Bolton hadden gezeten. Maar ik kende geen ervan.'

'Kunt u zich de namen herinneren?'

'Nee. Zoals ik al zei, kende ik geen ervan. Hij zei dat het meisjes waren die net als Laura spoorloos waren verdwenen.' Mevrouw Forsyth rechtte haar rug en keek Jane aan. 'Meisjes die nooit zijn gevonden.'

26

'Dit zijn de belgegevens van de afgelopen dertig dagen van Ingersolls mobiele telefoon en huistelefoon,' zei Tam. Hij spreidde de vellen papier voor Jane en Frost uit op de tafel in de vergaderruimte. 'Het zijn lijsten van alle inkomende en uitgaande gesprekken. Op het eerste gezicht zit er niets bijzonders bij. Alledaagse dingen. Telefoontjes naar zijn dochter, zijn tandarts, zijn kabelbedrijf, zijn creditcardmaatschappij. Eentje naar het viskamp in Maine waar hij die week naartoe is gegaan. En een heleboel naar de pizzeria bij hem in de buurt.'

'De man was dol op pizza, zie ik,' zei Frost.

'Verder heeft hij familieleden van de slachtoffers van de Red Phoenix gebeld, te weten op 30 maart en 1 april. Dus op de datum van het bloedbad en de dag erna.'

'Ik heb mevrouw Gilmore en Mark Mallory gesproken,' zei Frost. 'Ze hebben allebei bevestigd dat ze door Ingersoll zijn gebeld. Hij wilde weten of ze net als hij weer een anoniem briefje hadden ontvangen.'

'Maar er staan ook een paar nummers in de lijst die ik volslagen onbegrijpelijk vond,' zei Tam. 'Nummers die niets met hem te maken lijken te hebben.' Hij wees er een aan. 'Neem bijvoorbeeld dit nummer in Lowell dat hij op 6 april heeft gebeld. Hondentrimsalon "My Best Friend".' Tam keek zijn collega's aan. 'Voor zover we weten heeft Ingersoll nooit een hond gehad.'

'Misschien ging hij uit met een vrouw die er werkte,' zei Jane.

'Ik heb ze gebeld,' zei Tam. 'Ze kennen hem niet en hij is geen klant. Ook nooit geweest. Ik dacht dus dat hij een verkeerd nummer had gedraaid.' Hij wees naar een ander telefoonnummer in de lijst. 'Dit nummer heeft hij op 8 april gebeld. Het is van de lingeriewinkel Shady Lady in Worcester.'

Jane trok haar mondhoeken naar beneden. 'Ik wil niet weten wat hij daar moest.'

'Ik heb de winkel gebeld,' zei Tam. 'De naam Ingersoll zei hun niks. Ik dacht dus dat hij weer een verkeerd nummer had gedraaid.'

'Ja, logisch.'

'Maar dat is niet zo. Hij moest wel degelijk dat nummer hebben.'

'Dan hoop ik in elk geval dat hij sexy ondergoed voor zijn vriendin bestelde en niet voor zichzelf,' zei Jane.

'Het had niks met sexy ondergoed te maken. Hij moest Shady Lady niet hebben, maar de mensen van wie dat telefoonnummer voorheen was.'

Jane keek hem vragend aan. 'Hoe weet je dat?'

'Na jouw bezoek aan Bolton Academy heb ik de database van vermiste meisjes bekeken, zoals je me had verzocht. Ik heb een lijst gemaakt van alle meisjes die de afgelopen vijfentwintig jaar in Massachusetts zijn verdwenen.'

'Vijfentwintig jaar? Ben je zo ver teruggegaan?' vroeg Frost.

'Charlotte is negentien jaar geleden spoorloos verdwenen. Laura Fang eenentwintig jaar geleden. Ik heb vijfentwintig jaar als grens genomen om wat speling te hebben en daar ben ik achteraf blij om.' Tam trok een vel papier uit een dik dossier en schoof het over de tafel naar Jane. Halverwege de pagina was een telefoonnummer met rood omcirkeld. 'Dit is het nummer in Worcester dat Ingersoll heeft gebeld en dat nu van Shady Lady is. Tweeëntwintig jaar geleden was dit het telefoonnummer van ene Gregory Boles. Twaalf jaar geleden werd het toegekend aan iemand anders, en vier jaar geleden aan Shady Lady Lingerie. Telefoonnummers gaan regelmatig over op nieuwe mensen, de laatste tijd steeds vaker, omdat steeds meer mensen afzien van een gewone telefoonlijn. Ik denk dat dit de persoon is die rechercheur Ingersoll moest hebben. Gregory Boles. Maar Boles is twaalf jaar geleden verhuisd.'

'Wie is Gregory Boles?' vroeg Frost.

Jane bekeek de pagina met de telefoonnummers en voelde iets kriebelen in haar binnenste toen het haar begon te dagen. 'Dit zijn de contactnummers uit de database van de verdwenen meisjes.' Ze keek op.

Tam knikte. 'Gregory Boles is de vader van een meisje dat wordt vermist. Ik was van plan alle zaken door te nemen die nog open staan in Massachusetts, over alle meisjes onder de achttien die de afgelopen vijfentwintig jaar zijn verdwenen.' Hij wees naar de uitpuilende map die hij had meegebracht. 'Maar ik had algauw door dat het monnikenwerk zou zijn om al die dossiers uit te kammen in de hoop een link te vinden met Charlotte of Laura. En eerlijk gezegd baalde ik een beetje dat jullie mij met deze taak hadden opgezadeld, want ik dacht dat het alleen maar een karweitje was om me zoet te houden.'

'Maar tegen de verwachting in heb je iets ontdekt,' zei Jane.

'Ja. Ik kwam op het idee om alle telefoonnummers op de lijst van Ingersolls belgegevens te vergelijken met die uit de database. Alle nummers die hij via zijn huistelefoon en zijn mobiele telefoon heeft gebeld. Te oordelen naar de telefoonnummers op de lijst is hij begin april begonnen bepaalde families op te sporen. Maar opeens hield hij ermee op. Geen telefoontjes meer, niet via zijn huistelefoon en ook niet via zijn mobieltje.'

'Omdat hij dacht dat hij werd afgeluisterd,' zei Jane. Ze wisten inmiddels dat Ingersolls vermoedens juist waren. De technische recherche had een afluisterapparaatje gevonden in Ingersolls huistelefoon.

'Afgaand op de telefoontjes die hij heeft gepleegd voordat hij ophield zijn eigen telefoons daarvoor te gebruiken, zijn dit de vermiste meisjes die hij op het oog had.' Tam schoof een vel papier naar haar toe.

Jane zag dat er maar drie namen op stonden. 'Wat weten we over deze meisjes?'

'Ze verschilden in leeftijd. Ze waren dertien, vijftien en zestien. Ze zijn alle drie binnen een straal van tweehonderd kilometer van Boston verdwenen. Twee van hen waren blank, een was Aziatisch.'

'Net zoals Laura Fang,' zei Frost.

'En net zoals Laura Fang waren het wat je noemt keurige meisjes.

Ze konden goed leren, ze waren nooit met de politie in aanraking geweest en er was geen reden om aan te nemen dat ze van huis waren weggelopen. Misschien heeft Ingersoll hen daarom samengebracht op deze lijst. Omdat ze al deze dingen gemeen hadden.'

'Van wanneer dateren deze gevallen?' vroeg Frost.

'Deze meisjes zijn allemaal meer dan twintig jaar geleden verdwenen.'

'Hij hield zich dus alleen bezig met oude zaken? Waarom niet met meer recente gevallen?'

'Dat weet ik niet. Misschien was hij nog niet zover gekomen. Misschien zou hij nog meer namen hebben gevonden als hij niet was vermoord. Wat ik niet begrijp, is waarom hij zich hier überhaupt mee bezighield. Hij werkte niet aan deze zaken toen hij nog bij de politie zat. Waarom deed hij dat nu dan wel? Verveelde hij zich zo, nu hij met pensioen was?'

'Misschien heeft iemand hem ingehuurd als privé-detective. De ouders van een van de meisjes, bijvoorbeeld.'

'Dat dacht ik ook, maar ik heb inmiddels contact gehad met de ouders van alle drie de meisjes. Geen van hen had Ingersoll ingehuurd. En we weten dat Patrick Dion dat ook niet had gedaan.'

'Misschien deed hij het dan voor zichzelf,' zei Frost. 'Sommige agenten kunnen er niet tegen om met pensioen te zijn.'

'Geen van deze verdwijningen is behandeld door het Boston PD,' zei Jane. 'Ze behoorden allemaal tot andere rechtsgebieden.'

'Maar Charlotte Dion is wel in Boston verdwenen. En Laura Fang ook. Misschien vormden zij voor Ingersoll het uitgangspunt, de reden waarom hij zich ermee is gaan bezighouden.'

Jane keek naar de namen van de drie nieuwe meisjes. 'En nu is hij dood,' zei ze zachtjes. 'In wat voor wespennest was hij verzeild geraakt?'

'Het wespennest van Kevin Donohue,' zei Tam.

Jane en Frost keken hem aan. Hoewel Tam nog maar amper twee weken met hen werkte, had hij al een zweem van verwaandheid over zich. Hij droeg altijd een kostuum met stropdas en kon met zijn stekeltjeshaar en de koele blik in zijn ogen doorgaan voor een agent van de geheime dienst of voor een van de *Men in Black*. Niet iemand die je makkelijk kon leren kennen en zeker geen jongen waarmee Jane zichzelf na het werk een biertje zag drinken.

'Volgens de geruchten handelt Donohue al jaren in meisjes. Prostitutie is een van zijn nevenactiviteiten.'

Jane knikte. 'Ja, Donohue handelt in vlees in iedere zin van het woord.'

'Stel dat hij op deze manier aan meisjes kwam?'

'Door intelligente schoolmeisjes te ontvoeren?' Jane schudde haar hoofd. 'Dat lijkt me een riskante manier om minderjarige hoertjes te krijgen. Er zijn veel makkelijker methoden.'

'Maar dit lijkt wel een schakel te leggen tussen al die dingen. Joey Gilmore, vermiste meisjes, de Red Phoenix. Misschien had Ingersoll de link met Donohue ontdekt en was hij nerveus geworden. Dat kan de reden zijn waarom hij zijn eigen telefoon niet meer wilde gebruiken. Hij wist dat Donohue hem zou laten vermoorden als hij er lucht van kreeg.'

'En nu is Ingersoll vermoord,' zei Jane. 'Wat we niet weten, is waarom hij is begonnen vragen te stellen. Hij was al zoveel jaar met pensioen. Waarom had hij nu opeens belangstelling voor vermiste meisjes?'

'En voor wie werkte hij?' zei Tam. 'Misschien moeten we dat eerst uitzoeken.'

Nu waren het er zes.

Jane zat achter haar bureau door te nemen wat ze wisten over de drie nieuwe namen op de lijst. Deborah Schiffer uit Lowell, Massachusetts, was de eerste van de drie die was verdwenen. Ze was de dochter van een arts en een onderwijzeres, dertien jaar, bruin haar en bruine ogen, één meter achtenzestig lang, vijftig kilo. Vijfentwintig jaar geleden was ze spoorloos verdwenen toen ze na school naar het huis van haar pianolerares was gelopen. Ze kon goed leren, kreeg altijd negens en tienen, en stond bekend als een verlegen, studentikoos meisje, dat geen vriendje had. Als het in het tijdperk van het internet was gebeurd, hadden ze waarschijnlijk veel meer over haar geweten, maar Facebook, MySpace en online chatgroepen moesten nog uitgevonden worden.

Anderhalf jaar later was het volgende meisje op de lijst verdwenen. De vijftienjarige Patricia Boles was voor het laatst gezien bij een winkelcentrum waar ze door haar moeder was afgezet. Drie uur later was Patricia niet op de plaats verschenen waar ze met haar moeder had afgesproken. Ze was een meter zeventig, woog tweeënvijftig kilo, had blond haar en blauwe ogen. Net als Deborah Schiffer kon ze goed leren en was ze een meisje dat nooit problemen veroorzaakte. Haar verdwijning had de daaropvolgende echtscheiding van haar ouders ongetwijfeld in de hand gewerkt. Haar moeder was zeven jaar later gestorven; haar vader wilde niet over zijn verdwenen dochter praten toen Jane hem wist te bereiken op zijn nieuwe adres in Florida. 'Ik ben hertrouwd en heb drie kinderen. Het doet nog steeds te veel pijn om Patty's naam zelfs maar te horen,' zei hij door de telefoon. Ja, hij was door de jaren heen een paar keer door de politie gebeld over de zaak. Ja, hij had kort geleden met rechercheur Ingersoll gesproken. Nee, die telefoontjes hadden verder nooit iets opgeleverd.

Na de verdwijning van Patty Boles was er ruim een jaar verstreken voordat het volgende meisje verdween. Sherry Tanaka was zestien, klein en tenger, en zat op de middelbare school in Attleboro. Ze verdween op een middag toen ze gewoon thuis was geweest. De voordeur was halfopen blijven staan en haar huiswerk lag uitgespreid op de eetkamertafel. Haar moeder, die nu in Connecticut woonde, had onlangs een brief ontvangen van rechercheur Ingersoll, waarin hij vroeg of hij met haar mocht komen praten over Sherry. De brief was van 4 april en was via een reeks voormalige adressen doorgestuurd. Mevrouw Tanaka had toevallig gisteren geprobeerd hem telefonisch te bereiken, maar geen gehoor gekregen.

Omdat Ingersoll nu dood was.

Mevrouw Tanaka kende geen van de meisjes op de lijst en had ook nooit van Charlotte Dion gehoord, maar de naam Laura Fang was haar bekend, omdat dat een Aziatisch meisje was, net zoals Sherry, en ze het daarom had onthouden. Ze had zich indertijd afgevraagd of beide verdwijningen iets met elkaar te maken hadden. Ze had de politie van Attleboro daar jaren geleden nog over gebeld, maar er nooit meer iets over gehoord.

Dat er in een tijdvak van zes jaar in Massachusetts drie meisjes verdwenen waren, was op zich niet verbazingwekkend. In Amerika verdwenen jaarlijks duizenden kinderen tussen de twaalf en zeventien jaar, van wie velen ongetwijfeld waren ontvoerd. In die zes jaren waren er in Massachusetts tientallen meisjes verdwenen, meisjes in dezelfde leeftijdsgroep, die niet op Ingersolls lijst stonden. Waarom had hij zijn onderzoek juist op deze slachtoffers toegespitst? Omdat ze min of meer van dezelfde leeftijd waren en hetzelfde postuur hadden gehad? Omdat ze allemaal waren ontvoerd op plaatsen waar je snel op Highway 495, de ringweg rond Boston, kon komen?

Maar hoe zat het dan met de zeventienjarige Charlotte Dion? In tegenstelling tot de andere meisjes was ze iets ouder geweest, een ongeïnteresseerde scholiere die slechte cijfers haalde. Hoe paste zij in het patroon?

Misschien was er geen patroon. Misschien had Ingersoll naar een verband gezocht dat niet bestond.

Jane schoof haar aantekeningen over de drie meisjes opzij en pakte het dossier over Charlotte dat door rechercheur Buckholz was samengesteld. Het was heel wat dikker dan het dossier over Laura Fang en ze moest er wel van uitgaan dat de naam Dion daar iets mee te maken had. Rijkdom telde wel degelijk, zelfs als het ging om gerechtigheid. Vooral, wellicht, als het ging om gerechtigheid. Als een kind spoorloos verdween, bleven de ouders daar hun hele leven mee bezig. De tijd verstreek en zij zouden zich keer op keer afvragen of die jonge vrouw die ze daar op straat zagen lopen misschien hun inmiddels volwassen geworden dochter was of alleen maar een vrouw die toevallig een glimlach of een oogopslag had die hartverscheurend veel leek op die van hun kind.

Jane pakte de envelop met de foto's die ze uit het archief van de *Boston Globe* hadden ontvangen en die vermoedelijk de laatste foto's waren die ooit van Charlotte waren genomen. Een deel ervan was genomen op de begrafenis van Arthur en Dina Mallory. Vanwege de gruwelijke manier waarop het echtpaar was gestorven en de enorme publiciteit rond het bloedbad waren er die dag, volgens het artikel uit de *Globe*, meer dan tweehonderd mensen naar de begraafplaats gekomen.

De fotograaf had een aantal overzichtsfoto's genomen van de in stemmig zwart geklede menigte rond de twee open graven, maar de boeiendste foto's waren de close-ups van de familie. Charlotte stond op elk ervan precies in het midden, als het dramatische middelpunt van een compositie, en geen wonder: met haar bleke gezicht en haar lange, blonde haar was ze de fragiele personificatie van verdriet. Ze hield haar hand voor haar mond, alsof ze een snik probeerde te onderdrukken en haar gezicht was vertrokken alsof ze lichamelijke pijn moest verduren. Rechts van haar stond haar vader, Patrick, die bezorgd naar haar keek, maar ze hield haar lichaam licht van hem afgewend, alsof ze niet wilde dat hij kon zien hoe moeilijk ze het had.

Aan de rand van de foto stond Mark Mallory, zijn krullende haar langer dan ze op andere foto's had gezien. Op zijn twintigste had hij al de gespierde bouw en brede schouders van een volwassen man. Hij torende uit boven de magere, hologige vrouw die in een rolstoel naast hem zat en had zijn hand op haar schouder gelegd. Dat was zeker Marks moeder, Barbara, de vrouw van wie Arthur zich had laten scheiden. Barbara staarde naar de doodskisten zonder zich ervan bewust te zijn dat de uitdrukking op haar gezicht door een klikje van de lens werd vereeuwigd. Het was geen uitdrukking van verdriet maar van een griezelig kille afstandelijkheid. Alsof ze niets gaf om de man die in de kist lag. Misschien nog minder dan niets, want per slot van rekening had Arthur haar verlaten voor Dina. Hoewel Mark beweerde dat er tussen zijn ouders geen bitterheid was ontstaan, zei Barbara's gezicht hier iets heel anders. De verstoten echtgenote zat aan het graf van haar ex en de vrouw die hem van haar had afgepikt. Wat voelde ze? Was ze heimelijk tevreden? Voelde ze een zweem van triomf dat ze hen beiden had overleefd?

Jane pakte de volgende foto. Dezelfde groep, maar Charlottes gezicht was onscherp omdat ze zich bewoog. Ze wendde zich nog iets verder af van haar vader en haar lichaam helde naar voren. Op de volgende foto zag je Patrick fronsend naar haar kijken terwijl zij haar beweging voortzette, met haar hand nog voor haar mond en haar hele gezicht vertrokken. Op de volgende foto stond ze er nog maar half op en was haar rok een onduidelijke zwarte vlek. Nog een klikje van de sluiter en Charlotte was niet meer te zien. Evenmin als Mark. Alleen Patrick Dion en Barbara Mallory waren er nog en keken beiden een beetje verbouwereerd dat hun kinderen zich uit het gezelschap hadden teruggetrokken.

Hoe zat dat met Mark en Charlotte? Was hij achter haar aan gegaan om haar te troosten?

Op de volgende foto stond Patrick in een onhandige houding gebukt om Barbara te omhelzen. Twee verstoten echtgenoten die elkaar troostten. Het was een bijna artistieke foto, omdat de omhelzing werd weerspiegeld in het glanzende hout van een van de kisten.

De laatste foto was genomen toen de mensen zich van de graven hadden afgewend en wegliepen. Een metafoor, wellicht, dat het leven voor de levenden doorging. Op deze foto stond Charlotte ook weer. Ze liep naast haar vader. Patrick had zijn arm om haar middel geslagen, maar Charlotte keek schuin achterom naar het graf van haar moeder. Op haar gezicht lag een uitdrukking van vertwijfeling en verlangen, alsof ze zich het liefst boven op de doodkist van haar moeder had gestort. De moeder die haar vijf jaar geleden in de steek had gelaten.

Jane legde de foto neer. Ze had enorm met Charlotte te doen. Ze dacht aan haar eigen moeder. Angela werkte haar soms op haar zenuwen, maar Jane wist dat haar moeder van haar hield en bereid zou zijn haar leven voor haar op te offeren, net zoals zijzelf dat onvoorwaardelijk voor Regina zou doen. Toen Dina van Patrick was gescheiden en het gezin had verlaten, was Charlotte twaalf geweest, die kwetsbare leeftijd waarop de kinderjaren werden afgesloten. Ze had weliswaar een toegewijde vader gehad, maar er waren geheimen die een meisje alleen van haar moeder kon leren, de geheimen van het vrouw-zijn. *Wie had jij, Charlotte, om je in die geheimen in te wijden?*

Tussen de middag haalde ze in de kantine een kop koffie en een broodje ham. Ze nam ze mee naar boven en at automatisch, niet omdat ze veel trek had. Nadat ze de mayonaise van haar vingers had geveegd, zette ze haar computer aan en klikte op het digitale dossier met de foto's die na de moord op Ingersoll in en rond zijn woning waren gemaakt. Toen ze de afbeeldingen van zijn huis over het scherm liet glijden, herinnerde ze zich de geur van de struiken langs het pad en zag ze in gedachten weer het schijnsel van de televisie achter het raam. Ze voelde haar hartslag versnellen. *Die avond is bijna mijn dood geworden.* Ze haalde diep adem en dwong zichzelf haar aandacht bij de foto's te houden en die kalm en analytisch te bekijken. Ze bestudeerde de keuken, waar Ingersoll lag met een plas bloed rond zijn hoofd. Ze klikte naar de foto van zijn werkkamer met de openhangende laden en het lege bureaublad waar een computer moest hebben gestaan. De laatste keer dat Jane hem had gebeld, had hij haar verteld dat er bij hem was ingebroken. Dit was de chaos die hij had aangetroffen toen hij was teruggekeerd van zijn visvakantie: duidelijke bewijzen van inbraak. Tot slot klikte ze op een foto van de slaapkamer, waar zijn koffer stond. Hij had niet eens tijd gehad om die uit te pakken.

Ze scrolde verder, naar de foto's van zijn Ford Taurus, die voor het huis geparkeerd stond. De auto lag vol rommel van de lange rit: lege koffiebekertjes, een verfrommelde zak van de Burger King, een krant, de *Bangor Daily*. Jane was die avond, in haar door bloed doorweekte kleren, zo van slag geweest door wat er in de steeg was gebeurd, dat ze helemaal niet naar de auto had gekeken. Ze had het aan Frost en Tam overgelaten om de wagen te doorzoeken. Frost had gemeld dat er in het handschoenenvak een bonnetje lag van een tankstation in Greenville, Maine, met de datum van een week geleden. Dat kwam overeen met wat de dochter had gezegd, dat Ingersoll ergens in het noorden was gaan vissen.

Ze bekeek alle foto's nog een keer, klikkend van de ene naar de andere. Woonkamer, eetkamer, keuken, slaapkamer. Toen ze niet vond waar ze naar op zoek was, belde ze Frost.

'Heb jij ergens in Ingersolls huis een kistje met visgerei gezien?' vroeg ze.

'Eh, nee.'

'Wie gaat er nou vissen zonder visgerei?'

'Misschien heeft hij in het kamp waar hij verbleef visgerei gehuurd.'

'Heb je de manager al gesproken?'

'Ja, maar ik heb hem niet naar visgerei gevraagd.'

'Dan bel ik hem nog wel even.'

'Waarom?'

'Omdat ik het vreemd vind.' Ze hing op, pakte het vel papier met Ingersolls belgegevens en liep de lijst langs tot ze een nummer vond met het netnummer van Maine. Ingersoll had het op 14 april vanaf zijn huistelefoon gebeld.

Ze draaide het nummer. Toen de telefoon vijf keer was overgegaan, werd er opgenomen door een man die kortaf zei: 'Loon Point.'

'U spreekt met rechercheur Rizzoli van het Boston PD. Met wie spreek ik?'

'Met Joe. Hebben jullie nog meer vragen?'

'Pardon?'

'Gisteren heeft er ook al iemand van het Boston PD gebeld. Die heeft met mijn zoon Will gesproken.'

'Dat zal rechercheur Frost zijn geweest. Waar is Loon Point precies?'

'Aan Moosehead Lake. We hebben twaalf vakantiebungalows.'

'En u hebt onlangs een van die bungalows verhuurd aan ene meneer Ingersoll.'

'Ja, Will zei al dat er naar hem was gevraagd. Mijn vrouw was op de receptie toen meneer Ingersoll aankwam, maar zij is er vandaag niet. Het enige wat ik weet, is dat hij vijf dagen is gebleven en zich weinig liet zien.' Hij pauzeerde om tegen zijn zoon te roepen: 'Will, help die mensen even hun spullen uit de boot te laden! Ze hebben al afgemeerd!' Toen keerde hij terug naar Jane. 'Sorry. Het begint hier druk te worden. Ik zou u graag willen helpen, maar ik zou niet weten wat ik u verder zou moeten vertellen. Het speet ons erg te horen dat hij dood is.'

'Was dit de eerste keer dat meneer Ingersoll bij u een huisje huurde?'

'Ik kan me niet herinneren hem ooit eerder gezien te hebben.'

'Hoelang werkt u daar al?'

'Sinds de opening. Ik ben de eigenaar. Hoor eens, ik moet echt ophangen. Mijn gasten hebben me nodig.'

'Nog een laatste vraag. Heeft meneer Ingersoll bij u visgerei gehuurd?'

'Ja. Will heeft hem geholpen een hengel en vislijn uit te zoeken. Maar ik geloof niet dat hij veel heeft gevangen.'

Ze keek naar haar rinkelende mobieltje. 'Dank u wel, meneer...'

'Patten. Als u nog meer vragen hebt, belt u maar.'

Ze legde de hoorn op de haak, pakte haar mobieltje en zag dat het de technische recherche was. 'Rizzoli.'

Erin Volchko zei: 'Ik heb door de jaren heen al voor heel wat verrassingen gestaan, maar dit spant de kroon.'

'Waar heb je het over?'

'Dat metaalfragment dat het forensisch lab had opgestuurd? Dat in de wervelkolom van Jane Doe zat?'

'Ja. De vermoedelijke splinter van het lemmet.'

'Het is een metaalsoort die ik nog nooit van mijn leven ben tegengekomen.'

27

Frost en Tam waren al in het forensisch laboratorium toen Jane binnenkwam. Er was een man bij hen die ze niet kende, een Afrikaans-Amerikaanse heer met een zachte stem die Erin aan haar voorstelde als doctor Calvin Napoleon Cherry van Harvard's Arthur Sackler Museum.

'Toen ik begreep wat voor soort metaal dit zou kunnen zijn, heb ik doctor Cherry verzocht ernaar te kijken,' zei Erin. 'Als er iemand is die het weet, is hij het.'

Dokter Cherry lachte verlegen. 'Dat is veel te veel eer.'

'Uw naam staat boven de helft van de artikelen die over dit onderwerp zijn gepubliceerd. Ik kan me niet voorstellen dat er een nog groter deskundige op dit gebied bestaat.'

'Wat is uw functie in het Sackler Museum, doctor Cherry?' vroeg Jane.

Hij haalde bescheiden zijn schouders op. 'Ik ben de conservator van de wapencollectie. Ik heb mijn doctorale thesis gewijd aan de metallurgische analyse van de kling. In het bijzonder die van de zwaarden uit China en Japan, die nauw met elkaar verwant zijn, ook al is er eeuwen geleden een splitsing opgetreden in de vervaardigingsmethoden.'

'Denkt u dan dat dit zwaard in Azië is gemaakt?'

'Daar ben ik zo goed als zeker van.'

'Kunt u dat zien aan zo'n kleine splinter?'

Erin ging voor haar computer zitten. 'Ik zal jullie de foto's laten zien die ik een paar dagen geleden naar doctor Cherry heb gestuurd.

Microfoto's van het fragment.' Ze tikte iets in. Op het computerscherm verscheen een afbeelding van grijze kringels en golven.

'Wat we hier zien,' zei doctor Cherry, 'wordt lamelvormig staal of Damascusstaal genoemd. Je krijgt dit golvende patroon als verschillende lagen metaal, zowel zachte als harde soorten, herhaaldelijk in elkaar worden gevouwen en uitgesmeed. Hoe meer lagen je ziet, hoe groter het vakmanschap en hoe sterker het zwaard. De Chinese naam voor het beste staal is *bailian jinggang*, oftewel "honderd-keer-gesmeed staal". Die werkwijze is zichtbaar in deze patronen, die in vaktaal de aderen van de kling worden genoemd.'

'Als dit een Chinees wapen is, waarom heet het dan Damascusstaal?' vroeg Frost.

'Om dat uit te leggen zou ik u iets moeten vertellen over de geschiedenis van Chinese wapens. Als u dat wilt.' Hij zweeg afwachtend of de drie rechercheurs belangstelling zouden tonen.

'Gaat uw gang,' zei Jane.

Doctor Cherry's ogen lichtten op, alsof hij niets liever deed dan hierover praten. 'Laten we even teruggaan naar het ontstaan van de kunst van het zwaarden maken. Duizenden jaren geleden zijn de Chinezen begonnen uit steen zwaarden te vervaardigen. Later gingen ze over op brons, een zacht, zwaar metaal dat beperkingen heeft als grondstof voor wapens. De volgende stap was ijzer, maar er zijn niet veel exemplaren van die zwaarden bewaard gebleven, omdat ijzer roest en er weinig van overblijft. Ironisch genoeg kun je eerder een bronzen dan een ijzeren zwaard vinden, ook al zijn die van brons eeuwen ouder.'

'Maar we hebben het nu over staal, niet over ijzer,' zei Tam.

'En weet u wat het verschil is tussen staal en ijzer?'

Tam reageerde aarzelend. 'Als ik het me goed herinner, heeft het iets te maken met de toevoeging van koolstof.'

'Heel goed!' Doctor Cherry straalde. 'Niet iedereen weet dat, zelfs sommige van mijn eerstejaarsstudenten op Harvard niet. Goed, we zitten nu midden in de Han-dynastie, ongeveer tweeduizend jaar geleden, toen zwaardenmakers leerden staal te smeden en te vouwen en het tot platen en strippen te hameren. De techniek is waarschijnlijk in India ontstaan en later verspreid over China en het Midden-Oosten. Zo kreeg het de naam Damascusstaal.'

'Ook al komt het helemaal niet uit Damascus,' zei Frost.

'Nee, het komt oorspronkelijk uit India. Maar goede ideeën worden snel overgenomen en toen men in China de techniek begon te leren, werd zwaarden maken een vorm van kunst. Door de eeuwen heen veranderde de technische kwaliteit van de Chinese zwaarden, afhankelijk van de staat van oorlog. Elk nieuw conflict resulteert in nieuwe wapens. Toen de Mongolen een invasie deden tijdens de Songdynastie, maakten de Chinezen kennis met de Mongoolse sabels. De Chinezen hebben de sabel als inspiratie gebruikt voor hun kromzwaard, de *dao,* die door de soldaten van de cavalerie werd gehanteerd. Ze konden ermee op mensen inhakken terwijl ze op hun paarden zaten. De dao had een vlijmscherpe kling, zodat u zich wel kunt voorstellen wat een bloedbaden de slagvelden altijd waren. Mensen werden massaal verminkt en onthoofd.'

Hij schetste een gruwelijk beeld, waar Jane zich een levendige voorstelling van kon maken. Ze dacht aan de steeg. Het zoeven van het lemmet, het hete bloed dat over haar heen was gestroomd. De gruwelijkheid van deze feiten leek door de zachte klank van doctor Cherry's stem ongepast gebagatelliseerd te worden.

'Wie was er dan zo gek om het leger in te gaan? Ik zou het mooi niet doen,' zei Frost.

'Men had soms geen keus,' zei doctor Cherry. 'In de vroege geschiedenis van China waren gewapende conflicten min of meer een permanent onderdeel van het dagelijks leven. Krijgsheren die elkaar bevochten. Invasies door Mongolen en piraten.'

'Piraten? In China?'

Doctor Cherry knikte. 'Tijdens de Ming-dynastie werd de Chinese kust voortdurend belaagd door Japanse piraten. Uiteindelijk is er een held opgestaan, genaamd generaal Qi, die met hen heeft afgerekend.'

'Die naam ken ik,' zei Tam. 'Volgens mijn grootmoeder heeft hij de hoofden van vijfduizend piraten afgehakt. Er bestaan schitterende verhalen over de heldendaden van generaal Qi.'

'Jemig,' mompelde Jane. 'Het engste wat mij vroeger werd voorgelezen, was Sneeuwwitje.'

'De elitetroepen van generaal Qi stonden bekend om hun ingenieuze tactieken,' vertelde doctor Cherry. 'En ze vochten het liefst met de dao. Het Chinese zwaard.' Hij wees naar het uitvergrote beeld op Erins computerscherm en zei vol ontzag: 'Het is bijna onvoorstelbaar dat dit fragment hoogstwaarschijnlijk van zo'n zwaard afkomstig is.'

'Van zo'n dao?' vroeg Jane.

'Ja.'

'Hoe kunt u dat van zo'n klein fragment afleiden? Zou het geen splinter van een Japans samoeraizwaard kunnen zijn?'

'Dat is natuurlijk mogelijk, aangezien de Japanners hun technieken voor het maken van zwaarden van de Chinezen hebben afgekeken.'

'En samoeraizwaarden zie je veel,' zei Tam. 'Je kunt ze kopen in winkels die gespecialiseerd zijn in messen.'

'Ja, maar in die winkels worden geen zwaarden verkocht zoals dit.'

'Wat is hier zo bijzonder aan?' vroeg Jane.

'De leeftijd. Die is te berekenen door middel van C14-datering.'

Jane fronste. 'Ik dacht dat C14-datering alleen van toepassing is op organisch materiaal. Dit is staal.'

'Laten we even teruggaan naar hoe in de oudheid zwaarden werden gemaakt,' zei doctor Cherry. 'Bij de traditionele techniek werd ijzererts gesmolten in een laagoven. Het ijzer werd vervolgens gemengd met koolstof om staal te verkrijgen. Hoe kwam men aan koolstof? Uit houtskool.'

'En hout is organisch,' zei Tam.

'Juist. We hebben het koolstofcomponent aan dit voorwerp onttrokken door verbranding via de afgesloten-buistechniek,' zei Erin. 'En die koolstof hebben we geanalyseerd.'

'Begrijp ik goed dat de staalsplinter daarvoor vernietigd moest worden?'

'Ja, jammer genoeg. Om de koolstof te kunnen dateren moesten we het fragment opofferen. Dat was de enige manier om de leeftijd nauwkeurig te kunnen bepalen.'

'En toen kwam de grote verrassing,' zei doctor Cherry. Zijn stem trilde van opwinding.

'Ik gok erop dat dit wapen niet in een messenwinkel in Chinatown is gekocht,' zei Jane.

'Tenzij het een winkel is waar men in bijzonder oude antieke voorwerpen handelt.'

'Over hoe oud hebben we het?'

Doctor Cherry wees naar de microfoto. 'Het staal dat u op deze foto ziet, is gedurende de Ming-dynastie vervaardigd. Dankzij C14-datering hebben we de schatting omtrent de nauwkeurige leeftijd kunnen toespitsen op de jaren 1540 tot 1590.' Hij keek Jane met flonkerende ogen aan. 'Dat is toevallig het tijdperk van generaal Qi's legendarische leger. Een zwaard met een dergelijke graad van vakmanschap kan gebruikt zijn door een van zijn elitetroepen. Misschien zijn er zelfs een stuk of wat piraten mee onthoofd.'

Jane staarde naar de foto op het computerscherm. 'Dit wapen is meer dan vijfhonderd jaar oud? En nog altijd bruikbaar?'

'Het is mogelijk om een dergelijk zwaard heel lang te behouden, maar dan moet het uitermate goed verzorgd worden, vooral als het op het slagveld is gebruikt. Bloed werkt in op staal, zelfs als het zorgvuldig wordt verwijderd. Blootstelling aan lucht veroorzaakt roest en minieme putjes in het staal. De kling moet door de eeuwen heen vaak zijn schoongemaakt en gepolijst, wat op zich slijtage van het metaal veroorzaakt, waardoor het snijvlak broos wordt. Dat is misschien de reden waarom er van deze kling een splinter is achtergebleven in de nek van het slachtoffer. Dit zwaard heeft het einde van zijn bestaan als bruikbaar moordwapen bereikt.' Hij zuchtte weemoedig. 'Ik zou er heel wat voor over hebben als ik het kon bekijken. Een dao uit de tijd van generaal Qi is van onschatbare waarde. Maar dan moeten we het wel eerst vinden.' Hij stopte en keek fronsend naar Frost, die opeens wit wegtrok. 'Is er iets, rechercheur Frost?'

Frost antwoordde op gedempte toon: 'Ik weet waar we dat zwaard kunnen vinden.'

28

Wederom zijn de rechercheurs Rizzoli en Frost mijn sportschool binnengevallen en ditmaal hebben ze een keurig geklede, zwarte heer bij zich wiens zachte stem en beschroomde houding aangeven dat hij in tegenstelling tot hen geen politieman is. Mijn klas raakt ontwricht door de onverwachte storing. De leerlingen staan er verloren bij nu hun vechtoefening zo abrupt is onderbroken. Alleen Bella komt in actie. Ze loopt snel langs de leerlingen en komt naast me staan. Ze gedraagt zich als een lijfwacht, ondanks haar geringe lengte van één meter eenenzestig, inclusief haar rechtopstaande haar. Het verbaast mij niet dat de bezoekers zijn gekomen en ik kijk Bella aan met een blik die haar vertelt: *Zeg niets. Laat mij dit regelen.*

Rechercheur Rizzoli opent het gesprek. Zoals verwacht. Zij draagt haar gezag als een blazoen. 'Ik heb begrepen dat u een antiek zwaard in uw bezit hebt, mevrouw Fang,' zegt ze. 'Ik verzoek u dat zwaard aan mij over te dragen.'

Ik richt mijn blik op rechercheur Frost. Het is een kille, beschuldigende blik en op zijn wangen verschijnt een blos van schaamte. Op de avond dat we samen hebben gegeten, de avond dat er een vriendschap tussen ons begon te ontluiken, heb ik hem toegestaan Zheng Yi vast te houden en hem de geschiedenis van het zwaard verteld. Die avond zag ik goedheid op zijn gezicht. Nu trekt dat gezicht strak tot een masker dat niets loslaat over onze eerdere toenadering. Het is duidelijk dat hij vóór alles een politieagent is, wat elke kans op vriendschap tussen ons bederft.

'We hebben een huiszoekingsbevel,' zegt rechercheur Rizzoli, 'voor het geval u verkiest het wapen niet vrijwillig aan ons te overhandigen.'

'Als ik u mijn zwaard geef, wat gaat u er dan mee doen?' vraag ik.

'Het onderzoeken.'

'Waarom?'

'Om vast te stellen of het gebruikt is bij het plegen van een misdaad.'

'Zal het onbeschadigd aan me worden geretourneerd?'

'Mevrouw Fang, we zijn hier niet om te onderhandelen. Waar is het zwaard?'

Bella doet een stap naar voren. Woede zindert om haar heen als het zacht zoemende geluid van een hoogspanningskabel. 'U kunt het niet zomaar confisqueren!'

'Jawel. Daar heb ik het volste recht toe.'

'Zheng Yi bevindt zich al vele generaties in mijn familie,' zeg ik. 'Ik heb het nog nooit afgestaan.'

Rechercheur Rizzoli fronst haar wenkbrauwen. 'Wat is Zheng Yi?'

'De naam die het zwaard heeft gekregen toen het is gesmeed. Het betekent "gerechtigheid".'

'Het zwaard heeft een naam?'

'Waarom verbaast dat u? Is er in uw westerse cultuur geen legende over een zwaard met de naam Excalibur?'

'Mevrouw Fang,' zegt de zwarte man op een beleefde toon. 'Het laatste wat ik zou willen, is dat het zwaard op enigerlei wijze wordt beschadigd. Ik weet hoe waardevol het is en beloof u dat ik er zorgvuldig mee zal omgaan.'

'Waarom zou ik u geloven?' vraag ik.

'Omdat het mijn werk is dergelijke wapens te beschermen en te behouden. Ik ben doctor Calvin Cherry van het Arthur Sackler Museum en ik heb al veel antieke zwaarden onderzocht. Ik ken hun geschiedenis. Ik weet aan welke oorlogen ze hebben deelgenomen.' Hij buigt zijn hoofd. Het is een respectvol gebaar dat indruk op me maakt. 'Het zou me een eer zijn als u me toestond Zheng Yi te bekijken,' zegt hij rustig.

Ik kijk hem aan en zie in zijn vriendelijke, bruine ogen een oprechtheid die ik niet had verwacht. Hij spreekt de naam perfect uit, waardoor ik weet dat hij het Mandarijn beheerst. Nog belangrijker is dat hij weet dat een goed wapen gerespecteerd dient te worden uit eerbied voor het talent van de maker en alle eeuwen die het heeft overleefd.

'Komt u mee,' zeg ik. 'Bella, neem de klas van me over.'

Ik ga de bezoekers voor naar mijn kantoor en doe de deur dicht. Dan haal ik een sleutel uit mijn zak en ontsluit de kast waarin de in zijde gewikkelde bundel op de plank ligt. Ik bied hem met beide handen aan doctor Cherry aan.

Hij maakt een lichte buiging, neemt hem van me over en legt hem voorzichtig op mijn bureau. Rechercheurs Rizzoli en Frost kijken toe als hij de rode zijde lap openvouwt en het in de schede gestoken wapen zichtbaar wordt. Hij neemt een ogenblik de tijd om de schede te bekijken, die is vervaardigd van gelakt hout met bronzen decoraties. Het handvat is eveneens van gelakt hout, maar overtrokken met de groen geverfde huid van een pijlstaartrog. Als hij het zwaard uit de schede trekt, maakt de kling een muzikaal geluid dat me een rilling van genot bezorgt.

'*Liuye dao*,' zegt hij zachtjes.

Ik knik. 'Een wilgenbladzwaard.'

'En u zegt dat het eigendom is van uw familie?'

'Het was van mijn moeder. En voorheen was het van háár moeder.'

'Hoeveel generaties is het al in het bezit van uw familie?'

'Sinds generaal Washi.'

Hij kijkt verrast op. 'Echt waar?'

'Het is onze stamboom.'

Rechercheur Rizzoli vraagt. 'Die generaal. Wie was hij precies?'

'Dit stukje geschiedenis interesseert u vast, rechercheur Rizolli,' zegt doctor Cherry. 'Generaal Washi was een vrouw en ze was de beroemdste dubbele dao-master aller tijden. Een krijger die vocht met twee zwaarden, één in elke hand. Ze had in de tijd van de Mingdynastie het bevel over duizenden soldaten. Ze voerde hen aan bij aanvallen tegen die Japanse piraten waar ik u over heb verteld.' Hij bekijkt me verwonderd. 'En u stamt van haar af.'

Ik glimlach en knik. 'Het doet me plezier dat zij u bekend is.'

'Dit is ongelooflijk! Het idee dat...'

'Doctor Cherry,' komt rechercheur Rizzoli tussenbeiden. 'U zou het zwaard bekijken.'

'O ja. Natuurlijk.' Hij haalt een bril uit zijn zak en zet hem op. Achter de brillenglazen knijpt hij zijn bruine ogen geconcentreerd tot spleetjes. 'Het heeft de bekende kromming van een wilgenbladzwaard. Het is een erg oud ontwerp,' legt hij aan de twee rechercheurs uit. 'Het is iets korter dan de meeste zwaarden, maar dat is logisch als het speciaal voor een vrouwenhand is ontworpen. De bloedgroeven zijn ook typerend. Die hebben tot doel de kling iets lichter in gewicht te maken. Kijk die etsen in het staal toch eens! Het is niet te geloven hoe diep ze nog zijn! En het handvat, je zou denken dat dit het originele handvat was, als je niet wist dat dit zwaard minstens vijfhonderd jaar...' Hij zwijgt. Boven zijn bril zie ik de frons dieper worden. Een paar ogenblikken zegt hij helemaal niets. Hij brengt de dao dicht bij zijn bril en bestudeert het snijvlak van de kling. Hij test de buigzaamheid. Tot slot haalt hij een vergrootglas uit zijn zak om de geëtste vlakken te bekijken.

Uiteindelijk richt hij zich op en kijkt me aan. Ik zie een eigenaardige droefenis in zijn ogen. Een bijna spijtige blik. Zwijgend steekt hij de dao terug in de schede en houdt die aan me voor. 'Mevrouw Fang,' zegt hij. 'Dank u dat u me hebt toegestaan Zheng Yi te bekijken.'

'Bent u ermee klaar?' vraag ik.

'Het blijkt uiteindelijk niet nodig te zijn hem mee te nemen.'

Rechercheur Rizzoli protesteert. 'Doctor Cherry, het zwaard moet op het forensisch laboratorium onderzocht worden.'

'Ik verzeker u dat dit niet het wapen is dat u zoekt.'

Rizzoli kijkt naar Frost. 'Is dit niet het zwaard dat jij hebt gezien?'

Frost kijkt verward. Zijn blik gaat op en neer tussen mijn gezicht en het zwaard dat nog op mijn handpalmen rust. Zijn gezicht wordt vuurrood als hij beseft dat hij zich misschien heeft vergist.

'Ja of nee?' vraagt ze ongeduldig.

Frost schudt zijn hoofd. 'Ik weet het niet zeker. Ik heb het toen maar heel eventjes gezien.'

'Rechercheur Frost,' zeg ik kil. 'Ik hoop dat u bij uw volgende bezoek zo beleefd zult zijn me te vertellen wat u in werkelijkheid van me wilt.'

Mijn stekelige opmerking treft doel. Hij krimpt ineen alsof hij is geslagen.

Rechercheur Rizzoli zucht. 'Mevrouw Fang, ongeacht wat doctor Cherry zegt, moeten we het zwaard meenemen om het te laten onderzoeken.' Ze steekt haar handen uit en wacht tot ik het kostbare voorwerp zal afstaan.

Na een korte pauze leg ik het in haar handen. 'Ik verwacht het onbeschadigd terug te krijgen.'

Als de bezoekers vertrekken zie ik rechercheur Frost met een blik vol spijt omkijken, maar ik draag mijn minachting als een schild waar verontschuldigingen op afketsen. Met een verslagen houding loopt hij de kamer uit.

'Sifu?' zegt Bella zachtjes als ze mijn kantoor betreedt.

In de zaal blijven de leerlingen sparren en schoppen, grommen en zweten. Bella doet de deur dicht opdat zij de voldane blik niet zullen zien waarmee we elkaar aankijken.

Zet, tegenzet. Het schaakspel duurt voort en de politie staat nog steeds een zet achter.

29

Jane wachtte tot ze de straat uit waren gelopen naar de plek waar hun auto's stonden voordat ze doctor Cherry begon te ondervragen. 'Bent u er absoluut zeker van dat dit niet het moordwapen is?'

'Breng het gerust naar het forensisch laboratorium om het te laten onderzoeken, als u me niet gelooft,' antwoordde hij.

'We zijn op zoek naar een antiek Chinees zwaard en zij heeft er heel toevallig een.'

'Het zwaard dat u in beslag hebt genomen is niet het zwaard dat u zoekt. Het is waar dat het snijvlak van de kling kleine oneffenheden en littekens heeft die erop wijzen dat het daadwerkelijk is gebruikt, maar de etsen en bloedgroeven zijn te diep. Bovendien lijkt het handvat het originele exemplaar. Een houten handvat uit de Ming-dynastie kan na honderden jaren onmogelijk in zo'n goede conditie verkeren.'

'Is dit zwaard dan niet oud?'

'Het is ontegenzeglijk vakkundig vervaardigd en het heeft de zwaarte en balans van een zwaard uit de Ming-dynastie, maar het is niet meer dan een goede replica. Het is op zijn hoogst vijftig tot vijfenzeventig jaar oud.'

'Waarom hebt u daar niets over gezegd toen we binnen waren?'

'Omdat het duidelijk is dat zij gelooft dat het echt is. Zij gelooft dat het een erfstuk is dat al generaties lang in haar familie van moeder op dochter is vererfd. Ik kon het niet over mijn hart verkrijgen haar die illusie te ontnemen, juist omdat die voor haar zoveel betekent.' Hij keek naar de *paifangpoort*. Het was laat op de middag. De eerste restaurantbezoekers drentelden Chinatown binnen, slenterden door de smalle straten, bekeken de menu's in de vitrines. Doctor Cherry keek met een trieste blik naar hen. 'In het museum waar ik werk, krijg ik vaak van particulieren het verzoek een erfstuk te taxeren,' zei hij. 'De mensen komen met allerlei spullen die ze op zolder hadden liggen. Vazen, schilderijen, muziekinstrumenten. Voorwerpen waaraan mysterieuze verhalen zijn verbonden. Bijna altijd is mijn beoordeling voor hen een teleurstelling, omdat ze me geen kostbaarheden brengen, maar waardeloze replica's. Daardoor worden die mensen gedwongen vraagtekens te zetten bij alles wat hun is verteld. Hun persoonlijke mythes worden erdoor vernietigd. Ik vind het altijd vreselijk als ik dat moet doen. Ieder mens wil graag geloven dat hij bijzonder is. Hij wil geloven dat zijn familie een uniek verhaal te vertellen heeft en dat het bewijs daarvan oma's antieke ring of opa's oude viool is. Waarom moet hij gedwongen worden de naakte waarheid te horen, namelijk dat de meesten van ons maar heel gewone mensen zijn? Dat de erfstukken waar we zo op gesteld zijn, bijna altijd namaak zijn?'

'Mevrouw Fang denkt dat ze een afstammeling is van krijgsvrouwen,' zei Frost. 'Is ook dat volgens u een mythe?'

'Ik denk dat haar ouders haar dat hebben wijsgemaakt. En dat ze haar het zwaard hebben gegeven als bewijs.'

'Dus het is niet waar. Van generaal Washi.'

'Alles is mogelijk, rechercheur Frost. U kunt een afstammeling zijn van Koning Arthur of Willem de Veroveraar. Als u dat belangrijk vindt, als u daarmee het dagelijks leven beter aankunt, moet u het vooral blijven geloven. Want familiemythes hebben voor ons veel meer betekenis dan de waarheid. Familiemythes helpen ons om te gaan met het feit dat ons leven volkomen onbeduidend is.'

Jane snoof. 'De enige mythe in mijn familie gaat over hoeveel glazen bier oom Lou in één avond kon drinken.'

'Ik waag te betwijfelen dat dit de enige mythe is die u hebt gehoord,' zei doctor Cherry.

'U hebt gelijk. Ik heb ook gehoord dat mijn overgrootmoeder alle gasten op een bruiloft voedselvergiftiging heeft bezorgd.'

Doctor Cherry glimlachte. 'Ik heb het over helden. Er moet er minstens één in uw familie zijn. Denk er eens over na, rechercheur Rizzoli. Ga bij uzelf na hoe belangrijk die helden zijn voor de manier waarop u uzelf ziet.'

Jane dacht daarover na toen ze naar huis reed, maar de opvallende personen in haar familie die als eerste in haar hoofd opkwamen, waren degenen die domme streken hadden uitgehaald. Een neef die had geprobeerd te bewijzen dat de kerstman echt op de traditionele manier een huis kon binnenkomen, met het gevolg dat de hele schoorsteen van zijn moeder afgebroken had moeten worden. De oom die op een oudejaarsfeestje zelfgemaakt vuurwerk had afgestoken en later met nog maar zeven vingers uit het ziekenhuis was ontslagen.

Maar ze herinnerde zich ook verhalen over stille waardigheid, over een oudtante die een non was in Afrika. En een andere oudtante die in Italië tijdens de Tweede Wereldoorlog maar had moeten zien hoe ze de monden van haar acht kinderen gevuld hield. Ook zij waren heldinnen, maar van een minder spectaculaire soort. Doodgewone vrouwen die volharding hadden getoond, al leek hun verhaal in geen enkel opzicht op dat van Iris Fangs legendarische voorouder die met twee zwaarden had gevochten en het commando had gevoerd over duizenden soldaten. Dat leek trouwens meer op een fabel, net zo onwaarschijnlijk als het verhaal over Soen Woekong, de Apenkoning, die onschuldigen beschermde en de strijd aanbond tegen demonen en riviermonsters. Iris leefde in net zo'n sprookjeswereld, waar een eenzame weduwe kon geloven dat ze een master in de zwaardkunst was en dat het bloed van beroemde krijgsvrouwen door haar aderen stroomde. En wie kon het haar kwalijk nemen dat ze zich vastklampte aan dergelijke fantasieën? Ze was ongeneeslijk ziek. Ze had haar man en haar dochter verloren. Droomde ze, in haar eentje in haar trieste huis met de trieste meubels, over slagvelden en glorie? *Zou ik niet hetzelfde doen?*

Toen ze remde voor een verkeerslicht ging haar mobieltje. Ze nam op zonder te kijken wie het was. Een woedende stem knalde in haar oor.

'Had je me niet even kunnen bellen?' Het was haar broer Frankie. 'Dit gaat dus mooi niet door, hè.'

Ze zuchtte. 'Ik neem aan dat je mams verloving bedoelt?'

'Waarom moest ik dat van Mike horen?'

'Ik was van plan je te bellen, maar ik had het nogal druk.'

'Ze gaat niet met die vent trouwen! Doe er iets aan.'

'Wat zou ik eraan moeten doen?'

'Jezus, Jane. Ze is nog getrouwd!'

'Ja, met een man die haar in de steek heeft gelaten voor een dom blondje.'

'Zo mag je niet over je vader praten.'

'Het is toch zo?'

'Ja, maar dat gaat wel over. Pa komt heus wel weer thuis. Zodra hij over deze bevlieging heen is.'

'Dat moet je tegen ma zeggen. Dan krijg je vanzelf wel te horen wat zij daarvan vindt.'

'Ik snap jou niet, Jane. Hoe kun jij dit goedvinden? We zijn Rizzoli's. De familie gaat vóór alles. En wat weten we eigenlijk over die Korsak?'

'Schei uit, zeg. Je weet best dat het een goeie vent is.'

'Een goeie vent? Wat bedoel je daarmee?'

'Hij is een fatsoenlijk mens. En een prima politieman.' Ze zweeg toen ze besefte dat ze de man zat te verdedigen die ze zelf ook niet echt als stiefvader had gewild. Maar alles wat ze over Korsak had gezegd, was waar. Hij was een fatsoenlijk mens. En hij was een man op wie je altijd kon rekenen. Hij was in feite geen slechte partij.

'En jij vindt het helemaal niet erg dat hij met ma het bed in duikt?' vroeg Frankie.

'Vind jij het erg dat pa met het domme blondje het bed in duikt?'

'Dat is wat anders. Pa is een man.'

Nu werd ze kwaad. 'Dus pa mag wel en ma niet?' vroeg ze fel.

'Jane! We hebben het over onze moeder.'

Het licht sprong op groen. Toen ze optrok, zei ze: 'Ma is nog springlevend, Frankie. Ze ziet er goed uit, ze houdt van plezier maken en ze verdient een tweede kans op liefde. In plaats van je over haar op te winden, zou je met pa moeten gaan praten. Hij is er de oorzaak van waarom ze het überhaupt met Korsak heeft aangelegd.'

'Ik ga ook met pa praten. Het is hoog tijd dat hij hier iets aan doet.' Frankie hing op.

Dat hij hier iets aan doet? Hij was juist de oorzaak van de hele situatie.

Ze gooide het telefoontje op de passagiersstoel en begon zich af te vragen hoe haar vader op het nieuws zou reageren en zich kwaad te maken dat dit alweer iets was waar ze zich zorgen over kon gaan zitten maken, nóg een bal die ze in de lucht moest zien te houden, terwijl ze al met zoveel ballen jongleerde.

Het mobieltje begon weer te rinkelen.

Ze stopte abrupt langs de kant van de weg om op te nemen. 'Ik heb hier geen tijd voor, Frankie,' snauwde ze.

'Wie de fuck is Frankie?' blafte iemand terug. 'Luister goed, Rizzoli. Ik ben die hele Red Phoenix goed zat en ik wil dat je zorgt dat het ophoudt.' Ze herkende Kevin Donohues zware, raspende stem onmiddellijk. Evenals zijn aangename vocabulaire.

'Ik heb geen idee waar u het over hebt, meneer Donohue,' zei ze.

'Ik heb er vanmiddag alweer een gekregen. Ditmaal zat hij onder mijn ruitenwisser. Het gore lef van die lui om mijn auto aan te raken!'

'Waar hebt u er weer een van gekregen?'

'Van Joey's overlijdensbericht. "Hield van basketbal en kleiduiven schieten, laat een liefhebbende moeder en zuster achter, blabla." En op de achterkant staat weer iets geschreven.'

'Wat dan?'

'"Het komt je halen."'

'En vindt u dat we dat serieus moeten opvatten?'

'Vind jij dan van niet? Er zijn al twee mensen aan stukken gehakt door een of andere aap.'

'Een aap? Wat bedoelt u?' vroeg ze effen.

'O, is dat iets wat ik niet zou mogen weten?'

'Die informatie is niet openbaar gemaakt.'

'Voor mij hoeft er ook niets openbaar gemaakt te worden. Niet als het leven van deze belastingbetaler wordt bedreigd.'

Hij heeft dus inderdaad iemand die informatie over ons onderzoek naar hem doorsluist, dacht ze. Hij heeft een verklikker binnen het politiekorps. Ze zou niet zo verbaasd moeten zijn. Een man die zoveel macht had als Donohue kon overal ogen en oren kopen, ook op het gemeentehuis en het hoofdbureau van politie.

'Doe je werk, Rizzoli,' zei Donohue. 'Het is jouw taak het publiek te dienen en te beschermen, weet je nog wel?'

Ja, al is het jammer dat ik ook uitschot zoals jij moet beschermen. Ze haalde diep adem en slaagde erin beleefd te klinken: 'Ik zal dat briefje moeten laten onderzoeken. Waar bent u?'

'In mijn pakhuis op Jeffries Point. Maar ik heb niet de hele avond de tijd, dus schiet een beetje op.'

30

Het was helemaal donker tegen de tijd dat Jane door het open hek van Donohue Vleeswaren reed. Ze parkeerde haar auto tussen een BMW en een zilverkleurige Mercedes. De maffia leek een voorkeur te hebben voor opzichtige Europese auto's. Toen ze uitstapte, hoorde ze het gebulder van een jet die opsteeg van het nabijgelegen Logan Airport. Ze keek op en zag het toestel een bocht maken in zuidelijke richting. Ze dacht aan Florida, zandstranden, rumpunch en palmbomen. Wat heerlijk zou het zijn om een zonvakantie te nemen, weg van alle moorden.

'Rerchercheur Rizzoli.'

Ze keek om en zag een van de potige lijfwachten die ze bij Donohue thuis had gezien. Sean was zijn naam.

'Hij is binnen,' zei Sean. Hij keek naar haar pistoolholster. 'U moet uw wapen afgeven.'

'De vorige keer had meneer Donohue er niets op tegen dat ik het bij me hield.'

'Ja, maar vanwege die envelop onder de ruitenwisser is hij nu veel zenuwachtiger.' Hij stak zijn hand uit.

'Ik geef mijn wapen niet af. Zeg maar tegen meneer Donohue dat hij me op het politiebureau kan vinden als hij me wil spreken.' Ze liep naar haar auto.

'Oké, oké,' zei de man. 'Maar denk erom, ik hou u in de gaten.'

'Je doet maar.'

Ze liep achter hem aan het pakhuis in. Toen de geïsoleerde deur achter haar dichtviel, vond ze het jammer dat ze geen dikkere jas aan had, want in de gigantische hal was het erg koud, zo koud dat haar adem in wolkjes bleef hangen. Sean ging haar voor door een gordijn van dikke plastic stroken naar de koelruimte erachter. Hompen vlees hingen aan haken aan het plafond, de ene rij na de andere, een bos van hangende kadavers. De koude lucht rook naar bloed en geslacht vlees en Jane wist nu al dat die geur nog lang nadat ze deze ruimte weer had verlaten, in haar kleren en haar haar zou blijven zitten. Ze liepen dwars door het woud van vlees naar een kantoor achterin. Haar begeleider klopte aan.

Toen de deur openging, herkende ze de andere lijfwacht, die haar naar binnen wenkte. Ze liep het raamloze vertrek in. De deur viel met een doffe klap achter haar dicht. Ze was nu opgesloten in een bunker binnen een gigantische koelcel die werd bewaakt door gewapende misdadigers, maar ze was minder zenuwachtig dan haar gastheer leek te zijn. Dat was de tol die je moest betalen als je een prins van de Ierse maffia was. Je leefde voortdurend in angst en kreeg last van achtervolgingswaanzin. Wie macht had, was altijd bang voor het moment waarop hij die macht zou verliezen.

Kevin Donohue zat achter zijn bureau en zag er nog vadsiger uit dan de vorige keer. Zijn worstvingers rustten op een diepvrieszakje waarin de laatste missive zat. Hij tilde het op. 'Helaas,' zei hij, 'hebben mijn briljante ondergeschikten er allemaal met hun blote jatten aangezeten voordat ze ermee bij mij kwamen.'

'De dader heeft nog nooit zijn vingerafdrukken op de briefjes achtergelaten,' zei ze, het zakje van hem aanpakkend. 'Zo slim is hij wel.' Ze bekeek de gefotokopieerde kant van het papier. Het was het overlijdensbericht van Joey Gilmore uit de *Boston Globe* van negentien jaar geleden. Ze draaide het zakje om en las de boodschap die in blokletters op de achterkant stond geschreven: HET KOMT JE HALEN.

Ze keek Donohue aan. 'Wat denkt u dat er met "het" bedoeld wordt?'

'Alsof jij dat niet weet. Dat wezen dat als een lid van een ouderwetse burgerwacht met een vlijmscherp zwaard door de stad zwerft.'

'Waarom zou het op u uit zijn? Hebt u zich ergens schuldig aan gemaakt?'

'Ik hoef nergens schuldig aan te zijn om te weten wanneer ik word bedreigd.'

'Ik had geen idee dat de handel in vlees zo gevaarlijk was.'

Hij staarde haar aan met zijn lichte ogen. 'Jij bent veel te pienter om je zo dom voor te doen.'

'Maar niet pienter genoeg om te weten wat u van me wilt, meneer Donohue.'

'Dat zei ik toch? Ik wil dat dit ophoudt voordat er nog meer bloed wordt vergoten.'

'Voordat uw bloed wordt vergoten, bedoelt u.' Ze keek naar de mannen die aan weerskanten naast haar stonden. 'U wordt anders goed beschermd.'

'Ja, maar niet tegen dat... ding. Wat het ook mag zijn.'

'Dat ding?'

Donohue boog zich naar voren. Hij liep rood aan van ongeduld. 'Ik heb gehoord dat het die twee huurmoordenaars aan stukken heeft gehakt als een hotdog. En dat het is verdwenen zonder een spoor achter te laten.'

'Waren het uw huurmoordenaars?'

'Nee. Dat heb ik je de vorige keer al verteld. Ik heb er niets mee te maken.'

'Enig idee wie dan wel?'

'Als ik het wist, zou ik het je vertellen. Maar ik heb hier en daar mijn licht opgestoken en ben te weten gekomen dat er weken geleden al een prijs op het hoofd van die smeris is gezet.'

'Bedoelt u rechercheur Ingersoll?'

Donohues drie onderkinnen bewogen mee toen hij knikte. 'Hij had geen schijn van kans. Hij moet iets gedaan hebben waar iemand erg nerveus van was geworden.'

'Ingersoll was al jaren met pensioen.'

'Maar hij stelde veel vragen.'

'Over meisjes, meneer Donohue. Over meisjes die spoorloos zijn verdwenen.' Jane keek hem recht in de ogen. 'Wat op zich een onderwerp is waar u nerveus van zou moeten worden.'

'Ik?' Hij leunde achterover. De stoel kreunde onder zijn gewicht. 'Ik zou niet weten waarom.'

'Prostitutie. Handel in minderjarige meisjes.'

'Bewijs het maar.'

Ze haalde haar schouders op. 'Nu ik erover nadenk, moet ik die apenfiguur misschien gewoon zijn gang laten gaan.'

'Hij heeft het op de verkeerde voorzien! Ik heb niets met de Red Phoenix te maken! Joey was weliswaar een gluiperd en ik heb geen traan gelaten toen hij die kogel kreeg, maar ik heb niemand ingehuurd om hem te vermoorden.'

Ze keek naar Joey's overlijdensbericht. 'Iemand denkt daar anders over.'

'Ja, dat rare wijf in Chinatown. Als je het mij vraagt, zit zij hier achter.'

'Bedoelt u mevrouw Fang?'

'Ik denk dat zij Ingersoll had ingehuurd om vragen te stellen en uit te zoeken wie haar man heeft vermoord en dat hij te dicht bij de waarheid was gekomen. Ik denk dat deze oorlog zo is begonnen. De Ieren hebben misschien de naam ruig te werk gaan, maar je moet eens weten waar Chinezen toe in staat zijn. Die hebben mensen die overal kunnen komen. Mensen die zo ongeveer door muren heen kunnen lopen.'

'Hebben we het over mensen of sprookjesfiguren?'

'Heb je de film *Ninja Assasin* niet gezien? Ze worden van jongs af aan tot moordenaars opgeleid.'

'Ninja's zijn Japans.'

'Dat dondert niet! Het gaat om dezelfde vakkennis, dezelfde training. Je weet toch wie ze is? Waar Iris Fang vandaan komt? Ik heb het uitgezocht. Ze is opgegroeid in een van die mysterieuze kloosters in de bergen, waar kinderen voor zulke dingen worden opgeleid. Ze kon waarschijnlijk op haar tiende al de nek van een volwassen man breken. En nu heeft ze al die leerlingen die voor haar werken.'

'Ze is een vijfenvijftigjarige weduwe.' Een zieke vrouw met meelijwekkende waanideeën over een roemrijk verleden, dacht Jane. Een vrouw die denkt dat ze de afstammeling van een mythische generaal is en die een nepzwaard heeft als bewijs.

'Je hebt weduwen en je hebt Iris Fang.'

'Kunt u aantonen dat het Iris Fang is die u bedreigt?'

'Het is jullie taak dat aan te tonen. Ik vertel je alleen maar wat ik denk. Dat wijf heeft die avond haar man verloren en is ervan overtuigd dat ik erachter zat. Ik krijg de schuld van dat bloedbad in de Red Phoenix, terwijl dat nou toevallig iets is waar ik niks mee te maken had!'

Een luide knal deed het gebouw trillen op zijn grondvesten. Jane ving nog net een glimp op van Donohues van schrik verstarde gezicht voordat het pikkedonker werd.

'Wat gebeurt er?' riep Donohue.

'Ik geloof dat de stroom is uitgevallen,' zei een van zijn mannen.

'Ja, kaffer, dat snap ik zelf ook wel. Ga de generator aanzetten!'

'Dan moet ik wel een zaklantaarn hebben.'

Ze zwegen abrupt toen er boven hun hoofden geluiden klonken. Jane keek in het pikkedonker omhoog toen er iets met een rap bonk-bonk-bonk over het dak bewoog. Haar hart begon net zo te bonken terwijl ze nietsziend naar boven staarde, en het zweet stond in haar handen toen ze het lipje van haar schouderholster losklikte. 'Waar zit de schakelaar van de generator?' vroeg ze.

'In... in het pakhuis,' antwoordde een van de lijfwachten. Hij stond heel dicht bij haar en zijn stem was hees van angst. 'Er zit een meterkast in de achtermuur. Maar die vind ik nooit in het donker. En als dat... dat ding...' Hij stokte toen ze weer een geluid hoorden, nu zo licht als regendruppels op het dak.

Jane grabbelde in haar tas naar haar zaklantaarn en deed hem aan. De straal scheen precies op Donohue, wiens gezicht glom van zweet en angst. 'Bel de politie,' beval ze.

Hij greep de draadloze telefoon die op zijn bureau lag. Meteen gooide hij hem weer neer. 'Hij doet het niet!'

Ze trok haar mobieltje van haar riem. Geen bereik. 'Is deze kamer met lood bekleed of zo?'

'De muren zijn kogel- en schokbestendig,' zei Donohue. 'Het is een beveiligingselement.'

'Prettig. De ultieme dode zone.'

'Je moet naar buiten om mobiel te kunnen bellen.'

Maar ik wil niet naar buiten. Niemand wil naar buiten.

Het begon warm te worden in de kamer nu hun lichaamswarmte

en angst tussen de muren bleef hangen. We kunnen hier niet eeuwig blijven, dacht ze; iemand moet naar buiten gaan om de politie te bellen, en zo te zien ben ik die iemand.

Ze trok haar wapen en liep naar de deur. 'Ik ga voorop,' zei ze. 'Blijf vlak achter me.'

'Hé!' riep Donohue. 'Mijn jongens gaan niet met jou mee.'

'Ik heb back-up nodig.'

'Ze worden betaald om mij te bewaken. Ze blijven hier.'

Ze draaide zich om en scheen met de zaklantaarn in zijn ogen. 'Ook goed. Dan gaat u zelf maar. Neem vooral uw jongens mee. Ik wacht hier wel tot jullie terugkomen.' Ze pakte een stoel, ging zitten en deed de zaklantaarn uit.

Een paar ogenblikken verstreken. De duisternis was volkomen. Boven hun hoofden was het nu weer stil. Het enige geluid in de kamer was Donohues angstige gehijg.

'Oké,' zei hij toen. 'Je mag Colin meenemen. Maar Sean blijft hier.'

Ze had geen idee of Colin te vertrouwen was, maar hoopte dat hij in elk geval voldoende functionerende grijze cellen had om haar niet per ongeluk neer te schieten. Ze liep naar de deur en legde haar oor ertegen, maar de barrière was te dik om iets te kunnen horen. Kogel- en schokbestendig, had Donohue gezegd.

Ze draaide het slot open en zette de deur op een kier. In de vleeshal was het niet zo aardedonker als in het kantoor. De gloed van de stad drong binnen door hoge ramen en dat was genoeg om de rijen hangende kadavers te kunnen onderscheiden. Ze deden Jane denken aan in formatie opgestelde soldaten. Niettemin kon er in dat schemerdonker makkelijk iemand rondlopen, als een onopvallende schim tussen de hompen vlees.

Jane deed haar zaklantaarn aan en bekeek snel haar directe omgeving. In één zwaai zag ze het hangende vlees, de betonnen vloer en de mist van haar eigen ademhaling in de koude ruimte. Ze hoorde Colin vlak achter haar. Zijn adem klonk sidderend van angst. Een bange man met een vuurwapen was niet erg geschikt als hulp. Zo dadelijk krijg ik nog een kogel in mijn rug, dacht ze. Als dat ding tenminste niet eerst mijn hoofd afhakt.

'Waar is de dichtstbijzijnde uitgang?' fluisterde ze.

'Recht voor ons. Aan het einde van het gebouw.'

Ze slikte en begon tussen de kadavers door te lopen. Ze liet de lichtbundel voortdurend heen en weer zwaaien, op zoek naar bewegingen, naar een glimp van een gezicht, de glans van staal, maar het enige wat ze zag, was de handelswaar van het slachthuis, dieren die waren veranderd in hompen spieren en botten. Met het zweet in haar handen hield ze de zaklantaarn omklemd. Ik weet niet wie of wat je bent, dacht ze, maar je hebt laatst mijn leven gespaard. Niet dat dit wil zeggen dat je dat nog een keer zult doen, vooral niet als je ziet in wiens gezelschap ik me bevind.

Er doemden nog steeds kadavers voor haar op. Ze scheen met haar zaklantaarn recht vooruit, maar kon het eind van de rij niet zien. Opeens bleef ze staan. Ze spitste haar oren om boven het bonken van haar hart uit iets te kunnen horen.

'Wat is er?' fluisterde Colin.

'Luister!'

Het was alleen maar een zacht gekraak, het geluid dat een boom maakt als hij beweegt door een plotselinge windvlaag. Maar het gekraak zwol aan tot een ritmisch gekreun, alsof die boom met toenemende vaart heen en weer ging. *Het zit boven ons.* Jane richtte het licht op het plafond en zag een hangend kadaver heen en weer gaan, alsof het werd bewogen door een onzichtbare hand.

Ze hoorden meer gekraak, ditmaal links van hen. 'Daar!' zei Colin. Jane zwiepte de lichtbundel naar het geluid en zag nog een zwengelend kadaver dat als een vlezige klepel heen en weer ging in de lichtbundel van haar zaklantaarn.

'Achter ons!' riep Colin. Zijn stem klonk nu schril van angst. 'Nee, daar!'

Jane draaide zich om en om en de lichtbundel ving overal bewegingen op toen het schemerdonker tot leven kwam met het gekraak en gepiep van bewegend metaal.

'Waar is dat ding, verdomme!' riep Colin, die net als Jane in de rondte draaide en zijn wapen in het wilde weg op de bengelende vleeshompen richtte. Opeens vuurde hij. Ergens in het donker ketste de kogel af op metaal. Hij vuurde weer. Nu drong de kogel geluidloos in bevroren vlees.

'Hou op. Zo dadelijk worden we zelf geraakt!' riep Jane.

Hij hield op met schieten maar bleef zich schokkerig om en om draaien, op zoek naar het doelwit. Hij zag dat wezen natuurlijk overal, net als zijzelf. Daar! Was dat een glimp van een gezicht? De glans van een oog? Hoe kon iets zich zo snel en zo geruisloos voortbewegen? Opeens herinnerde ze zich de illustratie in het boek met de Chinese volksverhalen. De Apenkoning, met zijn staf in zijn hand, zijn lange staart gekruld. Ze verbeeldde zich een zwaard dat door het donker zoefde, een scherp lemmet dat door haar keel gleed. Ze hief met een ruk haar hoofd op en dacht heel even dat ze het wezen zag, dat ze zijn roofzuchtige ogen zag gloeien in het donker. Maar het was geen levend wezen, alleen maar een stalen haak die wachtte op een homp vers vlees.

Langzaam nam het gepiep en gekraak af en werd het stil. Jane en Colin bleven doodstil staan, met hun ruggen tegen elkaar, nerveus om zich heen speurend in het donker. Waar Jane haar zaklantaarn ook op richtte, ze kon geen indringer ontdekken, en toch was het net alsof er in de duisternis iets naar hen keek. En vanwege het licht van mijn zaklantaarn, dacht ze, weet het precies waar we zijn.

'Doorlopen,' fluisterde ze. 'Naar de uitgang.'

'Wat is dat voor een ding? Wat kan het zijn?'

'Dat weet ik niet, maar we kunnen beter niet wachten tot het bij ons komt.'

Hij wilde onder geen voorwaarde in zijn eentje achterblijven. Toen Jane weer doorliep in de richting van de uitgang, kon ze zijn adem bijna in haar nek voelen. Voor mannen als Colin was een vuurwapen een vorm van valse dapperheid, iets waardoor een lafaard in een bullebak en moordenaar veranderde. Zet zo'n kerel in het donker, waar hij de vijand niet kan zien en waar blindheid iedereen gelijk maakt, en de lafaard wordt ontmaskerd. Toen ze de uitgang bereikten en naar buiten liepen, hoorde ze hem een zucht van verlichting slaken. Het rook buiten naar de zee en in de lucht pinkelden vliegtuigen als bewegende sterren. Ze pakte haar mobieltje, maar aarzelde voordat ze op de sneltoets drukte. Wat moest ze zeggen? *De stroom viel uit en toen zijn we in paniek geraakt. We hoorden rare geluiden in het donker en dachten dat het monsters waren.*

‘Ga je bellen of hoe zit het?’ zei Colin. De lafaard was verdwenen en de bullebak was terug.

Ze legde haar vingers op de toetsen, maar bleef opeens roerloos staan met haar blik gericht op het dak van het pakhuis en het wezen dat daar gehurkt zat, als een gevelornament, in silhouet afgetekend tegen de avondhemel. Het keek naar haar en Jane keek terug. *Beschouwt het mij als een vriend of een vijand?*

‘Daar heb je hem!’ schreeuwde Colin.

Toen hij zijn hand ophief om te schieten, greep Jane zijn arm. De kogel vloog opzij zonder iets te raken.

‘Wat doe je nou?!’ riep hij. ‘Daar zit hij! Schiet hem dood!’

Het wezen op het dak verroerde zich niet. Het bleef naar hen zitten staren.

‘Als jij hem niet doodschiet, doe ik het,’ zei Colin. Hij hief zijn pistool weer op, maar bleef toen roerloos staan en zocht met zijn ogen de dakrand af. ‘Waar is hij gebleven?’

‘Hij is weg,’ zei Jane, naar het verlaten dak kijkend. *Je hebt toen mijn leven gered; nu heb ik hetzelfde voor jou gedaan.*

31

'Donohue is een hufter,' zei Tam. 'Wat mij betreft, mag dat ding hem te grazen nemen. Hem en de rest van dat tuig.'

Het ding. Ze hadden geen andere benaming voor wat het ook was dat gisteravond op het dak van het pakhuis had gezeten. Niemand had zijn gezicht gezien of zijn stem gehoord. Ze hadden er alleen maar glimpen van opgevangen, altijd in het donker, wanneer het weinig meer was dan een schaduw tussen schaduwen. In de strijd tussen goed en kwaad had het ding duidelijk partij gekozen. Het had al twee huurmoordenaars gedood. En nu had het Donohue in zijn vizier.

En het heeft mij gespaard, dacht Jane. Hoe weet het dat ik een van de 'good guys' ben?

'Wat het ook is,' zei Frost, 'het weet uit het zicht van beveiligingscamera's te blijven.'

De drie rechercheurs hadden de hele ochtend in de vergaderkamer opnamen bekeken van de beveiligingscamera's van Jeffries Point, waar Donohues pakhuis stond. Nu was de beurt aan de video van een van Donohues camera's, die gericht was op het parkeerterrein. Jane zag zichzelf het terrein op rijden en in de smalle ruimte naast Donohues Mercedes parkeren.

'Lachen! Je bent in beeld!' zei Frost.

Op de video stapte Jane uit haar auto, bleef even staan en keek omhoog, alsof ze de geur van de wind opsnoof. Zit mijn haar altijd zo slordig? dacht ze geschrokken. En sta ik echt zo krom? Ik mag wel eens om mijn houding denken. Rechtop staan en mijn buik intrekken.

Nu verscheen Sean, de lijfwacht van Donohue, in beeld en zag je hen het gesprek voeren over Jane's wapen, Sean die probeerde haar te intimideren, Jane die uitdagend haar schouders naar achteren trok.

'Waarom heb je een van ons eigenlijk niet meegenomen?' vroeg Tam.

'Ik ging alleen maar dat briefje halen. Het was niks bijzonders.'

'Maar achteraf gezien had je ons goed kunnen gebruiken.'

Op het scherm gingen Jane en de lijfwacht het pakhuis binnen en toen gebeurde er buiten niets meer. Er bewoog zich niets, er veranderde niets, je zag alleen af en toe de gloed van de koplampen van een voorbijrijdende auto. Frost liet de band vijf minuten versneld doorlopen. Tien minuten. Opeens flikkerde het beeld en toen werd het scherm zwart.

'En dat was dat,' zei Frost. 'Bij de andere drie camera's is het hetzelfde liedje. De stroom valt uit, weg plaatje.'

'Er zijn dus geen beelden van het ding,' zei Tam.

'Niet op Donohues films.'

'Het is toch niet onzichtbaar?'

'Misschien is het gewoon slim.' Frost zette foto's van de buitenkant van het pakhuis op het scherm. 'Ik heb vanochtend deze foto's van het pakhuis genomen. De camera's aan de muren zijn voor iedereen zichtbaar. Zoals verwacht zijn ze gericht op de deuren en het laadperron. Maar de achterkant van het gebouw bestaat uit één grote, blinde muur en die heeft dan ook geen camerabeveiliging. En het dak ook niet.' Hij keek Jane aan. 'Het is dus mogelijk om buiten het zicht van de camera's in of op dat gebouw te komen. En dus hoeft het ding geen bovennatuurlijk wezen te zijn.'

'Daar leek het gisteravond anders veel op,' zei Jane. Huiverend dacht ze terug aan het griezelige gekraak en gepiep van de heen en weer zwaaiende vleeshaken. 'Donohue heeft een duur beveiligingssysteem, twee lijfwachten en is tot de tanden gewapend, maar hij heeft geen idee hoe hij zich tegen dit ongrijpbare wezen moet beschermen en doet het in zijn broek van angst.'

'Maar waarom maken wij ons daar druk om?' vroeg Tam. 'Als dat ding ons werk voor ons wil doen, als het zo graag allerlei schorem wil opruimen, dan mag dat van mij.'

Jane zat naar de foto's van Donohues pakhuis te staren. 'Eerlijk gezegd heb ik moeite daar iets tegen in te brengen. Dat ding heeft mijn leven gered. Ik wil alleen weten hoe het in het gebouw heeft weten te komen. Ik was daar nota bene zelf en toch heb ik het pas op het allerlaatste moment gezien. Toen het me toestond het te zien. Toen het op het dak bleef zitten tot Donohues lijfwacht het ook had gezien.'

'Ja, waarom zou het dat gedaan hebben?' vroeg Frost.

'Om te bewijzen dat het bestaat? Om Donohue nog meer angst aan te jagen? Hem te laten zien dat het hem te grazen kan nemen wanneer het maar wil?'

'Waarom heeft het dat dan niet gedaan? Donohue is nog springlevend.'

'En doodsbang,' zei Jane. 'Het gekke is dat ik er niet bang meer voor ben. Ik weet nu dat het een bepaald doel voor ogen heeft. Ik wil alleen graag weten hoe het doet wat het doet.' Ze keek Tam aan. 'Wat weet jij over wushu?'

Hij zuchtte. 'Uiteraard wordt de Aziatische jongen uitgekozen om antwoord te geven op die vraag.'

'Niet zeuren. Het is logisch dat ik het aan jou vraag. Jij zegt veel te weten over Chinese volksverhalen.'

'Nou ja,' zei hij, 'alleen die mijn oma me heeft verteld.'

'Donohue denkt dat ninja's het op hem voorzien hebben. Ik heb gisteravond het een en ander over ninja's zitten lezen en weet nu dat hun technieken van oorsprong Chinees zijn. Donohue zegt dat ze van jongs af aan worden opgeleid tot moordenaars en dat geen enkele vorm van bewaking tegen hen bestand is.'

'Ieder weldenkend mens weet dat de helft daarvan verzonnen is.'

'Ja, maar welke helft?'

'De helft die je in *Crouching Tiger, Hidden Dragon* ziet.'

'Dat vond ik een mooie film,' zei Frost.

'Maar geloofde je echt dat krijgers door de lucht kunnen vliegen en in boomtoppen vechten? Natuurlijk niet. Want dat zijn sprookjes. Net als de verhalen van mijn oma over monniken die op water kunnen lopen. En over onsterfelijke wezens die uit de hemel neerdalen en zich onder de mensen begeven.'

'Maar legenden bevatten vaak een kern van waarheid,' zei Jane. 'Zo zijn er in China echt strijdende monniken geweest.'

'Ja, oké, dat deel is vermoedelijk waar,' zei Tam. 'Er zijn vechtende monniken geweest, uit het Shaolinklooster in de bergen. Ze werden geroemd om hun vechttechnieken nadat ze de keizer hadden verdedigd tegen opstandelingen. Maar wushu bestond al lang voor hun tijd. Die krijgskunst is duizenden jaren oud, zo oud dat niemand de oorsprong en ontwikkeling ervan precies kent. Door de eeuwen heen zijn de verhalen echter hoe langer hoe buitenissiger geworden. Daardoor komt het dat men uiteindelijk is gaan denken dat wushukrijgers een soort geesten zijn. Dat ze niet gedood kunnen worden.'

'Na wat er gisteravond is gebeurd, durf ik dat bijna te geloven,' zei Jane.

'Doe niet zo raar.'

'Jij was er niet bij. Je hebt het niet gezien.'

'Ik zou ook bijna geloven dat het om een spook gaat,' zei Frost, die inmiddels een andere opname zat te bekijken. 'Ik heb de video's van alle camera's rond het pakhuis bekeken en tot nu toe zelfs geen glimp van het ding opgevangen. Het weet steeds de blinde hoek te benutten.' Hij wees naar het scherm. 'De camera waarmee dit is gefilmd zit pal tegenover Donohues pakhuis, aan de overkant van de straat. Hij stond al die tijd aan, maar heeft niets geregistreerd.'

'Als het ding van vlees en bloed is, zal het uiteindelijk ergens te zien moeten zijn,' zei Jane.

Frost klikte naar een andere film. 'Deze camera zit aan het eind van de straat, bijna op de hoek van Summer Street.' Hij klikte op *PLAY*. Ze zagen een steeg die aan het einde was afgesloten met een rasterhek. Minuten verstreken zonder dat zich iets bewoog of dat er iets veranderde. 'Ook hier is niets te zien.'

Jane gaf Frost een meelevend schouderklopje en stond op. 'Sterkte ermee. Bel maar als je iets ontdekt.'

Ze was bijna de deur uit toen ze Frost een onderdrukte kreet hoorde slaken. Ze draaide zich om. 'Wat is er?'

'Ik weet het niet. Het ging zo snel.'

'Ik heb niks gezien,' zei Tam.

Jane liep terug naar de tafel en keek naar het scherm toen Frost de film een stukje terugdraaide en weer op PLAY klikte. Hetzelfde saaie beeld verscheen. Dezelfde slecht verlichte steeg met aan het eind het rasterhek.

'Daar heb je het!' zei Frost.

De gedaante leek uit de duisternis te ontstaan. Met zijn rug naar de camera snelde hij als een schim door de steeg. Met één sprong zat hij boven op het hek en landde gehurkt aan de andere kant. Heel even bleef hij zitten, toen richtte hij zich op tot zijn volle lengte.

Frost zette de film stil.

De gedaante was van top tot teen in het zwart gekleed. Ze konden geen gezicht onderscheiden, maar zagen een silhouet met een slanke taille en de onmiskenbare ronding van heupen.

'Het is een vrouw,' zei Frost.

Gekleed in een laagvallende spijkerbroek, hoge laarzen en een zwart leren jack liep Bella Li het hoofdbureau van het Boston PD op Schroeder Plaza binnen. Bij de metaaldetector trok ze met trage bewegingen haar jack uit, een striptease voor alle agenten die naar haar staarden. Haar nauwsluitende T-shirt kleefde aan haar bh-loze borsten. Ze glimlachte fijntjes om hun starende blikken en liep heupwiegend het poortje door naar Jane, die op haar stond te wachten.

'Ik wist niet dat ik door zo'n poortje moest,' zei Bella.

'Dat moet iedereen. Zelfs de burgemeester.' Jane wees naar de lift. 'We gaan naar boven.'

In de lift stond Bella er nonchalant bij, met haar leren jack aan één vinger over haar schouder geslagen. Haar korte haar piekte recht overeind, als de pels van een nijdige kat die op het punt stond toe te slaan. Dit is een van de weinige vrouwen die mij waarschijnlijk kan vloeren, dacht Jane. Bella was niet groot maar één en al spier en zo lenig als een panter. Terwijl Jane haar stond te bekijken dacht ze: Ben jij het wezen dat ik op het dak heb gezien? Ben jij het wezen dat mij in die steeg van de dood heeft gered?

Op de tweede etage bracht ze Bella naar de verhoorkamer. 'Ga zitten. Ik ga even tegen rechercheur Frost zeggen dat je er bent.' Ze liet de jonge vrouw in haar eentje achter.

Ze liep naar de kamer ernaast waar Frost voor de ruit van de confrontatiespiegel naar Bella stond te kijken. Hun gast zag er allesbehalve nerveus uit. Ze zat onderuitgezakt op haar stoel met haar voeten op de tafel en staarde met haar hoofd achterover naar het plafond. Ze keek verveeld.

'Heeft ze in de lift nog iets interessants gezegd?' vroeg Frost.

Jane schudde haar hoofd. 'Ze heeft niet eens gevraagd waarom we haar hebben laten komen.'

'Dat is op zich interessant. Denk je dat ze weet dat wij het weten?'

'Ik denk dat ze ons wil laten zien dat het haar koud laat.'

In de aangrenzende kamer keek Bella naar de spiegel en trok één wenkbrauw op, waarmee ze duidelijk zei: *Komt er nog wat van?*

Jane slaakte een zucht. 'Zullen we haar de duimschroeven gaan aanleggen?'

Toen Jane en Frost binnenkwamen zwaaide Bella haar voeten van de tafel, maar bleef onderuitgezakt zitten met haar armen over elkaar geslagen. Jane's vragen beantwoordde ze op een monotone toon. Het verhoor begon met bedrieglijk eenvoudige vragen: Naam? Bella Li. Geboortedatum? 18 mei. Beroep? Lerares martial arts. Bella slaakte een zucht, een toonbeeld van onverschilligheid. Maar bij de volgende vraag bespeurde Jane een lichte zenuwtrekking in de spieren van haar onderarm.

'Waar was je gisteravond tussen zes en negen uur?'

Bella haalde haar schouders op. 'Thuis.'

'Was er iemand bij je?'

'Waarom wilt u dat weten?'

'Daarom.'

'Mijn liefdesleven is míjn zaak. Ik zie niet in waarom ik namen zou moeten noemen.'

'Er was dus iemand bij je?' vroeg Frost. 'Hoe heet hij?'

'Waarom denkt u automatisch dat ik in mannen geïnteresseerd ben? Denkt u echt dat een vrouw niet iets beters kan vinden?' Ze glimlachte uitdagend naar Jane.

Jane zuchtte. 'Oké, wat is haar naam?'

Bella keek naar haar handen, bestudeerde haar kort geknipte nagels. 'Er was niemand bij me. Ik was in mijn eentje thuis.'

'Dat had je dan ook wel meteen kunnen zeggen.'

'En u had me ook wel meteen kunnen vertellen waarom ik hierheen moest komen.'

'Je was dus thuis. In je eentje. Heb je je woning gedurende de genoemde tijd verlaten?'

'Dat zou ik niet meer weten.'

'Misschien schiet het je te binnen als we je een foto laten zien.'

'Wat voor foto?'

'Een foto uit opnamen van een beveiligingscamera op Jeffries Point,' zei Frost. 'Je weet beveiligingscamera's slim te ontwijken, Bella, maar je hebt er eentje over het hoofd gezien.'

Ditmaal had Bella geen antwoord klaar, hoewel de uitdrukking op haar gezicht niet veranderde en haar ogen zo onverstoorbaar bleven als bosvijvers.

'We weten dat jij het bent, Bella,' loog Jane. Ze leunde naar voren en zag de pupillen van het meisje krimpen, een veelzeggende reflex. Bella bleef uiterlijk kalm, maar haar vecht-of-vluchtinstinct stond op scherp. 'We weten dat je in het pakhuis was. De vraag is waarom.'

Het meisje lachte, een indrukwekkend vertoon van stalen zenuwen voor iemand die zich danig in het nauw gebracht moest voelen. 'Misschien wilt u mij dat vertellen. U weet alles toch al?'

'Je bent erheen gegaan om Kevin Donohue bang te maken.'

'O ja?'

'Eerst heb je een dreigbrief onder zijn ruitenwisser gelegd. Toen heb je in zijn pakhuis ingebroken. Je hebt zijn alarmsysteem onklaar gemaakt en zijn telefoonkabel doorgesneden.'

'En dat heb ik allemaal in mijn dooie eentje gedaan?'

'Je bent jarenlang getraind in martial arts. Je hebt les gehad op een van de beste scholen ter wereld, in Taiwan.' Jane gooide een map op de tafel. 'Het dossier van je reizen van de afgelopen vijf jaar.'

Bella hield haar hoofd schuin. 'Heb ik een dossier?'

'Nu wel.'

Bella deed de map open en bladerde erin met voorgewende onverschilligheid. 'Ik heb wat gereisd, ja. Nou en? Ben ik als Amerikaans staatsburger niet vrij om te gaan en staan waar ik wil?'

'Niet veel Amerikaanse staatsburgers brengen vijf jaar door in een Taiwanees klooster om een oeroude krijgskunst te leren.'

'Elk vogeltje zingt zoals het gebekt is.'

'Wat we ook erg interessant vinden, is dat alle kosten zijn betaald door mevrouw Fang, terwijl die het zelf helemaal niet breed heeft. Ze heeft alles betaald, het lesgeld, zelfs de vliegtickets. Waarom heeft ze dat gedaan?'

'Ze zag dat ik talent had.'

'Wanneer heeft ze dat gezien?'

'Ik was zeventien en leefde op straat toen ze me heeft gevonden. Ze heeft me opgekalefaterd en onder haar vleugels genomen. Misschien omdat ik haar aan haar dochter herinnerde.'

'Ben je daarom in Boston? Om voor haar dochter te spelen?'

'Ik geef les op haar school. We doen aan dezelfde vorm van martial arts. En we delen dezelfde filosofie.'

'Welke filosofie?'

Bella keek haar recht in de ogen. 'Dat gerechtigheid een verantwoordelijkheid is die door iedereen gedeeld moet worden.'

'Gerechtigheid? Of wraak?'

'Er zijn mensen die zeggen dat wraak een ander woord is voor gerechtigheid.'

Jane bekeek Bella onderzoekend. Ze probeerde haar te doorgronden. Erachter te komen of dit het wezen was dat in de steeg haar leven had gered, het wezen dat op het dak van het pakhuis had gezeten. Bella was een jonge vrouw van vlees en bloed, precies zoals iedere andere vierentwintigjarige, maar ze was geen gewone jonge vrouw. Jane zag in haar ogen iets uitzonderlijks, iets wilds. Een dierlijke geest waar Jane een beetje van schrok en waar ze kippenvel van kreeg. Het was alsof ze in die ogen iets had gezien wat niet helemaal menselijk was.

Frost verbrak de stilte. 'En nu de waarheid graag, Bella.'

Bella wierp een achteloze blik op hem. 'Welk deel is volgens u niet waar?'

'Om te beginnen het deel over waarom Iris Fang jou heeft gekozen.'

'Ze had ook een ander kunnen kiezen.'

'Maar dat heeft ze niet gedaan. Ze is speciaal naar San Francisco gevlogen om een zeventienjarig meisje te zoeken wier moeder was gestorven. Een meisje dat bij haar pleegouders was weggelopen en op straat leefde. Wat was er zo bijzonder aan jou?'

Toen Bella geen antwoord gaf, zei Jane: 'We hebben je schooldossier uit Californië. Daar staat niets in over het staatsburgerschap van je moeder.'

'Mijn moeder is dood. Wat maakt dat nu nog uit?'

'Ze was een illegale immigrant.'

'Dat zult u moeten bewijzen.'

'En jij, Bella?'

'Ik heb een Amerikaans paspoort.'

'En volgens dat paspoort ben je in Massachusetts geboren. Maar zes jaar later ben je ingeschreven op een school in San Francisco. Je moeder had een vervalst social-securitynummer en werkte als kamermeisje in een hotel. Waarom zijn jullie naar San Francisco gegaan? Waarom zijn jullie halsoverkop naar Californië vertrokken?' Jane leunde zo ver naar voren dat ze zichzelf weerspiegeld zag in de bodemloze ogen. 'Ik denk dat ik weet wie je bent. Ik kan het alleen nog niet bewijzen. Maar dat komt nog wel.' Ze keek naar Frost. 'Laat haar het huiszoekingsbevel zien.'

Bella fronste haar wenkbrauwen. 'Welk huiszoekingsbevel?'

'Dat ons toestemming geeft je flat te doorzoeken,' zei Frost. 'Rechercheur Tam is daar al met een team van de technische recherche.'

'Wat denkt u te zullen vinden?'

'Bewijsmateriaal dat jij iets te maken hebt met de dood van een nog ongeïdentificeerde vrouw in de nacht van 15 april en van een ongeïdentificeerde man in de nacht van 21 april.'

Bella schudde haar hoofd. 'Dan moet ik u teleurstellen. Ik heb een waterdicht alibi voor 15 april. Ik deed mee aan een wushu-voorstelling in Chinatown. Er zijn minstens tweehonderd getuigen.'

'Dat zullen we nagaan. Maar als je een advocaat wilt, is het verstandig om die nu te bellen.'

'Neemt u me in hechtenis?' Bella schoot naar voren, zo plotseling dat Jane ervan schrok en zich er nog meer van bewust werd hoe snel en dodelijk dit meisje zich wist te bewegen. 'Hiermee,' zei Bella op een zachte toon, 'maakt u een grote fout.' In haar ogen leek iets te bewegen, alsof er in die duistere diepten een ander wezen ontwaakte.

'Vertel ons waarom het een fout is, dan zullen we er misschien van afzien,' zei Jane.

Bella haalde diep adem en weer was het alsof iemand anders bezit van haar nam. Iemand die Jane aankeek met ogen zo kil als gepolijste stenen. 'Ik heb verder niets te zeggen.'

Bella's flat was schoon. Veel te schoon. Jane stond midden in de woonkamer te kijken naar de vloerbedekking waarop de strepen van een stofzuiger nog zichtbaar waren.

'Zo zag het eruit toen wij aankwamen,' zei Tam. 'De keuken en de badkamer zijn smetteloos schoon. Er ligt nog geen snippertje papier in de prullenbakken. Het is net alsof hier niemand woont. Ze heeft ofwel een dwangneurose of is bezig geweest mogelijk bewijsmateriaal weg te poetsen.'

'Hoe wist ze dat we zouden komen?'

'Als je een telefoontje van het Boston PD krijgt dat je naar het bureau moet komen, is de logische conclusie dat je ergens van verdacht wordt. Ze zal beseft hebben dat we dit gingen doen.'

Jane liep naar het raam en keek door de brandschone ruit naar buiten. Beneden op straat liepen twee oudere vrouwen gearmd over de stoep. Het was rustig in dit deel van Tai Tung Village, aan de zuidelijke grens van Chinatown. Iris Fang woonde hier ook, niet ver bij Bella vandaan. De wijk was een wereld apart en Jane voelde zich een buitenstaander. Dat gevoel was versterkt door de starende blikken en het nerveuze gemompel van de mensen op straat. Met haar penning en haar gezag was Jane eigenlijk overal een buitenstaander, de outsider die je beste vriend of je grootste vijand kon zijn.

Ze draaide zich om en liep naar de badkamer, waar Frost op zijn knieën zat om het kastje onder de wastafel te bekijken. 'Niets te vinden,' zei hij, terwijl hij met een rood gezicht van het bukken weer overeind kwam. 'Nog niet één haar in de douche of de wastafel. Het enige wat ik in het medicijnkastje heb gevonden, is aspirine en een rolletje rekverband. Het is net alsof hier niemand woont.'

'Misschien woont ze hier ook niet.'

'Tam heeft met de buurman van hiernaast gesproken. Een oude man van in de tachtig. Hij zegt dat hij haar bijna nooit ziet, maar dat hij soms wel stemmen hoort.' Frost tikte op de muur. 'De muren zijn vrij dun.'

'Hij hoort stemmen?'

'Maar dat kan net zo goed de televisie zijn. Ze woont alleen.'

Jane keek om zich heen naar de smetteloze badkamer. 'Aangenomen dat ze hier woont.'

'Iemand betaalt de huur.'

'En iemand is hier heel druk in de weer geweest met een stofzuiger en bleekmiddel.'

'Tussen haakjes, die stofzuiger hebben we niet gevonden, dus hebben we ook geen stofzak met mogelijke sporen van bewijsmateriaal.'

Jane liep naar de slaapkamer. Daar stond Tam mobiel te bellen. Hij knikte toen Jane binnenkwam. De houten vloer was brandschoon. De lakens en dekens waren van het bed gehaald. Ze ging op haar knieën zitten, keek onder het bed en zag dat de vloer eronder ook volkomen stofvrij was. Een paar schoenen verscheen in zicht. Jane richtte zich op en zag een technicus van het forensisch laboratorium over het matras heen naar haar kijken.

'We hebben geen wapens gevonden,' meldde hij. 'Als je de keukenmessen niet meetelt.'

'Ook geen zwaard?'

'Nee. We hebben alle kasten en laden doorzocht en alle meubels verschoven om erachter te kunnen kijken. Hij zweeg en keek om zich heen naar de kale muren. 'Volgens mij woont ze hier nog niet erg lang. Ze is nog helemaal niet gesetteld.'

'Aangenomen dat ze van plan was te blijven.'

'Ze heeft ook niet veel kleren.'

Jane deed de kast open en zag inderdaad erg weinig kledingstukken. Drie zwarte broeken, een paar donkere truien en bloezen en een mouwloos zomerjurkje van lichtroze zijde, alles in maat 36. Het was de garderobe van iemand die op doorreis was, van iemand die van plan was snel weer te vertrekken. Van een jonge vrouw die voor hen een groot vraagteken bleef. Jane keek naar het jurkje en probeerde zich Bella Li voor te stellen in zoiets vrouwelijks, zoiets frivools, maar het lukte haar niet. Het jurkje strookte gewoon niet met de felle ogen en het rechtopstaande haar van het meisje.

'Het spijt me dat ik het moet zeggen,' zei Tam, 'maar haar alibi voor 15 april klopt.' Hij hield zijn mobieltje omhoog. 'Ik had zojuist de programmaleider van het culturele centrum aan de lijn. Er is die avond inderdaad een martial-artsvoorstelling gegeven. Bella Li trad op met acht leerlingen van de Dragon and Stars Academy.'

'Om hoe laat?'

'De groep is om zes uur 's avonds aangekomen, heeft er gegeten en is om negen uur aan het optreden begonnen. Ze zijn er de hele avond geweest.' Hij schudde zijn hoofd. 'Dood spoor, Rizzoli.'

'Maar voor 21 april heeft ze geen alibi.'

'Dat is geen reden om haar in hechtenis te houden.'

'Dan moeten we zorgen dat we een reden vinden!'

'Waarom?' Tam keek haar zo indringend aan dat ze zich onbehaaglijk begon te voelen.

Ze draaide zich weer om naar de kast om aan zijn blik te ontsnappen. 'Omdat ik gewoon weet dat er iets met haar is. Ze is erbij betrokken. Ik weet alleen niet hoe.'

'Het enige wat we hebben, is een video uit een beveiligingscamera waarop een vrouwengedaante te zien is. Het is mogelijk dat zij dat is, maar het kan net zo goed iemand anders zijn. We hebben geen wapen gevonden, noch bewijsmateriaal, in welke vorm dan ook.'

'Omdat ze snel haar flat heeft geschrobd toen ze begreep dat we zouden komen.'

'Maar wat hebben we dan, afgezien van jouw intuïtie?'

'Mijn intuïtie heeft me nog nooit bedrogen.' Ze begon de zakken van de kledingstukken te doorzoeken. Niet dat ze wist waar ze naar zocht. Ze vond alleen wat kleingeld, een knoop en een opgevouwen papieren zakdoekje.

'Weet je, Tam heeft gelijk,' zei Frost in de deuropening. 'We moeten haar laten gaan.'

'Niet tot ik meer over haar te weten ben gekomen. Ik wil weten wie ze in werkelijkheid is,' zei Jane.

'We gaan af op gissingen.'

'Dan moeten we zorgen dat we iets vinden om het te bewijzen. Er moet ergens iets te vinden zijn.' Ze liep naar het raam van de slaapkamer en keek naar buiten. Het was een schuifraam en het stond een klein stukje open, net genoeg om wat frisse lucht binnen te laten. Buiten zat pal onder het raam een tussenvloer van de brandtrap, en het raam had geen hor. Vrouwelijke huurders werden over het algemeen erg nerveus van een dergelijk gebrek aan veiligheidsmaatregelen, maar Bella Li kende geen angst. Bella Li daagde de hele wereld uit haar te na te komen. Schrok ze 's nachts ooit wakker van een verdacht geluid op die brandtrap? Van het kraken van de vloer? Of sliep ze zoals ze leefde, als een krijger, zelfs in haar dromen onbevreesd?

Jane keerde zich van het raam af, maar stopte abrupt, met haar blik gericht op het gordijn. Het was een kreukvrije, synthetische stof met een patroon van beige bamboestokken in een groen bos. Vanwege het drukke patroon was de zilveren haar bijna onzichtbaar. Het was dat het licht in de kamer er toevallig onder een bepaalde hoek op viel, anders zou Jane hem niet gezien hebben.

Ze haalde een zakje voor bewijsmateriaal uit haar zak. Met ingehouden adem plukte ze de haar van het gordijn en deed hem in het zakje. Ze hief het zakje op naar het licht en bekeek de haar. Toen keek ze naar het raam en de brandtrap.

Het is hier geweest. Het ding is in deze kamer geweest.

32

De jager heeft het zelden door als hij degene is op wie wordt gejaagd. Hij loopt door het bos met zijn geweer in zijn hand en speurt met wakkere ogen naar pootafdrukken van zijn prooi op de met lichte sneeuw bedekte grond. Hij zoekt naar een spoor of zit roerloos in zijn schuilhut in een boom te wachten tot de beer sjokkend in zicht komt. Het komt geen ogenblik in hem op dat zijn prooi misschien naar hem zit te kijken en geduldig wacht tot hij een fout maakt.

De jager die nu op mij loert, ziet weinig om bang voor te zijn. Op het oog ben ik een doodgewone vrouw van middelbare leeftijd. Mijn haar is doorweven met grijs. Ik loop langzaam, zowel van vermoeidheid als vanwege het gewicht van de tassen die ik draag, gevuld met mijn wekelijkse boodschappen. Ik loop de route die ik op dinsdagavond altijd loop. Ik doe mijn inkopen in de Chinese supermarkt in Beach Street, sla rechtsaf naar Tyler Street en loop zuidwaarts naar Tai Tung Village, de stille wijk waar ik woon. Ik hou mijn hoofd gebogen en mijn schouders gekromd, zodat ieder die me ziet zal denken: *Daar loopt een prooi*. Niet een vrouw die zal terugvechten. Niet een vrouw voor wie je bang hoeft te zijn.

Maar mijn tegenstander weet inmiddels dat hij op zijn hoede moet zijn, net zoals ik voor hem op mijn hoede ben. We hebben tot nu toe alleen in de schaduwen gespard en nog nooit contact gehad, behalve via zijn tussenpersonen. We zijn twee jagers die nog steeds om elkaar heen draaien en hij moet nu een zet doen. Dan pas, wanneer hij zich in het licht vertoont, zal ik zijn gezicht zien.

Dus loop ik door Tyler Street zoals ik al talloze malen heb gedaan en vraag me af of het vanavond gaat gebeuren. Ik heb me nog nooit zo kwetsbaar gevoeld en weet dat het doek zo dadelijk opgaat voor het volgende bedrijf. De lichtjes van Beach Street en Kneeland Street blijven steeds verder achter me. Ik loop nu door schaduwen, langs donkere portieken en onverlichte stegen. De plastic boodschappentassen maken zachte, schurende geluiden. Men ziet een vermoeide weduwe die zich met haar eigen zaken bemoeit. Maar ik hoor, zie en voel alles wat zich om me heen bevindt, van de mist rondom mij tot het aroma van de koriander en de uien dat opstijgt uit mijn tassen. Niemand begeleidt me. Geen lijfwacht waakt over mij. Vanavond ben ik helemaal alleen, een schietschijf die wacht op de eerste pijl.

Als ik mijn huis nader, zie ik dat het licht in de portiek niet brandt. Opzettelijke sabotage of alleen maar een doorgebrand peertje? Mijn zenuwen gieren van angst en mijn hartslag versnelt om bloed naar de spieren te voeren die zich al spannen voor het gevecht. Dan zie ik de geparkeerde auto en de man die uitstapt om me te begroeten, en ik adem uit in een lange zucht van opluchting en ergernis.

'Mevrouw Fang, ik zou u graag even willen spreken,' zegt rechercheur Frost.

Ik blijf staan bij de traptreden naar mijn portiek, met de zware tassen nog in mijn handen, en kijk hem aan zonder te glimlachen. 'Ik ben moe en heb u niets te zeggen.'

'Laat me u in elk geval met die tassen helpen,' biedt hij aan en voordat ik er iets tegen kan doen, grist hij de tassen uit mijn handen en draagt ze het trapje op naar de portiek. Daar wacht hij tot ik de deur zal ontsluiten. Hij kijkt zo serieus dat ik het niet over mijn hart kan verkrijgen zijn aanbod af te slaan.

Ik maak de deur open en laat hem binnen.

Terwijl ik hier en daar het licht aandoe, draagt hij de tassen naar de keuken en zet ze op het aanrecht. Met zijn handen in zijn zakken kijkt hij toe als ik de geurige kruiden en verse groenten in de koelkast leg, en de bakolie, het keukenpapier en de blikjes kippensoep in de kastjes opberg.

‘Ik wil u mijn verontschuldigingen aanbieden,’ zegt hij. ‘En het uitleggen.’

‘Uitleggen?’ vraag ik op een toon alsof het me niet interesseert.

‘Over het zwaard, en waarom we het hebben meegenomen. Als je een moord probeert op te lossen, moet je alle mogelijkheden onderzoeken. Je moet verschillende wegen bewandelen om je doel te bereiken. Het wapen dat we zoeken is een antiek zwaard en ik wist dat u er zo een bezit.’

Ik doe het laatste kastje dicht en draai me naar hem om. ‘U weet inmiddels ook dat u het mis had.’

Hij knikt. ‘U krijgt uw zwaard terug.’

‘En wanneer wordt Bella vrijgelaten?’

‘Dat is iets ingewikkelder. We zijn nog bezig haar achtergrond uit te pluizen. Ik had gehoopt dat u ons daarbij kon helpen, omdat u haar zo goed kent.’

Ik schud mijn hoofd. ‘Na ons vorige gesprek was ik opeens een verdachte en werd er een erfstuk geconfisqueerd.’

‘Dat was echt niet mijn bedoeling.’

‘Maar u bent vóór alles een politieman.’

‘Wat had u verwacht dat ik zou zijn?’

‘Dat weet ik niet. Een vriend?’

Daar heeft hij niet van terug. In het kille licht van de keuken lijkt hij ouder dan hij is. Niettemin is hij een jonge man, jong genoeg om mijn zoon te kunnen zijn. Ik wil er niet aan denken hoeveel jaren het harde licht aan mijn eigen gezicht toevoegt.

‘Ik zou graag een vriend willen zijn,’ zegt hij. ‘Als...’

‘Als ik geen verdachte was.’

‘In mijn ogen bent u dat niet.’

‘Dan doet u uw werk niet naar behoren. Ik zou die moordenaar kunnen zijn die jullie zoeken. Kunt u het zich voorstellen? Kunt u zich voorstellen hoe ik, een vrouw van midden vijftig, zwaaiend met een zwaard over daken ren en vijanden afmaak?’ Ik lach hem uit en hij krijgt een kleur alsof ik hem een klap in zijn gezicht heb gegeven. ‘Misschien moet u mijn huis doorzoeken. Misschien heb ik ergens nog een zwaard liggen, een wapen waarvan u niet eens wist dat ik het had.’

'Mevrouw Fang... Iris...'

'Gaat u nu aan uw collega's doorgeven dat de verdachte boos en onwillig is geworden? Dat u haar zelfs met uw charmes niet meer kunt overhalen nog meer informatie prijs te geven?'

'Daar ben ik helemaal niet voor gekomen! En die avond in dat restaurant was het niet mijn bedoeling u uit te horen.'

'Wat was dan uw bedoeling?'

'U beter te leren kennen. Wie u bent, wat u denkt.'

'Waarom?'

'Omdat u en ik...' Hij slaakt een diepe zucht. 'Omdat ik het gevoel had dat we allebei wel een vriend konden gebruiken. Ik in elk geval.'

Ik staar naar hem. Hij kijkt me niet aan. Zijn blik is gericht op een punt achter me, alsof hij het niet aandurft om me in de ogen te kijken. Niet omdat hij onoprecht is, maar omdat hij kwetsbaar is. Hij is dan wel een politieman, maar hij is bang voor hoe ik over hem denk. Ik heb hem nu niets te bieden, geen troost, geen vriendschap, niet eens mijn hand op zijn arm.

'U hebt behoefte aan vrienden van uw eigen leeftijd,' zeg ik bedaard. 'Niet aan iemand als ik.'

'Ik vind uw leeftijd niet belangrijk.'

'Ik wel. Ik voel hem ook,' zeg ik en ik masseer een denkbeeldig pijntje in mijn nek. 'Evenals mijn ziekte.'

'Ik zie een vrouw die nooit oud zal worden.'

'Vertel me dat over twintig jaar nog maar eens.'

Hij glimlacht. 'Wie weet.'

Een ogenblik trillen onuitgesproken woorden tussen ons, gevoelens waar we allebei verlegen mee zijn. Hij is een goed mens; ik zie het aan zijn ogen. Maar het zou belachelijk zijn om te denken dat wij ooit meer zouden kunnen zijn dan oppervlakkige kennissen. Niet omdat ik bijna twee decennia ouder ben dan hij, hoewel dat op zich een groot struikelblok is, maar vanwege de geheimen die ik nooit met hem kan delen, geheimen waardoor we aan twee verschillende kanten van een kloof staan.

Als ik met hem meeloop naar de deur zegt hij: 'Morgen kom ik het zwaard terugbrengen.'

'En Bella?'

'De kans is groot dat ze morgenochtend wordt vrijgelaten. Zonder bewijsmateriaal kunnen we haar niet eeuwig vasthouden.'

'Ze heeft niets gedaan.'

Op de drempel van de buitendeur blijft hij staan. Hij kijkt me recht in de ogen en zegt: 'Het is niet altijd duidelijk of de dingen die men doet goed of fout zijn.'

Ik staar hem aan en denk: Is het mogelijk dat hij het weet? Geeft hij me toestemming voor wat ik ga doen? Hij glimlacht alleen maar en loopt weg.

Ik doe de deur achter hem op slot. Ik ben door het gesprek uit mijn evenwicht geraakt en heb moeite me te concentreren. Wat moet je met zo'n man, vraag ik me af als ik de trap op loop om me om te kleden. Weer herinnerde hij me aan mijn echtgenoot. Zijn goedheid, zijn geduld. Zijn ruimdenkendheid, altijd bereid nieuwe mogelijkheden te bekijken. Ben ik een ijdele dwaas dat ik over zo'n onwaarschijnlijke vriendschap mijmer? Ik ben afgeleid, nog bezig met het gesprek, en let daardoor niet op de aanwijzingen waardoor ik gewaarschuwd had moeten zijn. De trillingen in de lucht. De vage geur van een onbekende huid. Pas als ik op de schakelaar druk om het licht in mijn slaapkamer aan te doen en er niets gebeurt, besef ik dat ik niet alleen ben.

De deur van de slaapkamer slaat achter me dicht. In het donker zie ik de slag niet die op mijn hoofd gericht is, maar mijn instincten komen onmiddellijk tot leven. Er zoeft iets over me heen als ik me vliegensvlug buk en naar het bed duik, waaronder mijn zwaard verstopt zit. Niet de vervalsing die ik als lokaas voor de politie gereed had, maar de echte Zheng Yi. Vijf eeuwen is het overgedragen van moeder op dochter, een erfenis bedoeld om ons te beschermen en te verdedigen.

Nu heb ik het harder nodig dan ooit.

Mijn belager springt op me af, maar ik glijd over de vloer als water. Ik reik onder het bed naar de holte waarin Zheng Yi verborgen zit. Het heft past in mijn hand als een oude vriend. De kling maakt een muzikaal geluid als hij uit de schede glijdt.

Met een vloeiende beweging spring ik overeind en draai me om naar de vijand. Het kraken van de vloer verraadt zijn positie, rechts van mij. Als ik mijn gewicht verleg voor de aanval, hoor ik de voetstap. Achter me.

Ze zijn met z'n tweeën.

Dat is mijn laatste gedachte voordat ik neerval.

33

Jane zat gehurkt naast Iris' bed de sporen te bekijken, en wat die haar vertelden beviel haar niet. Er zaten rode spetters op de rand van het beddengoed en op de vloer rond de plek waar iemand was neergevallen. Het bloedverlies was echter gering, beslist niet genoeg om fataal te zijn geweest. Ze kwam weer overeind en bekeek het uitgesmeerde bloed dat erop wees dat de persoon over de vloer was gesleept. Jane had op de trap ook al wat bloed gezien, en in de portiek, al waren de buren niet daardoor gealarmeerd, maar door het feit dat de voordeur wijd open had gestaan.

'Weet je zeker dat het negen uur was toen je hier bent vertrokken?' vroeg ze aan Frost.

Hij knikte somber. 'Ik heb niemand gezien toen ik naar buiten kwam. En mijn auto stond pal voor de deur.'

'Wat deed je hier eigenlijk?'

'Ik wilde haar spreken. Over wat er gebeurd was. Dat we het zwaard hadden meegenomen. Dat zat me niet lekker.'

'Je bent naar haar toegegaan om je te verontschuldigen voor het werk dat je doet?'

'Ja, Rizzoli, want soms voel ik me echt een hufter vanwege het werk dat ik doe,' antwoordde hij fel. 'Deze vrouw was al een slachtoffer. Ze heeft haar man en haar dochter verloren. En wat doen wij? Wij maken van háár een verdachte. We onderwerpen haar aan een verhoor. We stoppen haar weer helemaal opnieuw in de rol van slachtoffer.'

'Ik weet niet wie of wat Iris Fang is. Ik weet alleen dat zij in deze zaak van het begin af aan centraal heeft gestaan. Alles grijpt elke keer op haar terug.' Haar mobieltje ging. 'Rizzoli.'

Het was Tam. 'Kevin Donohue zegt dat hij voor gisteravond een alibi heeft.'

'En zijn lijfwachten?'

'Dat is het probleem. Ze zijn elkaars alibi. Ze zweren dat ze met z'n drieën bij Donohue thuis televisie zaten te kijken. Dat wil zeggen dat we hen geen van drieën kunnen geloven.'

'Ze kunnen het dus gedaan hebben.'

'Maar dat kunnen we niet bewijzen.'

Jane hing op en draaide zich gefrustreerd om naar het raam. Op straat stonden drie oude Chinese vrouwen naar het huis te kijken terwijl ze druk met elkaar praatten. *Weten zij iets en weigeren ze ons dat te vertellen?* In Chinatown was niets ooit eenvoudig, niets was wat het leek te zijn. Het was hier net alsof je door een zijden scherm keek en geen helder beeld kreeg, geen volledig beeld.

Ze keek naar Frost en zei: 'Misschien zal Bella nu eindelijk haar mond opendoen. Het is tijd dat we onze kaarten op tafel te leggen.'

Bella zag er nog vijandiger uit dan voorheen. Haar handen waren tot vuisten gebald en haar ogen leken zo hard als diamanten. 'Het is uw schuld,' zei ze. 'Ik had bij haar moeten zijn. Ik had het kunnen voorkomen.'

Jane boorde haar blik in die vurige ogen en stelde zich opeens voor dat de jonge vrouw als een wilde kat met uitgestoken klauwen op haar af sprong. Ze sloeg opzettelijk een bedaarde toon aan toen ze zei: 'Je wist dus dat dit zou gebeuren? Je wist dat iemand haar zou ontvoeren?'

'Waarom zitten we hier onze tijd te verdoen? Ze heeft me nodig.'

'Hoe kun je haar helpen als je niet weet waar ze is?'

Bella deed haar mond al open om antwoord te geven, toen ze opeens naar de spiegel keek, alsof ze zich herinnerde dat er waarschijnlijk nog meer mensen getuige waren van dit gesprek.

'Als we nu eens bij het begin beginnen, Bella,' zei Jane. 'Allereerst je naam. Niet de naam die je in Californië hebt aangenomen, maar de naam die je bij je geboorte hebt gekregen.' Jane legde een fotokopie van een geboorteakte op de tafel. 'Dit is ondertekend door een arts uit Chinatown. Je bent hier in Boston geboren, niet in een ziekenhuis maar thuis, op een adres in Knapp Street. De naam van je vader was Wu Weimin.'

Bella gaf geen antwoord, maar Jane zag de bevestiging in haar ogen. Niet dat ze die nodig had. Dit document was slechts het eerste van een hele reeks bewijsstukken. Jane pakte de kopieën van de andere documenten. Dossiers van de scholen in San Francisco die Bella had doorlopen onder de naam Bella Li. De overlijdensakte van haar moeder, die zich Annie Li had genoemd en op haar drieënveertigste was overleden aan maagkanker. Ze hadden alles zwart op wit, het spoor dat haar team de afgelopen achtenveertig uur hardnekkig had gevolgd, het spoor dat in het tijdperk vóór 9/11 versluierd was vanwege de verschillende rechtsgebieden waar het doorheen liep en de verborgen wereld waarin illegale vreemdelingen leefden. Een wereld waarin een moeder en kind gemakkelijk konden verdwijnen en onder een andere naam weer opduiken.

'Waarom ben je teruggekomen naar Boston?' vroeg Jane.

Bella keek haar aan. 'Sifu Fang wilde het graag. Ze is ziek en had een lerares nodig voor haar school.'

'Ja, dat is het verhaal dat je ons nu al tien keer hebt verteld.'

'Denkt u dan dat er een ander verhaal is?'

'Heeft het niets te maken met wat er in de Red Phoenix is gebeurd? Heeft het niets te maken met het feit dat je vader vier mensen heeft doodgeschoten?'

Bella's gezicht trok strak. 'Dat heeft mijn vader niet gedaan.'

'Volgens het officiële rapport wel.'

'En officiële rapporten zijn altijd correct?'

'Als het rapport niet correct is, hoe is het dan gegaan?'

Bella keek haar woedend aan. 'Hij is vermoord.'

'Is dat wat je moeder je heeft verteld?'

'Mijn moeder was er niet bij!'

Jane staarde haar zwijgend aan toen de onuitgesproken betekenis van die woorden tot haar doordrong. *Mijn moeder was er niet bij.* Ze dacht aan de gloed van de luminol op de keldertrap, aan de bloederige afdruk van een kinderschoen. 'Maar er was iemand bij,' zei ze zachtjes. 'Iemand die zich in de kelder schuilhield toen het gebeurde.'

Bella zat er doodstil bij. 'Hoe weet u...'

'Het bloed heeft het ons laten zien. Je kunt proberen bloed weg te schrobben, maar het laat altijd sporen achter. Zelfs tientallen jaren later kunnen we het met een chemische spray zichtbaar maken. We hebben de afdruk van jouw voet op de keldertrap gevonden, en op de keukenvloer, in de richting van de achterdeur. Voetafdrukken die door iemand waren uitgewist voordat de politie die avond arriveerde.' Jane leunde iets naar voren op de tafel. 'Waarom heeft je moeder dat gedaan, Bella? Waarom wilde ze de bewijzen verwijderen?'

Bella gaf geen antwoord, maar Jane zag aan haar gezicht dat ze een innerlijke strijd voerde of ze de waarheid moest opbiechten of haar geheim bewaren.

'Ze heeft het gedaan om je te beschermen,' zei Jane. 'Omdat jij had gezien wat er was gebeurd en ze bang was. Bang dat iemand jou ook zou vermoorden.'

Bella schudde haar hoofd. 'Ik heb het niet gezien.'

'Je was erbij.'

'Maar ik heb het niet gezien!' riep Bella. Een ogenblik bleef haar uitbarsting in de lucht hangen. Toen boog ze haar hoofd en fluisterde: 'Ik heb het gehoord.'

Jane vroeg niets, spoorde haar zelfs niet aan. Ze wachtte zwijgend op het verhaal waarvan ze wist dat het nu verteld zou worden.

Bella haalde diep adem. 'Mijn moeder sliep. Ze was altijd erg moe als ze de hele dag in de kruidenierswinkel had gewerkt. En ze voelde zich die avond niet lekker. Ze had een griepje onder de leden.' Bella staarde naar de tafel alsof ze haar moeder in bed zag liggen, diep weggekropen onder de dekens. 'Maar ik had geen slaap. Dus ben ik stilletjes uit bed gestapt. Ik ben naar beneden gegaan, naar papa.'

'In het restaurant.'

'Hij was een beetje boos op me.' Een droeve glimlach speelde rond haar mond. 'Hij had het druk met zijn potten en pannen en ik begon om aandacht en een ijsje te zeuren. Hij zei dat ik naar huis moest gaan, dat ik moest gaan slapen. Hij zei dat hij het druk had, dat hij geen tijd voor me had. En oom Fang ook niet.'

'De man van Iris?'

Bella knikte. 'Die was in het restaurant. Ik keek om het hoekje van de deur en zag hem aan een tafeltje zitten met een man en een vrouw. Ze dronken thee.'

Jane fronste haar wenkbrauwen. Waarom zat de kelner bij twee gasten aan tafel? Een nieuw puzzelstukje dat hoorde bij de vraag waarom de Mallory's naar een Chinees restaurant waren gegaan als ze volgens de autopsies net Italiaans hadden gegeten.

'Waar hadden ze het over?' vroeg Jane. 'Meneer Fang en die twee gasten?'

Bella schudde haar hoofd. 'Het was zo'n lawaai in de keuken dat je niet kon horen wat er in het restaurant werd gezegd. Mijn vader rammelde met zijn potten en pannen. En de ventilator stond ook nog aan.'

'Heb je Joey Gilmore zien binnenkomen om zijn bestelling af te halen?'

'Nee. Ik herinner me alleen mijn vader die bij het fornuis aan het werk was. Hoe hij stond te transpireren. In zijn oude T-shirt. Hij werkte altijd in een T-shirt...' Haar stem brak. Ze wreef in haar ogen. 'Arme papa. Wat werkte hij hard. Hij was altijd aan het werk. Zijn handen zaten vol littekens van alle brand- en snijwonden die hij in de keuken opliep.'

'Wat is er toen gebeurd?'

Bella's mond vertrok tot een treurige glimlach. 'Ik wilde een ijsje. Ik zat te jengelen, om aandacht te zeuren, terwijl mijn vader druk bezig was afhaalbakjes te vullen. Uiteindelijk zwichtte hij. Hij zei dat ik naar beneden mocht gaan om een ijsje uit de diepvrieskist te halen.'

'In de kelder?'

Ze knikte. 'Ik wist goed de weg in de kelder. Ik was er al heel vaak geweest. In de hoek stond een grote diepvrieskist. Ik moest op een stoel klimmen om het deksel omhoog te zetten. Ik weet het nog precies, hoe ik erin keek, op zoek naar de smaak die ik wilde. De ijsjes zaten in kleine kartonnen bekertjes. Het waren eenpersoons porties. Ik wilde er eentje met strepen in de smaken chocolade, vanille en aardbeien. Maar die kon ik niet vinden. Ik haalde de hele kist overhoop, maar er zat alleen maar vanille-ijs in. Alleen maar vanille-ijs.' Ze haalde diep adem. 'En toen hoorde ik mijn vader schreeuwen.'

'Tegen wie?'

'Tegen mij.' Bella keek op en knipperde tegen haar tranen. 'Hij riep dat ik me moest verstoppen.'

'Dan moeten alle mensen in het restaurant hem gehoord hebben.'

'Hij riep het in het Chinees. De moordenaar verstond die taal blijkbaar niet, anders was hij wel naar me gaan zoeken. Dan zou hij geweten hebben dat ik in de kelder was.'

Jane keek naar de confrontatiespiegel. Ze kon Frost en Tam niet zien, maar kon zich hun verblufte gezichten goed voorstellen. Dit was het ontbrekende deel van het verhaal. De aanwijzingen waren al die tijd op de keldertrap en de keukenvloer aanwezig geweest, maar voetafdrukken kunnen niet praten. Nu had Bella ze een stem gegeven.

'En je hebt je verstopt?' vroeg Jane.

'Ik begreep niet wat er gebeurde. Ik ben van de stoel gesprongen en begon de trap op te lopen, maar halverwege stopte ik. Ik hoorde hem smeken. Hij smeekte om zijn leven, in zijn gebroken Engels. Toen begreep ik dat het geen spel was, dat hij me niet in de maling nam. Mijn vader deed nooit spelletjes.' Bella slikte en ging op nog zachtere toon door. 'Dus heb ik gedaan wat hij had gezegd. Ik heb geen enkel geluid gemaakt. Ik ben onder de trap gekropen. Ik hoorde iets vallen. En toen een harde knal.'

'Hoeveel schoten in totaal?'

'Eentje maar. Alleen die ene knal.'

Jane dacht aan het wapen dat Wu Weimin in zijn hand had gehad, een Glock met een schroefdraad in de loop. De moordenaar had een geluiddemper gebruikt om het geluid van de eerste acht schoten te dempen. Pas toen hij al zijn slachtoffers had vermoord, had hij de geluiddemper verwijderd, de kolf in Wu Weimins levenloze hand gedrukt en de laatste kogel afgevuurd om ervoor te zorgen dat er kruitresten op de huid van het slachtoffer zouden worden aangetroffen.

Een perfecte misdaad, dacht Jane. Behalve dat er een getuige was. Een stil meisje, dat onder de keldertrap verborgen zat.

'Hij is voor mij gestorven,' zei Bella fluisterend. 'Hij had ervandoor moeten gaan, maar hij wilde mij daar niet achterlaten. Dus is hij gebleven. Hij is pal voor de kelderdeur gestorven. Hij blokkeerde de deur met zijn lichaam. Ik moest in zijn bloed stappen om langs hem heen te kunnen komen. Als ik daar die avond niet was geweest, als ik niet om een ijsje had zitten zeuren, zou mijn vader nu nog leven.'

Het was Jane nu helemaal duidelijk. Waarom Wu Weimin niet was gevlucht toen hij de kans had gehad. Waarom er twee kogelhulzen op de keukenvloer hadden gelegen. Was de moordenaar pas op het idee van de zogenaamde zelfmoord gekomen toen hij naast de dode kok had gestaan? Het was immers zo eenvoudig om de vingers van een dode man rond een pistool te buigen en een kogel af te vuren. En om het wapen dan achter te laten en zelf te verdwijnen.

'Je had het aan de politie moeten vertellen,' zei Jane. 'Dan zou alles heel anders zijn gelopen.'

'Welnee. Zouden ze een meisje van vijf hebben geloofd? Een meisje dat het gezicht van de moordenaar niet had gezien? Bovendien zou mijn moeder het niet hebben toegestaan. Ze was bang voor de politie. Doodsbang.'

'Waarom?'

Bella's kaakspieren bewogen. 'Snapt u dat niet? Mijn moeder verbleef hier illegaal. Wat zou er zijn gebeurd als de politie ons onder de loep had genomen? Ze moest om mijn toekomst denken, om onze toekomst. Mijn vader was dood. Daar konden we niets meer aan veranderen.'

'Maar de gerechtigheid dan? Telde die helemaal niet mee?'

'Toen niet. Niet die avond. Het enige waar ze aan kon denken, was dat ze ons tweeën in veiligheid moest brengen. Als de moordenaar te weten kwam dat er een getuige was, zou hij proberen me te vinden. Daarom heeft ze mijn voetafdrukken gewist. Daarom hebben we twee dagen later onze koffers gepakt en zijn we met stille trom vertrokken.'

'Wist Iris Fang het?'

'Toen niet. Ze heeft het jaren later pas te horen gekregen, toen mijn moeder maagkanker had en wist dat ze niet lang meer te leven had. Een maand voor haar dood heeft ze Sifu Fang een brief geschreven waarin ze haar de waarheid heeft verteld. Ze heeft geschreven dat het haar speet dat ze zo'n lafaard was. Maar na al die jaren konden we niets meer bewijzen, en niets veranderen.'

'Maar dat hebben jullie wel geprobeerd,' zei Jane. 'De afgelopen zeven jaar hebben jullie, jij of Iris, kopieën van de overlijdensberichten naar de families gestuurd. Om de herinneringen en het verdriet steeds weer op te rakelen. Met de boodschap dat de waarheid nog steeds niet aan het licht was gekomen.'

'Ja, de waarheid is nog steeds niet aan het licht gekomen. En dat moeten ze weten. Daarom hebben ze die brieven gekregen, opdat ze niet zouden ophouden vragen te stellen. Het is de enige manier om erachter te komen wie de moordenaar is.'

'Iris en jij hebben dus geprobeerd de moordenaar uit zijn schuilplaats te lokken. Door briefjes naar de familieleden en naar Kevin Donohue te sturen en te laten doorschemeren dat de waarheid spoedig aan het licht zal komen. Jullie hebben die advertentie in *The Boston Globe* geplaatst in de hoop dat de moordenaar nerveus genoeg zou worden om in de aanval te gaan. En wat waren jullie dan van plan? Hem aan ons uit te leveren? Of het recht in eigen hand te nemen?'

Bella lachte. 'Hoe hadden we dat moeten doen? We zijn maar vrouwen.'

Jane lachte op haar beurt. 'Denk maar niet dat ik jou onderschat.' Ze deed haar tas open en haalde er een exemplaar van *Monkey* uit, het boek met de oude Chinese volksverhalen, in de vertaling van Arthur Waley. 'Ik neem aan dat je de Apenkoning kent.'

Bella keek naar het boek. 'Chinese sprookjes. Wat hebben die hiermee te maken?'

'Ik vond een van de verhalen erg interessant. "Het verhaal van Tsjen O". Het gaat over een jonge geleerde die op reis is met zijn zwangere vrouw. Als ze een rivier moeten oversteken, worden ze aangevallen door bandieten die de man vermoorden en zijn vrouw ontvoeren. Ken je het?'

'Ik heb het wel eens gehoord,' zei Bella.

'Dan weet je dus hoe het verder gaat. De vrouw bevalt in gevangenschap van een zoon en legt hem in het geheim op een houten vlot, met een brief erbij waarin ze vertelt wat er is gebeurd. Net als baby Mozes laat ze het kind meevoeren door de rivier. Hij drijft naar de Tempel van de Gouden Berg, waar hij wordt opgevoed door geestelijken. Als hij volwassen is, krijgt hij de waarheid over zijn ouders te horen. Dat zijn vader is vermoord en zijn moeder gevangengenomen.'

'Wat wilt u hiermee zeggen?'

'Wat ik ermee wil zeggen, staat in de woorden van de jongeman in het boek.' Jane sloeg de pagina op en las het voor. '"Wie verzuimt het onrecht te wreken dat zijn ouders is aangedaan, verdient het niet een man genoemd te worden."' Ze keek Bella aan. 'Hier gaat het om, nietwaar? Jij bent net als de zoon in dit verhaal. Je bent getekend door de moord op je vader. Je bent het aan hem verplicht hem te wreken.' Jane schoof het boek naar Bella toe. 'Het is precies wat de Apenkoning zou doen. Vechten voor gerechtigheid. De onschuldigen beschermen. Een vader wreken. Misschien veroorzaakt de Apenkoning daarbij wel wat schade. Misschien laat hij wat serviesgoed kapotvallen en meubels in brand vliegen, maar uiteindelijk krijgt het recht zijn beloop. De Apenkoning doet altijd wat juist is.'

Bella staarde zwijgend naar de illustratie van de strijdlustige aap met de staf.

'Ik heb er alle begrip voor, Bella,' zei Jane. 'Jij bent niet de schurk in ons verhaal. Je bent de dochter van een slachtoffer, een dochter die wil krijgen wat de politie niet kan leveren. Gerechtigheid.' Ze ging op een zachte, meelevende toon door. 'Dat is waar Iris en jij mee bezig waren. Proberen de moordenaar uit de anonimiteit te lokken. Hem uit te dagen toe te slaan.'

Zag ze een bijna onmerkbaar knikje? Een onbewuste erkenning van de waarheid?

'Maar het verliep niet helemaal volgens plan,' zei Jane. 'Toen hij toesloeg, bleek hij beroepsmensen ingehuurd te hebben om de moorden te plegen. Dus wist je nog niet wie hij was. En nu heeft hij Iris ontvoerd.'

Bella keek op. Haar ogen vlamden van woede. 'Het is misgegaan vanwege u. Ik had erbij moeten zijn, om over haar te waken.'

'Ze was het lokaas.'

'Ze was bereid het risico te nemen.'

'En jullie tweeën zouden er samen voor zorgen dat het recht zou zegevieren?'

'Wie had het anders moeten doen? De politie?' Bella lachte bitter. 'De politie geeft hier na al die jaren niks meer om.'

'Dat is niet waar, Bella. Ik geef er wel degelijk om.'

'Laat me dan gaan, zodat ik haar kan gaan zoeken.'

'Je weet helemaal niet waar je moet beginnen.'

'U wel?' snauwde Bella.

'We hebben een aantal verdachten op het oog.'

'En intussen houdt u mij zonder enige reden in hechtenis.'

'Ik onderzoek twee moorden. Dat is mijn reden.'

'Het waren huurmoordenaars. Dat zei u zelf.'

'Moord is moord.'

'En ik heb een alibi voor de eerste. U weet dat ik die vrouw op het dak niet heb vermoord.'

'Wie heeft dat dan wel gedaan?'

Bella keek naar het boek. Haar mond vertrok. 'Misschien de Apenkoning.'

'Ik heb het over echte mensen.'

'U zegt dat ik een verdachte ben, maar u weet dat ik de vrouw op het dak niet vermoord kan hebben. U kunt net zo goed een sprookjesfiguur de schuld geven, omdat u geen enkele kans hebt iets te bewijzen. Weet u hoe het sprookje begint? Dat Soen Woekong uit steen ontstaat en in een krijger verandert? Op de avond dat mijn vader is vermoord, ben ik net als de Apenkoning uit een stenen kelder gekomen. Ik ben toen veranderd, net zoals hij. Ik ben geworden wat ik nu ben.'

Jane keek haar aan. Ze had van haar leven nog niet zulke harde ogen gezien. Ze probeerde zich Bella voor te stellen als een angstige vijfjarige, maar kon in dit felle wezen geen enkel spoor van dat kind terugvinden. *Zou ik niet precies hetzelfde zijn als ik getuige was geweest van de moord op iemand van wie ik hield?*

Ze stond op. 'Je hebt gelijk, Bella. Ik heb niet voldoende bewijsmateriaal om je in hechtenis te houden. Nog niet.'

'Dus... ik mag gaan?'

'Ja.'

'En u laat me niet schaduwen? Ik mag doen wat ik wil?'

'En dat is?'

Bella stond ook op, als een leeuwin die zich oprichtte om een prooi te gaan besluipen. Met de tafel tussen hen in keken de twee vrouwen elkaar aan. 'Wat nodig is,' zei ze.

34

Ik hoor hem ademhalen in de duisternis achter het verblindende licht dat in mijn ogen schijnt. Hij let er goed op dat ik zijn gezicht niet te zien krijg; het enige wat ik over hem weet, is dat hij met zijn stem vriendelijkheid veinst. Maar ik werk niet mee en hij is kwaad omdat hij nu beseft dat ik niet makkelijk gebroken kan worden.

Hij is ook bezorgd, vanwege het opsporingsapparaatje rond mijn enkel dat hij heeft gevonden. Een apparaatje dat hij onklaar heeft gemaakt door de batterij eruit te halen.

'Met wie werk je samen?' vraagt hij. Hij houdt het apparaatje vlak onder mijn neus. 'Wie vangt de signalen van dit ding op?'

Ondanks mijn gekwetste kaak en mijn gezwollen lippen slaag ik erin hees te fluisteren: 'Iemand die je niet wilt ontmoeten, al gaat dat wel gebeuren.'

'Niet als ze je niet kunnen vinden.' Hij gooit het opsporingsapparaatje van zich af. Het kletterende geluid waarmee het de vloer raakt, klinkt als het geluid van verbrijzelde hoop. Ik was nog buiten bewustzijn toen hij het van mijn been verwijderde, dus weet ik niet wanneer het is opgehouden signalen uit te zenden. Misschien lang voordat ik hier ben aangekomen. In dat geval zal niemand me kunnen vinden. Dan is dit de plek waar ik zal sterven.

Ik weet niet eens waar ik ben.

Mijn polsen zitten in boeien die aan de muur zijn geklonken. De vloer onder mijn blote voeten is van beton. Er is geen licht, afgezien van het licht dat hij in mijn ogen laat schijnen. Er kiert geen zonlicht langs het raam. Misschien is het nacht. Of misschien is dit een plek waar nooit licht komt en waar geluid nooit uit ontsnapt. Ik knijp mijn ogen tot spleetjes tegen dat felle licht en probeer iets van mijn omgeving te ontwaren, maar er is alleen dat felle licht en verder niets dan duisternis. Er gaan schokjes door mijn armen. Mijn handen jeuken om zich rond een wapen te sluiten en datgene te doen waar ik zo lang op heb gewacht.

'Je wilt je zwaard,' zegt hij. Hij houdt de kling in het licht zodat ik het kan zien. 'Het is een prachtig exemplaar. Zo scherp. Je kunt er moeiteloos een vinger mee afsnijden. Is dit het zwaard waarmee je hen hebt vermoord?' Hij laat het door de lucht zoeven. Ik voel het staal vlak langs mijn gezicht suizen. 'Ik heb gehoord dat haar hand kaarsrecht is afgehakt. En zijn hoofd ook, met één houw. Twee beroepsmoordenaars, die zich zo hebben laten verrassen.' Hij legt het staal tegen mijn hals en drukt zo hard dat mijn kloppende halsslagader de kling doet bewegen. 'Zullen we eens uitproberen wat het met jouw hals kan doen?'

Ik houd me volkomen stil, mijn blik gericht op het zwarte ovaal van zijn gezicht. Ik heb me ermee verzoend dat ik spoedig dood zal zijn. Ik ben er klaar voor. Ik ben al negentien jaar klaar voor de dood, en nu zal hij me met één slag van het zwaard de vrijheid schenken om me eindelijk weer bij mijn man te voegen, een hereniging die ik alleen heb uitgesteld vanwege dit onafgemaakte karwei. Ik voel nu geen angst, alleen spijt dat ik heb gefaald. Dat deze man nooit mijn zwaard door zijn eigen keel zal voelen glijden.

'Er was die avond in de Red Phoenix een getuige,' zegt hij. 'Wie was het?'

'Je denkt toch niet dat ik je dat ga vertellen?'

'Er was dus iemand.'

'En die zal het nooit vergeten.'

Hij drukt het zwaard nog harder tegen mijn hals. 'Vertel me wie het is.'

'Waarom zou ik? Je gaat me evengoed vermoorden.'

Een lange stilte, dan haalt hij het staal weg van mijn huid. 'Ik weet het goed gemaakt,' zegt hij kalmpjes. 'Als jij me de naam van de getuige geeft, vertel ik jou wat er met je dochter is gebeurd.'

Ik probeer te verwerken wat hij zojuist heeft gezegd, maar de duisternis draait opeens om me heen en het is alsof de vloer onder mijn voeten wegzakt. Hij ziet mijn ontsteltenis en lacht.

'Je had geen idee, hè, dat het eigenlijk om haar ging? Laura. Zo heette ze toch? Ze was een jaar of veertien. Ik herinner me haar, omdat zij de eerste was die ik mocht kiezen. Mooi meisje. Lang, zwart haar, smalle heupen. En zo goedgelovig. Ik had helemaal geen moeite haar in de auto te krijgen. Ze had zo'n zware tas met boeken en ook nog haar viool bij zich dat ze blij was met een lift naar huis. Het was heel makkelijk, omdat ik een vriend was.'

'Ik geloof je niet.'

'Waarom zou ik liegen?'

'Vertel me dan waar ze is.'

'Vertel me eerst wie de getuige is. Vertel me wie er in de Red Phoenix was. Dan zal ik je vertellen wat er met Laura is gebeurd.'

Ik heb de grootste moeite deze onthulling te verwerken en begrijp niet hoe het mogelijk is dat deze man weet wat er met mijn dochter is gebeurd. Ze is twee jaar voor de moord op mijn echtgenoot verdwenen. Het is geen moment in me opgekomen dat de twee gebeurtenissen iets met elkaar te maken konden hebben. Ik heb altijd gedacht dat het noodlot me gewoon tweemaal had getroffen, een karmische straf voor een wreedheid waaraan ik me in een eerder leven schuldig heb gemaakt.

'Ze had veel talent,' zegt de zalvende stem. 'Op de eerste dag van de repetities wist ik al dat zij degene was die ik wilde. Vivaldi's Concerto voor twee violen. Kun je je nog herinneren dat ze dat aan het oefenen was?'

Zijn woorden hebben het effect van een explosie en granaatscherven boren zich in mijn hart, want ik weet nu dat hij de waarheid spreekt. Hij heeft mijn dochter horen spelen. Hij weet wat er met haar is gebeurd.

'Geef me de naam van de getuige,' zegt hij.

'Ik vertel jou niets meer,' zeg ik zachtjes. 'Het is met je gedaan.'

Ik zie de klap niet aankomen. Hij raakt me zo hard dat mijn achterhoofd tegen de muur smakt. Dwars door het geruis in mijn oren heen hoor ik hem weer tegen me praten, woorden die ik niet wil horen.

'Ze heeft het een week of zeven, acht volgehouden. Langer dan de anderen. Ze zag er fragiel uit, maar o, wat was ze sterk. Denk het je even in. Ze was twee hele maanden nog in leven, terwijl de politie overal naar haar zocht. En al die tijd huilde ze dat ze naar huis wilde, naar haar mammie.'

Mijn zelfbeheersing begeeft het. Ik kan de tranen niet tegenhouden. Mijn hele lichaam schokt van niet te onderdrukken snikken. Ik loei als een gewond dier, wild en primitief.

'Ik weet wat er met haar is gebeurd,' zegt hij. 'Ik kan je het antwoord geven op de vraag die je al die jaren heeft gekweld. De vraag wat er met Laura is gebeurd.' Hij buigt zich dichter naar me toe. Ik kan zijn gezicht niet zien, maar ruik zijn lichaam, waar agressie van af dampt. 'Geef me de naam, dan zal ik het je vertellen.'

Het gebeurt voordat ik het zelf besef, een dierlijke reactie die ons beiden verrast. Hij deinst achteruit en snuift van walging als hij mijn speeksel van zijn gezicht veegt. Ik verwacht een nieuwe kaakslag en bereid me voor op de pijn.

De klap komt niet. Hij bukt, raapt het opsporingsapparaatje op, houdt het vlak voor mijn gezicht en beweegt het heen en weer. 'Ik heb jou helemaal niet nodig,' zegt hij. 'Ik hoef alleen maar het batterijtje er weer in te doen en het aan te zetten. En dan af te wachten wie er komt.'

Hij verlaat het vertrek. Ik hoor eerst de deur dichtvallen en dan voetstappen bonkend een trap op lopen.

Verdriet is mijn enige metgezel en het knaagt aan me met zulke scherpe tanden dat ik het uitschreeuw. Ik ruk zo wild aan de boeien dat de huid van mijn polsen wordt gestroopt. Hij had mijn dochter. Hij hield haar gevangen. Ik herinner me de nachten nadat Laura was verdwenen, toen mijn man en ik ons aan elkaar vastklampten zonder te durven zeggen wat we allebei dachten. *Stel dat ze dood is?* Nu besef ik dat er een nog veel afschuwelijker mogelijkheid was, waar we niet aan gedacht hadden: dat ze nog leefde. Dat gedurende twee maanden, toen James en ik voelden hoe de hoop stierf en plaatsmaakte voor aanvaarding, onze Laura nog leefde. En leed.

Ik hang uitgeput aan de boeien. Mijn gekrijs verzwakt tot zacht gejammer. Na de uitbarsting voel ik me verdoofd. Ik leun tegen de betonnen muur en probeer wat hij me heeft verteld in overeenstemming te brengen met wat ik al weet: dat twee jaar nadat mijn dochter is ontvoerd, mijn echtgenoot samen met nog vier mensen is vermoord in de Red Phoenix. Hoe kunnen deze gebeurtenissen iets met elkaar te maken hebben? Dat heeft hij niet uitgelegd.

Ik probeer me te herinneren wat hij precies heeft gezegd. In de nevel van mijn verdriet zoek ik naar aanwijzingen. Opeens duikt er een zin op, woorden die het bloed in mijn aderen doen stollen.

Ze heeft het een week of zeven, acht volgehouden. Langer dan de anderen.

Ik hef mijn hoofd op bij deze openbaring. *De anderen.*

Mijn dochter was niet de enige.

35

Wat was rechercheur Ingersoll te weten gekomen en waarom was hij erom vermoord?

Dat was de vraag die Jane de hele middag bezighield toen ze haar aantekeningen over de moord op Ingersoll zat te bestuderen. De foto's die in en rond zijn huis waren genomen lagen uitgespreid op haar bureau, samen met rapporten over het ballistische onderzoek, het sporenonderzoek, de belgegevens van zijn mobiele telefoon en zijn huistelefoon, en de afschriften van zijn creditcard. Donohue had gezegd dat er weken geleden al een prijs op Ingersolls hoofd was gezet, rond de tijd dat hij was begonnen vragen te stellen over vermiste meisjes. Maar de zaken waarvoor Ingersoll zich interesseerde, waren oude zaken waarmee de politie van Massachusetts zich allang niet meer bezighield. Ze staarde naar een van de foto's van Ingersolls lijk en dacht: Welk monster heb je wakker gemaakt?

En wat hebben verdwenen meisjes te maken met de Red Phoenix?

Ze trok de dossiers over die meisjes naar zich toe. De details over de verdwijning van Laura en Charlotte kende ze uit haar hoofd, dus concentreerde ze zich op de andere drie. De meisjes waren allemaal klein, tenger en leuk om te zien. Ze konden allemaal goed leren en haalden altijd negens en tienen. En ze hadden op één of meer gebieden uitgeblonken.

Patty Boles en Sherry Tanaka hadden meegedaan aan tennistoernooien. Deborah Schiffer en Patty Boles hadden deelgenomen aan tentoonstellingen. Deborah Schiffer speelde piano en was lid geweest van het schoolorkest. Maar de drie meisjes hadden elkaar niet gekend. Althans, voor zover hun ouders hadden geweten. En ze hadden ook niet dezelfde leeftijd op het tijdstip dat ze waren verdwenen. Sherry Tanaka was zestien. Deborah Schiffer dertien. Patty Boles vijftien. Eentje in de brugklas, twee op de middelbare school.

Jane dacht daarover na. Laura Fang was veertien toen ze verdween.

Ze maakte een chronologisch lijstje van de verdwijningen.

Deborah Schiffer, dertien.

Laura Fang, veertien.

Patty Boles, vijftien.

Sherry Tanaka, zestien.

Charlotte Dion, zeventien.

Het was alsof ze naar een royal flush zat te kijken. Elk jaar een ander meisje, een andere leeftijd. Alsof de smaak van de ontvoerder in de loop van die jaren was veranderd.

Ze pakte de dossiermap met de laatste foto's van Charlotte, die waren genomen op de dubbele begrafenis van haar moeder en stiefvader. Weer bekeek ze de reeks die de fotograaf van *The Boston Globe* had genomen. Charlotte, bleek en mager in haar zwarte jurk, omringd door de andere rouwenden. Charlotte, weglopend tussen de mensen door terwijl Mark Mallory, haar stiefbroer, in haar richting keek. De foto waarop Charlotte en Mark ontbraken en haar vader zo verward keek omdat hij plotseling alleen was achtergebleven. En de laatste foto, waarop ze allebei weer te zien waren en Mark achter Charlotte liep. Een lange jongen met brede schouders, een jongeman die zijn stiefzus makkelijk had kunnen overmeesteren.

Elk jaar een ander meisje.

Het jaar waarin de dertienjarige Deborah Schiffer was verdwenen, was het jaar nadat Dina en Arthur Mallory met elkaar waren getrouwd en er nieuwe gezinsverbanden waren ontstaan met de nodige gezamenlijke activiteiten. Evenementen op school. Muziekuitvoeringen. Tennistoernooien.

Waren de slachtoffers op deze manier gekozen? Via Charlotte?

Jane pakte de telefoon en belde Patrick Dion.

'Ik weet dat het net etenstijd is en het spijt me dat ik u stoor,' zei ze, 'maar zou ik de jaarboeken van Charlotte nog een keer mogen inzien?'

'U bent altijd welkom. Hebt u iets ontdekt?'

'Dat weet ik niet zeker.'

'Waar zoekt u precies naar? Misschien kan ik u ergens mee helpen.'

'Ik heb over Charlotte nagedacht. Over de vraag of zij misschien de sleutel is tot alles wat er is gebeurd.'

Ze hoorde Patrick een weemoedige zucht slaken. 'Mijn dochter is altijd de sleutel geweest, rechercheur Rizzoli. De sleutel tot mijn leven, tot alles wat ooit belangrijk voor me is geweest. Mijn enige wens is te weten te komen wat er met haar is gebeurd.'

'Dat begrijp ik,' zei Jane vriendelijk. 'Ik weet dat u het antwoord op die vraag wilt, en misschien zal ik u dat kunnen geven.'

Patrick deed zelf de deur voor haar open. Hij droeg een slobberige trui en een ruimvallende broek en liep op pantoffels. Net als de trui begon Patricks gezicht uit te zakken en slijtplekken te vertonen. Het verdriet had diepe rimpels in zijn huid geëtst. En nu kwam Jane de kwellende herinneringen nogmaals oprakelen. Ze voelde zich schuldig en toen ze elkaar een hand gaven, hield ze Patricks hand iets langer omklemd dan nodig was, een greep waarmee ze hem wilde laten weten dat het haar speet. Dat ze het begreep.

Hij knikte somber en ging haar voor naar de eetkamer, een beetje sloffend op zijn pantoffels. 'Ik heb de jaarboeken al voor u klaargelegd,' zei hij. Hij wees naar de eetkamertafel.

'Ik breng ze meteen naar mijn auto, dan hoef ik u verder niet te storen.'

'O.' Hij fronste. 'Als u het niet erg vindt, heb ik liever niet dat u ze meeneemt.'

'Ik beloof u dat ik er goed op zal passen.'

'Daar twijfel ik niet aan, maar...' Hij legde zijn hand op de stapel boeken, alsof hij een kind zegende. 'Dit is het enige wat ik over heb van mijn dochter. En het is erg moeilijk, begrijpt u, om er afstand van te doen. Ik zou me voortdurend zorgen maken dat ze zoekraken of beschadigd worden. Dat iemand ze uit uw auto zal stelen. Of dat u bij een aanrijding betrokken raakt en...' Hij stopte abrupt en schudde spijtig zijn hoofd. 'O, wat erg. Dat ik zoveel waarde hecht aan een stapel boeken, dat ik me alleen maar druk maak over wat er met de boeken zou kunnen gebeuren. Terwijl het alleen maar voorwerpen zijn, van papier en karton.'

'Voor u zijn ze veel meer dan voorwerpen van papier en karton, en dat begrijp ik heel goed.'

'Zou u ze dan hier willen laten? Voor mij? U mag net zolang blijven om ze door te nemen, als u wilt. Kan ik u iets te drinken aanbieden? Een glas wijn misschien?'

'Nee, dank u, niet als ik werk. En ik moet nog rijden.'

'Koffie dan.'

Jane glimlachte. 'Graag.'

Toen Patrick naar de keuken ging om koffie te zetten, ging Jane aan de tafel zitten. Ze legde de boeken naast elkaar. Hij had ze allemaal tevoorschijn gehaald, zelfs die van haar basisschool, maar die legde ze opzij. Ze begon met het boek van Charlottes eerste jaar op Bolton Academy. Op de schoolfoto was Patricks dochter een teer ogend, blond meisje met een beugel. Eronder stond: CHARLOTTE DION, ORKEST, TENNIS, TEKENEN. Jane bladerde in het boek tot ze bij de oudere leerlingen kwam. Ze zocht naar de foto van Mark Mallory tussen de vierdejaars. Hij was toen vijftien en als naschoolse activiteiten werden muziek, lacrosse, schaken, schermen en toneel genoemd. Het was de muziek die hen tot elkaar had gebracht en de loop van hun leven en dat van hun ouders had veranderd. De echtparen Dion en Mallory hadden elkaar ontmoet bij een schooluitvoering waar hun kinderen aan meededen. Ze waren bevriend geraakt. En toen had Dina Patrick verlaten voor Arthur en was alles voor altijd veranderd voor hen.

'Alstublieft,' zei Patrick, die binnenkwam met een pot koffie. Hij schonk een kopje voor haar in en zette suiker en melk op de tafel. 'U zult wel trek hebben. Zal ik een broodje voor u maken?'

'Nee, dank u,' zei ze. Ze nam een slokje van de hete koffie. 'Ik heb tussen de middag laat gegeten en eet straks thuis nog wel.'

'U moet een tolerant gezin hebben.'

Ze glimlachte. 'Ik heb een echtgenoot die wist waar hij aan begon toen hij me ten huwelijk vroeg. O, dat zou ik bijna vergeten.' Ze pakte haar mobieltje en toetste snel een sms'je voor Gabriel: KOM WAT LATER THUIS. EET MAAR VAST.

'Denkt u dat u hierin zult vinden wat u zoekt?' vroeg Patrick, met een blik op de boeken.

Ze legde het mobieltje op de tafel. 'Dat weet ik nog niet.'

'Als u me kunt vertellen waar u naar zoekt, kan ik u misschien helpen.'

'Ik ben op zoek naar connecties,' zei ze.

'Wat voor connecties?'

'Tussen uw dochter en deze meisjes.' Jane deed een map open en liet hem het lijstje met de vier namen zien.

Patrick fronste. 'De naam Laura Fang is me bekend. Toen Charlotte was verdwenen, heeft de politie onderzocht of er een verband tussen de twee zaken bestond. Maar die andere meisjes? Hun namen zeggen me niets.'

'Ze zaten niet op Bolton, maar ze zijn net als uw dochter spoorloos verdwenen. Elk uit een andere stad en in een ander jaar. Nu vraag ik me af of Charlotte hen kende. Misschien via muziek of sport.'

Patrick dacht er eventjes over na. 'Rechercheur Buckholz heeft me verteld dat er vrijwel dagelijks kinderen verdwijnen. Waarom hebt u juist voor deze meisjes belangstelling?'

Omdat een dode man genaamd Ingersoll me op hun spoor heeft gezet, dacht Jane. Wat ze zei, was: 'We zijn bij ons onderzoek op deze namen gestuit. Misschien is er helemaal geen connectie. Maar als er een link met Charlotte bestaat, hoop ik die hier te vinden.'

'In haar jaarboeken?'

Ze bladerde naar het deel van het boek dat over schoolevenementen ging. 'Kijk,' zei ze. 'Dit was me de vorige keer opgevallen. Bolton Academy neemt in deze boeken zelfs op aan welke activiteiten de leerlingen hebben deelgenomen, van schoolconcerten tot tennistoernooien. Misschien kunnen ze zich dat veroorloven omdat het maar een kleine school is.' Ze wees naar een pagina met foto's van leerlingen die lachend naast hun werkstukken stonden. Het onderschrift luidde: NEW ENGLAND SCIENCE FAIR, BURLINGTON, VERMONT, 17 MEI. 'Met behulp van deze documentatie,' zei ze, 'hoop ik Charlottes schooljaren te kunnen reconstrueren. Waar ze was, aan welke activiteiten ze deelnam.' Jane keek naar Patrick. 'Ze speelde viola da gamba. Zo hebt u de familie Mallory leren kennen. Uw kinderen zaten dat jaar samen in het orkest.'

'In welk opzicht bent u daarmee geholpen?'

Jane bladerde naar het over de muziek. 'Dit was het jaar dat ze voor het eerst in het orkest zat.' Ze wees naar een groepsfoto van de orkestleden, onder wie Charlotte en Mark. Onder de foto stond: BIJ HET JANUARICONCERT KRIJGT HET ORKEST EEN STAANDE OVATIE!

Als Patrick naar de foto kijkt, vertrekt zijn gezicht alsof hij pijn lijdt. Hij zegt zachtjes: 'Dit is heel moeilijk voor me. Om die foto's te zien. Al die herinneringen...'

'U hoeft er ook niet bij te blijven, meneer Dion.' Jane legde even haar hand op de zijne. 'Ik kan deze boeken wel in mijn eentje doornemen. Als ik vragen heb, zeg ik het wel.'

Hij knikte en leek opeens veel ouder dan zevenenzestig. 'Dan ga ik inderdaad maar liever,' zei hij. Hij liep langzaam bij de tafel vandaan en deed de schuifdeuren achter zich dicht.

Jane schonk nog een kop koffie voor zichzelf in. Ze deed het volgende jaarboek open.

Charlotte zat nu in de tweede klas. Ze was dertien en Mark zestien. Marks groeispurt was al een eind gevorderd. Op deze foto had hij een vierkante kin en brede schouders. Charlotte had nog een kindergezicht, bleek en teer. Jane bladerde naar de schoolactiviteiten, op zoek naar foto's van beiden. Ze zag hen samen op een groepsfoto die was genomen tijdens de 'Battle of the Orchestras', op 20 maart, in Lowell, Massachusetts.

Deborah Schiffer woonde in Lowell en zij speelde piano.

Jane staarde naar de foto van Charlotte en de andere orkestleden. Twee maanden nadat deze foto was genomen, was Deborah verdwenen.

Jane's hand trilde een beetje van opwinding en cafeïne. Ze dronk het kopje leeg en schonk het meteen weer vol. Ze zocht naar het volgende jaarboek, het jaar waarin Charlotte in de derde klas had gezeten. Ze wist al wat ze zou vinden toen ze het opsloeg waar de activiteiten van het orkest werden genoemd. Er stond een foto van acht leerlingen die met hun instrument poseerden. Eronder stond: BOLTON'S BESTEN VERKOZEN VOOR BOSTON SUMMER ORCHESTRA WORK-

SHOP. Charlotte stond er niet bij, maar Mark Mallory wel. Hij was nu zeventien, een knappe jongen met een wat broeierig uiterlijk, waar vast massa's meisjes verliefd op waren geworden. Laura Fang was dat jaar veertien en had deelgenomen aan die workshop. Was Laura onder de indruk gekomen van het knappe uiterlijk en de rijke familie van een bepaalde jongen, een jongen die een meisje uit zo'n eenvoudig milieu als Laura geen blik waardig zou keuren?

Of had hij Laura juist in zijn vizier gehad?

Jane had een droge keel en het zoemende geluid in haar hoofd werd sterker. Ze nam nog een slokje koffie en pakte het boek van het jaar waarin Charlotte in de vierde klas zat. Toen ze het opendeed, zagen de woorden er vlekkerig uit en waren de gezichten onduidelijk. Ze wreef in haar ogen en bladerde naar het over de activiteiten. Daar had je Charlotte weer in het orkest, met haar viola da gamba. Maar Mark was van school en nu stond er een andere jongen achter de pauken.

Jane bladerde verder, naar het Sport. Weer wreef ze in haar ogen om te proberen de nevel weg te krijgen. Ze zag de foto bij vlagen onscherp, maar wist Charlottes gezicht nog wel te vinden in de rij tennissers. BOLTONS TEAM EINDIGT ALS TWEEDE BIJ DE REGIONALE KAMPIOENSCHAPPEN.

Patty Boles had getennist, dacht Jane. Net als Charlotte had ze dat jaar in de vierde klas gezeten. Had ze meegedaan aan die kampioenschappen? Was ze iemand opgevallen, iemand die makkelijk kon uitzoeken wie ze was en op welke school ze zat?

Zes weken na dat toernooi was Patty Boles verdwenen.

Jane schudde haar hoofd, maar de nevel leek nog dikker te worden. *Er is iets mis.*

Het gerinkel van een telefoon ergens in de verte drong door het gezoem in haar hoofd heen. Ze hoorde Patrick praten. Ze probeerde om hulp te roepen, maar er kwam geen geluid uit haar mond.

Toen ze moeizaam overeind kwam, hoorde ze dat de stoel met een klap omviel. Ze had geen gevoel meer in haar benen. Het waren net stelten, stijf en star. Op die stijve benen liep ze harkerig naar de schuifdeuren, bang dat ze zou vallen voordat ze die bereikte en dat Patrick haar in een beschamende positie op de vloer zou aantreffen.

Toen ze haar hand uitstak naar de deuren, leken die achteruit te wijken. Ze kon er steeds net niet bij, hoe ver ze ook reikte.

Precies op het moment dat ze weer een uitval naar de deuren deed, schoven die opzij en verscheen Patrick.

'Help me,' fluisterde ze.

Hij verroerde zich niet. Hij bleef naar haar staan kijken met een kille, onverschillige blik in zijn ogen. Toen pas besefte ze wat een fout ze had gemaakt. Dat was haar laatste gedachte voordat ze bewusteloos aan zijn voeten in elkaar zakte.

36

Ze had dorst, onvoorstelbare dorst. Ze probeerde te slikken, maar haar keel was kurkdroog en haar tong zat als een lapje uitgedroogd leer tegen haar verhemelte geplakt. Langzaam werd ze zich bewust van andere dingen: dat haar linkerarm sliep omdat ze te lang in dezelfde houding had gelegen. Dat ze met haar wang op een koude, ruwe oppervlakte lag. En dat er iemand tegen haar sprak, indringend en hardnekkig. Een vrouw die het haar niet gunde te blijven slapen, maar bleef zeuren en drenzen tot ze uiteindelijk volledig bij bewustzijn was gekomen.

'Wakker worden. U moet wakker worden!'

Jane deed haar ogen open. Of niet? De duisternis was zo ondoordringbaar dat ze zich afvroeg of ze vastzat in het vage niemandsland tussen slapen en waken, verlamd maar bij bewustzijn. Of was er een andere reden waarom ze zich niet kon bewegen? Ze wilde zich op haar rug draaien, maar merkte dat ze haar handen en voeten niet kon bewegen. Ze probeerde haar polsen los te trekken, maar dat botste met de onoverkomelijke kracht van ducttape. De vloer waar haar wang op rustte, was van beton, haar heup voelde aan alsof hij bont en blauw was en de kou van de vloer drong dwars door haar kleren heen. Ze wist niet hoe ze op deze kille, donkere plek terecht was gekomen. Het laatste wat ze zich herinnerde, was dat ze bij Patrick in de eetkamer jaarboeken had zitten bekijken. En koffie had gedronken. *Koffie die hij voor me had gezet.*

'Rechercheur Rizzoli! Word nu eindelijk eens wakker!'

Jane herkende de stem. Het was Iris Fang. Ze draaide haar hoofd in de richting van het geluid. 'Hoe... waar...'

'Ik kan u niet helpen. Ik ben aan de muur geketend. We bevinden ons volgens mij in een kelder. Misschien de kelder van zijn huis. Ik weet het niet, omdat ik me niet herinner hoe ik hier ben gekomen.'

'Ik ook niet,' zei Jane kreunend.

'Hij heeft u een paar uur geleden hierheen gebracht. We hebben niet veel tijd. Hij wacht alleen maar tot die andere terugkomt.'

Die andere. Jane probeerde met haar duffe hoofd na te denken. Ja, Patrick werkte natuurlijk niet in zijn eentje. Hij was zevenenzestig, dus had hij iemand nodig voor het zware werk. Daarom waren er beroeps nodig geweest om Ingersoll te vermoorden en Iris te ontvoeren.

'We moeten ons voorbereiden,' zei Iris. 'Voordat ze terugkomen.'

'Ons voorbereiden?' Jane lachte wat schamper. 'Ik kan mijn armen en benen niet eens bewegen en heb amper gevoel in mijn handen.'

'Maar u kunt naar de muur rollen. Er hangt een sleutelbos naast de deur. Dat heb ik gezien toen hij u hierheen bracht en het licht aandeed. Misschien zit het sleuteltje van mijn handboeien erbij. Als u mij eerst bevrijdt, kan ik u daarna bevrijden.'

'Waar is de deur?'

'Rechts van mij. Volg mijn stem. De sleutelbos hangt aan een haakje. Als u kunt opstaan en als u dan die sleutelbos met uw tanden kunt pakken...'

'Als en als...'

'Doe het.' Het bevel sneed door de duisternis, scherp als een mes. Maar de daaropvolgende woorden klonken zacht. 'Die andere is de man die mijn dochter heeft ontvoerd,' fluisterde ze, plotseling met een snik in haar stem. 'Hij is het.'

Jane hoorde Iris in het donker huilen en dacht aan de andere meisjes die waren ontvoerd. Deborah Schiffer. Patty Boles. Sherry Tanaka. Hoeveel meisjes zouden het in totaal zijn geweest? Hoeveel meisjes van wie ze de namen nog niet kende? *Zelfs Charlotte. Zijn eigen dochter.*

Ze probeerde uit alle macht haar handen los te trekken, maar tegen ducttape viel niets te beginnen. In hoeveel bochten ze zich ook zou wringen, hoeveel kracht ze ook zou zetten, ze kreeg die tape nooit van haar polsen.

'Laat hem niet winnen,' zei Iris. Haar stem klonk weer bedaard en de stalen klank was erin teruggekeerd.

'Ik wil hem net zo graag te grazen nemen als u,' zei Jane.

'De sleutels. Rol naar de sleutels.'

Jane wiegde heen en weer tot ze erin slaagde om te rollen. Toen haar beurse heup het beton raakte, hapte ze naar adem. Ze wachtte hijgend tot de pijn wegtrok en rolde toen nog een keer om. Ditmaal kon ze niet voorkomen dat haar gezicht tegen de vloer sloeg. Ze voelde haar neus over het ruwe beton schrapen en een pijnscheut door haar tanden trekken. Ze rolde door op de heup die niet blauw was, trok haar knieën op en vocht tegen de tranen van pijn en frustratie. Hoe moest ze dit voor elkaar krijgen? Ze wist de muur niet eens te vinden, laat staan dat ze overeind kon komen om die sleutels te bemachtigen.

'U hebt een dochter,' zei Iris zachtjes.

'Ja.'

'Denk aan haar. Aan waar u toe bereid zou zijn om haar weer in uw armen te kunnen houden, haar geur op te snuiven, haar wangetje te kussen. Denk daaraan.'

Het kalme bevel leek in haar eigen hoofd te zitten, alsof het haar eigen stem was die eiste dat ze in actie kwam. Ze dacht aan Regina in haar badje, glibberig, geurend naar zeep, met haar donkere krulletjes tegen haar roze huidje geplakt. Regina, die een jonge vrouw zou worden zonder haar moeder gekend te hebben, behalve als een herinnering gereflecteerd op haar gezicht, in haar gelaatstrekken. Ze dacht aan Gabriel die oud en grijs zou worden. *Niet met mij samen. We zullen niet samen oud worden, als ik deze nacht niet overleef.*

'Denk aan uw dochter.' De stem van Iris zweefde door de duisternis. 'Ze zal u de kracht geven die u nodig hebt om te vechten.'

'Is dat hoe u het al die jaren hebt volgehouden?'

'Het was het enige wat ik had. Wat me in leven heeft gehouden, was de hoop dat mijn dochter ooit thuis zou komen. Daar heb ik voor geleefd. Ik heb geleefd voor de dag waarop ik haar weer zou zien. Of, als dat niet zou gebeuren, voor de dag waarop het recht zou zegevieren. Als ik vandaag doodga, weet ik dat ik het in elk geval heb geprobeerd.'

Jane rolde om en weer bonkte haar pijnlijke heup tegen de grond en schraapte haar gezicht over de ruwe vloer. Maar toen botste ze met haar rug tegen de muur. Ze bleef hijgend liggen om even uit te rusten voordat ze een poging zou doen de volgende en veel moeilijker horde te nemen. 'Ik lig tegen de muur,' zei ze.

'Sta op. De deur is in de hoek.'

Met de muur als steun probeerde Jane op haar knieën te gaan zitten, maar ze verloor haar evenwicht en viel voorover op haar gezicht. Pijn schoot vanuit haar tanden tot in haar hersens.

'Hoe heet uw dochter?' vroeg Iris.

Jane likte aan haar lippen en proefde bloed. Ze voelde het zachte vlees opzwellen. 'Regina,' zei ze.

'Hoe oud is ze?'

'Tweeënhalf.'

'En u houdt heel veel van haar.'

'Natuurlijk.' Grommend werkte Jane zich op haar knieën. Ze wist wat Iris aan het doen was; ze voelde nieuwe kracht in haar spieren, nieuw staal in haar ruggengraat. Niemand zou haar bij haar dochter vandaan houden. Ze zou deze avond overleven, net zoals Iris de afgelopen twintig jaar had overleefd, omdat voor een moeder niets belangrijker was dan het weerzien met haar kind. Vechtend tegen de zwaartekracht spande ze haar nek en rug tot ze erin slaagde op haar knieën te gaan zitten.

'Regina,' zei Iris, 'is het bloed in je aderen. De adem in je longen.' Haar stem had een hypnotisch effect, haar woorden waren een mantra die een warmte door Jane's ledematen liet vloeien. Woorden gesproken in de universele taal die alle moeders verstaan.

Ze is het bloed in je aderen. De adem in je longen.

Ik moet opstaan, dacht Jane. Ik moet bij die sleutels zien te komen.

Ze wiegde naar voren, spande haar spieren en sprong overeind. Ze kwam op haar voeten terecht, maar stond zo wankel dat ze haar evenwicht verloor en voorover viel, met haar knieschijven op de harde vloer.

'Nog een keer,' beval Iris. Geen greintje medeleven in haar stem. Was ze tegenover haar leerlingen net zo meedogenloos? Was dit de manier waarop krijgers werden opgeleid, zonder genade, opgezweept tot ze de grenzen van hun kunnen overschreden?

'De sleutels,' zei Iris.

Jane haalde diep adem, spande haar spieren en sprong. Weer belandde ze op haar voeten en weer stond ze te wankelen, maar nu zocht ze steun bij de muur. Ze leunde ertegen en wachtte tot de kramp in haar kuiten wegtrok. 'Oké, ik sta,' zei ze.

'Ga naar de hoek. Daar is de deur.'

Jane maakte een sprongetje. Het moest lukken. 'Als we eenmaal van onze boeien bevrijd zijn, moeten we nog langs hem heen zien te komen,' zei Jane. 'Hij heeft mijn pistool.'

'Ik heb geen wapen nodig.'

'Ja, dat is waar ook. Ninja's vliegen door de lucht.'

'U weet niets over mij. Over wat ik allemaal kan.'

Jane hupte als een kangoeroe. 'Vertel me dat dan. We komen hier waarschijnlijk toch niet levend vandaan. Bent u de Apenkoning?'

'De Apenkoning is een fabeltje.'

'Een fabeltje dat echte haren achterlaat. En mensen doodt met een echt zwaard. Wie is het?'

'Iemand die je maar beter aan je eigen kant kunt hebben.'

'Ik moet weten wie het is.'

'Hij zit in u en in mij. Hij zit in iedereen die in gerechtigheid gelooft.'

'Dat is geen antwoord.'

'Meer kan ik u niet vertellen.'

'Ik heb het niet over een wazige mystieke figuur,' zei Jane hijgend, terwijl ze weer een sprongetje maakte. 'Ik heb het over een tastbaar wezen, dat ik met mijn eigen ogen heb gezien. Een wezen dat mijn leven heeft gered.' Buiten adem zweeg ze. Toen zei ze zachtjes: 'Ik wil hem – of haar – daar graag voor bedanken. Als u weet wie het is, zou u dat dan willen doorgeven?'

Iris antwoordde, op een net zo zachte toon: 'Het weet dat al.'

Jane maakte nog een sprongetje en bonsde met haar voorhoofd tegen de deur. 'Ik ben er.'

'De sleutelbos hangt ter hoogte van uw hoofd. Voelt u hem?'

Ze streek met haar wang langs de muur tot ze koud metaal op haar huid voelde. Ze hoorde het zachte gerinkel van de sleutels. 'Ik heb hem!'

'Laat hem alstublieft niet vallen.'

Jane nam de sleutelring tussen haar tanden en tilde hem van de haak. *Dit gaat lukken. We zullen die klootzakken eens even laten zien wat...*

Ze schrok zich wezenloos toen de deur piepend openging. Meteen werd het licht aangedaan. Verblind door het felle schijnsel kromp Jane ineen en drukte zich tegen de muur.

'O jee, een complicatie,' zei een stem die ze herkende. Ze keek voorzichtig door haar oogharen en zag Mark Mallory naast Patrick staan. Zij zijn het dus, dacht ze. Zij waren het al die tijd. Ze hebben samen op meisjes gejaagd en ze hebben hen samen vermoord. En Charlotte was de schakel tussen hen tweeën. Arme Charlotte. Via haar talenten en interesses had ze deze onmensen steeds naar een nieuwe prooi geleid; bij onschuldige evenementen als een tennistoernooi of een concert had ze de moordenaars in de gelegenheid gesteld nieuwe gezichten te zien en een keuze te maken.

Mark rukte de sleutelbos uit Jane's mond en gaf haar een duw, waardoor ze weer op de grond viel. 'Weet iemand dat ze hierheen zou komen?'

'Daar moeten we van uitgaan,' zei Patrick. 'Daarom moeten we ons ook van haar auto ontdoen. Wat we trouwens uren geleden al hadden kunnen doen als jij eerder hier was geweest.'

'Ik wilde zien of er iemand zou komen.'

'Maar er is niemand gekomen?'

'Misschien doet dat apparaatje het niet.' Hij keek naar Iris. 'Of misschien geeft er niemand om haar. Ik heb vier uur gewacht, maar er heeft zich niemand laten zien.'

'Maar voor haar zal wel iemand komen,' zei Patrick. Hij keek naar Jane.

'Waar is haar mobieltje?'

Patrick gaf het aan Mark. 'Wat ga je doen?'

'Het laatste sms'je was naar haar man.' Hij begon een nieuw bericht te tikken op Jane's telefoon. 'Als we hem nou eens laten weten dat ze naar Dorchester moet en voorlopig nog niet thuiskomt.'

'En dan?'

'Het moet eruitzien als een ongeluk. Of zelfmoord.' Hij keek Patrick aan. 'Daar ben jij goed in.'

Patrick knikte. 'Haar pistool ligt in de eetkamer.'

'Mijn man trapt daar nooit in,' zei Jane. 'Die weet dat ik mezelf nooit van kant zou maken.'

'Dat zeggen de echtgenoten altijd. En de politie gelooft hen nooit. Nietwaar, rechercheur Rizzoli?' vroeg Mark. Hij grijnsde.

Als haar armen en benen niet vastgebonden hadden gezeten, zou ze overeind zijn gesprongen en op hem af gevlogen om zijn perfecte tanden uit zijn bek te slaan. Maar hoewel de razernij adrenaline in haar spieren pompte, was ze niet in staat zich los te rukken en moest ze machteloos toekijken toen hij het sms'je de ether in zond. Ze wist al hoe ze het zouden doen: een kogel in haar hoofd, gevolgd door een tweede schot om kruitsporen op haar hand achter te laten, precies zoals de zelfmoord van Wu Weimin was geënsceneerd. Wat Mark had gezegd, was waar: de politie was niet snel geneigd de familieleden van het slachtoffer te geloven als ze zeiden dat het onmogelijk een zelfmoord kon zijn. Ze had zich daar zelf ook schuldig aan gemaakt. Ze herinnerde zich hoe ze eens bij het lichaam van een jonge man had gestaan, bij wie de helft van de schedel was weggeschoten. Ze herinnerde hoe de moeder huilend had gezegd: *Het bestaat niet dat hij zelfmoord heeft gepleegd! Hij had juist een nieuw begin gemaakt!* En ze herinnerde zich wat ze daarna zelf tegen Frost had gezegd over argeloze familieleden die een zelfmoord nooit zagen aankomen.

'U hebt veel fouten gemaakt,' zei Iris. 'U moest eens weten wat er nu gaat gebeuren.'

Mark keek naar haar en lachte. 'Ach gut. De vrouw die aan de muur is geketend, komt met dreigementen.'

Iris keek hem aan met een onwezenlijk kalme blik. 'Ik wil één ding graag weten, voordat alles voor u eindigt. Waarom hebt u mijn dochter gekozen?'

Mark liep naar Iris toe en bleef vlak voor haar staan. Hoewel hij een kop groter was dan zij en met haar kon doen wat hij wilde, toonde Iris geen greintje angst. 'Laura. Wat een schatje was dat. Weet je nog, Patrick?' Hij keek even om naar de oudere man. 'Het meisje dat we na school hebben opgepikt. Het meisje dat we een lift hebben aangeboden.'

'Waarom?' vroeg Iris.

Mark glimlachte. 'Ze had iets bijzonders. Ze hadden allemaal iets bijzonders.'

'Vooruit, dit is zonde van onze tijd,' zei Patrick. Hij liep naar Jane. 'We moeten ons allereerst van haar ontdoen.'

Maar Mark bleef naar Iris kijken. 'Soms koos ik het meisje. Soms Patrick. Je weet nooit van tevoren waar de aantrekkingskracht in zit. Een paardenstaart. Een leuk kontje. Maar er is altijd iets waardoor ze opvalt. Iets wat haar de moeite waard maakt.'

'Charlotte moet het geweten hebben,' zei Jane. Ze keek vol walging naar Patrick. 'Ze moet geweten hebben wat je was. Jezus, haar eigen vader! Hoe heb je je eigen dochter kunnen vermoorden!'

'Charlotte had er niets mee te maken.'

'Niets mee te maken? Zij was de spil waar alles om draaide!'

Jane's mobieltje ging. Mark keek naar het nummer en zei: 'Mannie wil zijn vrouwtje horen.'

'Niet opnemen,' zei Patrick.

'Dat was ik ook niet van plan. Ik zet het wel helemaal uit. Laten we haar naar de auto brengen.'

Iris zei: 'Denkt u echt dat het zo makkelijk zal gaan?'

De mannen negeerden haar en bukten zich naar Jane. Patrick greep haar enkels en Mark pakte haar onder haar oksels. Hoewel Jane heftig tegenspartelde, was ze niet tegen hen opgewassen. Ze tilden haar met gemak op en droegen haar naar de deur.

'Jullie hebben al verloren,' zei Iris. 'Jullie weten het alleen nog niet.'

Mark snoof minachtend. 'Dat zegt de vrouw die aan de muur is geketend.'

'Omdat ik weet wie u heeft gevolgd.'

'Gevolgd? Niemand heeft mij ge...' Hij stopte abrupt toen het licht uitging.

Het was meteen pikkedonker. De mannen lieten Jane vallen alsof ze een zak aardappelen was. Ze kon niet voorkomen dat haar achterhoofd tegen het beton sloeg. Versuft probeerde ze te begrijpen wat er gebeurde. In de inktzwarte duisternis hoorde ze de mannen vloeken en angstig hijgen.

'Wat zullen we nou krijgen?' zei Mark.

In de duisternis zei Iris op een gedempte toon: 'Nu gaat het beginnen.'

'Hou je bek!' snauwde Mark.

'Het zal wel niks zijn,' zei Patrick, maar hij klonk nerveus. 'Er is zeker een stop doorgeslagen. Laten we even gaan kijken.'

De deur viel dicht en hun zware voetstappen bonkten op de trap. Jane voelde het gejaagde kloppen van haar hart.

'Rechercheur Rizzoli, u moet stil blijven liggen en kalm blijven,' zei Iris.

'Wat gebeurt er?'

'Wat ik wist dat er zou gebeuren.'

'Hoe bedoelt u? Had u dit verwacht?'

'Luister goed naar me, rechercheur Rizzoli. Deze strijd is niet de uwe. Hij is lang geleden al gepland en zal zonder u worden uitgevochten.'

'Door wie? Wat gebeurt er?'

Iris gaf geen antwoord. In de stilte voelde Jane, meer dan ze het hoorde, een soort tochtvlaag langs haar wang strijken, alsof een zachte bries tot in de kamer was doorgedrongen en de lucht verplaatste. *Er is iets of iemand bij ons in deze kamer.*

Ze hoorde het zachte gerinkel van boeien die werden losgemaakt. En een fluisterende stem: 'Sorry, Sifu. Ik had eerder hier willen zijn.'

'Mijn zwaard?'

'Hier is Zheng Yi. Hij lag boven.'

Jane herkende de stem. 'Bella?'

Er werd een hand op haar mond gedrukt. Iris fluisterde: 'U blijft hier.'

'Nee, laat me hier niet achter!'

'U bent hier veiliger.'

'Snij dan in elk geval die tape door!'

'Niet doen,' zei Bella. 'Ze zal alleen maar problemen veroorzaken.'

'En als jullie falen?' zei Jane. 'Dan lig ik hier zonder dat ik me kan verdedigen. Gun me in elk geval die vrijheid!'

Ze voelde iets aan haar handen trekken en hoorde een zacht gesis toen de kling door het tape gleed. Met een tweede haal van het zwaard werden haar enkels bevrijd. 'Denk erom,' fluisterde Iris in haar oor. 'Dit is uw strijd niet.'

Nu wel. Maar Jane zweeg en bleef zitten toen de twee vrouwen verdwenen. Ze zag noch hoorde dat ze vertrokken; ze voelde alleen weer die streling van de lucht, alsof ze in wind waren veranderd en onder de deur door waren gegleden.

Ze probeerde overeind te komen, maar was zo duizelig dat ze niet op haar benen kon staan. Ze ging weer zitten. Haar hoofd bonkte van de smak tegen het beton en ze was ook nog wat suffig vanwege de nawerking van de drugs. Ze tastte om zich heen, voelde de muur en deed een nieuwe poging om op te staan, steun zoekend bij de muur, wankel als een pasgeboren veulen.

Ze schrok toen ze een schot hoorde.

Ik mag hier niet in de val komen te zitten, dacht ze. Ik moet zien dat ik dit huis uit kom.

Ze liep op de tast naar de deur. Hij bleek niet op slot te zitten en ging zacht piepend open. Boven klonken bonkende, rennende voetstappen. En nog twee schoten.

Wegwezen, Jane. Voordat die schoften terugkomen.

Ze liep de trap op, langzaam en voorzichtig, om vooral geen geluid te maken. Doodsbang dat iemand het in de gaten zou krijgen. Zonder haar pistool, zonder de mogelijkheid zich te kunnen verdedigen, kon ze zich niet in de strijd mengen. Ze was een burger die probeerde door een frontlinie te sluipen om zich in veiligheid te brengen. Alleen wist ze niet waar het veilig was. Ze moest om te beginnen een uitgang zien te vinden, buiten zien te komen. Ze had haar autosleutels niet, dus moest ze bij de buren zien te komen. Ze probeerde zich te herinneren hoe het er buiten precies uitzag. De lange oprit, het bos, de gazons, de hoge haag om het hele terrein. Overdag had het eruitgezien als een paradijs, heerlijk beschut, een plek waar je de rest van de wereld buiten kon houden. Nu wist ze dat het hek met de puntige staken niet alleen bedoeld was om mensen buiten te houden, maar ook om mensen binnen te houden. Het was geen paradijs; het was een hel.

Ze had de bovenste tree bereikt en voelde weer een deur. Ze legde haar oor ertegenaan, maar hoorde niets. De stilte was zenuwslopend. Hoeveel schoten had ze gehoord? Minstens drie, dacht ze, genoeg om zowel Iris als Bella te vellen. Lagen de vrouwen dood achter deze deur? Zouden Patrick en Mark zo dadelijk terugkeren naar de kelder om haar op te halen?

Het zweet stond in haar handen toen ze de deurknop omdraaide. De deur ging geluidloos open en de duisternis erachter was net zo ondoordringbaar als die in de kelder. Ze zag geen enkele vorm, geen enkele schaduw. De vloer was ook hier van beton. Ze begon langzaam te lopen, met haar armen voor zich uitgestoken om nergens tegenop te botsen. Haar voet schopte ergens tegenaan, een klein, metalen voorwerp dat over de vloer bij haar vandaan gleed. Even later botste ze met haar heup tegen een harde rand. Ze bleef staan en probeerde op de tast te ontdekken wat het was. Het voelde als een tafel die bedekt was met een laag stof. Toen beten metalen tanden in haar vingers. Geschrokken trok ze haar hand terug. Een cirkelzaag. Ze schuifelde verder door de duisternis en botste tegen een nieuw obstakel. Ditmaal was het een tafelboormachine. Ze was in Patricks werkplaats. Ze bleef te midden van de werktuigen staan en zag in haar verbeelding de ronde, scherp getande schijf van de zaag en de spits van de boor, en vroeg zich af of die werktuigen alleen waren gebruikt om mahonie- en vurenhout te bewerken.

In de greep van hernieuwde paniek tastte ze wild om zich heen, op zoek naar de deur. Ze voelde een muur en schuifelde erlangs tot ze bij de hoek was.

Weer klonken er schoten. Vier stuks, vlak achter elkaar. *Ze moest hier weg!*

Eindelijk voelde ze de deur. Zonder nodeloos tijd te verkwisten deed ze hem open, maar erachter wachtte haar een nieuwe trap. Hoe diep onder de grond had ze gezeten?

Zo diep dat niemand je kon horen gillen.

Boven aan de trap was weer een deur en nu kwam ze uit in een gang met vaste vloerbedekking, waar ze vage vormen kon onderscheiden. Rechts van haar was een balustrade. Ze hield haar linkerhand tegen de muur terwijl ze voetje voor voetje door de gang liep. Ze had geen idee of ze naar de voor- of de achterkant van het huis liep, maar dat maakte niet uit, zolang ze maar een uitgang vond.

Op de etage boven haar kraakte de vloer. En toen hoorde ze iemand de trap af komen.

Angstig dook ze de eerste de beste kamer aan haar linkerhand in. Maanlicht bescheen een bureau en een boekenkast. Een kantoor.

Op de gang naderden de voetstappen.

Gejaagd zocht ze naar een plek waar ze zich kon verstoppen. Onder haar schoenen kraakten glasscherven. Opeens bleef haar voet ergens achter haken en viel ze languit neer. Toen ze haar hand uitstak om haar val te breken, kwam haar handpalm in iets warms en kleverigs terecht. Ze staarde naar de donkere gedaante die ze in het maanlicht naast zich op de vloer zag liggen.

Patrick Dion.

Morsdood.

Ze krabbelde achteruit bij hem vandaan. Haar hand stootte tegen een zwaar voorwerp dat over de vloer bij haar vandaan gleed. Een pistool. Haastig greep ze het. Zodra ze haar vingers rond de kolf sloot, wist ze dat het haar eigen wapen was. Het pistool dat Patrick haar had afgepakt. Haar oude, trouwe vriend.

De vloer kraakte. Voetstappen kwamen pal achter haar tot stilstand.

Jane zat gevangen in het maanlicht dat door het raam naar binnen viel, zo helder en onverbiddelijk als een spotje op het toneel. Ze keek op en zag het silhouet van Mark boven haar uit torenen.

'Ik ben hier niet,' zei hij. 'Als de politie straks vragen komt stellen, zeg ik dat ik thuis in bed lag. Dat het blijkbaar Patrick was die al die meisjes heeft vermoord en in de tuin begraven. Dat het Patrick was die u heeft vermoord. En dat hij daarna zelfmoord heeft gepleegd.'

Achter haar rug hield ze haar wapen omklemd. Mark hield haar onder schot. Hij zou als eerste kunnen schieten en zuiver kunnen richten. Zij zou geen tijd krijgen om te richten, ze zou alleen maar in het wilde weg kunnen schieten en het zou waarschijnlijk de laatste kogel zijn die ze ooit zou afvuren. Toen ze haar hand met het wapen naar voren bracht, wist ze dat ze te traag en te laat was.

Maar op hetzelfde moment hield Mark geschrokken zijn adem in en draaide hij zijn hoofd om, zijn aandacht afgeleid, zijn pistool zwenkend naar iemand – of iets – anders.

Jane richtte en vuurde. Drie, vier schoten. Ze handelde nu volkomen automatisch. Alle kogels drongen in zijn bovenlichaam. Hij deinsde strompelend achteruit tot hij neerviel op een bijzettafeltje, dat krakend in stukken brak.

Jane's hart klopte in haar keel toen ze opstond en naar hem toe liep, haar wapen op hem gericht, gereed om nogmaals te schieten als hij op wonderbaarlijke wijze weer tot leven mocht komen. Maar hij bewoog niet.

De schaduwen bewogen wel.

Het was slechts een verplaatsing van de lucht, volkomen geluidloos. Een snelle beweging van zwart op zwart aan de rand van haar gezichtsveld. Langzaam draaide ze zich om naar de gedaante die daar in het donker stond. Ze had makkelijk kunnen schieten, maar ze deed dat niet. Ze staarde alleen maar naar het gezicht dat was omlijst met zilvergrijs haar. Naar de puntige tanden die glansden in het maanlicht.

'Wie ben je?' fluisterde ze. 'Wat ben je?'

Een zachte windvlaag streek langs haar gezicht. Ze knipperde met haar ogen. Toen ze weer keek, was het gezicht verdwenen. Ze draaide zich om, keek gejaagd om zich heen, zoekend naar de vage gedaante, maar zag alleen het maanlicht en de schaduwen. *Was het hier of heb ik het gedroomd? Heb ik zelf een wezen gecreëerd uit de duisternis en mijn angst?*

Maar toen zag ze buiten iets bewegen. Ze keek naar de met maanlicht overgoten tuin en zag de schaduw over het gazon snellen en tussen de bomen verdwijnen.

'Rechercheur Rizzoli.'

Geschrokken draaide ze zich om. In de deuropening stonden de twee vrouwen. Iris leunde zwaar op Bella.

'Bel een ambulance!' zei Bella.

'Ik ben niet meer zo jeugdig als ik zou willen zijn,' kreunde Iris. 'En niet meer zo snel.'

Voorzichtig liet Bella haar lerares op de grond zakken. Met Iris' hoofd op haar schoot begon ze in het Chinees te mompelen, woorden die ze keer op keer herhaalde, alsof het een magische toverformule was. Woorden die konden helen.

Woorden van hoop.

37

Jane stond te midden van de chaotische verzameling politiewagens van Boston en Brookline op de oprit van Patrick Dions landgoed naar het ochtendgloren te staren. Ze had al vierentwintig uur niet geslapen en sinds haar lunch van gisteren geen hap gegeten. Toen de eerste zonnestralen verschenen, sloot ze duizelig haar ogen tegen het felle licht en zocht ze wankelend steun tegen een van de auto's. Het volgende moment zag ze dat Maura en Frost naar buiten waren gekomen en haar kant op kwamen.

'Als ik jou was, ging ik naar huis,' zei Maura toen ze bij haar waren.

'Ja, dat zegt iedereen.' Jane keek naar de villa. 'Zijn jullie binnen klaar?'

'De lijken worden zo dadelijk naar buiten gebracht.'

Frost fronste zijn wenkbrauwen toen Jane zich bukte om schoenbeschermers aan te trekken. 'Jij kunt beter niet naar binnen gaan,' zei hij.

'Ik kom er anders net vandaan.'

'Dat bedoel ik.'

Hij hoefde verder geen uitleg te geven. Ze begreep wat hij bedoelde. Zij was degene die Mark Mallory had doodgeschoten en het was zo goed als zeker dat de kogel die in Patrick Dions hoofd zat, was afgevuurd met haar pistool. Haar wapen was al meegenomen door de mensen van het forensisch laboratorium en ze miste het vertrouwde gewicht ervan aan haar riem.

De voordeur ging open en de eerste brancard kwam naar buiten.

Zwijgend keken ze toe toen hij naar de wachtende lijkwagen van de Forensische Dienst werd geduwd.

'De oudere man had één kogelwond, in zijn rechterslaap, toegebracht van korte afstand,' zei Maura.

'Patrick Dion,' zei Jane.

'Ik heb een voorgevoel dat we kruitsporen op zijn rechterhand zullen aantreffen. Doet dat je denken aan een andere plaats delict?'

'De Red Phoenix,' zei Jane zachtjes. 'Wu Weimin.'

'De conclusie was destijds dat hij zelfmoord had gepleegd.'

'En tot welke conclusie denk je ditmaal te komen, Maura?'

Maura zuchtte. 'Er zijn geen getuigen?'

Jane schudde haar hoofd. 'Bella zegt dat Iris en zij boven waren toen het gebeurde en niets hebben gezien.'

'Maar er was nog iemand anders in het huis,' zei Frost. 'Je zei zelf dat je hem hebt gezien.'

'Ik weet niet zeker wat ik heb gezien.' Jane keek naar het grote gazon. Daar had ze vannacht, in het licht van de maan, een donkere schaduw tussen de bomen zien verdwijnen. 'En ik denk dat ik het ook nooit zal weten.'

Maura draaide zich om toen de brancard met het tweede lijk naar de lijkwagen werd geduwd. 'Ik kan zeggen dat Patrick Dion de hand aan zichzelf heeft geslagen, maar het lijkt te veel op de situatie in de Red Phoenix, Jane. Het lijkt te veel op een geënsceneerde zelfmoord.'

'Dat is volgens mij ook de bedoeling. Ik denk dat het een echo moest zijn uit het verleden. Dat de cirkel van de gerechtigheid hiermee is gesloten.'

'Gerechtigheid telt niet als toedracht.'

Jane keek haar aan. 'Al zou dat misschien mogelijk moeten zijn.'

'Frost! Rizzoli!' Rechercheur Tam zwaaide naar hen onder een groep bomen waar hij samen met een team van de technische recherche stond.

'Wat is er?' riep Jane.

'De speurhond heeft iets geroken!'

De verdwenen meisjes. Er waren er vast nog meer, meisjes die niet op Ingersolls lijst hadden gestaan. Meisjes die als vermist waren opgegeven in de jaren nadat Charlotte Dion was verdwenen. Geen betere plek om lijken te begraven dan op je eigen landgoed, waar niemand je stiekem kon begluren. Toen ze naar de mannen liepen, zag ze dat de hond met wakkere ogen naar haar keek en enthousiast kwispelde. De hond was de enige die verheugd was. De agenten die onder de bomen stonden, keken somber en waren zwijgzaam, omdat ze wisten wat ze naar alle waarschijnlijkheid zouden vinden.

'De aarde is hier vrij recentelijk omgewoeld,' zei Tam. Hij wees naar een plek onder de bomen. 'Er waren wat losse takken overheen gelegd, opdat het niet zou opvallen.'

Een vers graf. Jane keek om zich heen naar het landgoed met de vele bomen en struiken, naar alle plekjes die verborgen lagen in de schaduw van het groen. Het kwaad dat hier had geregeerd was van een niveau dat ze niet kon bevatten. Ze was benieuwd hoeveel lijken er gevonden zouden worden. Hoeveel stille meisjes hier eindelijk zouden spreken. Het vooruitzicht op al dat werk werd haar opeens te veel. Ze was bont en blauw, ze had honger en ze had meer dan genoeg van de dood.

'Frost, ik laat dit verder aan jou over. Ik ga naar huis,' zei ze en ze liep dwars over het gazon terug naar de auto's. Terug naar de zon.

'Rizzoli.' Tam kwam achter haar aan. 'Wat ik je nog wilde vertellen. Ik had zojuist het ziekenhuis aan de lijn. Iris Fang heeft de operatie goed doorstaan en is alweer bijgekomen uit de narcose.'

'Hoe is het met haar?'

'Ze was door een kogel in haar dijbeen geraakt en heeft veel bloed verloren, maar de prognose is goed. Ze schijnt een taaie te zijn.'

'Dat kun je wel zeggen.'

Het licht van de laagstaande zon was erg fel. Tam haalde een zonnebril uit zijn zak en zette hem op. 'Zal ik naar het ziekenhuis gaan? Om haar verklaring op te nemen?' vroeg hij.

'Dat heeft geen haast. En ik heb je hier nodig. Het korps van Brookline heeft gevraagd of we hen kunnen assisteren, dus zijn we hier voorlopig nog wel even bezig.'

'Je houdt me dus in het team?'

Ze keek door haar wimpers naar hem, want de zon deed pijn aan haar vermoeide ogen. 'Ja, ik ga aan de commissaris van District A vragen of we je mogen houden tot we hier klaar zijn. Als je tenminste op Moordzaken wilt blijven.'

'Graag zelfs. Dank je wel,' zei hij eenvoudig. Toen hij zich omdraaide om naar de anderen terug te keren, zag ze op zijn achterhoofd iets glinsteren in de zon. Tegen zijn gitzwarte haar stak het zilver af als glitter. *Een zilvergrijze haar.*

'Tam?' zei ze.

Hij keek om. 'Ja?'

Ze keek alleen maar naar hem. Ze had willen zien wat er in zijn ogen te lezen stond, maar in de spiegelende glazen van de zonnebril zag ze alleen zichzelf. Ze herinnerde zich hoe moeiteloos hij door Ingersolls raam naar binnen was geklommen. Ze dacht aan de beveiligingscamera in Knapp Street die wel de onhandige bewegingen had opgenomen waarmee zij en Frost op de brandtrap waren geklommen, maar die Tam niet eens in beeld had gekregen. *Misschien ben ik een geest*, had hij gegrapt. Geen geest, dacht ze, maar iemand die net zo ongrijpbaar is. Iemand die elke fase van het onderzoek van dichtbij had meegemaakt en precies had geweten wat er was gezegd en wat er was gepland. Ze kon niet zien hoe hij keek, ze kon zijn geheimen niet peilen, maar wist dat hij die had. Ze besloot dat hij ze mocht houden.

Voorlopig.

'Wilde je me iets vragen, Rizzoli?'

'Nee, laat maar,' zei ze. Ze draaide zich om en liep weg.

Het was happy hour in J.P. Doyle's en de kroeg zat zo vol met politieagenten dat Jane moeite had Korsak te vinden. Pas toen de serveerster haar vertelde dat hij in het restaurantdeel zat, vond ze hem daar, aan een hoektafeltje, met een bord garnalen en een pul bier voor zijn neus.

'Sorry dat ik zo laat ben,' zei ze. 'Hoe is het ermee?'

'Ik heb alvast iets besteld. Vind je niet erg, hè?'

Ze keek naar de berg gefrituurde garnalen. 'Doe je niet meer aan de lijn?'

'Niet zeuren. Na zo'n rotdag heb ik wel iets lekkers verdiend.' Hij prikte vier garnalen aan zijn vork en stak ze in zijn mond. 'Wil jij niks eten?'

Ze wenkte de serveerster, bestelde een kleine salade en keek naar Korsak, die weer een portie garnalen opprikte.

'Is dat alles wat je eet?' vroeg hij toen haar salade werd geserveerd.

'Ik eet straks thuis. Ik ben de afgelopen dagen amper thuis geweest.'

'Ja, ik heb gehoord dat het in Brookline een lekker zootje is. Hoeveel lijken hebben ze inmiddels al opgegraven?'

'Zes. De skeletten zijn vermoedelijk allemaal van meisjes. Het zal nog maanden duren voordat we het hele terrein hebben afgewerkt. En misschien hadden ze nog meer begraafplaatsen waar we niets van weten. We zijn al begonnen met het huis van Mark Mallory.'

Korsak hief zijn glas op voor een toost. 'Wat zeggen meiden tegenwoordig? *Go, girl!*'

Ze keek naar zijn met vetvlekken besmeurde overhemd en dacht: Als je zulke mannenborsten hebt, mag je dat zeggen. Ze hief haar glas water op en ze klonken zo hard dat er bier op de nu danig geslonken berg garnalen morste.

'Het enige wat jammer is,' zei ze terwijl ze haar vork pakte, 'is dat ik waarschijnlijk nooit te weten zal komen wie Jane Doe en John Doe heeft vermoord. En dat terwijl deze hele zaak juist is begonnen met de dood van Jane Doe.'

'Hebben jullie dat zwaard niet gevonden?'

'Nee, het is spoorloos verdwenen. Vermoedelijk samen met de gedaante die ik tussen de bomen heb zien verdwijnen. En er komt natuurlijk niemand uit zichzelf vertellen dat hij het heeft gedaan, al heb ik wel een idee wie de dader is.'

'Weet je genoeg om hem achter de tralies te zetten?'

'Als ik heel eerlijk moet zijn, wil ik hem niet achter de tralies zetten. Weet je, Korsak, om mijn werk goed te kunnen doen moet ik soms doen wat niet juist is.'

Korsak lachte. 'Laat dokter Isles dat maar niet horen.'

'Nee, die zou het niet begrijpen.' Jane knikte instemmend. Maura keek altijd alleen naar feiten, en feiten hadden enkele dagen geleden geleid tot de veroordeling van agent Wayne Graff. Ja of nee, zwart of wit. Voor Maura was de scheidingslijn altijd volkomen duidelijk. Maar hoe langer Jane bij de politie zat, hoe minder zeker ze ervan was waar de grens tussen goed en kwaad precies lag.

Ze prikte in haar sla en stak een vorkvol in haar mond. 'En hoe is het met jou? Wat wilde je met me bespreken?'

Hij zuchtte en legde zijn vork neer. Er waren niet veel dingen, afgezien van een leeg bord, die Korsak ertoe konden bewegen zijn vork neer te leggen. 'Je weet dat ik van je moeder houd,' zei hij.

'Ja, zover ben ik inmiddels wel.'

'Ik hou echt van haar. Ze is grappig, intelligent, sexy...'

'Genoeg!' Jane legde nu zelf haar vork neer. 'Zeg nou maar gewoon wat er is.'

'Ik wil met haar trouwen.'

'En ze heeft al ja gezegd. Wat is dus het probleem?'

'Het probleem is je broer. Hij belt haar wel drie keer per dag om te zeggen dat ze het niet moet doen. Heeft hij zo'n hekel aan mij?'

'Frankie heeft alleen maar een hekel aan veranderingen, ongeacht op welk gebied.'

'Maar je moeder is er helemaal door van streek en zit er zelfs over te denken om de bruiloft af te zeggen omdat ze geen ruzie wil met haar zoon.' Zijn diepe zucht eindigde in een geluid dat verdacht veel op een snik leek. Hij staarde somber naar een peuter die aan een naburig tafeltje in een kinderstoel zat. Het kind begon prompt te huilen. De moeder keek Korsak vuil aan en nam het kind op schoot. Arme Korsak, die kleine kinderen bang maakte omdat die niet wisten dat onder zijn ruwe bolster een hart van goud klopte. Maar Jane's moeder wist dat wel. En die had zo'n man verdiend.

'Ik regel het wel met Frankie,' zei ze. 'Maak je geen zorgen.' En als Frankie niet wil horen, dan moet hij maar voelen, dacht ze.

Korsak keek iets minder bedrukt. 'Echt? Ben jij bereid dat voor mij te doen?'

'Tuurlijk. Waarom niet?'

'Ja, weet ik het. Ik had het idee dat jij het zelf ook niet zo leuk vond, van je ma en mij.'

'Nee, ik vind het best. Ik heb alleen geen behoefte aan intieme details.' Over de tafel heen gaf ze een vriendelijke stomp tegen zijn arm. 'Je bent een goeie vent, Korsak. En je maakt mijn moeder gelukkig. Dat is voor mij het enige wat telt.' Ze stond op. 'Beter? Mag ik nou naar huis?'

'Ik hou van haar. Dat weet je.'

'Ik weet het.'

'Ik hou ook van jou.' Hij fronste zijn wenkbrauwen. 'Maar niet van je broer.'

'Daar kan ik inkomen.'

Ze liet hem achter met zijn garnalen en liep terug door het drukke café. Toen ze bij de deur was, hoorde ze iemand haar naam roepen.

Het was Buckholz, de gepensioneerde rechercheur die negentien jaar geleden het onderzoek had gedaan naar de verdwijning van Charlotte Dion. Hij zat op zijn vaste plek aan de bar met een glas whisky voor zijn neus. 'Ik moet je spreken,' zei hij.

'Ik wilde net naar huis gaan.'

'Dan loop ik wel even mee naar je auto.'

'Kan het niet wachten tot morgen, Hank?'

'Nee. Ik moet je iets vertellen. Het zit me dwars en ik wil het kwijt.' Hij dronk zijn glas leeg en zette het met een klap op de tapkast. 'Laten we naar buiten gaan. Het is me hier veel te rumoerig.'

Buiten liepen ze samen naar het parkeerterrein. Het was een koele lenteavond en het rook naar vochtige aarde. Jane trok de rits van haar jack omhoog en wierp een blik op haar auto. Ze hoopte dat dit gesprek niet al te veel tijd in beslag zou nemen, want ze moest onderweg nog melk kopen.

'Het gaat over Patrick Dion en Mark Mallory. Jullie hebben het mis,' zei hij.

'Hoe bedoel je?'

'In alle media wordt verteld dat twee rijke kerels vijfentwintig jaar lang meisjes hebben ontvoerd. Het hele land heeft het erover en iedereen vraagt zich af waarom wij het niet hebben gezien. Waarom wij er niks aan hebben gedaan.'

'Ze hadden het slim aangepakt, Hank. Ze werkten in een laag tempo en zijn niet slordig geworden. Ze wisten wat ze deden.'

'Patrick Dion had voor een paar van de verdwijningen een alibi.'

'Omdat ze om beurten meisjes ontvoerden. Sommigen zijn ontvoerd door Mallory, anderen door Dion. We hebben op Dions landgoed al zes lijken gevonden en ik weet zeker dat er nog meer liggen.'

'Maar niet dat van Charlotte. Ik geef je op een briefje dat jullie haar daar niet zullen vinden.'

'Hoe weet je dat?'

'Omdat ik geen half werk heb geleverd toen ik haar verdwijning onderzocht. Het is inmiddels al negentien jaar geleden, maar ik herinner me alles nog precies. En voor alle zekerheid heb ik gisteravond mijn oude dossier erbij gepakt. Patrick Dion was in Londen op de dag dat Charlotte verdween. Hij is diezelfde avond naar huis gevlogen, meteen nadat hij ervan op de hoogte was gesteld.'

'Ja, dat klopt. Dat is iets wat makkelijk nagegaan kon worden.'

'Ja, maar Mark Mallory heeft het ook niet gedaan. Hij kan Charlotte niet ontvoerd hebben, omdat hij net als Patrick een alibi had. Hij was op bezoek bij zijn moeder. Die had het jaar daarvoor een hersenbloeding gehad en lag in een verzorgingstehuis.'

Ze keek hem aan in het verdwijnende daglicht. Buckholz verdedigde zijn eigen onderzoek, dus kon hij onmogelijk objectief zijn. Te oordelen naar zijn grauwe gezicht en zijn sleetse overhemd deed het pensioen hem geen goed. Hij zat dag en nacht in Doyle's, alsof hij zich alleen daar, met andere agenten om zich heen, prettig voelde. Alsof hij alleen daar nog iets waard was.

Ze besloot dat ze hem het beste een beetje naar de mond kon praten en knikte meelevend. 'Ik zal het dossier doornemen. Daarna praten we wel verder.'

'Denk niet dat je me met een kluitje in het riet kunt sturen, Rizzoli. Ik ben altijd een goede rechercheur geweest. Ik heb die jongen heel nauwkeurig onder de loep genomen. Bij een ontvoering zijn de familieleden altijd de eerste verdachten, dus heb ik een nauwgezet onderzoek ingesteld naar haar stiefbroer, in het bijzonder naar wat hij die dag had gedaan. En ik weet heel zeker dat Charlotte niet door Mark Mallory ontvoerd kan zijn.'

'Omdat hij zei dat hij op bezoek was bij zijn moeder? Hank, je weet dat je hem niet op zijn woord kon geloven. En zijn moeder ook niet. Die zou rustig hebben gelogen om haar kind te beschermen.'

'Maar een medisch dossier liegt niet.'

'Wat?'

Hij stak zijn hand in zijn binnenzak en haalde er een opgevouwen vel papier uit, dat hij haar toestak. 'Dit heb ik uit het ziekenhuisdossier van Barbara Mallory gelicht. Het is een fotokopie van de aantekeningen van de verpleegkundigen. Kijk maar even wat er op 20 april om 13.00 uur staat genoteerd.'

Jane las wat de verpleegkundige indertijd had genoteerd. *Bloeddruk 115/80, hartslag 84. Patiënte voelt zich goed. Zoon is hier en heeft ons verzocht zijn moeder naar een rustiger kamer te verhuizen, op grotere afstand van de verpleegstersbalie.*

'Om één uur was Charlotte Dion met haar klas in Faneuil Hall,' zei Buckholz. 'De docenten merkten om kwart over een dat ze ontbrak. Nu mag jij me vertellen hoe Mark Mallory, die om één uur 's middags veertig kilometer bij Boston vandaan in een verzorgingstehuis aan het bed van zijn moeder zat, Charlotte om kwart over een heeft kunnen ontvoeren.'

Jane las nogmaals wat de verpleegkundige had geschreven. De datum en het tijdstip stonden er heel duidelijk bij. Dit kan niet juist zijn, dacht ze.

Maar dat was het wel. Het stond er zwart op wit.

'Hou dus op met te doen alsof ik indertijd een fout heb gemaakt,' zei Buckholz. 'Het is zo klaar als een klontje dat die twee verdachten van jullie Charlotte niet hebben ontvoerd.'

'Wie dan wel?' vroeg Jane zachtjes.

'Daar zullen we waarschijnlijk nooit achterkomen. Ik denk dat het zomaar iemand was, die zijn kans schoon zag en haar heeft gegrepen.'

Zomaar iemand. Een volslagen onbekende dader.

Ze reed naar huis met de fotokopie op de stoel naast haar en vroeg zich af hoe het mogelijk was dat Charlotte, met twee moordenaars in haar familie, door een volslagen vreemde was ontvoerd. Ze zette haar auto op het parkeerterrein voor haar flatgebouw, maar bleef peinzend zitten, nog niet gereed om zich in het lawaai en de chaos van het moederschap te storten. Ze dacht aan wat vaststond: dat Dion en Mallory samen meisjes hadden gestalkt en vermoord. Dat ze minstens zes slachtoffers hadden begraven op Dions landgoed. Had Charlotte haar vaders geheimen ontdekt? Was dat de reden waarom ze zich van haar hadden moeten ontdoen? Hadden ze het laten doen door een derde, opdat Patrick en Mark allebei een waterdicht alibi zouden hebben?

Ze masseerde haar schedel, overweldigd door al deze nieuwe vragen. Weer was Charlotte het middelpunt van het mysterie. Wat had ze geweten en wanneer was ze erachter gekomen? En aan wie had ze het verteld? Ze dacht aan de laatste foto's van Charlotte, genomen tijdens de begrafenis van haar moeder en stiefvader. Ze herinnerde zich hoe Charlotte tussen haar vader en Mark had gestaan. Omringd door vijanden, zonder aan hen te kunnen ontsnappen.

Jane schoot recht overeind, getroffen door het antwoord dat van het begin af aan duidelijk had moeten zijn.

Misschien was dat haar wél gelukt.

38

Precies om twaalf uur passeerde Jane de grens tussen New Hampshire en Maine. Het was een zachte meidag, de bomen liepen uit en boven de velden hing een gouden waas. Maar toen ze tegen het eind van de middag bij Moosehead Lake aankwam, was het al een stuk frisser geworden. Ze parkeerde haar auto, wikkelde een wollen sjaal om haar hals en liep naar de steiger, waaraan een motorboot lag afgemeerd.

Een jongen van een jaar of vijftien met een warrige blonde haardos stak groetend zijn hand op. 'Mevrouw Rizzoli? Ik ben Will, van Loon Point Lodge.' Hij nam haar weekendtas van haar over. 'Is dit uw enige bagage?'

'Ik blijf maar één nacht.' Ze keek om zich heen. 'Waar is de schipper?'

Hij grinnikte en wees op zijn borst. 'Dat ben ik. Al sinds mijn achtste. Maakt u zich geen zorgen, ik heb de oversteek al honderden keren gemaakt.'

Enigszins achterdochtig wat de vaardigheden van de jonge schipper betrof stapte Jane aan boord en gespte het aangeboden zwemvest om. Toen ze op het bankje ging zitten, zag ze dozen met boodschappen en een bundel kranten met *The Boston Globe* bovenop. Blijkbaar had de jongen van de oversteek gebruik gemaakt om inkopen te doen.

Toen hij de motor startte, vroeg ze: 'Hoelang werk je al in het bungalowpark?'

'Mijn hele leven. Het is van mijn ouders.'

Ze bekeek hem wat aandachtiger. Zag een sterke kaaklijn en door de zon gebleekt blond haar. Hij had het postuur van een surfer, slank en gespierd, een jongen die je je met gemak kon voorstellen op een strand in Californië. Kalm stuurde hij de boot bij de steiger vandaan, maar voordat ze hem nog meer vragen kon stellen, voeren ze uit over het onrustige water en maakte de motor te veel lawaai om een gesprek te kunnen voeren. Ze hield zich vast aan het dolboord en staarde naar de dichte bossen en het meer dat zo groot was dat je je bijna op zee waande.

'Wat is het hier mooi,' zei ze, maar hij hoorde het niet en hield zijn blik gericht op hun plaats van bestemming aan de overkant van het water.

Tegen de tijd dat ze die bereikten, stond de zon zo laag dat het water rood en goud werd gekleurd. Ze zag lieflijke bungalows en een rij kano's die hoog op de oever waren getrokken. Op de steiger stond een blond meisje te wachten om de landvast op te vangen. Zodra Jane haar gezicht kon onderscheiden, wist ze dat deze twee broer en zus waren.

'Deze lastpost is Samantha,' zei Will lachend en hij woelde liefdevol door het haar van het meisje. 'Zij is ons manusje-van-alles. Als u iets nodig hebt, een tandenborstel of extra handdoeken of wat dan ook, moet u bij haar zijn.'

Toen het meisje met Jane's tas voor hen uit liep, zei Jane: 'Je zusje lijkt me een jaar of acht, negen? Moeten jullie niet naar school?'

'We krijgen thuis les. 's Winters kunnen we onmogelijk dagelijks naar de stad heen en weer. Mijn vader zegt dat we enorm boffen dat we opgroeien in dit paradijs.' Ze volgden het pad naar een van de huisjes. 'Mam heeft u deze bungalow gegeven, omdat je hier de meeste privacy hebt.'

Ze liepen het trapje op naar de door horren ingesloten veranda, waarvan de deur piepend achter hen dichtviel. Samantha bracht Jane's tas naar binnen en zette hem op een rustiek bagagerek aan het voeteneinde van het bed. Jane keek naar het balken plafond en de kwasten in het dennenhout waaruit de muren waren opgetrokken. In de open haard brandde al een vuurtje.

'Hoe vindt u het?' vroeg Will.

'Ik wou dat mijn man was meegekomen. Hij zou dit geweldig vinden.'

'Kom de volgende keer samen.' Will maakte een saluerend gebaar en liep naar de deur. 'Het diner wordt opgediend in de eetzaal. Ik geloof dat er vanavond goulash op het menu staat.'

Toen hij weg was, ging Jane in een schommelstoel op de veranda zitten. Het was alsof de zonsondergang een vuur ontstak op het meer. Ze hoorde insecten zoemen en werd slaperig van het geluid van het kabbelende water. Ze sloot haar ogen en zag niet dat er iemand naar het huisje kwam. Pas toen ze het klopje op de deur hoorde, zag ze de blonde vrouw voor de hordeur staan.

'Rechercheur Rizzoli?' vroeg de vrouw.

'Kom erin.'

De vrouw stapte de veranda op en hield de deur tegen om hem zachtjes dicht te doen. Ondanks het schemerige licht zag Jane de gelijkenis met Will en Samantha en wist ze meteen dat dit hun moeder was. Ze wist ook absoluut zeker wat haar naam was. Ingersolls eigenaardig getimede visvakantie en het feit dat hij geen visgerei bezat, had haar op het spoor naar Loon Point gezet. Dit was de ware reden waarom Ingersoll naar Maine was gegaan: om de vrouw op te zoeken die nu op de veranda van Jane's bungalowtje stond.

'Dag Charlotte,' zei ze.

De vrouw keek achterom door de hor om te zien of er iemand binnen gehoorsafstand was. Toen keek ze Jane aan. 'Noem me alstublieft nooit meer bij die naam. Ik heet nu Susan.'

'Weet je gezin het?'

'Mijn man wel, maar de kinderen niet. Ik zou het nooit kunnen uitleggen. En ze mogen nooit weten wat voor soort man hun grootvader...' Haar stem zakte weg. Met een diepe zucht ging ze in de andere schommelstoel zitten. Even was het zachte kraken van de stoel het enige geluid op de veranda.

Jane keek naar haar profiel. Charlotte – Susan – was pas zesendertig, maar zag er een stuk ouder uit. Door het leven in de openlucht zat haar huid vol sproetjes en in haar blonde haar was al wat grijs te bespeuren. Maar dat ze ouder leek dan ze was, kwam vooral door het verdriet dat uit haar ogen sprak, het verdriet dat diepe groeven in haar wezen had gekerfd.

Susan liet haar hoofd tegen de rugleuning van de schommelstoel rusten en staarde naar het nu bijna donkere meer. 'Het begon toen ik negen was,' zei ze. 'Op een avond kwam hij naar mijn kamer toen mijn moeder sliep. Hij zei dat ik oud genoeg was. Dat het tijd was dat ik leerde wat alle dochters moesten weten. Dat een dochter lief moest zijn voor haar pappa.' Ze slikte. 'Ik heb gedaan wat hij zei.'

'Heb je het niet aan je moeder verteld?'

'Mijn moeder?' Susan lachte bitter. 'Mijn moeder had alleen belangstelling voor zichzelf. Toen ze een verhouding begon met Arthur Mallory, heeft het nog geen twee maanden geduurd voordat ze ons verliet. Ze heeft nooit omgekeken. Volgens mij vergat ze de helft van de tijd dat ze een dochter had. Ik bleef achter bij mijn vader, die maar al te graag het voogdijschap wilde. Uiteraard had niemand er bezwaar tegen. Ik ging een paar keer per jaar een weekend naar mijn moeder en Arthur, maar zelfs dan schonk ze nauwelijks aandacht aan me. Arthur was de enige die om me leek te geven. Ik kende hem niet erg goed, maar ik had de indruk dat hij een goed mens was.'

'En zijn zoon Mark?'

Er viel een lange stilte. 'Ik had geen idee wat Mark voor iemand was,' zei ze toen zachtjes. 'In het begin leek hij een aardige jongen. Toen onze ouders elkaar hadden leren kennen, gingen ze al snel veel te intens met elkaar om. Dinertjes bij ons en bij hen. Iedereen kon zo goed met elkaar overweg. Het probleem was alleen dat mijn moeder en Arthur nog beter met elkaar overweg konden dan ik toen besefte.'

'En nu is gebleken dat je vader en Mark het ook erg goed met elkaar konden vinden.'

Susan knikte. 'Als boezemvrienden. Het was net alsof mijn vader eindelijk de zoon had gevonden die hij altijd had gewild. Zelfs nadat mijn ouders gescheiden waren, kwam Mark vaak bij mijn vader op bezoek. Dan gingen ze naar zijn werkplaats in de kelder waar ze vogelhuisjes en schilderijlijsten maakten. Ik had geen idee wat ze daar in werkelijkheid aan het doen waren.'

Heel wat meer dan timmeren, dacht Jane. 'Vond je het niet vreemd dat ze zoveel tijd met elkaar doorbrachten?'

'Ik was allang blij dat ze mij met rust lieten. Het was rond die tijd, toen ik dertien was, dat mijn vader 's avonds niet meer bij me kwam. Ik begreep toen niet waarom. Nu weet ik dat het in die tijd was dat het eerste meisje verdween. Toen ik dertien was, heeft mijn vader iemand anders gevonden om zich mee te amuseren. Met de hulp van Mark.' Susan hield op met schommelen en bleef roerloos zitten, haar blik gericht op het meer. 'Als ik het had geweten, als ik door had gehad wat Mark voor iemand was, zouden mijn moeder en Arthur nu nog leven.'

Jane fronste. 'Waarom zeg je dat?'

'Ik ben de reden waarom ze die avond naar de Red Phoenix zijn gegaan. Ze waren daar vanwege iets wat ik hun had verteld.'

'Jij?'

Susan haalde diep adem, alsof ze moed moest vatten om door te gaan. 'Ik zou dat weekeinde naar mijn moeder en Arthur gaan. Ik had net mijn rijbewijs gekregen en reed voor het eerst zelfstandig naar hun huis. Ik had de auto van mijn vader genomen. Zo kwam het dat ik het hangertje vond. Het lag tussen de stoel en de versnellingsbak. Twee jaar lang had niemand daar erg in gehad. Het was een gouden hangertje in de vorm van een draak en op de achterkant stond een naam gegraveerd. Laura Fang.'

'Herkende je de naam?'

'Ja. Het mysterie van haar verdwijning had in alle kranten gestaan. Ik had haar naam onthouden omdat het een meisje was dat net zo oud was als ik en viool speelde. Op Bolton was het ook ter sprake gekomen omdat sommige leerlingen haar kenden van een workshop.'

'De workshop waar Mark ook aan had deelgenomen.'

Susan knikte. 'Hij kende haar. Maar ik begreep niet wat ze met mijn vader te maken had. Hoe was Laura's hangertje in de auto van mijn vader terechtgekomen? Toen begon ik na te denken over alle nachten dat hij naar mijn slaapkamer was gekomen en wat hij dan met me had gedaan. Als hij mij had misbruikt, had hij dat misschien ook met andere meisjes gedaan. Misschien met Laura. Misschien was dat de reden waarom ze was verdwenen.'

'En heb je het toen aan je moeder verteld?'

'Dat weekend heb ik mijn hart bij haar uitgestort. Ik heb haar en Arthur alles verteld. Wat mijn vader met me had gedaan. Wat ik in zijn auto had gevonden. Eerst had mijn moeder er moeite mee het te geloven. Toen begon ze, egoïstisch als ze was, zich zorgen te maken over de publiciteit. Ze wilde niet dat haar naam in de krant zou komen. Dat de mensen zouden denken dat ze een dom vrouwtje was dat niet eens had gemerkt wat er in haar eigen huis gebeurde. Maar Arthur... die reageerde heel serieus. Hij geloofde me onvoorwaardelijk. En daar zal ik hem altijd om respecteren.'

'Waarom zijn ze niet meteen naar de politie gegaan?'

'Mijn moeder wilde eerst zeker weten of het allemaal waar was. Ze wilde geen aandacht op zichzelf vestigen voordat ze zeker wist dat het niet ging om een eigenaardig toeval. Misschien was er nog een Laura Fang, zei ze. Ze besloten het hangertje aan de ouders van Laura te laten zien. Dan konden die bevestigen of het inderdaad het hangertje was van de Laura die twee jaar eerder spoorloos was verdwenen.' Susan boog haar hoofd en vervolgde op zo'n zachte toon dat Jane haar bijna niet kon horen: 'Dat is de laatste keer dat ik hen in leven heb gezien. Toen ze vertrokken om met Laura's vader te gaan praten, in het restaurant.'

Dit was het laatste stukje van de puzzel: de reden waarom Arthur en Dina die avond naar Chinatown waren gegaan. Niet om te eten, maar om met James Fang over zijn verdwenen dochter te praten. Kogels hadden een einde gemaakt aan het gesprek. Er was een bloedbad aangericht waar een argeloze immigrant de schuld van had gekregen.

'De politie hield het erop dat het een geval van moord en zelfmoord was,' zei Susan. 'Ze zeiden dat mijn moeder en Arthur doodgewoon op het verkeerde moment op de verkeerde plek waren geweest. Het hangertje is nooit teruggevonden, dus had ik geen bewijs. Ik had niemand anders aan wie ik het kon vertellen. Ik wist niet of die twee dingen iets met elkaar te maken hadden. Laura en het bloedbad. En laten we Mark niet vergeten. Die was dat weekend thuis, dus wist hij wat er aan de hand was.'

'Hij heeft Patrick gebeld om hem te vertellen dat je moeder en Arthur naar Chinatown gingen.'

'Ja. Maar ik heb pas tijdens de begrafenis begrepen hoe het in elkaar zat. Dat mijn vader en Mark samenwerkten. Zonder het hangertje kon ik niets bewijzen. Mijn vader had alle macht in handen en ik wist dat hij me makkelijk kon laten verdwijnen.'

'Dus ben je uit jezelf verdwenen.'

'Ik had het niet gepland, maar toen ik die dag met mijn klasgenoten Boston's Freedom Trail liep...' Ze lachte triest. 'Toen dacht ik opeens: Ik wil ook vrij zijn! En dit is mijn kans. Ik ben stiekem bij de groep weggelopen. Een paar straten verderop begon ik erover na te denken hoe ik iedereen op een verkeerd spoor zou kunnen zetten. Ik heb mijn tas en mijn identiteitsbewijs in een steeg achtergelaten. Ik had genoeg geld bij me om een buskaartje naar het noorden te kopen. Ik wist niet waar ik naartoe ging, ik wist alleen dat ik ver bij mijn vader vandaan moest zien te komen. Toen ik in Maine uit de bus stapte, voelde ik me alsof...' Ze zuchtte. '... alsof ik thuis was gekomen.'

'En je bent hier gebleven.'

'Ik heb in een ander bungalowpark een baantje gekregen als schoonmaakster. Ik heb mijn man leren kennen. Joe. Dat was het mooiste geschenk dat ik ooit heb gekregen, een man die van me houdt. Die achter me staat, wat er ook gebeurt.' Ze haalde diep adem en hief haar hoofd op. Ze ging rechtop zitten. 'Ik heb hier een nieuw leven opgebouwd. Kinderen gekregen. Joe en ik hebben samen deze huisjes gebouwd. Ik dacht dat ik gelukkig zou zijn als ik hier rustig kon leven.'

Lachende stemmen klonken op bij het meer. Will en zijn zusje renden in hun zwemkleren over de pier en sprongen gillend van het lachen in het koude water. Susan stond op. Ze keek naar haar rondspartelende kinderen.

'Samantha is negen. Zo oud was ik toen het begon. Toen mijn vader voor het eerst naar mijn slaapkamer kwam.' Susan bleef met haar rug naar Jane staan, alsof ze niet wilde dat die haar gezicht zou zien. 'Je denkt dat je seksueel misbruik van je af kunt zetten, maar dat is niet zo. Het verleden gaat nooit weg. Het keert terug in je nachtmerries. Het overvalt je op de meest onverwachte momenten. Als je jenever en sigaren ruikt. Als je 's nachts de deur van je slaapkamer zachtjes hoort opengaan. Na al die jaren word ik nog door hem gekweld. Toen Samantha negen was geworden, werd het nog erger, omdat ik mezelf op die leeftijd zag. Zo onschuldig, zo ongerept. Ik dacht steeds aan wat hij mij had aangedaan en wat hij misschien met Laura had gedaan. Ik begon me af te vragen of er soms nog meer meisjes waren geweest, andere slachtoffers waar ik geen weet van had. Maar ik wist niet hoe ik hem ten val kon brengen. Niet in mijn eentje. Ik had er de moed niet toe.'

Buiten klommen Will en Samantha op de steiger. Lachend droogden ze zich af. Susan legde haar hand tegen de hor, alsof ze kracht putte uit de aanblik van haar kinderen.

'En toen, op 30 maart,' zei ze, 'zat ik *The Boston Globe* te lezen.'

'En zag je de advertentie die Iris Fang had geplaatst. Over het bloedbad in de Red Phoenix.'

'*De waarheid is nog steeds niet aan het licht gebracht*,' zei Susan fluisterend. 'Dat stond erin. En opeens wist ik dat ik niet alleen was. Dat er nog iemand was die antwoorden wilde. Die gerechtigheid wilde.' Ze draaide zich om naar Jane. 'Dat gaf me de moed om rechercheur Ingersoll op te bellen. Ik kende hem omdat hij het onderzoek naar de moorden in de Red Phoenix had gedaan. Ik heb hem verteld over Laura's hangertje. Over mijn vader en Mark. En dat er misschien nog meer vermiste meisjes bij betrokken waren.'

'Daarom begon hij vragen te stellen over de meisjes,' zei Jane. Vragen die hem in gevaar hadden gebracht, omdat het Patrick ter ore was gekomen dat Ingersoll bewijsmateriaal aan het verzamelen was dat niet alleen de schakel zou onthullen tussen hem en de vermiste meisjes maar ook tussen hem en de Red Phoenix. Hij dacht dat Iris Fang erachter zat, omdat zij de advertentie in de *Globe* had geplaatst. Iris Fang had haar dochter en haar man verloren. Als hij zich van Iris en Ingersoll kon ontdoen, zou hij van het probleem af zijn. Dus zocht hij twee huurmoordenaars. Maar die hadden hun prooi onderschat.

'Ik was zo bang dat mijn vader me zou vinden,' zei Susan. 'Ik heb tegen rechercheur Ingersoll gezegd dat hij niets mocht zeggen dat naar mij teruggevoerd kon worden. Hij beloofde dat zelfs zijn eigen dochter niet zou weten waar hij mee bezig was.'

'Hij heeft zich aan zijn woord gehouden. We hadden geen idee dat jij hem had ingeschakeld. We dachten dat hij voor Iris Fang werkte.'

'Na een paar weken belde hij me op. Hij zei dat hij me moest spreken en is hierheen gekomen. Hij vertelde me dat hij een patroon had ontdekt. Hij had de namen gevonden van drie meisjes die mij misschien kort voordat ze waren verdwenen, hadden ontmoet. Meisjes die hadden deelgenomen aan hetzelfde tennistoernooi en dezelfde workshop als ik. Hij had ontdekt dat ik de schakel was. Ik was de reden waarom ze waren gekozen.' Haar stem brak en ze liet zich weer in de schommelstoel neerzakken. 'Ik woonde hier met mijn kleine meid, veilig en wel in Maine. Ik heb nooit geweten dat er nog meer slachtoffers waren. Als ik meer moed had gehad, had ik er lang geleden al een einde aan kunnen maken.'

'Maar er is nu een einde aan gekomen, Susan. En daar heb jij een rol in gespeeld.'

Ze keek Jane aan met tranen in haar ogen. 'Een heel kleine rol. Rechercheur Ingersoll is hierom vermoord. En u bent degene die ervoor heeft gezorgd dat het nu allemaal voorbij is.'

Maar niet in mijn eentje, dacht Jane. Ik heb hulp gehad.

'Mam?' De stem van het meisje bereikte hen vanuit de schaduwen buiten. Samantha verscheen achter de hor, haar tengere gestalte een silhouet tegen het laatste daglicht dat op het meer achter haar werd weerspiegeld. 'Papa zei dat ik je moest roepen. Hij weet niet of hij de pastei al uit de oven moet halen.'

'Ik kom al, lieverd.' Susan stond op. Toen ze de hordeur opendeed, keek ze glimlachend om naar Jane. 'Het eten is klaar. Kom maar wanneer u honger krijgt.' Ze daalde een tree af en liet de deur piepend dichtvallen.

Vanaf de veranda zag Jane hoe Susan Samantha's hand pakte. Moeder en dochter liepen samen langs het water en verdwenen in de schemering. Hand in hand.

39

Drie maanden later
De provincie Fujian, China

De zoete geur van wierook hangt boven de binnenplaats waar Bella en ik voor de graftombe van haar vaders voorvaderen staan. Het is een erg oude begraafplaats. Al minstens duizend jaar is de ene na de andere generatie van de familie Wu hier ter aarde besteld en nu is de as van Wu Weimin toegevoegd aan die van zijn voorvaderen. Niet langer dwaalt zijn gekwelde ziel door de wereld van de geesten, smekend om gerechtigheid. Hier zal hij eindelijk tot in de eeuwigheid kunnen rusten.

Als de nacht valt steken Bella en ik kaarsen aan en buigen we ons hoofd om de nagedachtenis aan haar vader te eren. Opeens voel ik de aanwezigheid van een ander en als ik me omdraai, zie ik een gedaante het hek van de binnenplaats openduwen. Ik kan in het donker zijn gezicht niet onderscheiden, maar zijn stille tred en soepele bewegingen vertellen me dat het Wu Weimins zoon uit zijn eerste huwelijk is, de zoon die hem nooit heeft vergeten en hem altijd is blijven eerbiedigen. Als hij in de lichtcirkel van de kaarsen verschijnt, knikt Bella naar haar halfbroer. Hij beantwoordt haar groet met een trieste glimlach. Ze lijken erg op elkaar, deze twee, beiden zo onbuigzaam als de steen die nu een tombe vormt voor de as van hun vader. Nu ze hun plicht hebben gedaan, ben ik benieuwd hoe het hen verder zal vergaan. Als je de helft van je jonge leven aan één doel hebt gewijd en dat hebt bereikt, wat kun je dan nog ambiëren?

Hij buigt eerbiedig voor me. 'Sifu, het spijt me dat ik zo laat ben. Mijn vlucht vanuit Shanghai had vertraging vanwege de weersomstandigheden.'

Ik bekijk zijn gezicht in het kaarslicht en zie meer dan vermoeidheid in de zorgrimpeltjes rond zijn ogen. 'Zijn er problemen in Boston?'

'Ik geloof dat ze het weet. Ik voel dat ze me in de gaten houdt. Ik voel haar achterdocht elke keer dat ze naar me kijkt.'

'Wat gaat er nu gebeuren?'

Hij slaakt een diepe zucht en staart naar de brandende kaarsen. 'Ik denk – ik hoop – dat ze het begrijpt. Ze heeft een lovende aanbevelingsbrief voor me geschreven en ze wil dat ik met haar samenwerk aan een andere zaak in Chinatown.'

Ik glimlach naar Johnny Tam. 'Rechercheur Rizzoli verschilt niet veel van ons. Ze is het misschien niet eens met de manier waarop wij ons doel hebben bereikt, maar ik geloof dat ze begrijpt waarom we het hebben gedaan. En dat ze er haar goedkeuring aan geeft.'

Ik houd een lucifer boven de vuurkuil om het aanmaakhout aan te steken. Vlammen schieten op en we voeden ze met dodengeld. Het wordt snel door het vuur verteerd en de rook die opstijgt, zal troost en rijkdom brengen aan de geesten van onze geliefden.

Er is nog één voorwerp dat we hier moeten verbranden.

Als ik het masker uit de zak haal, weerkaatst de gloed van het vuur op de zilveren haren en is het net alsof het gezicht tot leven komt, alsof de geest van Soen Woekong vanuit de schaduwen op ons is afgesprongen. Maar dan hangt het masker slap in mijn hand, een levenloos voorwerp van leer en apenhaar, een door de motten aangevreten rekwisiet dat ik jaren geleden heb gekocht van een Chinees operagezelschap. We hebben het masker alle drie gedragen. Ik, toen ik me op het dak verdedigde tegen de vrouwelijke huurmoordenaar. Bella, toen ze het leven van de vrouwelijke rechercheur redde. En Johnny, toen hij de kogel in Patrick Dions hoofd schoot en de cirkel van de dood sloot.

Ik leg het masker op het vuur. De haren vatten meteen vlam en ik ruik de geur van de knisperende vacht en het verschroeiende leer. Een hoge vlam schiet op en dan is het masker verkoold en heeft het Soen Woekong laten terugkeren naar de wereld van de geesten, waar de Apenkoning thuishoort. Maar hij is nooit ver weg; wie hem nodig heeft, zal hem altijd in zijn eigen binnenste vinden.

De vlammen doven en we staren gedrieën naar het vuur. We zoeken in de gloeiende as naar wat we hopen te zien. Voor Bella en Johnny is het de goedkeurende glimlach van hun vader. Ze hebben hun plicht tegenover hem gedaan. Nu kunnen ze hun leven inrichten zoals ze dat willen.

En wat zie ik in de as? Ik zie het gezicht van mijn dochter, Laura, wier stoffelijk overschot tien weken geleden is ontdekt in een met onkruid overwoekerde uithoek van Patrick Dions landgoed. Ik zie het gezicht van mijn geliefde echtgenoot, eeuwig jong, zijn haar zo zwart als op de dag dat we in het huwelijk traden. Alhoewel zij niet ouder worden, ben ik nog steeds op deze aarde, waar mijn gezondheid achteruit gaat, mijn haar grijs wordt en de jaren steeds diepere rimpels in mijn gezicht etsen. Maar elk jaar dat mij ouder maakt, brengt me dichter bij James en Laura, dichter bij de dag waarop we herenigd zullen worden. Dus loop ik gezwind door de donkere schaduwen, kalm en onbevreesd.

Want ik weet dat ze aan het einde van mijn reis op me wachten.

Woord van dank

Nog nooit heb ik zo'n persoonlijk getint boek geschreven als dit. Het idee voor het verhaal is geboren uit de verhalen die mijn moeder me heeft verteld over haar jeugd in China, verhalen over geesten en mysterieuze martial arts leraren en, ja, over de heldhaftige Apenkoning. Dank je wel, mam, dat je me hebt laten kennismaken met de wonderbaarlijke wereld van de Chinese fabels.

Verder wil ik graag Tony Yee en agent Tommy Yung van het Boston PD bedanken voor hun verhelderende informatie over Bostons Chinatown; Halford Jones die me al heel lang had aangespoord om eens een verhaal over martial arts te schrijven; mijn zoon Adam Gerritsen voor zijn hulp met Mandarijnse woorden en relatief onbekende vuurwapens; doctor Reena Roy, hoogleraar van het Forensic Science Program van Penn State University, voor de waardevolle uitleg over het analyseren van primatenhaar; John R. Michaud, hoogleraar juridische wetenschappen, en de studenten van zijn Criminal Justic Club van Husson University, voor hun informatie over de metaalanalyse van antieke zwaarden; en rechercheur Russell Grant van het Boston PD, die altijd bereid is vragen te beantwoorden. Als ik in dit boek fouten heb gemaakt, ben ik daar geheel en al zelf verantwoordelijk voor.

En dan is er nog het trouwe team dat bij elke fase van het werk achter me stond met adviezen, bemoedigingen en soms een broodnodige martini: Meg Ruley, mijn ongeëvenaarde literair agent van Jane Rotrosen Agency; Linda Marrow, mijn redacteur bij Ballantine; Selina Walker, mijn held bij Transworld; en Brian McLendon, de man die ervoor zorgt dat ik gezond van lijf en leden blijf als ik op pad moet.

Bovenal dank ik mijn echtgenoot, Jacob, die de beproevingen van een huwelijk met een auteur zo opgewekt verdraagt. Als ik een hele dag heb doorgebracht met mensen die alleen in mijn hoofd bestaan, ben ik altijd erg dankbaar dat er thuis een held van vlees en bloed op me wacht.